VENIMOS DEL FUEGO

SERGIO BANG

VENIMOS DEL FUEGO

PLAZA JANÉS

Papel certificado por el Forest Stewardship Council®

Primera edición: marzo de 2025

© 2025, Sergio Bang
© 2025, Penguin Random House Grupo Editorial, S. A. U.
Travessera de Gràcia, 47-49. 08021 Barcelona

Penguin Random House Grupo Editorial apoya la protección de la propiedad intelectual. La propiedad intelectual estimula la creatividad, defiende la diversidad en el ámbito de las ideas y el conocimiento, promueve la libre expresión y favorece una cultura viva. Gracias por comprar una edición autorizada de este libro y por respetar las leyes de propiedad intelectual al no reproducir ni distribuir ninguna parte de esta obra por ningún medio sin permiso. Al hacerlo está respaldando a los autores y permitiendo que PRHGE continúe publicando libros para todos los lectores. De conformidad con lo dispuesto en el artículo 67.3 del Real Decreto Ley 24/2021, de 2 de noviembre, PRHGE se reserva expresamente los derechos de reproducción y de uso de esta obra y de todos sus elementos mediante medios de lectura mecánica y otros medios adecuados a tal fin. Diríjase a CEDRO (Centro Español de Derechos Reprográficos, http://www.cedro.org) si necesita reproducir algún fragmento de esta obra.
En caso de necesidad, contacte con: seguridadproductos@penguinrandomhouse.com

Printed in Spain – Impreso en España

ISBN: 978-84-01-03471-8
Depósito legal: B-734-2025

Compuesto en Mirakel Studio, S. L. U.

Impreso en Black Print CPI Ibérica
Sant Andreu de la Barca (Barcelona)

L034718

Para Goyo. Más que a nada

Estamos especializados en una armoniosa
repetición del desastre y la estupidez.

TERENCI MOIX

Yo no quería luchar ni ser valiente,
ni un ejemplo ni una lección.
Yo solo quería amar y ser amada,
masticar chicle de rabioso color magenta,
tener un novio a los quince, un primer beso
que pudiera recordar amablemente.

ROBERTA MARRERO

Todo era tan suave, tan calmo, tan fresco, tan
inmóvil… Y ella, que lo ha visto morir todo,
que lo ha visto resucitar todo, era la única, la
solitaria, la inmóvil, la muerta.

MARÍA LUISA BOMBAL

Esta es una obra de ficción. Aunque algunos de los eventos, lugares y personajes están basados en hechos históricos, los personajes principales y algunos emplazamientos aquí descritos son fruto de la imaginación del autor y están diseñados para crear una narrativa. Cualquier semejanza con personas reales, vivas o fallecidas, es pura coincidencia salvo en el caso de los personajes históricos representados en la novela. Los momentos históricos han sido recreados con la intención de ambientar la trama. Se han tomado ciertas licencias creativas para construir esta historia ficticia en un marco histórico real.

Madrid
1975

1

Viernes, 26 de septiembre

Las llamas devoraban con ferocidad la librería que había sido el refugio de Alma durante años, iluminando la noche con un resplandor sobrenatural. Las estanterías, cargadas de libros, se hundían bajo un fuego implacable que consumía cada palabra escrita. Si Alma tuviera que describirlo, hablaría de un grabado anatómico que muestra un cuerpo sin piel, con baldas como músculos repletos de textos incandescentes, dejando a la vista los huesos de unos estantes cada vez más ennegrecidos.

Pero no podía, no era el momento. Alma intentaba respirar, casi sin aliento por el humo. Cerró los ojos un instante, como si eso pudiera paralizar la escena que tenía delante, pero los gritos a su alrededor la obligaron a enfrentarse al desastre. Buscó entre las llamas alguna señal que le indicase que no todo estaba perdido. Con la mirada en el interior de la librería, más allá de los escaparates aún intactos, los libros se reducían a cenizas en cuestión de segundos. Los pósteres que hasta hace un instante anunciaban las nuevas novelas de Durás y Sabato, no eran más que sombras borradas por el calor, tan fuerte que la pintura celeste de la pared se derretía y revelaba las capas de color que el local había conocido a lo largo de su historia.

Alma volvió la cabeza buscando a los bomberos, pero al otro lado de la calle solo distinguió a los comensales de El

Económico salir en tromba para ver qué sucedía, a una mujer que traía un cubo de agua que arrojó desde tanta distancia que era imposible que atinara en el incendio y a un anciano que paseaba un caniche y señalaba la fachada aterrado. Entre estos fragmentos de realidad, también notó que sucedía algo aún más extraño frente a su librería. De repente, se vio rodeada por un grupo de personas que gritaban «¡Libertad! ¡Libertad! ¡Libertad!» elevando los brazos y saltando a su alrededor como si estuvieran en un concierto.

Algunas azuzaban el incendio de la librería lanzando bolsas de basura de los portales cercanos. Las lenguas de fuego salían entonces hacia el exterior, trepando hasta el primer piso, donde apenas se distinguía el cartel que rezaba «Librería Alma», un rectángulo de contrachapado que ella misma había pintado y que había sido una odisea conseguir que la comunidad de vecinos le permitiera colgar en la fachada. Alma se preguntó si esos vecinos seguían en el interior del edificio. Pero resultaba imposible sostener ese pensamiento con decenas de manifestantes que la zarandeaban y saltaban a su alrededor.

Hasta hace un instante, la Librería Alma había sido un lugar acogedor, con estanterías de madera de cedro que había encontrado en un anticuario del Rastro, repletas de ejemplares que Alma había organizado con la novela a un lado y el ensayo al otro, guardando un espacio central para sus autoras favoritas. Sesenta metros cuadrados rodeados de columnas de hierro con volutas *art déco* que sostenían la historia de ese edificio que en el pasado había sido un ultramarinos y anteriormente una lechería. Alma, empeñada en preservar la memoria del local, había decidido conservar el antiguo mostrador de roble que mostraba los achaques del desgaste con orgullo. Desde ahí, había atendido a los vecinos y visitantes de Lavapiés durante los últimos once años, casi siempre con una sonrisa y una palabra amable en busca de la mejor lectura para cada lector.

Ahora, ese mostrador antiguo ardía y el humo se le metía en los pulmones obligándola a toser y jadear. Las llamas rugían desde el interior del local hasta los libros infantiles de la entrada, repletos de personajes risueños que se transformaban en un colorido infierno, donde la tinta se derretía sobre las caritas de Pippi Calzaslargas y del pato Donald hasta convertirlos en monstruos renegridos. A través de las lágrimas, Alma también distinguió cómo *El Quijote* y *El pabellón de oro* ardían con la misma intensidad en la estantería de los clásicos, ambos títulos convertidos en una pira funeraria donde se incineraban aquellas vidas tocadas por la locura. También las colecciones de Austral, con los fantasmas de Bécquer o los príncipes de Shakespeare.

El gentío disfrutaba cada vez más del espectáculo del fuego, como si vinieran de alguna época primitiva en la que se veneraba a los elementos de la naturaleza. Alma sentía cómo los cuerpos la rozaban a su alrededor en la excitación del caos. Algunos la sacudían por los hombros y la animaban con alegría a que se uniera a sus consignas de «Libertad» y de «Amnistía», pero en su cabeza solo sonaba un desgarrador «¡Mis libros, mis libros!». ¿Es que nadie la había reconocido? Ella era la librera, la dueña de aquel pequeño reducto literario donde había refugiado las mejores publicaciones de cada editorial. Un fondo de libros que consideraba el conocimiento fundamental del mundo. Especialmente el de todas esas mujeres escritoras que tanto le había costado encontrar, en ediciones de Argentina, Chile o México, como las de Nellie Campobello, Elena Garro, Marta Brunet, Marta Lynch o Silvina Ocampo. Libros irremplazables de tiradas mínimas que se estaban perdiendo para siempre.

Y es que desde que Alma abrió su librería, había decidido llenarla de escritoras para mostrarlas al mundo. La historia del hombre, ¡del hombre!, ya estaba demasiado representada, así que por su parte había decidido zanjar la creencia de que todo, absolutamente todo, había sido creado por ÉL: los viajes a la Luna, el Imperio romano, el cine, la Reconquista, las pinturas de Altamira, la ciencia, todo lo impreso hasta hoy, la medicina, las pirámides, el comercio o la matemática. El hombre que había instaurado todo lo que existe en este mundo. Así que Alma había querido rebatir y desafiar aquella creencia milenaria de que ELLAS solo parían, barrían, cosían unos cuantos bordados de flores para el ajuar y quizá elaboraban alguna receta, pero que nunca eran las importantes, ya que los chefs y los modistos famosos eran ellos.

Las farolas frente a la librería se habían apagado cuando el fuego llegó a los cables de la fachada. Un cortocircuito hizo saltar chispas blancas y brillantes desde la caja de fusibles a la calle, lo que enardeció aún más a los manifestantes, que seguían con su ritual. Alma intentó distinguir sus rostros, pero salvo la luz del fuego que se proyectaba con intermitencia en los desconocidos, la penumbra hacía imposible reconocer las facciones de los manifestantes. Se agitaban, con los brazos alzados y coreando, esta vez, consignas de «¡Democracia!» e «¡Indulto!» en un corrillo alrededor suyo. Alma vio entonces un ejemplar de *Cien años de soledad* que, ennegrecido, salió volando por la puerta de la librería, como empujado por un espíritu compasivo hasta sus pies. Lo recogió por inercia, con los ojos desorbitados, y lo abrazó contra el pecho. En ese instante recordó a uno de los personajes de la novela, Melquíades, con sus profecías ineludibles sobre la pérdida y la soledad. La librería de Alma, como Macondo, el pueblo que surgió del polvo y acabó desvaneciéndose en el olvido, se borraba del presente.

Entonces, Alma se preguntó si también estarían ardiendo los libros prohibidos que guardaba en el armario de metal del almacén, las ediciones ocultas donde Alberti, Marx, Sade, Wilde o Byron que reposaban con las portadas falsas a las que Alma les dedicaba muchas tardes de trabajo. Con las tijeras y el pegamento, quitaba las cubiertas originales que venían desde México o Buenos Aires y las sustituía por las del Catecismo Escolar o de alguna novelita chusca de uno de esos escritores afines a la dictadura, que nunca levantaban sospechas.

Ya no era lo mismo, es verdad, los libros prohibidos eran menos prohibidos porque Fraga, el ministro aperturista, había logrado que la autocensura funcionase mucho mejor que la censura. A nadie se le escapaba que la Ley de Prensa e Imprenta había sido diseñada para dar apariencia de libertad, pero en realidad las restricciones eran tan ambiguas que permitían al Gobierno controlar cualquier publicación. Alma, amiga de decenas de editores, conocía el temor a que cualquier desliz pudiese llevarlos a la retirada de sus libros, lo que podía suponer la ruina. Así que se autocensuraban borrando cualquier rastro de crítica al régimen o evitando temas considerados inmorales o subversivos. La dictadura había logrado que el silencio se convirtiera en el tema más común, donde la libertad genuina apenas apareciera, oculta por la complicidad involuntaria de aquellos que habían aprendido a callar en su afán por sobrevivir.

También era verdad que, en ocasiones, los libros que no lograban sortear estas trabas, o que no pasaban por el aro de cercenar su contenido original, acababan en el armario de los libros prohibidos de Alma y de muchos otros libreros de España. Pequeños santuarios ocultos al que tenían acceso contadísimas personas de confianza. Allí se almacenaban las voces que se negaban a ser silenciadas, el pensamiento crítico de intelectuales europeos y americanos o las ideas revolucionarias que llegaban de Cuba o China. El mismo armario que ahora ardía sin piedad al fondo de su almacén, consumiendo las ideas que Alma había protegido con tanto riesgo.

De pie, en medio de la calle ennegrecida de hollín y con el cuerpo hacia delante, como si su peso la obligara a mirar, Alma se llevó una mano al pecho buscando calmar el miedo. Distinguía las llamas reflejándose en los otros dos escaparates que aún seguían intactos, brillando sobre el metal de la caja registradora del mostrador. Cerró los ojos de nuevo, como si eso pudiera devolverla a la calma de hacía media hora, mientras ordenaba los libros y esa escena parecía imposible. Pero un estruendo la sacó de la disociación para hacerla contemplar de nuevo su librería. Un hombre bajito y de cabeza desproporcionada lanzó un adoquín contra el escaparate más grande, que lo hizo saltar en mil esquirlas de cristal junto al cartel del horario y el póster del Año Internacional de la Mujer que la ONU había decretado para ese 1975. Entonces, las llamaradas volaron por la fachada como los males de la caja de Pandora, esparciendo la ceniza que empezó a caer como copos de nieve sobre las cabezas. Luego, de nuevo, los gritos de aquellos hombres y mujeres felices y el crepitar de los libros deshaciéndose en un humo que se perdía en la noche.

Poco después llegó un silencio repentino y todas las consignas cesaron. Por un instante solo se oyó el crujir de los estantes desplomándose y el bisbiseo del papel al disolverse. Justo en ese momento, desde la plaza de Lavapiés y tras las ruinas del cuartelillo, donde construirían un montón de pisos nuevos para gente con dinero, aparecieron como por arte de magia multitud de camionetas de la Policía Armada con sus luces azules titilando y las sirenas atronadoras. Antes de que llegaran a la librería, una mano entre la muchedumbre lanzó sobre los congregados cientos de octavillas al aire y después, como si alguien hubiese dado una orden, todos corrieron de un lado a otro para desaparecer de ahí cuanto antes.

Alma cogió una de las octavillas, que se quedó enganchada en su jersey oscurecido por el hollín, y vio los retratos de cinco jóvenes con sus respectivos nombres: Txiki, Otaegui, Baena, Bravo y Sanz, sobre los que estaba impreso en negrita: «No a la pena de muerte. Luchadores por la libertad y contra el fascismo». Lo leyó dos veces para entenderlo. Cuando los furgones de policía los rodearon, los gritos de los manifestantes se mezclaron con el pitido de los silbatos y el estruendo de las cargas policiales, que empezaron a cercarlos para bloquear cualquier salida. Un olor amargo emanó de los botes de humo que lanzaban contra ellos desde los furgones tratando de aturdirlos. Un mar de rostros desencajados y de ojos llorosos se movía ante Alma, cargados de adrenalina: algunos reflejaban furia; otros, miedo, y unos pocos, determinación. De repente, Alma sintió un golpe en la nuca que la dejó paralizada mientras perdía el equilibrio.

Cayó al suelo.

La alcanzó otra embestida; esta vez una patada que la hizo rodar sobre sí misma. Sintió un crujido seco y la sensación punzante de algo abriéndose paso en la carne de su costado. Al llevar la mano al lugar dolorido, la retiró manchada de sangre. En una postura imposible, giró la cabeza y le pareció ver un trozo de cristal, posiblemente del escaparate de su librería, clavado en la cadera. Lo sujetó con cuidado, evitando cortarse, y tiró de él. Sangraba y, aunque el dolor no era intenso, la visión de la sangre la estremeció. Se sentó en la acera de adoquines cubriéndose la cabeza con las manos, pero se fijó en algo inusitado: entre las octavillas y los escombros ardientes, había un ejemplar intacto de *Fortunata y Jacinta*. Con dolor, se puso de rodillas con las manos en el suelo para impulsarse y tratar de alcanzarlo. Quería salvar de las llamas a Fortunata, a la que adoraba, y al barrio que representaba. Pero antes de que pudiera tocar el libro, otro golpe, esta vez en las piernas, la derribó de nuevo.

El mundo se convirtió en un caleidoscopio: el rojo furioso del fuego, el naranja de las llamas, el azul de las sirenas policiales y el negro del asfalto cubierto de pasquines que mostraban los rostros de aquellos hombres: Txiki, Otaegui, Baena, Bravo y Sanz, que serían fusilados al amanecer.

Las fuerzas policiales avanzaban con una fuerza implacable, empujando a la multitud contra las fachadas de los edificios con sus escudos y porras. Alma, confundida y aterrorizada, intentaba mantenerse en pie para correr y escapar del caos, pero una barrera de agentes la acorraló. Trató de gritar que todo era un error, que ella era la víctima, pero el aire pareció volverse solido en sus pulmones por la brutalidad que se desplegaba frente a ella. Y de repente, un policía con la mirada cegada por la rabia la arrojó al suelo, le dio la vuelta y le clavó la rodilla en la espalda. Cien kilos de agente de la ley cortándole la respiración mientras la esposaba.

—¡Putas jipis de mierda! —gritó el policía, levantando a Alma del suelo con un tirón que le desgarró la cintura de la falda. El dolor de los brazos retorcidos con las esposas era insoportable, y sentía que iban a partirse. Sin soltarla del cuello, el enorme policía la arrastró hacia los furgones en los que llegaban cada vez más guardias con ganas de carne en sus uñas. A su alrededor, el fuego en su librería se intensificaba mientras continuaba la batalla campal. Los manifestantes lanzaban adoquines y objetos contundentes contra la brigada antidisturbios, que respondía con cargas aún más brutales. Alma, arrastrada en medio del caos, solo podía llorar y tratar de razonar con el agente que la mantenía sujeta con fuerza.

—¡Mi librería está ardiendo! ¿No se da cuenta? —suplicaba, desesperada—. Esto no me puede estar pasando, joder —se repetía, incrédula. El ejemplar de *Cien años de soledad* que había logrado rescatar cayó al suelo desde el bolsillo de su falda. El policía lo miró por un instante y, con un gesto despectivo, lo pateó hacia el fuego.

El gruñido del motor del Land Rover con las puertas decoradas con el escudo del águila era tan estridente que casi silenciaba las sirenas. Alma, con la cadera dolorida por el corte del cristal y la mente aturdida, fue empujada hacia el interior del furgón. Del tubo de escape salía un humo que llenaba el aire de un olor acre a diésel quemado. Después el policía cerró la puerta con todas sus fuerzas, golpeó con el puño la carrocería y gritó a quien conducía que ya estaba llena de hijos de puta, que se los podía llevar.

Dentro del furgón, un pequeño foco en el techo esparcía una luz amarillenta y sucia, insuficiente para disipar la oscuridad del compartimento atestado de jóvenes. Alma parpadeó repetidamente para aliviar el escozor que le habían producido los gases lacrimógenos y el humo. Las paredes metálicas estaban abolladas y llenas de golpes. El suelo de contrachapado se encontraba sucio, cubierto de papeles arrugados y manchas negras. El hedor a orina y vómito impregnaba la cabina en la que estaba apresada. En un rincón, vislumbró un madero salpicado de sangre fresca y un escalofrío le recorrió la espalda.

Cuando levantó la vista, tuvo la sensación de que todos los detenidos en el furgón la miraban con extrañeza. Aunque siempre trataba de ser discreta, sabía que había algo en ella que la hacía imposible de ignorar. Quizá era su altura, un poco por encima de lo habitual, o su cabello oscuro de rizos encrespados que caían en un torrente indomable sobre los hombros. O quizá era su mirada, siempre alerta y evaluando el terreno antes de actuar, que en ocasiones la hacía parecer desconfiada.

—Tranquila, no te harán nada. No eres de los nuestros —dijo un chico sentado en el suelo junto a ella. Su rostro estaba pálido, y un surco de sangre le caía por la cara hasta empapar la trenca verde que abrigaba su cuerpo delgado.

Alma no pudo evitar temblar. La confusión, el miedo y el dolor le impedían pensar con claridad. Sus ojos recorrieron uno a uno a los jóvenes detenidos junto a ella, buscando alguna explicación a lo que estaba ocurriendo.

—¿Dónde nos van a llevar? —preguntó Alma, mientras la imagen de la Puerta del Sol se dibujaba en su mente, un lugar que asociaba con el terror. Rezó en silencio, olvidando su ateísmo, para que no fuera ese su destino—. ¿Qué nos van a hacer? —volvió a preguntar en voz alta.

—Cuando te peguen, tírate al suelo. Ganarás tiempo hasta que te vuelvan a pegar —dijo en voz baja una chica con el pelo escandalosamente corto y rubio, con una herida en el labio que sangraba.

—Alicia, no la pongas más nerviosa —pidió el chico de la trenca verde—. No te harán nada… Soy Alejandro. ¿Cómo te llamas?

Alma no contestó porque el furgón comenzó su marcha, traqueteando por los adoquines de Argumosa, y la imagen de la imponente Dirección General de Seguridad en Sol no solo no se desvanecía, sino que se hacía aún más grande y real. El destino inevitable para chicas como ella. Conocía la temida reputación de las Brigadas Político-Sociales y la Policía Armada.

Alicia, la joven de pelo rubio y muy corto, siguió con su lección:

—Y cuando te tiren al suelo —dijo con una sonrisa maliciosa—, mantén los puños cerrados. Así no te pisarán los dedos. ¡Ah! Y las rodillas juntas son más difíciles de partir. No las separes.

El policía que iba junto al conductor dio un golpe con la porra sobre el metal del techo y los mandó callar con un grito. Alma miró por la ventanilla trasera y vio su librería alejarse, desaparecer entre el fuego y el humo. Ardían sus libros de aventuras, de amor, de guerra, de poesía, de ciencia. Ardía la sabiduría, la imaginación, la memoria. Ardía la historia, la cultura, la humanidad.

Al girar por la calle Ave María, el fulgor del fuego desapareció como si en la ciudad no sucediese nada y las calles estuviesen tranquilas, en silencio, con el frío de la noche cayendo sobre los tejados de Lavapiés. Alma temblaba de miedo, encogida sobre sí misma, aferrándose a la esperanza de que no la llevaran a Sol. En su mente, se repetía el mantra que aquel chico, Alejandro, le había vuelto a susurrar: «De verdad, no tengas miedo. No eres una de los nuestros».

2

Viernes, 26 de septiembre

Los asientos en la dirección de la marcha del tren estaban ocupados. Mario, que había salido esa mañana desde la estación de Sants en Barcelona, ya no sabía qué hacer para entretenerse. Dejó de leer el *ABC* para observar el paisaje humano que había subido en la última parada de aquel Talgo rumbo a Madrid: un comercial de pinturas que volvía agotado a casa con su maletín de muestras; dos monjas clarisas de Sigüenza en busca de una nueva discípula para el convento; una anciana de ojos llorosos arrebujada en una toca negra, y una mujer risueña que llevaba a su hija adolescente al endocrino en Madrid «porque no sé qué le pasa a mi niña, que se me está quedando chiquita».

Esa «niña chiquita» había permanecido en silencio desde que había subido con su madre en Guadalajara, con la mirada inexpresiva de quien observa algo que no comprende y que tampoco le importa. Iba vestida con un antiguo trajecito de gasa amarilla y una coleta con un lazo a juego que la hacía parecer más joven de lo que era. Sin embargo, lo que realmente captó la atención de Mario fue el libro que sostenía entre las manos: *Nada*, de Carmen Laforet, que leía en silencio.

«¿Quién puede entender los mil hilos que unen las almas de los hombres y el alcance de sus palabras?», recordó Mario haber leído en esa novela. Una década antes, mientras hacía sus primeras prácticas como enviado especial a España en un Sant Jordi en Barcelona, había conocido a Carmen Laforet. Y, como a tantos otros, su dulzura e inteligencia hicieron que se enamorara platónicamente de ella, porque no podía ser de otra forma. No sabía si ese amor surgió primero por la autora o por Andrea, la melancólica protagonista de la novela, que deambulaba por las habitaciones de la calle Aribau.

Para Mario, *Nada* no era solo una novela, sino que también era el recuerdo de su propia juventud en una España que, aun siendo francés y viviendo en París, conocía muy bien desde niño. Todos los años desde que tenía memoria, veraneaba con sus padres en Cadaqués, donde su familia tenía una casa. Las tardes soleadas junto al mar, los días de calor sin nada que hacer junto a su amiga Alma, las cenas bohemias en compañía de artistas y escritores amigos de sus padres…, todo formaba parte de una época idílica que, con los años, se había convertido en un símbolo de la buena vida. La España más luminosa y libre de su niñez tuvo lugar cuando el país menos lo era. Aquel pequeño pueblo pesquero, con su horizonte al Mediterráneo, se había convertido desde entonces en un refugio donde reposaba después de sus viajes de trabajo más complicados como enviado especial.

Pero si Cadaqués representaba la infancia y la tranquilidad, Barcelona era la vorágine sexual más desatada. Tras terminar la carrera de periodismo, comenzó a visitar la ciudad con frecuencia. Tenía dinero de sus trabajos como corrector de textos, y Barcelona le ofrecía la posibilidad de perderse hasta el agotamiento. Allí, en sus calles y garitos del barrio chino, Mario se liberaba de todas las restricciones que le imponía su familia en París. Era el lugar donde podía follar durante días y agotar su cuerpo y sus ganas, hasta que el deseo lo dejaba vacío. Después, volvía a la calma de su casa familiar en París, en la avenue Montaigne, a solo unas horas de tren, con el deseo satisfecho y el cargo de conciencia a rebosar.

Sin embargo, Mario no solo se sentía fascinado por las grandes ciudades de España. Como periodista, había visitado casi todas las provincias del país, cuyos pueblos eran como cápsulas del tiempo, atrapados entre tradiciones inmutables y una rutina rural que parecía congelada en otro siglo. Las imágenes de esa España más olvidada no le afectaban tanto porque las había visto desde niño en los pueblos catalanes del Alt Empordà y la Costa Brava. Por eso, cuando en mitad de la carrera de periodismo proyectaron en las clases de Teoría de la Comunicación *Las Hurdes, tierra sin pan*, el documental de Buñuel, sus compañeros quedaron impactados, pero él no. La España de los niños descalzos y de las casas hechas con barro y palos seguía resonando en el imaginario europeo, pese a los muchos años que tenía esa película. Aunque también era cierto que, en sus viajes como periodista, Mario había podido constatar que la España rural seguía abandonada, ya que carecía de servicios básicos y era un lugar donde la dureza de la vida persistía en las gentes que aún vivían al margen del progreso en mitad de la meseta.

De hecho, por su experiencia en países declaradamente pobres, Mario se había dado cuenta de que la adolescente del vestido amarillo que leía *Nada* tenía un trastorno alimenticio evidente que retrasaba su crecimiento. Una condición que, seguramente, nunca le habían detectado en el pueblo de donde venía y que, como tantas otras personas de zonas rurales, la obligaba a emprender aquel viaje a Madrid en busca de especialistas. Era habitual que muchas familias se vieran forzadas a esos desplazamientos que no siempre se podían permitir y que destrozaban su economía, ya precaria de por sí. Y, de esta forma, una vez más, Mario comprobaba el contraste de las dos Españas: una que avanzaba con dificultad hacia la modernidad pese a sus gobernantes, y otra rural que seguía arrastrando el peso de cuarenta años de abandono, y de la que cada vez más gente deseaba escapar.

El Talgo perdió velocidad justo al pasar Alcalá de Henares, y Mario, al ver el páramo que rodeaba la ciudad, con el atardecer sobre las torres de la iglesia de los Santos Niños en el horizonte, se inclinó hacia su mochila para buscar la pequeña cámara Leica que siempre llevaba consigo. Era su compañera inseparable en sus viajes de trabajo, y siempre estaba cargada con negativo y lista para capturar cualquier imprevisto. Dentro de su mochila cuidadosamente organizada guardaba además otra cámara réflex, más robusta y profesional, junto con dos objetivos de distintos alcances y un flash. Todo preparado para cualquier eventualidad, porque, en su profesión, lo inesperado era lo único previsible. También llevaba una pequeña linterna y un blíster de pilas de repuesto, para asegurarse de que las cámaras no se quedasen sin energía en los momentos cruciales. En un compartimento interior, guardaba varios libros: *Historias* de Heródoto, la novela *Espèces d'espaces* y un libro de poesía, *Los placeres prohibidos*, de Cernuda. También le acompañaba siempre una Moleskine que compraba en Tours, en la última fabrica que quedaba de estos cuadernos que le encantaban y donde escribía las observaciones e ideas para sus artículos. Y, por supuesto, nunca faltaba una cantimplora de agua, un paquete de Marlboro y unas barritas energéticas que compraba en Londres para resistir las largas jornadas de trabajo en lugares inhóspitos.

En el tren, los pasajeros seguían con sus conversaciones animadas, especialmente los que venían a pasar el fin de semana en la capital, y se contaban sus vidas y todo tipo de chismes que a Mario le parecían una delicia. Algo impensable en París, donde la intimidad estaba reservada a reuniones familiares o de amigos, siempre al resguardo de otros oídos. «Uri Geller hizo funcionar el reloj de mi abuelo de forma espontánea, te lo juro, y eso que se paró el día que el hombre estiró la pata y ninguno hemos querido darle cuerda de nuevo, no vayamos a resucitar al desgraciado». «Tendremos que volver a Madrid en Navidad para ver a Camilo Sesto. Yo como Jesucristo no lo veo, la verdad, quizá como María Magdalena». «Hay un doble de Franco que se hace pasar por él. El de verdad se murió hace años. Mi prima Natividad, la del hermano que se estrelló en Despeñaperros, trabaja al lado de El Pardo y allí lo saben todos».

Mario dejó la cámara de fotos sobre el regazo y volvió su atención a uno de esos libros que llevaba en la mochila. Era *Espèces d'espaces*, una novelita de Georges Perec que su madre, científica en el Laboratoire 38 del Departamento de Neurofisiología del Centro Nacional para la Investigación Científica de Francia, le había recomendado años atrás. Perec, que había sido compañero de su madre en la biblioteca del laboratorio, había creado una obra fascinante que exploraba los espacios, desde los más pequeños, como una página en blanco, hasta las vastas fronteras del mundo, cargadas de historias y tragedias humanas.

A Mario le estaba gustando tanto el texto que hasta unos minutos después de empezar la lectura no se percató de la persona que se sentó a su lado ni de la mirada con la que le observaba.

Un aroma a tabaco y vainilla lo hizo alzar nuevamente el rostro, para encontrarse con la sonrisa blanquísima de un hombre que le ofrecía un cigarro.

—Gracias. ¿Nos conocemos? —preguntó Mario, rozando la mano de aquel joven al tomar el cigarro que le ofrecía. Un contacto fugaz que le permitió sentir la suavidad de esa piel morena.

—No creo —afirmó el hombre con acento andaluz—. Tú no eres de aquí, ¿verdad?

—¿Se me nota tanto? —respondió Mario, manteniendo la mirada.

—He visto la cámara y me he dicho: este es turista. Y ahora, con ese acento extranjero, pues está claro.

—Sí, se podría decir que soy turista —contestó Mario para no dar explicaciones.

—Yo soy Miguel, de Córdoba, aunque vengo a buscarme la vida en Madrid como cantante. He tratado de trabajar en Barcelona, pero aquello está muerto.

—¿Barcelona muerta? No sé... —replicó Mario con sorpresa, mientras le observaba con atención, escudriñando sus ojos verdes por unos segundos antes de continuar—. Seguro que pronto encuentras alguna oportunidad interesante en Madrid.

—Dios te oiga. No sabes lo que deseo un trabajito en la capital —respondió Miguel y, tras comprobar fugazmente que nadie los miraba, se inclinó hacia Mario para acariciarle los dedos al tomar el cigarro de nuevo para darle una calada.

Mario, alto y corpulento, con su barba cuidada ya salpicada de algunas canas de experiencia, se sorprendió por aquel gesto tan directo en un lugar público. Arqueó ligeramente las cejas, haciendo más visible la cicatriz que dividía en dos la derecha y que reforzaba ese aire de hombre de mundo, capaz de pasar de hablar en una sala de conferencias a meterse en una trinchera sin cambiar de expresión. ¿Había sido un gesto casual? La idea de que Miguel, joven y guapo, pudiera estar coqueteando con él le resultaba tan halagadora como improbable. Mientras intentaba descifrarlo, observó cómo el cigarro descansaba un instante en los labios de Miguel. Había algo hipnótico en la forma en que inhalaba el humo, manteniéndolo en la boca antes de soltarlo con suavidad.

—¿Y tú? —preguntó Miguel, que se reclinó en el asiento—. ¿Te quedas en Madrid o estás de paso?

Mario dudó un instante. Aquella cercanía, ese juego sutil que parecía tantearlo, le resultaba inquietante. En su cabeza resonaba un «No te metas en líos» que lo empujó a seguir dejando de lado la sinceridad.

—Aún no tengo claro cuánto tiempo me quedaré —respondió, llevando su mirada hacia el paisaje como una excusa para evitar sostener la intensidad de los ojos del andaluz.

—Ea, un hombre libre. —Miguel volvió a colocar el cigarro entre los dedos de Mario, rozándole de nuevo la piel con una deliberada suavidad. Mario sintió una punzada de calor que le bajo hasta la entrepierna.

—Lo intento.

—Eres muy misterioso, ¿sabes? Eso me gusta.

El roce breve de la rodilla de Miguel contra la suya le tomó por sorpresa. Mario, inmóvil, no supo si apartarse o dejar que ese contacto persistiera y pasar a la acción. Las conversaciones de los demás pasajeros flotaban a su alrededor, ahora lejanas, como si sus butacas fuesen un mundo aparte.

—¿Sabes dónde están aquí los baños? —preguntó Miguel.

Entonces, cuando Mario iba a contestar que fueran a buscarlos juntos, el deseo quedó cortado de raíz por un frenazo brusco del tren. El chirrido agudo de las ruedas al deslizarse por los raíles sobresaltó a los viajeros, seguido de un revuelo generalizado cuando el tren quedó inmóvil, lo que dejó entre Miguel y él un extraño vacío que el ruido no pudo llenar. El hombre de negocios sentado dos butacas más allá se levantó de su asiento con un gesto de fastidio a recoger su maletín, que había resbalado hasta la mitad del pasillo. La adolescente dejó el libro de Laforet sobre las piernas, ajena al revuelo que reinaba en el vagón, y pidió a su madre con tontolinez una chaqueta porque tenía frío.

Mario apagó el cigarro en el cenicero del asiento y miró por la ventana del Talgo por si podía averiguar el motivo del frenazo. Fuera, el páramo de escombros y campos a medio labrar que anunciaba la llegada a Madrid se desplegaba con toda su tristeza. Frente a él, en una granja de chapa y vigas de madera, dormitaba un burro atado con unas cuerdas de esparto. Al fondo, el sol caía sobre el horizonte de un color naranja y púrpura en el que parecía que iba a recortarse Olivia de Havilland con el puño en alto y jurando no pasar hambre. Un murmullo de confusión recorrió el convoy. ¿Qué había provocado el frenazo en seco? ¿Un accidente, una avería, un acto de vandalismo? De repente, la anciana de la toca negra comentó a las monjas de Sigüenza que últimamente un grupo de hombres armados se dedicaban a asaltar trenes para sufragar bombas, «como la de Carrero, que en el cielo esté». Las monjas se persignaron y se limitaron a asentir con la cabeza.

—¡Otro día que llegamos tarde! —dijo Miguel en un tono brusco muy diferente al que había usado con Mario hacía unos instantes.

Entonces se hizo un silencio absoluto, y las miradas se dirigieron a la puerta que unía los vagones. Una pareja de guardias civiles, uno alto y otro bajo con tricornio y arma al hombro, paralizó el gesto de los viajeros, que se cuadraron rígidos en sus asientos como si estuvieran en misa, tratando de esquivar la mirada de los guardias. El más alto pidió a la gente que sacara sus identificaciones. Parecía estar adormilado, con las pupilas pequeñas y las pestañas pegadas, como un animal enfermo. El otro guardia civil era más bajo, callado, con una cicatriz oscura en el lado derecho de la boca y arrastraba los pies al andar.

El miedo a la autoridad siempre hacía comportarse a la gente de la misma forma. Desde que Mario había empezado a trabajar en España, allá por los años cincuenta, había observado una constante en la manera en la que la gente sufría ante los cuerpos de seguridad. De hecho, el miedo era lo que había mantenido el régimen todos estos años. La gente sabía que podían arrestarte de forma aleatoria y sin necesidad de hacer un mal gesto o decir una mala palabra. Y lo que era más terrible, aunque luego acabases en libertad sin cargos e inocente, en ese poco tiempo te habían echado del trabajo, de tu casa si era alquilada y habías sido repudiado por tu entorno. «Si el río suena…», pensaban.

Mario también sabía que no debía sostener la mirada a los guardias, así que prefirió fijarse mejor en Miguel, su compañero de asiento cordobés que le había ofrecido tabaco. Vestía un traje raído de algodón gris claro y una camisa azul con brillos de ala de mosca en las mangas. «Es guapo —pensó Mario—, pero no es mi tipo y me he prometido no meterme en líos».

Entonces el guardia bajito se acercó a sus asientos sin pensarlo, como si hubiera sido arrastrado por una mano invisible.

—Documentación, caballero. —Mario sintió que había algo humillante en ese tono de voz.

—Sí, señor —se adelantó Miguel. Extrajo su carnet de identidad, grande y azul, de una cartera de piel donde asomaban varios billetes de cien, y se lo tendió al guardia con una sonrisa.

—¿A qué va usted a Madrid?

—A ver a una sobrina que tengo en Ríos Rosas, sirviendo. Mi mujer está embarazada y no ha podido acompañarme, ya sabe usted que las mujeres mayores que se quedan preñadas no están para muchos trotes.

Mario lo miró con incredulidad, intentando desentrañar esa naturalidad para mentir. ¿Mentir? Quizá había sido a él a quien le había contado aquella historia de que era artista.

El guardia civil más alto se acercó a su compañero, tomó el carné del cordobés y le miró de reojo con la boca apretada. Al rato se lo devolvió sin apartar sus pequeñas pupilas de él, primero con duda y luego con desprecio. Cuando Mario estaba sacando su carné de identidad francés y pergeñando una historia sencilla sobre su trabajo de periodista en España, el guardia le ignoró y siguió de frente. Suspiró aliviado.

«Hijo, si quieres que te dejen en paz y no meterte en líos, debes ir bien vestido. A la gente elegante siempre se la respeta». Qué razón tenía su madre, madame Marie, y qué útil le había resultado siempre ese consejo. Especialmente cuando tenía que trabajar en países donde el peligro y la impunidad estaban garantizados. Un traje planchado, una camisa limpia y unos zapatos lustrosos, y no se necesitaba más para que te respetaran un poco. Ahora la gente más joven de la ciudad iba con pantalones anchos, desgarbados, con colores estridentes y melenas imposibles, y los grises les habían empezado a pegar con más ganas. «Esto es muy clasista —pensó Mario—. Luego Alma me regaña cuando comento estas cosas en alto».

Cuando la puerta del vagón se cerró tras los dos guardias civiles, las conversaciones se retomaron en un tono discreto, marcadas por la vergüenza de participar en el achantamiento colectivo que habían mostrado todos ante la Guardia Civil.

—Los terroristas están por todas partes. Es bueno que la benemérita haga su trabajo —le dijo Miguel sin salir de la sequedad con la que había hablado a los guardias.

—En eso te doy la razón. Quizá hay demasiada libertad —contestó Mario sarcástico.

El tren se puso en marcha unos minutos después con un poco más de velocidad para no llegar demasiado tarde a la estación de Atocha. A través de la ventanilla, el paisaje evolucionaba de rural a urbano. Los edificios de ladrillo más modernos, muchos aún en construcción como el barrio de Santa Eugenia, dieron paso al mar de tejados de chapa oxidada y uralita de Vallecas y luego al páramo de Méndez Álvaro. Mario cogió la cámara Leica e hizo un par de fotos del paisaje al anochecer. El sol bajo se filtraba entre las construcciones precarias, iluminando un mosaico de calles sin asfaltar, barracas y chabolas que desafiaban la gravedad. «Visibles y lejanas permanecen intactas las afueras», que dice Gil de Biedma, pensó Mario. Era el hogar de un ejército de hombres y mujeres curtidos por el trabajo que se lanzaban a las calles en busca del sustento diario y de una mejor vida para su familia. Castellanos, andaluces, extremeños, gitanos o vascos que se unían por la necesidad de un futuro mejor.

En uno de sus últimos viajes a Madrid, Mario había conocido a Bernardo, un albañil alicantino de manos callosas y afición por la pintura que vivía en Vallecas. Quedar para verse con la frecuencia que deseaban era casi imposible. La vida de Bernardo estaba marcada por tratar de salir adelante; trabajaba por las mañanas como albañil, limpiaba por las tardes en un hospital y, los fines de semana, ayudaba en un bar para mandar dinero a su familia. Como él, muchas personas habían encontrado en la emigración a las capitales una salida tan imprescindible como dura. A pesar de una economía de pura subsistencia, Mario había vivido cómo aquel joven se las ingeniaba para ahorrar. La generación marcada por la guerra sacrificaba su salud con tal de ofrecer a sus hijos una vida libre del trauma que los había moldeado a ellos para siempre.

Y, sin embargo, la nueva generación nacida y crecida en la dictadura no era capaz de entender del todo aquella herencia de sacrificio y silencio de sus padres. Se rebelaban contra un silencio que escondía la resignación y las cicatrices terribles de la Guerra Civil. Mario sabía, ya que había escrito mucho sobre ello, que entre los jóvenes había un pensamiento general de que era necesario cambiar las cosas, y lo hacían con protestas estudiantiles y obreras, clandestinas casi siempre. De esa forma de entender la posguerra también había surgido la tendencia de los nuevos intelectuales, que no estaban dispuestos a seguir la dinámica de silencio y de terror que había hecho perder al país cuarenta años de evolución del pensamiento, el arte y la literatura.

A medida que el tren se acercaba al centro de Madrid, la vista se fue abriendo ante la gran explanada de la estación de Atocha, donde se unían las vías que llegaban desde las provincias. La fachada de hierro de la estación, que Mario adoraba, se alzaba majestuosa frente al tren. Sus vidrieras y su techado también de hierro, de Alberto de Palacio, discípulo de Gustave Eiffel, evocaban un pasado elegante en contraste con la modernidad que se abría paso en Madrid con mamotretos racionalistas del peor gusto posible. En Europa se habían echado las manos a la cabeza cuando Arias Navarro, como alcalde de la ciudad, dinamitó los Palacios de la Castellana para levantar edificios mastodónticos de oficinas y pisos como prebendas para los de su clase. Madrid llevaba tiempo construyendo sus ensanches y nuevos barrios de la forma más fea imaginable.

El Talgo se detuvo con un chirrido al llegar al final de la estación, y el olor a la ciudad enseguida entró en el vagón. Las puertas se abrieron con su rugido neumático, y empezó a acumularse en el pasillo central un río de pasajeros ansiosos por salir del tren, aunque se quedaran esperando de pie, apretujados y con las cabezas torcidas contra los reposamaletas. Mario prefirió esperar en su asiento y se asomó a la ventanilla respirando el aire contaminado de Madrid.

Frente a él, los trenes llegaban y partían de la estación con el sonido de sus locomotoras y el silbido de los guardagujas. En los andenes, los viajeros se reunían con sus seres queridos, abrazándose entre risas que se perdían en el ruido, mientras otros, cargados de maletas y bultos, se apresuraban a escapar del gentío y desaparecían rápidamente por las puertas que daban a la plaza de Carlos V. Mario buscó entre la multitud a Alma, su amiga más preciada y querida. Hacía casi un año que no la veía, y la idea de reencontrarse le llenaba de alegría. No la distinguió a simple vista en el andén, así que se puso también a la cola en el pasillo hasta que pudo bajar con su maleta y su mochila.

Nada más poner los pies en el andén, se despidió de Miguel, su acompañante cordobés de viaje, que en otras circunstancias quizá hubiese sido un amante ocasional. Intercambiaron tarjetas de visita con una sonrisa y un apretón de manos, conscientes de que probablemente nunca se volverían a ver. Mientras se alejaba, Mario no pudo evitar una última mirada hacia aquel joven misterioso, que le hizo sentir una añoranza que le visitaba cada vez con más frecuencia según cumplía años. Hacía tanto que no encontraba a alguien a quien él le gustase un poco que a veces tenía la sensación de que podía conformarse con cualquiera. Las incipientes arrugas en su rostro y la mirada cansada le recordaban que ya no era el joven que solía captar miradas furtivas. Aquel tiempo en el que los encuentros casuales y la búsqueda clandestina del sexo eran aventuras excitantes había quedado atrás. También era cierto que, con el peso de los años, esas mismas experiencias tampoco le apetecían demasiado. Cuando surgían, porque algo surgía de vez en cuando, le resultaba agotadoras y artificiales, más fruto de la necesidad que de las ganas. Al final follaba por inercia, casi siempre con gente que no le gustaba, y le quedaba la sensación de que prefería la tranquilidad de su apartamento, un libro entre las manos y algo bueno que comer. Sin embargo, cuando sucedía el milagro y vivía un encuentro morboso con alguien guapo, como el del tren, se daba cuenta de que echaba de menos gustar, ser mirado con deseo, sentir la chispa de la seducción como cuando tenía veinte años menos.

Mario se detuvo un momento para absorber el ajetreo de la gente que fluía apresurada por salir a las calles de un Madrid cada vez más repleto. Sintió nostalgia al observar esa ciudad que tanto amaba y que, al mismo tiempo, tanto le dolía. Madrid, en su perpetuo estado de lucha consigo misma, era como un árbol intentando crecer en suelo rocoso. Adoraba la capacidad de la capital para reinventarse, para sacudirse el polvo de la decadencia y alzarse orgullosa con su historia y su propia cultura, que, menos mal, comenzaba a florecer en el ocaso de la dictadura. Pero también sentía un profundo resentimiento hacia los habitantes que veneraban de forma masiva al dictador y lo absolvían de su brutalidad y su censura, como el hijo que, a pesar de conocer los crímenes de su padre, lo admira porque lleva su misma sangre.

Mario detestaba la desigualdad que dividía la ciudad en dos mundos irreconciliables: por un lado, las familias de siempre, que protegían celosamente sus privilegios y monopolizaban los altos cargos y oportunidades, y por otro, las nuevas generaciones llenas de estudios y aspiraciones, que se encontraban una y otra vez con un apellido ilustre que les quitaba un puesto que ni el mejor currículum podía alcanzar. Esto sin contar que, desde que había puesto un pie en Madrid en los años cincuenta, Mario había notado cómo muchos madrileños mostraban un desprecio de clase hacia los «paletos» de provincias, un retintín que ya parecía formar parte de la personalidad de la capital y que, sin embargo, en un curioso salto mortal ideológico, era capaz de recibir a todo el mundo con los brazos abiertos y conseguía que nadie se sintiera solo. Madrid era una contradicción constante, un campo de batalla entre la tradición y la transformación, la generosidad y la crueldad, donde cada paso hacia adelante parecía acompañado de dos pasos hacia atrás.

Los ojos de Mario se concentraron en buscar a Alma, en dar con la sonrisa radiante de su amiga, pero la multitud era tan densa que parecía imposible encontrarla. Los pasajeros, exhaustos por el viaje, seguían descendiendo del tren cargando bolsos y paquetes. Con paso firme, se adentró en el pasillo del vestíbulo principal. El gentío lo rodeaba por todos lados, una marea que le empujó hacia la salida. Los altavoces vomitaban nombres de ciudades y destinos, creando una cacofonía que los hacía incomprensibles. Mozos de cuerda con uniformes gastados se movían con agilidad entre la multitud, transportando bultos y maletas con destreza.

«Qué raro que Alma no esté aún aquí», pensó Mario. Alma era su mejor amiga, su confidente inseparable desde que se conocieron siendo muy pequeños en Cadaqués, donde sus familias veraneaban. Más adelante, sus vidas se entrelazaron aún más en Barcelona, donde Alma vivía con su familia y Mario acudía por trabajo o para desfogarse. Y finalmente en Madrid, con la librería de Alma a pleno rendimiento y él consolidado como reportero para la revista *Paris Match*, la agencia France-Presse y el diario *L'Humanité*, donde escribía bajo el seudónimo Moineau de Nuit debido a la vinculación del periódico con el Partido Comunista, que le cerraba muchas puertas en distintos países, especialmente en España.

Un sentimiento de desasosiego se apoderó de él al no encontrar a Alma en la estación. Sacó su Moleskine y revisó la fecha y la hora a la que habían quedado, como si de ello dependiera la materialización de Alma ante sus ojos. No había ningún error. Todo estaba correcto. ¿Dónde estaba Alma? Era la primera vez que no aparecía cuando él llegaba a Madrid.

Cuando el gentío comenzó a dispersarse, Mario se encaminó al vestíbulo de salida cargando la mochila con las cámaras y la maleta con la esperanza de encontrar a Alma. Pero el lugar ya estaba vacío a excepción de un par de empleados de limpieza que recogían las papeleras y arrancaban los carteles pidiendo «Amnistía» pegados en las farolas. Decidió llamarla a casa desde una de las cabinas junto a la puerta de salida. Seguro que se habría despistado, o le habría surgido algún compromiso de última hora en la librería. Eso aclararía todo el misterio. Se dio cuenta de que apenas tenía monedas en el bolsillo; cincuenta pesetas en duros con la cara del dictador de perfil, anciano pero no mucho, al modo de las efigies romanas. Los echó por la ranurita de las cabinas con el enorme logo de Telefónica en un lateral. El auricular dio señal una, dos, tres veces... sin respuesta. Recogió las monedas y, esta vez, llamo a la librería de Alma, pero ni siquiera había señal. La preocupación se intensificó.

La agitación en toda España, y muy especialmente en Madrid, se había multiplicado tras la condena a muerte por terrorismo a tres estudiantes: José Humberto Baena, Ramón García Sanz y José Luis Sánchez Bravo, que serían fusilados en unas horas en Hoyo de Manzanares. La noticia de su inminente ejecución se unía a la de Jon Paredes «Txiki» y Ángel Otaegui, condenados a sendos fusilamientos en Barcelona y Burgos. Las calles estaban llenas de carteles y panfletos, y la gente se manifestaba a pesar del miedo, para librarlos del fusilamiento por una cadena perpetua. Incluso en los últimos meses, entre los altercados y algaradas, uno de los más comunes había sido atacar las librerías. No solo la Machado, la de Sevilla y la de Madrid, con las que se cebaban casi todos los meses en los cristales de sus escaparates, sino también con las más modestas si se les ocurría mostrar algún libro un poco más político o una portada más irreverente. Así que las manifestaciones ilegales que brotaban como setas por toda la ciudad pidiendo el cambio, o todo lo contrario, eran un motivo de preocupación.

De hecho, esas ejecuciones estaban resultando tal quebradero de cabeza para el Gobierno que Mario había sido enviado por la agencia France-Presse con mucha urgencia. Su misión era describir y documentar el teatro judicial que había precedido a las condenas y el clima de tensión que se vivía en España, para elaborar artículos puntuales que debía enviar a la redacción. Mario, curtido en mil batallas como reportero, sabía que el fusilamiento de estos tres jóvenes sería un punto de inflexión en la dictadura, y él mismo había pedido cubrir la noticia. Tan pronto le dieron el visto bueno, había salido disparado desde Barcelona, donde se encontraba haciendo escala desde Vietnam. En Asia había cubierto la crisis humanitaria por la guerra en la que miles de vietnamitas buscaban refugio en otros países. Sin billetes de avión, no le había quedado más remedio que coger un tren para llegar lo antes posible a Madrid. Las sentencias de muerte se habían anunciado esa misma mañana y se llevarían a cabo al amanecer de la siguiente. La premura por fusilarlos era un intento del régimen por silenciar las voces discordantes, evitar prensa internacional y ahogar las protestas con los hechos consumados.

Mario ya había escrito para su agencia cómo el mundo entero había alzado su voz contra estas ejecuciones, desde el papa

Pablo VI implorando clemencia y llamando personalmente al dictador sin que le cogiera el teléfono, hasta líderes políticos como Olof Palme, primer ministro sueco, o Luis Echeverría, presidente de México. Incluso Nicolás Franco, el hermano del dictador, había intentado interceder. No por piedad, sino porque vislumbraba el error garrafal que estas ejecuciones representaban para el Gobierno de su hermano. Pero ni siquiera él pudo frenar la maquinaria inexorable de la dictadura.

Así que Mario sabía que España se encontraba frente a una encrucijada histórica y había estado recogiendo en sus crónicas cómo los juicios a estos jóvenes, celebrados en las instalaciones militares de El Goloso en el barrio de Fuencarral-El Pardo, habían sido una burla, plagados de irregularidades, sin defensa adecuada para los acusados y bajo la sombra de la tortura. Había incluso entrevistado a Christian Grobet, un observador de la Liga Internacional para la Defensa de los Derechos Humanos, quien había asistido a este consejo de guerra y que lo calificó como una «farsa siniestra». Las pruebas contra los condenados eran endebles y contradictorias. Incluso en el caso de Baena, solo tenían una confesión dudosa que el condenado nunca había reconocido. La justicia, una vez más, brillaba por su ausencia al servicio del régimen.

Mario llegó al portal de Alma después de cruzar la plaza de Carlos V y esquivar el caos de los carriles llenos de coches del entramado de vías elevadas, que los madrileños habían bautizado como el Scalextric. Por suerte, Alma vivía frente a la estación, lo que le ahorraba tener que lidiar más de la cuenta con el enjambre caótico de coches y peatones que era la ciudad. Llamó al telefonillo, pero no contestó nadie. Apretó el botón una vez más. Y otra, cada vez con más preocupación, pero el silencio era la única respuesta. ¿No se estaría confundiendo de hora? Volvió a dudar. El plan era que Alma lo recogiera en la estación tras cerrar la librería, dejaran las maletas en su casa y, minutos después, se encontraran con su amigo Nando, cuando este cerrara también su librería. Iban a quedar en El Brillante, el bar de siempre, para un primer encuentro rápido. Después, Nando le acercaría a la cárcel de Carabanchel, donde estaban retenidos los reos Sanz, Bravo y Baena, y cubrir así la noticia de su condena a muerte. Pero se le estaba haciendo demasiado tarde; el parón del tren por la inspección de la Guardia Civil le había robado el poco tiempo que tenía para saludar a sus amigos y llegar a la cárcel en el coche de Nando.

Fernando Sánchez, Nando para los amigos, era una persona esencial en la vida de Mario y Alma. Hijo de una familia acomodada, era de esos polloperas, pijos los habían empezado a llamar, que resultaban difíciles de odiar. Siempre dispuesto a arrimar el hombro y trabajador pese a no necesitarlo. Tenía cierto aire aristocrático, alto y delgado, con una postura estirada que reforzaba su carácter escrupuloso, aunque era un relaciones públicas nato. Sus ojos claros y expresivos, a menudo miraban con cierta arrogancia propia del nuevo rico. Había conseguido su carnet de conducir hacía unos meses, ya mayorcito, y estaba entusiasmado con la idea de ser útil, como si un coche le diera de repente un propósito vital más allá de su librería, sus fiestas literarias en casa y sus trajes de Cortefiel.

Nando y Mario habían vivido un apasionado amor muchos años atrás, jóvenes, cuando Mario llegó a Madrid a trabajar por primera vez como reportero. Un amigo en común ya olvidado, porque hay amistades tumultuosas de las que te divorcias, los había presentado en una fiesta en la piscina del Stella, en Ciudad Lineal, y su conexión fue inmediata. En aquella época y a pesar de la represión, Madrid era un hervidero de tensión sexual que intensificaban la clandestinidad y el riesgo. Aquella piscina del Stella era el ejemplo claro, con sus marines americanos recién llegados a la base de Torrejón con ganas de desfogarse, y donde las mujeres hacían toples sin remilgos. Allí Mario había visto por primera vez unas tetas de mujer al natural. Después, había visitado en alguna ocasión aquella piscina en busca de sexo fugaz en un entorno controlado, con una reprimenda si le pillaban, pero sin miedo a una paliza. De hecho, uno de sus polvos más memorables fue con un chico hermosísimo que después descubriría que era sobrino de Videla. La vida.

Nando, como Alma, era librero. Bueno, en realidad era más dueño de una librería que librero, que es algo parecido pero no igual. Hijo único, había heredado la librería de su madre, doña Dolores, una mujer del Opus Dei que, tras quedarse viuda, se atrincheró en aquel local maravilloso en la calle San Bernardo. El espacio, de techo abovedado sostenido por columnas de piedra, tenía ventanales arqueados que dejaban entrar la luz natural hasta el suelo de baldosas hidráulicas amarillas. Como en el *Mago de Oz* pero en religioso, estas guiaban el paso entre cientos de libros de santos, papas, obispos y dioses, crueles o benévolos según el apóstol. La clientela muy pía, fiel a su madre y su ejemplaridad, devoraba aquellas parábolas de flagelaciones y sacrificios de mártires que alcanzaban la santidad a golpe de amputaciones.

Pero eso no fue un problema para Nando, cuya pasión por la literatura lo había llevado a aceptar que mientras su madre viviese tendría que trabajar entre libros de oraciones y encíclicas papales. Aprendió todo lo posible mientras estudiaba Filosofía y Letras: gestión, almacén, cuentas, proveedores, publicidad. Hasta que un día, como si el destino hubiera decidido trazar una intersección demoniaca, su madre cayó fulminada por un paro cardiaco mientras, escandalizada, retiraba los ejemplares del escaparate con *La prodigiosa aventura del Opus Dei*. El libro revelaba la cara siniestra de la organización religiosa, y ella había pensado que era una loa a su fundador. El destino o el disgusto. Nunca se sabría.

Cuando Nando se hizo cargo de la librería, sintió que traicionaba la memoria de su madre al darle un giro temático y hacer desaparecer los libros religiosos. El viejo rótulo que rezaba «Librería San Pedro» fue reemplazado por uno nuevo que decía «Librería Verne». Es verdad que perdió a los clientes de toda la vida, que salían despistados sin entender cómo las Cartas de Juan XXIII habían sido sustituidas por las obras de Pasolini, Woody Allen o María Zambrano. No tardaron en apedrear los escaparates y pintar un rotundo «Muerte a los modernos» en la fachada. Pero sin embargo ganó lectoras y lectores que, como él, amaban la buena literatura. En unos años, Verne se había convertido, junto a la Machado o la librería de Alma, en un refugio en Madrid para los que buscaban buenos libros.

De hecho, cuando Alma llegó a Madrid desde su Barcelona natal para empezar una nueva vida, su amor por los libros la llevó a la librería Verne, donde vio a Nando trabajar en incontables ocasiones, aunque nunca se atrevió a dirigirle la palabra. El primer encuentro real entre ambos se produjo en una de las célebres reuniones que este organizaba en su casa del paseo del Pintor Rosales, que había sido la casa familiar de sus padres doña Dolores y don Julián, la librera pía y un constructor adinerado. Cuando Mario los presentó, la conexión entre Alma y Nando floreció al instante contra todo pronóstico. Fue durante la fiesta que Nando organizó en honor a García Márquez en su visita a la ciudad, y ambos se reconocieron en su pasión por la literatura histórica y la libertad que podía ofrecer en un mundo donde esta no existía. También en su diferencia y en lo difícil que se lo había puesto el mundo heterosexual a ambos para ser quienes eran. Las tertulias en la casa de Nando eran tan populares como las de la editora Elena Soriano, por la cantidad de personajes del mundo de la cultura que se reunían para hablar sobre arte, literatura o política. Entre los asistentes asiduos se encontraban figuras como José Luis Sampedro, Cebrián, Martín Gaite, Raimon, Ana María Matute o Umbral, entre otros que buscaban un cambio progresista en la cultura. Y desde ese día, también Alma.

Mario se quedó un momento inmóvil frente al portal de su amiga mientras intentaba encontrar una explicación lógica a su ausencia en la estación y en su casa. La fachada del edificio con su portal cerrado, sus balcones de hierro y las persianas bajadas, parecía un castillo inexpugnable y deshabitado. Se asomó a la Ronda de Atocha con la esperanza de que en cualquier momento Alma apareciera apresurada por la esquina. Pero no fue así. Desconcertado, decidió que lo mejor sería llamar a Nando, averiguar si sabía algo de Alma y que lo llevase a Carabanchel lo antes posible, donde el resto de prensa de todo el mundo ya esperaba el desenlace terrible de los condenados.

Buscó una cabina de teléfono, que encontró en la intersección de la plaza de Carlos V con la Ronda de Atocha, depositó un par de monedas en la ranura y marcó el número de la librería de Nando.

—Librería Verne. Buenas tardes.

—¿Está Fernando? Soy Mario Durand, un amigo.

—Un segundo. Voy a comprobar si está en el almacén.

Mario oyó el sonido amortiguado por el auricular apoyado contra el pecho del interlocutor. De fondo, percibió un murmullo: «Nando, ¿puedes ponerte? Es un tal Mario Durand» y un «Ya voy, ya voy…» que se fue acercando. Finalmente, la voz familiar de Nando resonó en el auricular.

—Mario, ¡ya has llegado, qué alegría! ¿Todo bien? Pensé que Alma me avisaría. ¿No estás con ella? Qué raro. Bueno, voy a buscarte.

3

Sábado, 27 de septiembre

A pesar de los braseros eléctricos en los despachos para caldear el ambiente, el frío húmedo de las dependencias subterráneas de la Dirección General de Seguridad de la Puerta del Sol se metía en el cuerpo. La corriente se deslizaba con un silbido por las ventanas a medio encajar que daban a la calle de San Ricardo. De pie y con las manos esposadas a la espalda, Alma estaba exhausta. La falda de tablas y el jersey hecho jirones exponían al frío parte de una de sus nalgas y la espalda. Aunque aturdida, trató de poner los cinco sentidos en intentar escuchar más allá de su celda, una habitación en un sótano de tres por cuatro metros, a ver si averiguaba qué sería lo siguiente que la esperaba. Las paredes estaban pintadas de blanco satinado, olía a amoniaco y en el suelo de terrazo había restos de sangre seca entre los baldosines, lo que no contribuía a la tranquilidad.

—El engendro nos trae otra sorpresa. —Escuchó decir a uno de los policías que llevaban machacándola toda la noche—. Con un zarandeo y un par de hostias se ha venido abajo, señor, y ha comenzado a lloriquear como un maricón. Dice que su padre es militar en Barcelona.

—Entonces no hagas nada más. Tendremos que ver qué dice Alfaro. Él es el que manda, por mucho que nos joda.

Alma había jurado no usar jamás el nombre y el cargo de su padre, el hombre que la repudiaba y la consideraba muerta.

Pero aquella noche, el policía Juan Juárez, que la había golpeado sin descanso, no le dejó otra opción. La había marcado con la mirada desde el momento en que bajó de la furgoneta junto a otros jóvenes tras el choque con la policía y el incendio de la librería. Juárez era un policía fibrado, con gafas de aviador de cristales amarillos, el cabello fino pegado a la frente y una nariz siempre fruncida. Sus ojos azul claro se clavaron en Alma con una especie de deleite mientras la observaba aturdida entre los estudiantes detenidos. Por cómo andaba y se movía en aquel edificio, era fácil de adivinar que era uno de los que mandaban.

Alma, que apenas escuchaba lo que sucedía a su alrededor, solo podía recordar una y otra vez las escenas que había vivido hacía apenas un rato. Sin esperar a meter a los detenidos en las celdas donde las brutalidades eran más fáciles de ocultar, Juárez y otros seis policías uniformados de gris, con sus correajes y cinturones negros, empezaron a intimidarlos en el propio patio de la Dirección de Seguridad. Mediante collejas y patadas en las piernas los obligaron a formar fila. Al principio, los detenidos trataban de mantener la dignidad, negando cualquier implicación en la manifestación, aunque los panfletos escondidos en los bolsillos y sus rostros demasiado familiares para la policía eran una prueba más que suficiente.

Con el primer bofetón a una de las detenidas más jóvenes para que guardara silencio, Alma supo que estaba en un buen lío. Buscó consuelo en las miradas de los demás, y encontró algo parecido a la empatía en el chico que la había tranquilizado en la furgoneta: Alejandro. Distinguió de forma más clara que el joven tenía un corte en la cabeza, fruto de un porrazo, y que un hilo fino de sangre le bajaba desde la herida hasta la camisa rosa claro. Juan Juárez, al mando de aquella escena, no tardó en notar cómo Alma miraba a Alejandro y se había acercado a ella con paso lento.

—Tú ya estás talludita para estar con estos niñatos. ¿Te gustan jovencitos? —dijo con una sonrisa torcida por un palillo que sostenía entre los dientes.

Alma no respondió. Se quedó paralizada, intentando comprender qué tenía que ver ella con todo aquello si parecía claro que no era una de las estudiantes que se manifestaba. ¿Habían descubierto quizá los libros prohibidos de Mao o las ediciones completas del *Kamasutra* que guardaba en la librería? ¿O tal vez alguien la había delatado por sus clubes de lectura, que acababan transformándose en tertulias bastante irreverentes?

—Pero te conservas bien, sí… —continuó Juárez, sacando una cajetilla de Celtas para encender un cigarro—. ¿Será que eres deportista? Dime, ¿eres deportista?

—No —contestó Alma en voz inaudible.

—Pues ahora vas a hacer deporte, mira por donde —dijo, señalando con un dedo fino con la uña amarillenta el suelo—. ¡Túmbate y haz flexiones! —ordenó con desprecio.

Alma intentó decir algo, cualquier cosa que la sacara de esa situación. Quería explicar que se estaban equivocando, que ella era una ciudadana ejemplar, una librera y no una manifestante. Pero las palabras no salieron. Su mente quedó en blanco, y su cuerpo simplemente obedeció. Con la mirada de todos los presentes clavada en ella, se agachó, estiró el cuerpo y apoyó las manos en el suelo de cemento.

—¡Ahora haz flexiones hasta que yo te lo diga! —bramó Juárez.

Comenzó a subir y bajar su peso doblando los codos mientras los músculos le tiritaban por el esfuerzo. La gimnasia nunca había sido su fuerte y no conseguía mantener el cuerpo sobre los brazos. Cuando trataba de elevarse, se vencía hasta caer completamente en el suelo. El resto de policías la miraban divertidos y se reían a coro con un «jua, jua, jua» oceánico.

48

—¡Mantente arriba! —gritaba Juárez mirando a sus compañeros, al tiempo que con el pie le daba patadas en la barriga para que no tocara el suelo.

Entonces, Alejandro pidió con firmeza que no la golpeara, que no era necesario. Uno de los policías que acompañaban a Juárez se acercó a él y descargó el puño con toda su fuerza sobre el pecho del estudiante, que cayó al suelo sin aire.

—¡Qué bonito! Los dos amigos defendiéndose... —dijo Juan Juárez.

—¡Sois unos salvajes! —susurró Alejandro tratando de recuperar la respiración tras el golpe.

—¡Ya basta! —anunció Juárez—. ¡Hemos perdido mucho tiempo! ¡Todos a las celdas! Rápido.

Alma, agotada tras las flexiones, se levantó del suelo con la ayuda de una joven con una trenza larguísima, que la miró fijamente dándole ánimos antes de recibir una bofetada por haberle prestado auxilio. Se puso de nuevo en fila con el resto de detenidos y observó a los policías de uniforme, que se comportaban con una ferocidad cotidiana. Hombres, jóvenes casi todos, con rostros duros que parecían haber dejado atrás cualquier rastro de humanidad en su comportamiento. Alma se los imaginó vestidos de paisano, con camiseta, cazadora y unos pantalones vaqueros, como iban todos los jóvenes ahora. ¿Alguno de esos policías habría entrado en su librería? Sin aquel uniforme, podrían pasar desapercibidos entre la multitud de Madrid. Chicos que no dudarían en devolverte el saludo si fueran tus vecinos, o incluso se tomarían la molestia de acompañarte a una boca de metro si te encontrases perdida en algún barrio de Madrid. Sin embargo, bastaba con añadirles el uniforme gris, las botas negras y la pistola al cinto para que su personalidad se transformara.

Alma lo había comprobado en su propio cuerpo. Jóvenes que se convertían en entidades deshumanizadas con la función de reprimir al semejante a cualquier precio, sin forma posible

49

de cuestionar su autoridad. Si les ordenaban golpear a alguien, ese alguien se llevaba inexorablemente una paliza. Si la ira los llevaba a acabar con una vida, esa vida llegaba a su fin. Y es verdad que cumplían órdenes, pero Alma también sabía que «la crueldad siempre se ejerce por estupidez o por placer, pero nunca por obligación», como decía Dostoievski.

Después de la gimnasia, los habían sacado del patio por una portezuela lateral marcada con una letra H en la parte superior, azuzados por Juan Juárez, que se había quedado dando órdenes a algunos guardias. Cruzaron pasillos estrechos iluminados por fluorescentes de luz blanquísima y bajaron escaleras hasta un sótano donde cada vez hacía más frío. Alma se sentía desorientada. De haber tenido que salir corriendo de ese edificio para escapar, seguramente no habría sabido hacia dónde dirigirse. El entramado de pasillos y despachos era imposible. Cuando parecía que ya no había forma de que el edificio continuara hacia abajo, aún había una escalera que llevaba a otro sótano.

El calabozo de Alma era casi un ataúd, con un ventanuco enrejado y oscuro pegado al techo por el que entraba una brisa helada. Había en él una atmósfera húmeda y viciada, que Alma imaginaba repleta de miasmas que se aferraban a sus pulmones como zarzales. Estaba segura de que saldría enferma de aquel encierro. El eco de voces y gritos desde otras celdas la mantenía inmovilizada. Trató de evadirse de aquel lugar y pensó en Mario. «Pobre, qué susto se ha debido de llevar al no encontrarme en la estación ni en casa. Ojalá me busque y se entere de que estoy aquí».

Un instante después apareció Juárez, con esas gafas de cristales amarillos que hacían que sus ojos azules parecieran verde fosforescente. A su lado iba otro policía uniformado al que llamaba Castaño. A este le palpitaba en el cuello una vena azul, y en las comisuras de sus labios se habían formado diminutas masillas blancas de baba reseca que temblaban al ritmo de su respiración. En sus manos, sobre los nudillos, sobresalían costras oscuras, probablemente de algún golpe. Alma había leído suficiente novela negra para prever lo que la esperaba: el clásico juego del policía bueno y el policía malo. Sabía que, en algún momento, le dirían que otro de los detenidos ya había confesado todos los delitos en otra sala de interrogatorios y la había señalado como cómplice. Le insinuarían que la mejor opción sería hablar, colaborar, y así volver a casa lo antes posible.

Y eso fue exactamente lo que sucedió. Juan Juárez comenzó a interrogarla sobre las actividades de los estudiantes y el papel que desempeñaba ella, exigiendo nombres e información sobre las organizaciones y partidos detrás de la manifestación. Como Alma no conocía a nadie, Juárez le había dado nombres y apellidos completamente desconocidos para ella, exigiéndole que armase un puzle de personas sin conocer ni las piezas ni el dibujo a completar. Entre pregunta y pregunta, Alma se llevaba algún bofetón sonoro, con la mano hueca para no dejar marca. Luego la zarandeaba y le lanzaba insultos como «engendro» y «mariconazo». Sin respuestas, Juárez hacía una pausa, y aparecía Castaño, el supuesto policía bueno, con las babas pastosas en las comisuras, que le ofrecía un vasito de agua y le aflojaba las esposas por un rato. «Pero que no me vea Juárez, que entonces tengo un problema», murmuraba como si fuese su salvador.

Alma se obligó a respirar, a calmar su mente en aquel calabozo en el que estaba esposada para no dejarse llevar por el pánico. El ambiente cargado de olor a retrete vareado con zotal y amoniaco le revolvió el estómago. Cerró los ojos y trató de visualizar la salida de ese laberinto, de imaginar cómo a escasos metros de ella estaba la calle Preciados y Callao repleto de tiendas. Si anduviera en línea recta, llegaría en diez minutos. Por allí Alma paseaba, tomaba café y sándwiches en la cafetería Rodilla. Un poco más allá estaba su casa, su librería, los amigos… y eso le daba fuerzas para resistir un poco más en aquel lugar. Además, notó que los dos policías andaban despistados con ella. Juárez no tenía mucha información, y eso se percibía a la legua. Decidió que no iba a hablar, no solo porque realmente no tenía idea de quiénes eran esos chicos y chicas que le habían quemado la librería, también porque si estaba allí detenida después de que los antidisturbios descubrieran sus libros prohibidos en el armario metálico, jamás delataría a quienes le proporcionaban las ediciones censuradas.

«Todo acabará si nos dices algo útil», había insistido Castaño, pero Alma no daba respuestas. Solo preguntaba por su librería y por los vecinos que vivían sobre su local. «¿Están bien? Cuando me he marchado, el fuego llegaba al primer piso», pero no le respondían y desaparecían dejándola un rato sola. Entonces volvía Juan Juárez sin su compañero, el malo sin Castaño, el bueno, y la tocaba con cierta lascivia y repulsión. Se entretenía en el cuello de Alma, en el pecho, en los muslos… Le colocaba bien la ropa y la cubría paternalmente mientras le rascaba la piel de la garganta, para luego bajar al pecho. «¿Y todo esto es tuyo?», y le pellizcaba con fuerza el pezón. «Lo que te habrá costado…», decía sin aguantarle la mirada. Luego la zarandeaba y cara a cara, recreándose en el pelo revuelto sobre el rostro de Alma, le apartaba los mechones con el dedo meñique, con su uña larga y amarilla, sin decir palabra. Luego la dejaba sola unos minutos, y volvían a entrar los dos policías juntos asegurando que tenían todo el tiempo del mundo.

Ese había sido el patrón de su interrogatorio, sin cambios.

En uno de los momentos en los que Alma estaba con Castaño, el poli bueno, encontró un instante de lucidez para sopesar que no tenía nada que perder si, muy a su pesar, sacaba su arma secreta, la que juró no usar nunca desde que llegó a Madrid: la figura de su padre. Le iban a pegar igual, y quizá así evitaba que el siniestro Juárez la volviera a sobar. Ya sabía que lo que venía ahora iba a ser cada vez peor, así que finalmente decidió contar que ella no solo era librera y que su local había salido ardiendo, sino que también su padre era militar en Barcelona, un alto cargo del ejército nacional, y que esto no le iba a gustar nada. Su voz temblaba mientras lo decía, consciente de que esa información podría ser su única salvación. Después, Alma se echó a llorar desconsolada, no por el dolor de una noche de golpes, sino por usar el nombre de su padre, la persona que más la había despreciado en el mundo, saltándose sus propias convicciones.

Aquel «poli bueno» cambió de expresión con esta nueva información y salió de la celda rápidamente. Alma le escuchó hablar en voz baja en el pasillo con Juan Juárez, cuya respuesta no tardó en llegar. Entró hecho una furia y, sin mediar palabra, le abofeteó dos veces, rápido, una en cada mejilla, y después la golpeó con el puño en el vientre, como si fuera un martillo.

—Tu padre será lo que sea, pero tú lo que eres es un maricón —dijo con desprecio.

Después salió, sin más, y Alma le escuchó hablar con una persona que no pudo reconocer.

—El engendro nos trae otra sorpresa. Con un zarandeo y un par de hostias se ha venido abajo, señor, y ha comenzado a lloriquear como un maricón. Dice que su padre es militar en Barcelona —dijo Juárez.

—Entonces no hagas nada más. Tendremos que ver qué dice Alfaro. Él es quien manda, por mucho que nos joda.

Alma apenas los escuchaba hablar entre ellos en voz baja. Sus palabras se mezclaban con un zumbido constante en su cabeza, producto del dolor y la fatiga. Pero hubo un momento en que sonó un teléfono en algún lugar de aquel laberinto que les hizo callar a todos para después dejarlos emocionados. La conversación se volvió más intensa.

Acababan de recibir desde el Ministerio de Gobernación la orden de que estaban autorizados a disparar al cuerpo si había disturbios callejeros. Al escucharlo, a Alma se le heló la sangre. La dictadura reaccionaba a lo que sucedía en las calles como un animal herido que se defendía con ferocidad, dispuesto a destruir todo a su paso para mantenerse en pie.

4

Sábado, 27 de septiembre

En el desvío que llevaba al campo de tiro El Palancar, Mario se fijó en que había una pequeña imagen de una virgen en éxtasis mirando al infinito. La escultura estaba dentro de un fanal, cerrada entre rejas como si estuviese presa y condenada a velar por los hombres que entraban en ese cuartel. Bajo el débil resplandor del amanecer, Mario y sus compañeros periodistas aguardaban con el corazón acelerado la llegada de Humberto Baena, José Luis Sánchez Bravo y Ramón García en los furgones que los llevaban al destino que había sido sellado hacía unas horas por la mano salvaje del dictador.

El murmullo de la prensa y los curiosos que se habían congregado en el descampado frente a la reja que delimitaba el cuartel de Matalagraja se mezclaba con el ronroneo lejano de los automovilistas que cruzaban la carretera que llegaba hasta allí desde Hoyo de Manzanares. Frenaban la velocidad e indagaban con la vista, asombrados por el número de personas que esperaban a esa hora de la mañana en mitad de la nada, cuando el sol todavía no había salido. Dos guardias civiles que sujetaban una metralleta a la altura de su vientre custodiaban la carretera.

Mario sintió un agujero en el estómago. Desde que Nando le había dejado en Carabanchel hacía once horas, no había comido ni dormido nada. Siempre llevaba en la mochila de las cámaras unas barritas de cereales que compraba por decenas en Londres, pero durante el viaje en tren se había comido todo lo que llevaba sin poder reponer algo de picar por el plantón de Alma en la estación. «Más vale que no haya aparecido en la estación por un ligue inesperado, porque si no mato a esa cabrona por mucho que la quiera», pensó mientras notaba cómo le rugían las tripas.

Mientras, el enviado de la BBC, que horas antes había cometido un error garrafal al anunciar que ocho ministros de Franco se oponían frontalmente a las condenas y habían presentado la dimisión, escuchaba deprimido Radio Nacional sentado en su coche con las ventanas bajadas, a la espera de alguna información del Gobierno de última hora.

Mario intercambió un saludo sombrío con Miguel Ángel Aguilar, redactor jefe de la revista *Posible*, y con Friedrich Kassebeer, del periódico alemán *Süddeutsche Zeitung*, un hombre afable e inteligente con el que solía coincidir en el Cock las veces que le había dado por salir con Alma a codearse con la modernidad madrileña.

—Hemos llegado de milagro —dijo Miguel Ángel—. Pensábamos que los iban a ajusticiar en algún cuartel cercano a la cárcel de Carabanchel, tal vez en el de Cuatro Vientos, hasta que los abogados nos comunicaron que serían fusilados aquí, y hemos salido disparados.

—A mi France-Presse me ha enviado directamente aquí. Parece que esta vez los contactos franceses están mejor informados —bromeó Mario.

—No habrá piedad para estos chicos —cortó Kassebeer.

Apenas unas horas antes, el Consejo de Ministros frente del cual se encontraba Arias Navarro, que había inaugurado su mandato con la condena a garrote vil de Salvador Puig Antich, había indultado milagrosamente a seis de los once condenados a muerte, conmutando sus penas por la de reclusión. Pero a los otros cinco les había llegado inmediatamente el «enterado» de la denegación del perdón y, por tanto, la ejecución a pena de muerte inmediata. Tres en Madrid, uno en Burgos y otro en el País Vasco.

—Un indulto de última hora hubiera sido un verdadero milagro —murmuró Román Orozco, redactor de la revista *Cambio 16*, uniéndose a la conversación—. Pero ya veréis, esto le va a salir muy caro al Gobierno.

Todos asintieron sin duda. El animal de la dictadura estaba herido y estas condenas a muerte parecían zarpazos desesperados. En la radio de alguno de los coches aparcados, sonaron las señales horarias de las ocho de la mañana y empezaron las noticias en Radio Nacional con la referencia a la carta formal de Augusto Pinochet declarando a Franco «la más absoluta solidaridad del pueblo y del Gobierno de Chile con el pueblo y el Gobierno español ante la infame campaña internacional que enfrenta España». Como horas después sabría Mario por sus compañeros de *Paris Match*, aquel fue el único apoyo público a la dictadura. Las movilizaciones que se estaban preparando en París, Lisboa, México e incluso en Roma iban a ser memorables.

Entonces, vieron llegar una caravana de vehículos por la carretera. Tres furgones, uno para cada reo, quince jeeps para las fuerzas de orden público y dos turismos negros que pasaron frente a ellos levantando una capa de polvo que hizo que todos se apartaran del camino. Las ejecuciones se llevarían a cabo por la Policía Armada y la Guardia Civil, de manera que los condenados por el asesinato de un policía fueran fusilados por un guardia civil, y viceversa. «Que nadie pudiese decir que había sido una venganza y no justicia», pensó Mario. Después pasaron varios vehículos más llenos de policías que iban riendo. Algunos parecían borrachos después de una noche festiva; otros lucían corbatas de colores, floreadas, como si se hubiesen puesto de acuerdo en llevar lo más llamativo posible. Al echarse a un lado para dejar pasar a los coches, Mario quedó junto a Victoria, la hermana del reo Sánchez Bravo, apenas con veintitantos años y con el rostro descompuesto por la tensión. A su alrededor, los abogados Fernando Salas, Eduardo Carvajal, Paca Sauquillo y Pilar Fernández la rodeaban como un escudo. Pilar, firme y serena, mantenía la mirada fija al frente mientras sostenía a Victoria, que apenas podía contener sus nervios. La joven no apartaba los ojos de la carretera que conducía a ese lugar desconocido, donde su hermano esperaba su destino.

—Vamos a tratar de llegar a donde están los chicos. *Scheisse!* No podemos quedarnos de brazos cruzados. Hemos venido para hacer nuestro trabajo —dijo Kassebeer sosteniendo su cámara Nikon en alto frente a Mario—. No voy a perder la posibilidad de hacer el reportaje del año.

—Estoy de acuerdo —dijo Mario—. Debemos encontrar una manera de llegar allí.

Los periodistas Aguilar, Kassebeer, Orozco y Mario avanzaron con paso firme hacia la guarnición que custodiaba la carretera del polígono militar de Matalagraja y mostraron su carné de prensa. Cuando iban a dar explicaciones, uno de los guardias, un hombre de cejas espesas y mirada bovina, les hizo un gesto con la cabeza asintiendo y apartándose para dejarlos entrar. Mario, incrédulo por ese permiso, suspiró de tensión tratando de que su cuerpo en movimiento fuese lo más silencioso posible para no recordar a los militares que estaban cruzando al escenario donde se viviría la tragedia. ¿Cómo les habían dejado pasar? Fue rápido, como cuando te despiertas de un sueño bonito en el que no te importa permanecer. Unos metros después, otra patrulla militar se acercó a ellos tras exigir que se detuvieran, a lo lejos. Con una mano en alto y con la otra en el gatillo del arma que se mecía en su pecho, dos guardias civiles impidieron su avance.

—¿Qué hacen ustedes aquí?

—Nuestro trabajo, somos de la prensa —contestó Mario.

—Está prohibido el paso a todo el mundo. ¿Quién les ha dejado pasar?

Miguel Ángel sacó de su bolsillo el código de justicia militar, donde había señalado con un círculo de lápiz el artículo 871, en el que se disponía que «La pena de muerte se ejecutará de día y con publicidad, a las doce horas de notificada la sentencia».

—Fuera. Me da igual. A tomar por culo de aquí —gritó el otro guardia civil que se había quedado un poco relegado.

Mario volvió a tratar de replicar, pero antes de que abriese la boca, otro grito de «Fuera de aquí, joder, que no voy a repetírselo más» junto a que les señalaran el camino con el arma, le hizo tomar raudo el camino de regreso. Miguel Ángel, Román y Kassebeer, más obstinados, se enfrentaron a los militares y los dejó allí discutiendo. Sabía que desafiar directamente a los guardias solo pondría en peligro su integridad, sin garantizar ningún resultado salvo salir de allí detenidos y no poder hacer su trabajo. Además, había algo más profundo que lo impulsaba a dar la vuelta y regresar donde esperaba el resto. En los ojos de los familiares que aguardaban el desenlace en aquella carretera de El Palancar, había visto el dolor más crudo. Documentar su sufrimiento, su impotencia y angustia podría tener un impacto igual de poderoso que la descripción de la ejecución.

Con la mirada puesta sobre el horizonte, Mario aguardó la salida del sol, momento que marcaría el desenlace fatal según la sentencia del Consejo de Ministros. Olía a hierba húmeda, a jara, a gasolina, a tabaco. Había personas que deambulaban tratando de calmar los nervios, y el zumbido de los insectos que empezaban a desperezarse con el amanecer era cada vez más persistente. El paraje, con la alborada sobre la carretera pintando el cielo de dorado y rosa, era hermoso. Después todo se desencadenó rápidamente.

A las 9:23 horas sonó la primera descarga de fusilería, que se expandió por la clara atmósfera de la sierra madrileña. Algunos pájaros escaparon asustados volando en todas direcciones. Ramón García Sanz, conocido como Pito, había sido el primero en ser fusilado por el grupo de miembros de la Policía Armada que Mario había visto pasar cantando. Minutos antes, Ramón García había rechazado que le vendaran los ojos y ser atado a un poste colocado para la ocasión. A la familia le denegaron su identificación posterior debido a que su rostro había quedado destrozado por las balas.

Después, Mario repasó mentalmente las notas que había tomado sobre él en su cuaderno, donde había empezado a escribir el artículo que aquel mismo día enviaría a su redacción. Ramón, veintiocho años, natural de Zaragoza. Huérfano desde niño, se había criado en el orfanato Pignatelli junto a su hermano Santiago, enfermo de poliomielitis y del que más tarde se haría cargo. Era soldador y trabajaba en una cerrajería de Madrid. Fichado por la policía por pertenecer al FRAP.

A las 9:40 horas, todos escucharon la segunda descarga de fusiles de otro grupo de guardias que segaba la vida de José Luis Sánchez Bravo. Al igual que su compañero, se negó a que le vendasen los ojos y se le sujetara al poste. José Luis tenía veintiún años y era natural de Vigo, hijo de una familia numerosa. Desde muy joven comenzó a trabajar. Fue librero en Galicia mientras estudiaba bachillerato nocturno en el instituto Santa Irene, tratando de sacarse un dinero que ayudase a la familia, ya que a los quince años había perdido a su padre. Mario supo por sus compañeros del *Diario 16* que la noche anterior aquel chico (¡Joder, veintiún años!) había recibido la visita de su esposa Silvia, encarcelada en Yeserías, gracias a que estaba embarazada de cinco meses.

Solo faltaba José Humberto Baena, detenido por primera vez en 1970 por participar en una manifestación estudiantil. Aunque fue absuelto, tuvo que dejar los estudios y trabajar en una cervecería. Su implicación política creció al vincularse al FRAP, lo que lo llevó a la clandestinidad. Baena había luchado por los derechos de los trabajadores, hasta que fue acusado dudosamente de matar a un policía y lo detuvieron, marcando el inicio del trágico destino que había quedado sellado en ese momento. A las diez y cinco, cuando se produjo la tercera y última descarga de fusiles, Humberto, con veinticinco años, también era asesinado.

Todos ellos, José Luis, Ramón y Humberto, rematados con tiros de gracia en la cara:

Pac.

Pac.

Pac.

Dejando a los jóvenes con el rostro irreconocible.

En aquel descampado, con el último tiro de gracia, el silencio quedó roto por las risas y la celebración de los miembros de los pelotones de fusilamiento. Carcajadas y vítores. Palmadas viriles en la espalda.

Victoria, la hermana de Baena, lloraba con un alarido atroz salido de la más absoluta desolación y después, en un impulso ciego, salió corriendo por la carretera hacia Madrid, desesperada y sin rumbo, hasta que la abogada Pilar Fernández la agarró en un abrazo para consolarla. Mario se obligó a tragarse la rabia. Una mano se posó en su hombro; era el periodista de la BBC, que le miró con cara de no entender nada y que luego apagó la radio de su coche como si ya no quedara más que escuchar.

Mario sabía que la maldad más atroz puede volverse la norma si se la deja prosperar demasiado tiempo. Y ese era el mayor peligro que estaba a punto de desplegarse en el país que tanto amaba: que la dictadura solo podría mantenerse en pie mediante la violencia. Si el país no despertaba ahora, si no tomaba un nuevo rumbo, la represión sería el único modo posible de gobernar. El dictador se extinguiría, pero la brutalidad seguiría ahí como forma de subsistencia. Ojalá, pensó, que cuando surja la oportunidad, los españoles sean lo suficientemente sabios como para no perpetuar su tradicional historia de autodestrucción.

Unas horas después, Mario leyó la carta que Humberto había dejado a sus padres antes de caer fusilado. A pesar de las barbaridades que había presenciado en su trabajo a lo largo del planeta, en lugares donde la brutalidad no sorprende, sintió una pena y un dolor que lo agrietaron por dentro:

Papá, mamá:

Me ejecutarán la mañana de mañana.

Quiero daros ánimos. Pensad que yo muero, pero que la vida sigue.

Papá, recuerdo que en tu última visita me habías dicho que fuese valiente, como un buen gallego. Lo he sido, te lo aseguro. Cuando me fusilen mañana, pediré que no me tapen los ojos, para ver la muerte de frente.

Siento tener que dejaros. También lo siento por vosotros, que sois viejos y sé que me queréis mucho, como yo os quiero. No por mí. Pero tenéis que consolaros pensando que tenéis muchos hijos, que todo el pueblo es vuestro hijo, al menos yo así os lo pido.

¿Recordáis lo que dije en el juicio? Que mi muerte sea la última que dicte un tribunal militar. Ese era mi deseo. Pero tengo la seguridad de que habrá muchos más. ¡Mala suerte!

¡Cuánto siento morir sin poder daros ni siquiera mi último abrazo! Pero no os preocupéis, cada vez que abracéis a Fernando, el niño de Mary, o a Manolo haceros a la idea de que yo continúo en ellos.

Además, estaré siempre con vosotros. Os lo aseguro.

Una semana más y cumpliría veinticinco años. Muero joven, pero estoy contento y convencido.

Haced todo lo posible para llevarme a Vigo.

Como los nichos de la familia están ocupados, enterradme si podéis en el cementerio civil, al lado de la tumba de Ricardo Mella.

Nada más. Un abrazo muy fuerte, el último.

Adiós, papá. Adiós, mamá.

Vuestro hijo,

HUMBERTO

5

Domingo, 28 de septiembre

El dolor de las patadas y los bofetones se mezclaba con el miedo por saber cuál sería el siguiente paso de los salvajes que la habían interrogado. Los ojos de Alma mostraban el cansancio y la confusión de toda una noche de maltrato, multiplicada además por una jaqueca que la golpeaba tras el ojo izquierdo, como si quisiera explotar ahí mismo. Estaba sentada en una silla metálica en lo que parecía ser un despacho elegante y grande. Un lugar muy diferente a la celda donde había pasado toda la noche. ¿Cómo había llegado allí? La debían de haber arrastrado en algún momento en el que había caído inconsciente.

El despacho estaba en una planta alta, y desde la ventana veía la Puerta del Sol al amanecer. La luz del alba se asomaba tras el edificio con el cartel de Tío Pepe y arrojaba una luz pálida sobre la plaza, donde ya se agolpaba la gente en los autobuses de la isleta central. Algunos transeúntes se apresuraban por las aceras, sin hacer mucho caso al edificio siniestro que presidia Sol, y entraban en la boca del metro ajenos a lo que sucedía ahí. ¿Cómo era posible que la gente no supiera de aquel infierno? ¿Es que nadie oía los gritos de los retenidos en las celdas?

Pensar en todas esas personas que comenzaban sus rutinas de trabajo hizo que Alma se acordara de los vecinos que vivían sobre su librería: Laura, la anciana del primero. ¿Habría logrado escapar del incendio con la poca movilidad que tenía? En su imaginación apareció la imagen del cadáver calcinado de Laura, apoyada sobre el quicio de la puerta y esperando inútilmente a ser salvada. Después visualizó al resto de vecinos con sus bocas abiertas, tratando de respirar y mostrando una fila de dientes en donde la carne se había encogido ante el calor del fuego. La angustia agarró a Alma de la tráquea y la hizo emitir un gemido animal. Un sonido raro que provocó que la jaqueca arreciara con fuerza debido al esfuerzo. Todo podía ser mucho peor para Alma si alguien había sufrido algún daño en el incendio, si toda esa locura no había culminado solo con la pérdida de su librería, sino también con gente abrasada, asfixiada.

Quería vomitar. Los destellos en el ojo izquierdo, palpitante como si fuera a explotar, la obligaban a cerrarlos con fuerza, como si al empujar el dolor hacia adentro lograra contenerlo hasta que llegara el momento de dejarlo salir en su casa, en su cama, a oscuras y con una toalla fría en la frente. En casa, en casa, en casa… Y allí, quizá, morir si hacía falta.

A veces, vomitar le aliviaba la jaqueca de forma milagrosa, así que trató de hacerlo allí mismo, en ese despacho, pero no pudo. Su estómago estaba vacío desde hacía horas, después de devolver hasta la última bilis con el tercer puñetazo de Juárez en el vientre, que hizo que Castaño, el poli bueno, al notar que era inevitable el vómito, le acercase una papelera. «Que luego encima me toca recogerlo a mí». Alma recordó lo que su madre solía contar en las reuniones de vecinas en Pedralbes: «Evité que me violaran los rojos porque me vomité encima. El vómito es algo que no gusta a nadie. Ese olor…, y por eso no me tocaron». Y entonces Alma decidió que sus jugos gástricos cayeran sobre su pecho. A ver si Juárez dejaba de sobarla.

Sentada en ese despacho amplio, agradecía la corriente racheada que se colaba por la ventana que daba a la plaza, justo debajo del kilómetro cero. Miró las sillas de acero inoxidable y polipiel a su lado, rajadas por el tiempo y el peso de los miles de sospechosos que se habrían sentado ahí. La mesa de madera que tenía delante de ella rebosaba papeles, y en las paredes se agolpaban retratos de jóvenes que se habían ido desparramado por el resto de la habitación. Le pareció que había demasiada gente sospechosa en dichas paredes. De repente, un hombre corpulento y de aspecto serio se acercó a Alma por una puerta que no había visto debido a su aturdimiento.

—Soy el teniente coronel Alfaro, Alfonso Alfaro, de la Policía Armada —dijo mientras soltaba las esposas que llevaban horas oprimiendo las muñecas de Alma, quien asintió. El clic metálico resonó en la habitación marcando el final de una noche llena de angustia. Alma sintió alivio al advertir cómo las esposas se deslizaban de sus muñecas, y el calambre que sentía en sus brazos comenzó a mitigarse. Con un suspiro de alivio, no pudo reprimir estirar los brazos ante la mirada del policía.

Alfonso Alfaro tenía el pelo absolutamente blanco y unas gafas de montura oscura y gruesa, con cristales ligeramente ahumados que le hacían extrañamente moderno. Vestía el uniforme gris reglamentario en el que destacaban en rojo los galones de su escala de mando, con las dos estrellas amarillas bajo el águila de San Juan. Su mirada era acuosa y directa, sin apenas parpadeos. En su manera de entrelazar los dedos de las manos y dejarlas reposadas sobre la mesa había una condescendencia que Alma trató de usar en su favor.

—No he hecho nada, se lo juro. No tengo nada que ver con esos alborotadores —retomó Alma la conversación que llevaba repitiendo toda la noche.

Alfonso suspiró.

—Lo sé.

Alma enmudeció y sintió alivio al mismo tiempo. Por fin alguien la creía.

—Entonces ¿por qué estoy aquí...? —Sin más, las lágrimas le resbalaron por la cara y se unieron a la sangre reseca de sus labios antes de caer a su jersey de tergal rosa hecho jirones.

Alfonso la observaba con una mezcla de compasión y desgana.

—Esto es más complicado de lo que parece. Tu librería, tu presencia en esa manifestación, lo que eres... Todo ha sido un desencadenante, pero la realidad es que... —Hizo una pausa, como si sopesara las palabras—. La realidad es que han visto tu enfermedad como una provocación.

—¿Mi enfermedad?

—Escúchame. Ha sido una cagada, pero debes dejarlo aquí. —Con cierto reparo, Alfonso sacó un pañuelo de la chaqueta y se lo ofreció a Alma, que lo cogió y se lo llevó a la cara. El pañuelo limpio, perfectamente lavado y planchado, olía a jabón de Marsella.

—Pero mi librería, mis libros...

—Cobra el seguro y busca otra forma de ganarte la vida. Una oficina. Una fábrica. Regresa a Barcelona con tu madre y tu padre —dijo Alfonso, mirándola con compasión y percibiendo la desconfianza que se reflejaba en sus ojos magullados—. Tu madre está a punto del infarto.

—¿Conoce a mi madre?

—Debes saber que te dejaré libre por la lealtad que tengo hacia tu padre y la amistad con tu madre. Estaba muy disgustada. Anoche cogió un avión desde Barcelona para estar contigo. Pero tu padre... Todo esto podría haber sido mucho más complicado —continuó Alfonso bajando el tono, como si estuviera compartiendo un secreto—. Mis compañeros están nerviosos... Vamos a vivir un momento complicado. Déjalo estar.

Alma sintió que un escalofrío le recorría la espalda. El sistema que los amparaba no hacía más que perpetuar esa maldad, permitiendo que personas como esas tuvieran el poder de arruinar vidas sin consecuencias. Alfonso bajó la mirada, como si las palabras que iba a pronunciar le pesaran demasiado.

—Si te sirve de algo, he hablado con tu madre y le he explicado que este incidente no ha tenido nada que ver contigo. Sin embargo, aunque te libere, tendré que incoar una denuncia por escándalo público. Algo tiene que figurar en los registros para que hayas estado detenida.

Alma sintió una punzada de indignación al escuchar esas palabras. Sabía que, al final, había vuelto a caer bajo la Ley de Peligrosidad y Rehabilitación Social, esa trampa que aprisionaba a tantos inocentes bajo pretextos humillantes. Pero estaba tan agotada... Tan cansada de luchar. El cuerpo le pedía descanso, y la promesa de la libertad sonaba tentadora, aunque fuera a cambio de aceptar cargos absurdos como «escándalo público» o «conducta inmoral». A esas alturas, le daba igual qué delito le colgaran, solo quería salir de allí.

Alfonso le tendió un documento con seis líneas mecanografiadas al que le puso varios sellos con tinta azul que golpeó con fuerza contra la mesa. Después sacó una pluma Montblanc del bolsillo interior de su chaqueta y firmo con dos enormes «AA».

—Con esto te dejaran salir. Tu madre te espera fuera.

—Gracias, señor Alfaro —murmuró Alma, con la voz quebrada.

Después, Alfonso Alfaro señaló la puerta para pedirle que se marchara, y ella obedeció.

Tras salir del despacho, Alma se quedó en silencio un momento en mitad del pasillo. Estaba aturdida y le dolían los brazos, los tobillos; se limpió la cara con la manga mientras se atusaba el pelo y se frotaba los ojos llorosos. Ante ella había un pasillo largo por el que deambulaban un montón de personas a las que nada parecía importarles: policías de uniforme impoluto; funcionarios de chaqueta gris antracita y corbata brillante; secretarias de faldas oscuras por debajo de la rodilla, con sujetadores que elevaban el pecho, labios rojos y moños cardados. Algunos fluorescentes parpadeaban lanzando destellos irregulares que acentuaban la sensación de irrealidad. También había hombres y mujeres desarrapados que estaban detenidos, quietos y con las manos esposadas a la espalda. Algunos protestaban y juraban que no tenían que estar ahí. Otros suplicaban salir, volver al trabajo, a las clases en la universidad, a cuidar de madres enfermas que estaban solas… Las voces se mezclaban en un murmullo donde algún grito lejano enmudecía a todos.

Alma avanzó por ese pasillo, rozando con la yema de los dedos la señal que le habían dejado las esposas en las muñecas, un surco repleto de heridas como si le hubieran pasado concienzudamente una lima. El lateral de su cadera, con el corte del cristal, le escocía como si aún lo llevase clavado, pero notó que tenía una venda abultada que le debían de haber puesto en algún momento de su inconsciencia. Después se volvió a pasar la mano por el pelo que trató de alisar y peinar.

En ese momento, un golpe seco la empujó de repente hacia uno de los despachos, donde la puerta se cerró de golpe tras ella. Estaban en penumbra y no veía qué había sucedido. Por el tacto sobre sus hombros de unos dedos finos de uñas largas, supo quién era. Notó el aliento de Juárez en la nuca, un hálito áspero que le hizo estremecerse.

—El señor Alfaro me ha dejado libre —advirtió inmediatamente Alma, mostrando el papel firmado que aún llevaba en la mano.

—Calla, maricón. ¿Te crees que no me he dado cuenta de lo que eres?

Notó cómo Juan Juárez le tapaba la boca con una mano y con la otra le subía la falda y tiraba de las bragas hacia abajo. El cuerpo de aquel hombre fibroso se pegó al suyo, y sintió cómo, empalmado, buscaba dónde meterle la polla. El hedor a tabaco de sus dedos se mezclaba con su sudor, y esos mismos dedos que se movían como insectos entraron en su boca. Alma, sin poder gritar, soltaba patadas hacia atrás, como un caballo enrabietado y buscando hacer el máximo daño posible, pero no servía de nada. Juan Juárez jadeaba, decía palabras inconexas sobre sus tetas, su piel blanca y su culo mientras se frotaba contra los muslos de Alma como un animal. Entonces paró, sacó los dedos de la boca de Alma y le agarró el cuello con ambas manos, apretando con todas sus fuerzas.

—Te voy a asfixiar. Te voy a matar y voy a sentir placer al hacerlo. Así que ni un ruido o aprieto más fuerte.

El aire dejó de pasar por la garganta y la nariz de Alma. Dio una bocanada, dos, tres… Así que decidió que ya. Que ya estaba. Que no podía más y que lo mejor era quedarse inconsciente. Que hasta ahí habían llegado su cabeza, su fuerza y su vida. «Que me violen, que me maten, pero que me dejen en paz», pensó con una tranquilidad resignada que le sorprendió. Sus pensamientos se desvanecieron mientras la presión en su cuello aumentaba. Los bordes de su visión se oscurecían, y la penumbra se disipaba para siempre.

Justo en ese momento, alguien llamó con los nudillos a la puerta.

—¿Hola? ¿Hay alguien? —dijo una voz de mujer, forcejeando con el pomo de la puerta.

Juan Juárez se apartó de Alma con parsimonia, se metió la camisa por el pantalón, se abrochó el cinturón y sonrió, como si lo hubieran pillado haciendo una travesura y no quisiera que le descubriesen. Encendió la luz y apartó de un codazo a Alma, que seguía inmóvil ante él tratando de recuperar el flujo de aire en los pulmones. Juárez quitó el pestillo de la puerta con un gesto divertido al tiempo que se ponía las gafas de aviador de cristales amarillos. Una secretaria de melena negrísima los miró extrañada desde el quicio y recorrió la estancia con la mirada.

—Alfaro necesita la sala para un interrogatorio —dijo la mujer sin cambiar el gesto.

—Vale, vale... Yo ya he acabado. —Miró a Alma—. Ya puede marcharse, «señorita» —afinó la voz ridiculizando la palabra—. Pero la vigilaré de cerca.

Juárez salió tratando de disimular la excitación marcada en la bragueta del pantalón. Alma se apoyó en el marco de la puerta buscando estabilidad. El corazón le bombeaba entre las costillas como si pudiera partirlas. Después salió sujetándose el vestido en la cintura ante la mirada hostil de la secretaria, que no había dejado de mirarla. Alma sintió entonces su cuerpo como un espacio físico insoportable, como un lugar inhóspito, violento, inhabitable. Volvió a mirar a ambos lados del pasillo y preguntó, con un hilo de voz a esa mujer que la había salvado sin saberlo, por dónde estaba la salida.

6

Domingo, 28 de septiembre

Después de dormir cinco horas con esa levedad que hace romper el sueño con cada ruido de la casa, Alma se miró en el espejo del dormitorio. Se le estaba hinchando la cara y tenía una inflamación desde la nuca hasta la oreja derecha. Miró la línea de piel descolgada por la edad a los lados de la boca y se estiró con la yema de los dedos las bolsas que el maquillaje hacía tiempo no era capaz de disimular. Se retiró el pelo encrespado de la frente y el conjunto de su rostro le pareció extraño, ajeno, primitivo, como esas imágenes en los libros de ciencias en los que al ser humano le quedan un par de saltos evolutivos. Se apartó precipitadamente de su imagen en el espejo y se recogió la melena en una coleta. Aun así, tuvo la sensación de que esa mujer mayor y estropeada, espectral, aún la miraba desde el espejo reprochándole lo poco que se cuidaba.

Sonó el telefonillo y después la voz de Olga, la madre de Alma, desde el fondo del pasillo.

—Ya abro yo.

Olga era una mujer delgada, alta, de presencia señorial y con la elegancia de un paisaje de Turner. Su cabello, siempre teñido de negro y peinado en un moño italiano, reflejaba su carácter disciplinado. Sus ojos grises parecían atravesar a cualquiera que se atreviese a contradecirla. Vestía con austeridad, siempre de oscuro, pero no de negro, impecable y mostrando una figura que mantenía erguida, aunque el tiempo la había querido doblegar. Ese porte no pasaba desapercibido entre sus amistades, que, aunque no eran muchas, estaban bien elegidas y la veían como a una señora de otra época, rígida y virtuosa, de las que no quedaban. Olga siempre había elegido con precisión a las personas que la rodeaban. Cada encuentro social con las esposas de los amigos del ejercito de su marido era una oportunidad para tejer un entramado de influencias y lealtades. De hecho, el engranaje de intereses que había creado a lo largo de los años logró poner a Olga en Madrid en unas horas tras la detención de Alma, para recibir a su hija en la puerta trasera, la más discreta, de la Dirección General de Seguridad en Sol. Y asimismo le habían permitido hablar sin restricciones ni cita previa con Alfonso Alfaro, el gran jefe, que la había sacado de aquel lugar en cuestión de horas.

En el taxi de camino a casa, Alma se había atrevido a hablar de lo que había sucedido. Olga no había hablado apenas desde que la había recogido en la Puerta del Sol, con un abrigo largo que cubriese a Alma entera, de cuerpo agotado y ropa destrozada.

—Mamá, yo no he tenido nada que ver...

—Lo sé —cortó Olga—. Me lo ha dicho Alfonso.

Alma apoyó la cabeza sobre el hombro de su madre, agotada. No por cariño, sino por instinto, y esta sonrió fugazmente para luego pasarle una mano por la frente y retirarle el pelo sudado. Olga parecía dejar de tener casi setenta años cuando sonreía con sinceridad. ¿Qué la ponía triste? ¿Qué sueños había dejado atrás? ¿Cómo había sido su infancia? Alma no lo sabía, porque en realidad sabía muy poco de su madre.

Alma la quería de una manera desquiciada, con un cariño atravesado por el reproche hacia su ausencia durante su juventud y por el hecho de no haber frenado la crueldad de su padre, que la maltrató hasta echarla de casa. Pero ese amor hacia Olga era innegable, sostenido por cómo había aprendido con el tiempo a acercarse a su hija, despojándose de los dogmas sociales que la obligaban a mantener una fachada impecable hacia los demás. La misma que Alma había venido a dinamitar sin miramientos, sacudiendo los cimientos del orden familiar. Desde que Alma se había trasladado a Madrid, su madre estaba más pendiente de ella, como si la distancia física hubiera aliviado la presión de las miradas ajenas y permitido un acercamiento emocional antes impensable. Era cierto que Alma admiraba la fortaleza de Olga, tanto como le repugnaba su sumisión a un hombre que la había maltratado de todas las formas posibles, anulándola mientras ella sostenía la imagen de su marido militar con un entramado de favores, amistades y detalles que nunca le habían agradecido. Lo hacía sin quejarse, como si la resignación fuera una virtud heredada de su propia madre, la abuela de Alma, Mila, quien nunca entendió por qué su hija Olga, probablemente ya embarazada de un hijo que no llegó a nacer, se había casado precipitadamente con aquel militar obsesionado con la guerra y la religión.

De hecho, en una voltereta de la vida, esa religión exacerbada de su padre había sido la tabla de salvación que permitió a su mujer aceptar a Alma tal como era, con un pensamiento tan sencillo como poderoso: si Dios la había hecho así, ella no podía contradecir sus designios. No fue un razonamiento inmediato, claro, sino una escapatoria construida a lo largo del tiempo como forma de hacer frente a las presiones de la Iglesia, la sociedad y el Estado, que la empujaban a pensar que su hija era una aberración. Esta idea la llevaba en secreto; era un pensamiento que no podía compartir con sus amigas del Opus, del que quedaría excluida inmediatamente, y que además compartía con la idea paradójica de que Alma volviera milagrosamente al redil. Al final, lo importante era que su madre había encontrado una manera de justificar estar al lado de Alma sin sentirse demasiado culpable.

—¿De qué conoces a Alfonso, mamá? Me ha dicho que es amigo tuyo —preguntó Alma con curiosidad, observando desde el taxi el rostro cansado de Olga, que miraba la marquesina del teatro Calderón al pasar por Jacinto Benavente, donde representaban «Candelas», un espectáculo flamenco de Manuel de Falla.

—Qué pesados con el flamenco, como si no hubiera otro tipo de danzas en este país.

—Mamá, ¿de qué lo conoces? —insistió Alma.

—Alfonso y yo... Bueno..., éramos amigos de jóvenes.

Alma asintió.

—Estuvimos muchos años sin vernos, y después nos reencontramos en Barcelona tras la guerra, donde lo destinaron, y retomamos la amistad... Mira, ya hay cola para el Cristo de Medinaceli, a ver si me da tiempo a acercarme. Menos mal que en España el Sagrado Corazón de Jesús reina con más agrado que en otros países gracias a nuestros rezos. Es una pena que esa iglesia esté siempre repleta de paletos de provincias. Como no hacen más que enterrar hijos todos los años, vienen aquí a pedir por los que les quedan.

—Mamá..., no digas eso. —El taxista tosió, y Alma vio en el retrovisor el rostro del conductor, mirándolas con desagrado.

Olga iba a misa casi todos los días. Le gustaba arrodillarse en la iglesia, buscar una imagen y poner las manos frente a su cara para rezar, desafiante y casi enfadada, mirando al cristo o la virgen de la iglesia de turno para preguntarles por qué le mandaban tantas adversidades.

—Tu padre es muy devoto de este cristo. Tiene una imagen de él en el despacho. Pero no parece escuchar sus plegarias.

¿Hacía cuánto tiempo que Alma no veía a su padre? Lo sabía perfectamente: trece años y veinte días desde que le pidió que no volviera nunca a su casa, a su barrio y a Barcelona en general. Para Alma, existir no solo le había costado transformar su físico, sino también su vida entera. El rechazo de su padre había sido duro. Cada día de todos esos años que hacía que no le veía era un recordatorio de la realidad de su situación y, a la vez, la forma de seguir adelante.

Pocos meses antes de irse de Barcelona, con veinticuatro años, Alma ya no hablaba de casi nada con su padre. Existía entre ambos un lenguaje de silencio, como forma de castigo mutuo, que había estado presente a lo largo de toda su pubertad. Una ristra de lagunas e indiferencia que la había hecho experta en desentrañar el lenguaje oculto de los gestos. Su padre le había retirado el tacto con ocho años, no la besaba y apenas la tocaba. Poco después, no solo no la tocaba, sino que tampoco la miraba, al menos no directamente. Siempre con la pupila esquiva e interponiendo las manos con gestos bruscos junto a un «Venga, venga» que la apartaba de su camino. Una situación que, lejos de mejorar con el tiempo, terminó en una distancia que convirtió a su padre en una amenaza tangible. Alguien que pasó de ignorarla a insultarla e incluso a ejercer una violencia que Alma no pudo soportar.

La idea de que su propio padre le había dado de lado generaba en Alma una sensación de desamparo absoluta. Si su padre consideraba su mera existencia como algo tan aberrante que no podía ser tolerado, ¿qué no iban a pensar los demás? Pero, por otro lado, en un nivel más profundo de su conciencia y de forma ilógica, la obcecación de su padre en mantenerse lejos y no entender la realidad era lo peor que le podía pasar y le había pasado. Por lo tanto, todo lo que viniese después, el vilipendio y el desprecio de los demás, nunca superaría ese nivel de dolor, así que podría con ello.

El sonido del telefonillo de su casa interrumpió sus pensamientos para devolver a Alma al presente. «Estoy en casa, mi casa, qué alivio…». Olga, con una mezcla de enfado y sorpresa, anunció:

—Es Mario. ¿Qué hace aquí? ¡Qué mal momento para que aparezca!

—Ha venido a pasar unos días a Madrid, mamá. A trabajar. Le ofrecí que se quedase en casa —dijo Alma, cuyo rostro se iluminó por un instante al saber que Mario había llegado.

—Tú siempre haciendo de la casa una pensión. ¿Su periódico no le puede pagar un hotel?

—Es mi amigo, mamá. Y hace casi un año que no nos vemos.

Alma encendió la lámpara del salón mientras Mario subía, porque estaba nublado y la penumbra la ponía nerviosa. La jaqueca insoportable que había comenzado en su celda de Sol aún seguía latente, aunque había remitido tras el ratito de descanso, la ducha y la sobredosis de naproxeno.

La primera jaqueca que vivió Alma en su vida le dio en Madrid, al mes de mudarse y mientras paseaba por la reproducción de las Cuevas de Altamira del Museo Arqueológico. Un pinchazo en la cabeza la paralizó mientras contemplaba fascinada el dibujo de una manada de mamuts que había en el techo. Después, de forma repentina, vino la ceguera en un ojo que la convenció de que estaba en plena embolia. Salió de la reproducción de Altamira con miedo y se sentó en el jardín del museo tratando de tranquilizarse. ¿A quién podía avisar? Fue entre esos parterres de margaritas y rosas donde se desvaneció por primera vez por una jaqueca. Luego vomitó y acabó en urgencias de la Ciudad Sanitaria Francisco Franco, pensando que su vida llegaba al final. Los médicos nada agradables del hospital, tras verificar que Alma no tomaba ningún tipo de medicación ni hormonas, la mandaron al neurólogo sin más. Era un hombre joven, bellísimo, fuerte y heredero de muchas generaciones bien alimentadas, que decidió incluir a Alma en los estudios farmacológicos de un nuevo medicamento americano que pronto sería más famoso que la aspirina: naproxeno.

Tras aquella primera migraña, la primera de muchas que vinieron después, Alma siempre llevaba en el bolso una cajita de plata regalo de su madre con esas pastillas mágicas de na-proxeno, que eran capaces de cortar de raíz el dolor, siempre y cuando las tomara en el momento en que se iniciaba. De lo contrario, el dolor tras el globo ocular se volvía tan fuerte que su calavera parecía querer explotar para dejarla fuera de juego durante varios días.

Alma se llevó la mano al ojo derecho y se apretó con fuer-za. Ya no tenía los destellos iridiscentes, lo que quería decir que la pastilla estaba haciendo su trabajo. Observó la escena de la plaza de Carlos V a través de la ventana del salón, que como era costumbre los domingos estaba saturada de madri-leños camino del Retiro, del Rastro o del centro de la ciudad en sus vehículos, abarrotando las pasarelas del Scalextric que Alma veía desde la altura de su casa.

A pesar de la asfixiante contaminación frente a la que vivía, ese paisaje había dado a Alma la ventaja fundamental de que su alquiler fuese más asequible. Además, la localización era perfecta para ella al estar a quince minutos de su librería en Argumosa. Por ello había aprendido a convivir con el hormi-gón y el asfalto que llenaba las vistas de su hogar, y ya no le molestaban tanto el ruido constante de los coches, las luces intermitentes de los frenos y el resplandor naranja de las fa-rolas, que daban a la plaza un aire de ciencia ficción que el paso del tiempo había conseguido que hasta le resultase acogedor.

Sonó el timbre, y Olga abrió la puerta.

Al ver a Mario, Alma se lanzó a sus brazos, que la recibie-ron abiertos. Él, aún sin resuello por subir los cinco pisos, la apretó con fuerza y permanecieron así unos segundos. Entre los brazos de Mario, Alma sintió que podía soltar peso, des-cansar segura y no estar sola.

—Me alegra verte, Mario —cortó Olga al momento con una sonrisa que trataba de ser sincera.

—Señora, cuánto tiempo. —Mario ofreció la mano para saludarla—. Creo que no nos vemos desde el último verano que pasé junto a mis padres en la Costa Brava. Hace un par de años, si no recuerdo mal.

—Podría ser, sí. ¿Qué tal tu madre? Hace siglos que no sé nada de ella.

—Bien. Sigue en París, ya jubilada del laboratorio y ahora con una vida tranquila. ¿Y usted? No la hacía en Madrid.

—Pues ya ves. He tenido que venir de urgencia. Tu amiga ha tenido un problema en la librería… Bueno, la librería o lo que queda de ella…, y encima la han detenido. Hemos tenido que remover cielo y tierra para que la soltaran. Pensaban que era uno de esos jipis que quieren ver España hundida de nuevo.

—Alma, ¿te han detenido? ¿Qué le ha pasado a la librería? —Mario dejó con la palabra en la boca a Olga y miró a Alma detenidamente. Al ver su rostro hinchado y con heridas, la preocupación se intensificó—. Pero… ¿qué ha pasado?

—Yo lo que no sé es qué hace tu amiga en Madrid pudiendo estar en Barcelona, que es su ciudad —dijo Olga sin dejar hablar a Alma.

El cuerpo grande de Mario rodeó de nuevo a Alma, que enseguida sintió su olor a colonia de mandarina, y se abrazó de nuevo a él con fuerza, aunque le dolía todo el cuerpo. Cerró los ojos y se acurrucó tratando de no pensar en las patadas en las costillas y en el estómago que había recibido hacía unas horas.

—Lo siento, Mario. No pude ir a buscarte… Me han quemado la librería —dijo Alma en un quejido casi inaudible.

—Pero ¿qué ha pasado?

—Unos estudiantes se han manifestado y me han destrozado la vida… Han quemado la librería. Mario, precisamente ellos. ¿Cómo pueden atacar una librería?

—No entiendo nada, Alma.

Al ver a Mario y Alma abrazados durante más tiempo que el decoro indicaba, Olga se apartó en silencio con cierta envidia de Mario. Para ella, su hija era inaccesible, como un edificio de infinitas habitaciones construidas de forma desordenada. Así que lo que más deseaba en el mundo al verla allí, al lado de aquel hombre igual de enfermo que su hija, era agarrarla por el brazo para convertirla en lo que debía ser. Un cambio que Olga estaba segura que se podía conseguir en su ciudad, con su entorno, donde había médicos, párrocos, congregaciones enteras que podían ayudarla a salir de la confusión mental en la que vivía. Pero como sabía que eso era imposible, que su hija estaba perdida por su obcecación, se limitó a sacar de su sostén una imagen con la Virgen del Carmen, que besó susurrando algo que solo oyó la estampa.

—Cariño, deberíamos rezar algo para agradecer que no hayas salido ardiendo a manos de esos masones y comunistas que han quemado tu negocio. Al fin y al cabo, la policía te salvó la vida sacándote de allí.

—Mamá, esos policías me han machacado… —Pero Alma no siguió la frase. Sabía que no tenía sentido explicar de nuevo lo que había pasado—. Creo que deberías ver menos a tus amigas del Opus. Tanta matraca con la masonería y sus rituales secretos, y ahora ellos mismos, con ese rollo de «la Obra» se han convertido en una organización secreta dirigida por un cura aragonés que tiene más horas de maquillaje y peluquería que tú y todas tus amigas juntas.

—¡Basta! Ya eres mayorcita para estar blasfemando delante de tu madre. Son un instituto religioso, y no está bien que difames a Josemaría, que el cielo tenga en su gloria.

—Lo que es cierto, señora —dijo Mario tratando de calmar los ánimos—, y esto les halaga, es que el Opus ha sido listo y ha sabido hacerse con el poder en los últimos años. Pero también es verdad que se vigilan entre ellos más que se ayudan.

—¡Claro que son listos! —afirmó Olga—. Mi amiga Elena Serra y su marido, supernumerario, buscan un Madrazo para su capilla de la casa de Pedralbes. Querían a un pintor romano, y no te creas que todo el mundo conoce a Madrazo.

—De hecho, esa gente es la que se está haciendo con el gobierno —dijo Mario—. Vuestro dirigente ha decidido vivir como Felipe IV, dejando el gobierno en manos de sus validos mientras él hace lo que le divierte: concede títulos nobiliarios, inaugura obras, va a misa y ratifica condenas.

—Pues también se lo merece —se enfadó Olga—. Ha trabajado mucho por este país y si ahora quiere una vida de cazar, pescar y ver cine y fútbol, pues muy bien. ¿Dónde estaríamos sin él? España rota. Hijo, hay toda una maquinación para deshacerse de España como nación católica. Y lo peor de todo, lo que más duele en el alma, es que en esa maquinación están metidos miembros de la jerarquía católica, esos curas rojos, que llaman. ¡Imagínate tú! Traidores en la casa del Señor que quieren hacer trizas España y dejar a la Iglesia católica en desgracia.

Mario se mantuvo en silencio con una sonrisa dura, asintiendo muy despacito y sin responder. Siempre que estaba ante un personaje conflictivo, había aprendido a ocultar su opinión tras aquel gesto de «Te estoy entendiendo», que no dejaba un resquicio a sus allegados para saber lo que escondía detrás. Solo Alma era capaz de saber cuándo a Mario le estaba vibrando el párpado ante alguna barbaridad que escuchaba. Entonces, con un suspiro, Alma preguntó quién quería café para cortar aquel disparate de conversación.

—Voy contigo. Tienes mucho que contarme, Alma —dijo Mario.

—Deja, deja. Yo preparo el café —se le adelantó Olga.

—No, mamá. Prefiero hacerlo yo, que como no me mueva me voy a quedar entumecida.

—Pero ¿qué te hicieron? ¿Y la librería? —insistió Mario.

—Luego te cuento, Mario. Creo que aún tengo que ordenarlo en mi cabeza.

Alma fue a la cocina y abrió el paquete de Cafés el Camello que guardaba en el armario destartalado de formica azul que su casera no quería cambiar. Vertió los granos en el molinillo y giró con parsimonia la manivela, que hacía que el café crujiera convertido en polvo hasta el cajoncito del molinillo. Hacía tiempo que tenía un molinillo eléctrico, pero le gustaba seguir al dedillo el ritual del café que había vivido en casa de su abuela Mila, por lo que lo seguía manteniendo. Con cuidado, vertió el café molido en la cafetera italiana, una reliquia que le había regalado una vecina de la librería cuando se pusieron de moda las cafeteras eléctricas. Con el sonido suave del líquido burbujeando y el aroma que llenaba la habitación, Alma se permitió cerrar los ojos por un momento. De repente, se le apareció tras los párpados la mirada de Juan Juárez y volvió a sentir el tacto de culebra y el aliento de cueva del policía, con un terror incontrolable. Temblando, Alma se repitió que Juárez no estaba allí, que esa era su casa, no el calabozo, y estaba libre. Mario, que había estado preparando las tazas, se acercó a ella y le puso una mano sobre el hombro al intuir que pasaba algo.

—¿Estás bien? —Alma dio un respingo.

—Sí, sí… Estoy nerviosa. Solo eso. Mario, por favor, saca el azucarero del mueble del salón.

El olor a café la reconfortó y le hizo recordar lo importante que era para los habitantes de Madrid, nacidos allí o no, salir a tomar el café o la cerveza con amigos. Era un rito sagrado que daba paz, alargaba conversaciones y lograba confesiones a media voz para afianzar amores o crear alianzas. Alma había visto a escritores e intelectuales llegados de toda España en, por ejemplo, el Café Gijón, ante sus mesas de mármol, chuzados a alcohol e inspirándose ante los ventanales de Recoletos; o a poetas y escritores, con bien de cafeína y nostalgia, garabatear versos en una servilleta de algún café de Goya o Velázquez. Por eso a Alma le enfadaba oír a su madre hablar de Madrid como una ciudad fea y sórdida. «Madrid parece bonito, pero es un páramo invivible de ladrillo y provincianos», decía en cuanto podía. Porque, en cierta forma, convertir Madrid en un lugar turbio también era convertirla a ella, su hija, en lo mismo, por haberse empeñado en vivir allí.

—Mario, ¿has subido la prensa? —preguntó Alma mientras llevaba el café al salón.

—La he dejado en la entrada, pero no he visto nada del incendio de tu librería. Yo creo que al suceder tan tarde no les ha dado tiempo a recoger la noticia.

—Mejor —dijo la madre de Alma—. Encima quieres estar en boca de todos y que nos señalen. La gente es muy mala, y al final vas a tener tú la culpa.

—De lo que sí hablan es de las ejecuciones en Hoyo de Manzanares y las manifestaciones de Lisboa. La embajada española ha salido ardiendo. La portada del *YA* es impresionante.

Alma tomó el periódico y vio la escalinata de la embajada con llamas que salían por sus ventanas, como lo habían hecho sus escaparates hacía solo unas horas. Alguien había escrito en la fachada «Franco Assassino Garrote». Sintió un mareo que le revolvió el estómago al ver el fuego y tuvo que sentarse en una de las sillas de la cocina.

—Están acojonados con la respuesta al fusilamiento de los chicos del FRAP —continuó Mario—. He hablado esta mañana con Vera Lagoa, mi compañera portuguesa que ha cubierto el asalto a la embajada para *Tempo*, y me ha contado que fue impresionante. Quedó calcinada por completo, y la policía sin poder hacer nada, asustada.

—Los portugueses siempre han sido unos animales —murmuró Olga.

—Pero esta mañana mi jefe me ha contado que en París también se han manifestado miles de personas en los Campos Elíseos, con pancartas y banderas rojas, pidiendo sanciones contra España. También han destrozado mobiliario urbano y escaparates, pero es que los franceses no sabemos protestar si no destruimos algo —rio Mario—. Y no solo eso, los embajadores del Reino Unido, Dinamarca, los Países Bajos y la República Federal Alemana han sido llamados a consulta por sus respectivos gobiernos. Hasta el papa, Olga, ¡el papa!, ha mandado sus condolencias a las familias de los fusilados. En El Pardo están acojonados. Seguro que alguien dimite en las próximas horas. Arias y Hernández están a punto del aneurisma con tanta presión internacional.

—Ay, Mario, los franceses es que sois de otra forma. Pero luego las cosas no os salen tan bien. Recuerda que la Revolución francesa terminó sentando a Napoleón en el trono.

—Es cierto. Quizá se usó poco la guillotina —dijo con una carcajada.

Alma se encaminó con el cuerpo dolorido hacia la vieja radio Blaupunkt que presidía el salón, un solemne aparato de madera de raíz con embellecedores de cobre y que había resistido el paso del tiempo desde antes de la Guerra Civil. Esa radio había sido su compañera desde que tenía uso de razón. Era la misma ante la que se sentaban juntas a escuchar el radioserial de Matilde, Perico y Periquín, así como la música de Antonio Molina o Lola Flores. Pero Alma también descubrió un tesoro adicional en aquel veterano receptor de ondas: la capacidad de sintonizar emisoras internacionales, fuentes de noticias que ofrecían una perspectiva del mundo más allá de las fronteras españolas.

A Alma, su abuela Mila no solo le había dejado esa radio. Aquella mujer buena que tanto la había querido y que tan bien entendió su marcha de la casa familiar de Barcelona, asimismo le había legado con su muerte la libertad en forma de una buena cantidad de dinero. Mila, que había sido una empresaria adelantada a su época, había levantado una sociedad rentable junto a su segundo marido Leandro en plena posguerra, una distribuidora y un almacén de papel, material muy cotizado en la época. Tanto que lo embargaban a primeras de cambio para ofrecérselo a los afines del régimen, algo que Mila evitó de una forma muy astuta, creando una red de socios que guardaban la parte proporcional de papel a su inversión. Esa herencia le permitió a Alma la llave para ser quien realmente deseaba ser y montar su librería. Un regalo con el que se desprendió de las ataduras que la mantenían sujeta a su familia y a un cuerpo que necesitaba liberar. Alma sabía que su abuela no solo le había legado dinero, también valentía. Con cada paso hacia adelante, su abuela sonreiría desde algún lugar en el universo, orgullosa de la mujer en la que se había convertido su nieta.

Con mimo, encendió la radio y movió los botones de marfil tratando de encontrar una pequeña muesca apenas visible en el dial, que marcaba el punto exacto donde la señal de Radio España Independiente se escuchaba con claridad. Junto a esta marca hecha por Mila hacía muchos años, había otras dos marcas diminutas apenas perceptibles que indicaban los puntos de sintonía para los programas en español de la BBC y Radio Francia Internacional.

—A ver si alguien habla de que mi librería ha salido ardiendo.

—No lo creo. Con todo lo que está sucediendo, lo tuyo no es nada para la prensa —dijo Olga.

—Joder, mamá…

—¡Esa boca! —sentenció Olga.

7

Lunes, 29 de septiembre

La luz de la mañana se filtraba a través de los escaparates rotos de la librería de Alma. Un resplandor tenue caía sobre las estanterías calcinadas que alguna vez fueron el hogar de tantos libros. Entre los restos se distinguían fragmentos de las novedades de Plaza & Janés con los libros de *El Exorcista* y *El Padrino*, cuyas páginas reducidas a cenizas se descomponían con el más ligero roce. Los pasos de Alma por su librería intentaban no añadir más daño a lo que ya estaba perdido, mientras que, a su lado, su amiga y compañera librera Luisa avanzaba con la misma precaución, temiendo pisar algún libro que pudiera salvarse.

La noticia del incendio había volado entre la comunidad de libreros. Los comerciales de las editoriales, nexo de toda la cadena del libro, habían dado la noticia poco después de suceder. Desde entonces, el teléfono de Alma había sonado sin cesar. Libreros de todos los rincones de España se pusieron en contacto para ofrecer su apoyo. Valentín, de la librería Cervantes en Alcalá de Henares, prometió un lote de libros para mitigar las pérdidas; Marta, de la librería Maleza en Malasaña, ofreció limpiar y recoger el espacio. Las editoriales se sumaron al esfuerzo: Anagrama prometió enviar una remesa de sus títulos más vendidos, y Lumen ofreció una colección de novedades. Los distribuidores se movilizaron para ofrecer descuentos y facilidades de pago, intentando aliviar la carga económica que afrontaría Alma desde ahora. A pesar de esta generosidad, el daño causado por el incendio era tan extenso que reconstruir la librería parecía absurdo, casi impensable.

Al recibir la noticia del desastre, Luisa no dudó en salir disparada hacia la librería de Alma para estar junto a su amiga. ¿Cómo no auxiliar a quien le permitió buscarse la vida en España enseñándole un oficio? Allí estaban ambas mujeres, entre los escombros y con el polvo flotando en el ambiente, con los ojos enrojecidos por la tristeza y examinando los restos que quedaban del lugar.

—Mira que he visto cosas tristes en mi vida, pero esto es de lo peorcito —dijo Luisa emocionada.

Alma, desconsolada, apenas podía dar una respuesta.

—No sé qué voy a hacer…

—Amiga, te garantizo que saldrás de esta. Nos conocemos desde hace poco, pero te lo aseguro. Eres la mujer más fuerte que conozco, ¿*cachái*? —afirmó Luisa, con su voz dulce pero rasgada por una infección mal curada en su infancia.

Luisa, de baja estatura y con un cabello liso y fino que le llegaba hasta los hombros, reflejaba en su mirada una tristeza apacible, de haber pasado por mucho pero también con un arrojo que la vida le había forjado a golpes. Nacida en Santiago de Chile, su padre, que trabajaba como minero del cobre en el yacimiento de Kennecott, había sido una figura ausente y cansada. Mientras, su madre, profesora de infantil y sin esperanzas de futuro con ese hombre, se marchó de casa, cuando ella aún era niña, con un amante que tenía un restaurante en Viña del Mar. Luisa tenía también dos hermanas, una que era militar y vivía con su padre en Chile, y la mayor, monja que había emigrado a España hacía más de quince años.

Desde adolescente, Luisa había estado involucrada en el activismo político, llegando a militar en el Movimiento de Izquierda Revolucionaria desde el mismo momento de su creación en 1965. Después, su anhelo de llevar a su país a un cambio radical la llevó a apoyar activamente la candidatura de Salvador Allende. Sin embargo, el golpe de Estado de Pinochet en 1973 destruyó esos sueños y la idea de país que Luisa tenía para su futuro. Pinochet sumió Chile en una dictadura brutal, y Luisa, con su pasado revolucionario, tuvo que escapar amenazada de muerte.

La fuga no fue fácil. Junto a su esposo Patricio y su pequeña hija Camila, entendió que le tocaría vivir en el exilio. La intervención de su hermana mayor, alto cargo en el convento de las trinitarias en Madrid, les permitió encontrar un nuevo hogar en España. Sin embargo, el acuerdo de auxilio con su hermana implicaba una condición tremenda: ella le daba la ayuda necesaria desde su congregación para emigrar a Madrid, pero a cambio le exigía no volver a tener contacto con ella nunca más. Luisa, atea, marxista y con una idea plenamente anticlerical de la sociedad, debía desaparecer de su vida. Una demanda que a Luisa no le quedó más remedio que aceptar tragándose su dignidad. Ella podía morir por sus ideas, pero necesitaba ayuda de forma desesperada para que su hija y su esposo pudieran escapar de la dictadura.

En Madrid, encontró en Alma no solo a una mentora en el mundo del libro, sino también a una amiga que supo entender por lo que pasaba. Al poco de conocerse en una de las fiestas en la terraza de casa de Nando, que era el epicentro del mundo cultural cada verano, Alma no dudó en ofrecerle su ayuda para que estableciera su propia librería. La librería Bombal abrió en el Bulevar de Vallecas, frente al mercado de Monte Igueldo, en honor a María Luisa Bombal, una de las escritoras favoritas de Luisa que nadie conocía en España. Ese rinconcito de libros en Vallecas no tardó en convertirse en un refugio para exiliados y público latinoamericano. Patricio, el esposo de Luisa, había logrado trabajo como transportista de mercancías de obra y viajaba toda la semana por España, lo que la dejaba a ella al frente de la casa y de la librería, que semana a semana sacaba adelante con mucho esfuerzo. Lo mejor, decía Luisa, era ver a su hija Camila crecer rodeada de libros y de los valores de justicia y libertad por los que luchaba mucha gente joven, que serían parte de esa nueva generación que cambiaría el mundo.

Por eso, precisamente, Luisa no entendía cómo los estudiantes podían atacar la librería de Alma o cualquier librería del mundo. Paseando entre los estantes calcinados de Alma, su mente viajó a Chile, a aquella tarde del 12 de septiembre de hacía unos años, con Pinochet declamando una nueva era, y ella, con el escaso equipaje preparado antes de huir, escondiendo los libros que no se podía llevar a España bajo la tierra de la ciudad a la que un día esperaba regresar. Cada tomo envuelto cuidadosamente en tela y plástico, y todos metidos en maletas y protegidos como el tesoro que eran. Los enterró en un pequeño parque frente a su casa, en el cerro El Carbón, bajo un árbol de peumo de copa frondosa y ancha, que recordaba perfectamente porque era donde había enseñado a leer a su hija, incluso antes de ir al colegio. Desde que vivía en Madrid, Luisa soñaba con esos libros e imaginaba cómo la tierra y las raíces del peumo los guardaban, con la promesa de que volverían a ver la luz cuando regresara la libertad.

Ahora, Luisa, con la mirada puesta en los restos calcinados de la librería de Alma, no podía evitar sentir un peso insoportable en el pecho. El dolor de su amiga se volvió el suyo propio. ¿Y si aquello le hubiera sucedido a su librería? Con un gesto silencioso, rodeó con el brazo los hombros de Alma, que, exhausta de llorar y agobiada por la pobreza que se avecinaba, se detuvo frente al armazón del mostrador.

La cesta donde solía colocar los libros pequeños y los tebeos de Ibáñez para evitar robos estaba hecha una montaña de cenizas y papel. A su lado, había sobrevivido una pequeña estatua de yeso de la diosa Atenea, símbolo de sabiduría y razón y que Alma había colocado en el mostrador el día que inauguró el local, como diosa protectora de su santuario. Ahora solo quedaba un busto renegrido de lo que había sido su homenaje a la búsqueda incansable del conocimiento humano. Con pasos quedos, se dirigió después hacia la zona de lectura, donde había existido un sofá orejero que había sido de su abuela Mila. Allí se sentaba a dirigir el club de lectura que celebraba cada quince días. Pero solo había cenizas con las huellitas en relieve de un gato callejero que había atravesado la sala, que desaparecían frente a los escaparates rotos en un hueco que daba a la calle.

—Alma, cariño. Trabaja conmigo —dijo Luisa agarrando la mano de Alma—. Mi librería es pequeña, pero si nos ajustamos puede dar para las dos.

—No sé qué quiero hacer ahora, Luisa. Este desastre creo que es imposible de arreglar. Quizá tenga que volver a Barcelona. Tal vez mi madre esté en lo cierto.

—Piénsalo. Mi librería también es un poco tuya… Y te aseguro que tu madre no tiene razón. Nunca ha sido buena consejera.

—Estoy deseando que se vaya esta tarde. La quiero mucho, Luisa, pero no la soporto. A veces tengo la sensación de que me odia. Me odia a mí y a todo lo que represento.

—Yo creo que le pasa lo que a mi hermana la monja, que en realidad se odia a sí misma.

Alma asintió con un gesto, se acercó a una de las estanterías y rescató un libro de Alejandra Pizarnik:

> *Las preguntas de piedra en piedra,*
> *las gesticulaciones que remedan amor,*
> *todo continuará igual.*
> *Pero mis brazos insisten en abrazar al mundo,*
> *porque aún no les enseñaron*
> *que ya es demasiado tarde.*

Una vez más, comprobó que la literatura tenía la capacidad de ofrecer respuestas de forma casi mágica, como si las palabras supieran dónde y cuándo eran necesarias. Dejó el poemario con delicadeza sobre lo que quedaba del mostrador, junto a *Poeta en Nueva York* de Lorca y *Marinero en tierra* de Alberti, que también había encontrado tirados en el suelo con los bordes quemados. La poesía había resultado ser la menos afectada por el desastre. Alma recordó las palabras de Pavese: «Llegará un tiempo en que nuestra fe común en la poesía dará envidia». La poesía, desde luego, siempre había sido un acto de resistencia, y allí estaba la prueba más tangible.

—Voy a ver qué me dicen en el seguro —suspiró Alma—. Espero que no me vuelvan loca con más trabas. De momento, tengo que demostrar que cada libro que se ha quemado estaba en la librería antes del incendio, uno por uno. Y eso va a ser una locura de gestionar.

—Al menos el fuego no afectó mucho a los pisos superiores, y los vecinos han podido volver a casa. No quiero ni pensar en lo que podría haber sido… —dijo Luisa.

—Durante mi detención, me imaginaba el edificio cayéndose con los vecinos dentro y solo quería morirme… Por mucho que preguntaba, no me decían nada de mis vecinas.

—Es la idea. La tortura también es eso.

Tras un largo silencio, centradas cada una en los fantasmas que salían de entre los restos de la librería, Luisa comprendió que no quedaba más que se pudiera hacer. Su presencia allí, salvo dar ánimos a su amiga, ya no cambiaría nada.

—Alma, tengo que recoger a Claudia en el colegio. ¿Te quieres venir y así te distraes un rato?

—Gracias, amiga. Voy a quedarme un poco más para hacer tiempo hasta acercar a mi madre a la estación. He quedado con ella porque dice que, con tanta vía, no se entera de cuál es su tren. Dale muchos besos a la peque.

Cuando se marchó Luisa, Alma permaneció un rato de pie, perdida en medio de su librería, que ahora era un lugar extraño. El aire estaba impregnado por el olor amargo del papel quemado y la tinta evaporada, una mezcla que le revolvía el estómago. Se acordó de su armario de libros prohibidos en el almacén y decidió comprobar si alguno había sobrevivido. Ahora ya sabía que esos libros que tanto la habían obsesionado en su detención no habían sido el motivo de su tortura. Pero, de todas formas, si algún ejemplar se había salvado y se distinguía el texto, sería mejor llevarlo a casa o dejárselo a Nando o Luisa en las librerías para que lo protegieran. No quería tener más problemas, en caso de que la policía o el seguro entrasen a fisgar.

Apartó los maderos que bloqueaban el camino hacia el almacén con un esfuerzo monumental. Se sacudió las manos negras de hollín en el vaquero y se dirigió a la estantería de metal de doble fondo. Al retirar los libros quemados de la primera fila y separar la plancha metálica que hacía de puerta, descubrió que no todos estaban en mal estado. Los sacó uno a uno con cuidado. Algunos títulos procedían de editoriales argentinas, especialmente Losada de Buenos Aires; otros de México o Chile, de editoriales mínimas que arriesgaban mucho dinero y esfuerzo por lanzar mensajes de democracia donde no la había. Había editoriales de Francia, porque Mario también le enviaba muchos libros de Ruedo Ibérico, Masperó o de La Librería Española de la rue de Seine. También Mario le mandaba libros de Italia, de Alemania o de Londres durante sus viajes de trabajo como reportero, a diario y en paquetes pequeños, para que no levantaran sospechas en Correos. También le habían llegado libros editados en España, claro, aquellos que, tras superar la censura, eran retirados por la justicia porque a algún político, obispo o militar no le gustaban. Entonces, los editores que tenían confianza con ella, antes de que la sentencia ordenara secuestrar la edición, le entregaban ejemplares discretamente, permitiendo que los textos completos y sin censura vieran un poquito la luz.

Si algo había podido confirmar Alma en sus años de librera, era que, en medio de la represión que ejercía la dictadura, la curiosidad por el conocimiento prohibido hacía que muchas personas se acercasen a su librería desafiando las normas para hacerse con esos volúmenes como forma de resistencia intelectual. Aunque también era cierto que, en algunos de esos libros que contenían ideas elevadas de lucha y libertad, Alma se había encontrado textos en contra de su naturaleza. Por eso, si bien tenía claro que toda forma de pensamiento debía estar puesta a disposición del ser humano, también recelaba de los tratados políticos que abogaban por una manera concreta de pensar, que eran en realidad tratados para no pensar. O lo que es lo mismo, la manera más sencilla de crear fanatismo. La historia había demostrado que cualquier político sin demasiados escrúpulos y con más ganas de triunfar que del bien común, armado con las frases adecuadas, podía hacer retroceder a toda una sociedad de nuevo hasta la cueva, empuñando palos y piedras para exigir la cabeza de los que no pensaban como ellos.

Alma adoraba el mundo antiguo. Un mundo, por otro lado, donde ella no hubiese sobrevivido más allá de las primeras horas sin la complicidad de una comadrona o un médico que entendiese la maravillosa diversidad de la naturaleza humana. Para homenajear a los clásicos, había conseguido crear una sección muy trabajada de pensamiento, filosofía e historia, fruto de su pasión por ella. Devoraba los textos que mostraban el entramado de nuestra herencia cultural, donde las huellas de Mesopotamia, Grecia o Roma habían supuesto la base del resto de civilizaciones, todas esas que se creyeron eternas y sucumbieron sin remisión, y sus dioses y héroes dejaron de presidir los templos para tomar los museos y volver a ser sagrados pero de otra forma. Porque tanto la literatura como el arte eran formas de recordar, de preservar lo que el tiempo se empeñaba en borrar. Dos formas de asomarse a la memoria colectiva, a las vidas de aquellas personas que nos precedieron con los mismos miedos e inquietudes que tenemos ahora, y a las ideas que nos dejaron cuando todo lo demás ya había desaparecido.

Y Alma había querido volcar esto tan sencillo en su librería, en la sección de Historia, que no era solo un espacio de conocimiento, sino una máquina del tiempo con la que quien quisiera podía conectar con las mentes brillantes del pasado. Una forma de cuestionar el presente con la herencia milenaria en la que descubrir la perversión del poder, la fortaleza de las mujeres en la historia o el patriotismo creador de guerras y destructor de civilizaciones.

Después de tantos años de lecturas, Alma sabía que la historia no era simplemente un relato del pasado, sino un eco que, si no igual, resonaba muy parecido. Por eso, como fueron entonces las bibliotecas, hoy las librerías eran un contenedor de ideas y conocimientos que para muchos era peligroso. Un lugar donde la mente podía alzarse por encima de la tiranía de la ignorancia con el pensamiento crítico que proporcionaban. Por eso, los libros también ardían siglo tras siglo en otras hogueras, las literales y las figuradas de la censura. Ideas que tenían que ser silenciadas para que no llenasen cerebros de progreso y libertad.

Al pensar en las librerías destruidas del mundo, Alma miró la suya con tristeza. Como si un océano de dolor cayese sobre su cabeza agotada, en el que el futuro se presentaba, más que como un interrogante, como una certeza de que hasta aquí había llegado su sueño. Pero un golpe en la entrada y unos pasos sobre los cristales rotos la devolvieron al presente. Antes de asomarse a mirar, trató de ocultar la estantería de los libros prohibidos con la plancha metálica, como si el montón de cenizas y madera chamuscada que ahora eran casi todos pudiese ser indicio de algo. Estaba asustada porque no esperaba a nadie. Mario iba a ir a casa de Nando, que celebraba uno de sus habituales encuentros culturales en su ático de Pintor Rosales y ella les había dicho que no estaba con ánimos para asisitir. Entonces ¿había vuelto Luisa por algo? ¿Era su madre para que la llevase pronto a la estación porque la ponía nerviosa esperar en casa? Se le heló la sangre. Podía ser mucho peor. Desde que había salido libre de la Delegación de Gobierno en Sol y tras la amenaza de ese policía, Juan Juárez, de acabar con ella, no había dejado de mirar hacia atrás cuando andaba por la calle. Podía llevársela detenida de nuevo con cualquier excusa, o forzarla otra vez en el portal de su casa, o aparecer en su librería ahora mismo. Ese hombre se había instalado en su cabeza con una obsesión enfermiza. Cuando oía algún ruido en casa, se asomaba a la mirilla aguantando la respiración y esperando encontrar el rostro enjuto de aquel policía. Aún notaba sus manos tratando de bajarle las bragas en aquel despacho de Sol. Una náusea la golpeó en el estómago como un martillazo. Apartó con el máximo sigilo uno de los maderos que tapaba la entrada al almacén donde estaba quietísima y se asomó a la librería.

Entonces respiró con alivio. Junto al mostrador chamuscado, Alejandro, el estudiante que habían detenido la noche del incendio junto a ella, sostenía en su mano el ejemplar con la poesía de Lorca que había salvado Alma hacía un instante del suelo. Lo miró con detenimiento antes de que este se diera cuenta de que lo observaban desde las maderas del almacén. Jamás se imaginó que volvería a verlo. Era un joven alto, de cabello marrón claro y revuelto. Sus ojos color miel brillaban como si tuviera fiebre. Su cuerpo denotaba actividad sin exceso, con la proporción perfecta que otorga la juventud a una persona bien alimentada. Su barba clara le daba un toque de madurez, aunque no escondía que todavía era casi un adolescente. Vestía un jersey verde con el cuello de pico sobre una camisa de rayas. Con su nariz redondeada y sus cejas anchas, no era una belleza clásica, pero su desgarbo y ese destello en la mirada le daban un encanto innegable. Al verlo allí de pie ensimismado en el libro, Alma sintió tranquilidad al principio, y un enfado cósmico después.

—¿Y tú qué haces aquí? —dijo como un espectro vengativo desde el almacén—. ¿Primero me quemáis la librería y ahora venís a ver cómo ha quedado? Sois mierda seca. Me habéis destrozado la vida.

—Te equivocas —dijo Alejandro dando unos pasos hacia atrás por temor a la furia de Alma.

—Entonces ¿los libros no están destrozados, ni el local en ruinas, ni yo en la indigencia y ahora perseguida por la policía? —dijo Alma, acercándose más a él y señalando con rabia la puerta—. Vete. No quiero saber nada de vosotros. No necesito ni que justifiquéis el ataque, ni que me digáis que ha sido un error o que se os ha ido de las manos. No necesito nada de vosotros. Fuera.

—Es que nosotros no hemos hecho nada —insistió Alejandro.

—Yo era de las vuestras, ¿sabes? Era. ¡Era! He luchado toda mi vida, mucho más que vosotros, con mi librería, con mi forma de vida, con los libros que elijo tener, con las presentaciones que decido celebrar. Yo era de los vuestros. ¡Era! Y vosotros ahora sois también el enemigo.

—Alma, por favor. No hemos sido nosotros. Mira, mira la foto de *ARRIBA*. —Alejandro le tendió un periódico—. ¿No te parece raro que hubiese ya un fotógrafo frente a tu librería, justo en ese momento? Pero mira quién es la persona que sujeta el cóctel molotov en alto. Tiene la cara tapada, pero seguro que lo identificas.

Alma tomó el periódico *ARRIBA* y vio la foto de su librería ardiendo. Ahora se percataba de detalles de los que ni se había dado cuenta en la marabunta del incendio. ¿Había tanta gente en la manifestación? ¿Dónde había estado escondido el fotógrafo al que no recordaba haber visto? En la imagen en blanco y negro, a ella no se la veía por ningún lado, pero seguro que estaba detrás del grupo que miraba enardecido cómo ardía su local. En el lateral de la foto, donde señalaba Alejandro, Alma distinguió al hombre que sostenía en alto la botella de la que colgaba un trapo ardiendo: Juan Juárez, con sus gafas de aviador y su cabeza pequeña de persona mala.

—Nosotros no fuimos.

—Entonces…

—Fue la policía quien quemó tu librería. El mismo tipo que nos dio la paliza en Sol es el que coordinaba la algarada. Supongo que quieren hacer creer a la gente que nosotros la quemamos. Necesitan desacreditar el movimiento estudiantil. Que la sociedad nos considere el enemigo, como acabas de hacer tú.

Alma contempló un rato más la foto, en silencio. Y allí, en medio de la devastación, se quebró de repente. El sonido de su propia respiración se volvió ensordecedor, un jadeo que resonaba en sus oídos mientras intentaba en vano calmarse. Sentía como si un puño invisible le atenazara el pecho, como si la mano de Juárez volviese a apretarle la garganta, impidiéndole respirar, mientras su mente se encharcaba con la revelación de que la policía era la responsable de su desgracia. Es verdad que otras veces la habían humillado, y Alma estaba hecha a ello, pero esta vez habían ido más lejos al destruir su forma de ganarse la vida.

—¿Y qué hacíais vosotros en esa manifestación si fue la policía?

—Nosotros sí convocamos la manifestación. Era una protesta en contra de la pena de muerte de Txiki, Otaegui, Baena, Bravo y Sanz. Pero la Dirección General de Seguridad, que tiene chivatos por todas partes, debió de aprovecharla para…,

para este desastre —dijo Alejandro señalando hacia la librería con las manos abiertas.

—¿Y yo qué le he hecho a la policía? —dijo Alma confundida y aterrada.

Alejandro se acercó a ella con timidez y le puso una mano en el hombro. Alma sintió que la revelación de aquel joven, de forma inesperada aunque terrible, era un rayo de consuelo en ese decorado tan triste y sintió un agradecimiento hacia él que no supo explicar.

—Sé lo que estás pensando, Alma. La policía rara vez está para defenderte.

Y eso ella lo sabía. ¡Claro que lo sabía! Una sombra tenebrosa se apoderó de Alma, haciéndola retroceder instintivamente y con el cuerpo tenso ante la mano que Alejandro le había puesto en el hombro.

—Perdona, ahora tengo que volver a ajustar todo el relato del incendio en mi cabeza —dijo Alma, escudriñando el rostro de Alejandro. Las señales físicas del maltrato que ambos habían soportado a manos de la policía eran más evidentes en su cara. No solo tenía el corte en la ceja, también el rostro hinchado desde la nariz hasta la mandíbula, bien disimulado por la barba de varios días, y un apósito en el cuello ennegrecido. En Sol se habían ensañado con él, quizá mucho más que con Alma, a la que aún le dolían las costillas de los golpes con una toalla mojada y la hinchazón de la cara que había logrado disimular con bien de maquillaje.

—¿Quieres que te ayude a recoger? Estoy un poco dolorido, pero tengo algo de tiempo. He quedado con Alicia, la chica rubia de pelo corto que iba con nosotros en el furgón cuando nos detuvieron —dijo Alejandro.

—Sí, la recuerdo…

—Es de mi grupo —explicó—. A ella apenas la tocaron, la conocen bien en Sol. La han detenido varias veces y saben que no habla por mucho que la golpeen. Es dura.

Alma asintió, recordando el rostro de aquella mujer en el furgón, sentada junto a Alejandro, dándole consejos con sorna para que no le partieran las piernas.

—Pero tengo tiempo. De verdad que puedo echarte una mano antes de irme —insistió Alejandro.

Alma negó con la cabeza.

—Gracias. Tengo que irme ya mismo a llevar a mi madre a Atocha. Hoy se marcha y se pone nerviosa si no vamos con mucha antelación —dijo Alma.

—Entiendo, mi padre es igual cuando tiene cita en el médico —respondió Alejandro sacando una libreta de su bolsillo—. Si no te importa, te dejo mi teléfono por si necesitas algo. No dudes en llamarme.

Alma tomó el número escrito en una hojita de las manos grandes y blancas del estudiante. La letra era redondeada, como la que hacen los niños en la cartilla cuando aprenden a escribir. Mientras Alma guardaba el papel en su bolso y se lo agradecía, se fijó en que Alejandro aún sostenía en su mano el libro *Poeta en Nueva York*, de Lorca, que había cogido del mostrador chamuscado para curiosearlo.

—Llévate el libro, a ver si aprendes algo —bromeó Alma—. Además, me da a mí que ya no podré venderlo.

Alejandro se lo agradeció con una sonrisa. Después, con su mano de nudillos repletos de pequeñas heridas, lo abrió por el centro y leyó en alto:

Porque es justo que el hombre no busque su deleite
en la selva de sangre de la mañana próxima.
El cielo tiene playas donde evitar la vida
y hay cuerpos que no deben repetirse en la aurora.

—Gracias, Alma.

Y se marchó con una sonrisa.

8

Martes, 30 de septiembre

Luisa entró al escaparate de su librería Bombal, reptando entre el cristal y los estantes con una montaña de libros nuevos entre los brazos. Retiró los títulos que ya no eran novedad dando un soplido a cada lomo para quitarles el polvo. Una lluvia de motitas conformó una constelación brillante a su alrededor por la luz del atardecer que incidía sobre el escaparate. Colocó los nuevos libros para que se viesen lo mejor posible, situando las novedades más importantes a la altura de los ojos: *Cuentos escogidos*, de Asimov; *El otoño del patriarca*, de García Márquez, y *Mortal y rosa*, de Francisco Umbral. Mantuvo también a la vista en el escaparate a su compatriota chileno Pablo Neruda, cuyo *Confieso que he vivido* seguía vendiéndose como churros. ¿Habrían sacado los españoles la conclusión de que Neruda, que en paz descanse, no era un hombre muy confiable? En esa biografía, el poeta dejaba asomar su patita más complicada: una hija abandonada y una violación.

A Luisa le seguía sorprendiendo que las malas personas fuesen capaces de ser creadores maravillosos. ¿Cómo reconciliar la idea de genialidad o belleza con el conocimiento cotidiano del mal? Aunque le habían enseñado desde pequeña que esos términos eran incompatibles, ahí estaba la sociedad admirando las obras de creadores infames. De lo contrario, tendría que eliminar gran parte de la literatura universal de su librería. Aún recordaba el impacto que se había llevado al leer los diarios de su adorada Virginia Woolf, donde aseguraba que despreciaba a su personal doméstico porque «la clase trabajadora es inherentemente estúpida». Sin contar a Flaubert, que pagaba por tener sexo con menores, o a Céline por su colaboracionismo con los nazis. De lo peorcito, vamos.

Con estas ideas en la cabeza, Luisa se dirigió al mostrador y separó los libros que había quitado del escaparate para colocarlos mañana en las estanterías, que hoy ya era tarde. Luego salió a la calle para mirarlos desde fuera y asegurarse de que estaban rectos y se veía bien el precio. Satisfecha con la exhibición de novedades, se dirigió al interior para cerrar, irse a casa tranquila y aprovechar que Claudia, su niña, dormía con una amiguita. Fue entonces cuando oyó la campanilla de la puerta y, al levantar la vista, vio entrar a Mario y a Alma. La sonrisa que se dibujó en su rostro fue instantánea.

—¡Mario, Alma! —exclamó Luisa saliendo del mostrador para abrazar a sus amigos—. ¡Qué alegría veros!

Mario y Alma le devolvieron el abrazo con entusiasmo. Venían abrigados y olían un poco a vino.

—Vosotros lleváis un rato de aperitivos —dijo Luisa riendo.

—Alguno, alguno…, pero sobre todo venimos a verte, Luisa —dijo Mario—. Alma tenía ganas de ver libros enteros y no quemados.

—No seas malo, Mario —respondió Luisa acariciando el hombro de Alma—. Es un placer veros.

—Entonces vamos a tomar unas cañas en los soportales de la avenida de la Albufera y nos ponemos al día.

—¡Venga! —dijo Luisa—. Dejadme un momento que cierre y apague luces y nos vamos.

—¿Necesitas que te ayudemos?

—Nada, es un segundo.

Mario y Alma salieron a esperar a Luisa al bulevar de Peña Gorbea, que bullía al caer la tarde con trabajadores de regreso a casa y jóvenes en busca de un respiro en los bares que bordeaban la calle. Los enormes árboles de plátanos rebotaban la luz de los neones. Escucharon a Luisa gritar un «¡Ya salgo!» y los escaparates y el letrero de «Librería Bombal» también se iluminaron para destacarse en la calle.

Entonces, Alma vio acercarse a un chico que se parecía a Alejandro. Alto, un poco desgarbado, con la barba clara. Al principio no estaba segura, pero, al observar más de cerca, se dio cuenta de que sí, era él. Vestía la misma trenca verde con la que le conoció en el furgón policial y unos vaqueros negros. Las heridas en su cara habían empezado a sanar, pero aún se notaban algunos moretones en el cuello. A pesar de todo, sonreía con esa chispa que le caracterizaba.

—¿Alma? —dijo Alejandro, acercándose.

—¡Anda! ¿Qué haces aquí? —respondió ella.

—Mi grupo de teatro está a un par de calles, al lado de la Colonia Erillas, en la sede de la asociación de vecinos de Nueva Numancia.

En ese momento, Luisa salió de la librería cargada con las cajas para la basura y las dejó en el suelo para saludar a Alejandro.

—¡Hola, lindo! ¿Qué tal estás?

—¿Os conocéis? —preguntó Alma aún más extrañada.

—Claro, es lector asiduo de mi librería —dijo Luisa—. ¿Te gustaron los cuentos de Piglia?

—Estoy con ellos y me están encantando Mil gracias por la recomendación —respondió Alejandro con una sonrisa.

—¿Y vosotros de qué os conocéis? —preguntó Luisa con curiosidad.

Alma desvió la mirada hacia Alejandro, y por su forma de mirarse durante un instante ambos entendieron que había una especie de hilo que los unía y que acababan de reconocer.

Como si al coincidir en sus vidas en aquel momento culmen de desgracia, se hubieran ligado de alguna manera.

—Alejandro y yo nos conocimos el día que ardió mi librería. Nos detuvieron juntos.

—¡Eres el famoso Alejandro! —exclamó Mario estrechando su mano con brío—. Alma me ha hablado de ti.

Mario observó a Alejandro con detenimiento. Era un chico atractivo, que no guapo, con la frescura envidiable de la juventud y esa mirada llena de esperanza que tienen todos los veinteañeros. Pensó en la maravilla que había sido tener toda la vida por delante, cuando cualquier sueño es posible y crees que la vida te puede llevar a lugares maravillosos.

—Nos vamos a tomar algo a los soportales. ¿Te vienes? —preguntó Luisa, extendiendo la invitación.

—Claro, si no os importa. Lo mismo Alma sigue enfadada conmigo —dijo Alejandro, con una sonrisa tímida.

—Para nada. ¿Cómo voy a estar enfadada si los dos somos compañeros de paliza? —respondió, devolviéndole la sonrisa.

Un instante después, tras atravesar la calle Concordia y llegar a la Albufera, los cuatro estaban sentados en la terraza de La Mari, en una mesa apartada de oídos indiscretos. El aire nocturno era fresco, pero todas las mesas estaban llenas. Habían pedido varias cañas, algunos pinchos morunos y unas bravas. Al calor de la cerveza, Alma y Alejandro relataron de forma pormenorizada cómo había sido su detención. Ella se estremecía al recordar el pánico y la confusión de esa noche, y aunque estar rodeada de amigos hacía que se sintiera un poco más fuerte, no quiso contar el momento en que Juan Juárez abusó de ella cuando le habían dado la libertad y estaba a punto de salir de Sol. La vergüenza la tenía amordazada.

—A mí ya me habían detenido una vez antes junto a mi amiga Alicia —dijo Alejandro, llevándose la cerveza a los labios y mirando de reojo comprobando que nadie los escuchaba—. Pero esta vez fue diferente. Más loco, más brutal.

No nos vamos a librar ni del juicio ni de la condena… Estoy bastante asustado. Y eso que nos soltaron porque no tenían celda.

—¿Y por qué os habían detenido antes? —preguntó Mario.

—La primera fue en una manifestación en la universidad. Estaba protestando porque los grises están en los pasillos de la facultad como Perico por su casa, entran en las aulas, patrullan a su aire, y los que estudiamos allí no tenemos por qué estar vigilados todo el día. Alicia y yo llevábamos una pancarta…, bueno, una cartulina, nada violento, con un mensaje pacífico: «Fuera policía de nuestras aulas». Pero, como siempre, los grises no necesitaron mucho para lanzarse sobre nosotros. Detuvieron a todo el que llevaba un cartel en las manos.

—Igualito que en mi país… Igualito que en Chile —dijo Luisa.

—Esa vez me soltaron después de unas horas, pero a Alicia la tuvieron mucho más tiempo. Ella salió muy cambiada, nunca ha querido hablar del tema, pero si querían que desistiésemos en protestar, Alicia salió mucho más decidida. Ahora está obsesionada con viajar a Cuba y aprender de ellos —continuó Alejandro—. El caso es que nos acusaron de desorden público, pero al final no hubo cargos serios. Nada que ver con esta última vez que nos detuvieron el día de tu incendio, Alma, que se volvieron locos.

—Mi historia ya la sabéis todos —dijo Alma—. Me encantaría conocer cómo fue la tuya, Alejandro, para comparar.

—No creo que sea muy diferente. Estaba con mi grupo de la universidad protestando en Argumosa para que no fusilaran a Baena, García y Bravo, y cuando pasamos frente a la librería de Alma vimos que empezaba arder y nos asustamos. Gente que no sabíamos quién era empezó a jalear el fuego. También, de forma incomprensible, alguno de los nuestros se puso a dar botes y a gritar. Después llegó la policía con una violencia que nunca habíamos visto. Nos tiraron al suelo, nos golpearon y nos metieron en los furgones hasta Sol. Nos dieron la bienvenida con las bofetadas de rigor. Pero ese rollo que hicieron contigo, Alma, lo de la gimnasia, fue nuevo. Es como si hubiesen decidido ensañarse.

—No quiero ni recordarlo… Qué hijos de puta —dijo Alma mientras Luisa le tomaba la mano.

—Después nos bajaron por separado a las celdas del sótano. A mí, dos agentes me golpearon en la nuca. Unas horas más tarde, en la sala de interrogatorios, me hicieron el repasito, es decir, golpes con porras de goma y toallas mojadas para no dejar marcas. Y todo para nada, porque sabían de sobra que no íbamos a confesar más de lo que conocían. Saben perfectamente quiénes somos. Tienen infiltrados en las universidades y fábricas, y además siempre somos los mismos.

Alma sintió que se le revolvía la cerveza en el estómago al escuchar los detalles otra vez. La experiencia había sido un horror.

—¿Y cuál es el paso que viene ahora? —preguntó Mario.

—Supongo que nos juzgarán por vandalismo y por resistencia a la autoridad. Tienen los pasquines como pruebas y testigos que han manipulado para asegurarse de que nos cae una gorda. Lo peor es que con esto quieren desmantelar el movimiento estudiantil, asustar a quien intente alzar la voz. Los juicios, las multas y las condenas son la manera de infundir miedo para que nos estemos quietecitos.

Luisa apretó los labios, claramente afectada por las palabras de Alejandro.

—Esto mismito también está ocurriendo en mi país con Mimocho. La justicia está del lado de los militares que apoyan a Pinochet, y vosotros solo sois jóvenes intentando cambiar algo. Solo os pido que no os volváis locos y os convirtáis en terroristas o algo así.

—No, no. A mí no se me ocurriría. Dan ganas, pero no —aseguró Alejandro—. Como mucho protestamos y tratamos de cambiar el mundo buscando otras formas de gobierno leyendo a Marx, Fidel o el Che Guevara.

—La policía puede ser muy jodida, pero mejor no ponerse a su altura —dijo Mario.

—En realidad, la policía y todos los que la apoyan —contestó Alejandro—, como las bandas de estudiantes fascistas que informan y atacan a los que no son de su cuerda. La universidad está plagada. Hace un tiempo, esos estudiantes se hicieron llamar Guerrilleros de Cristo Rey y comenzaron a llevar a cabo acciones violentas como estrategia para mantener la universidad bajo su control. Se presentan como defensores de la fe y del orden, pero son una herramienta más del Estado, como lo es el grupo parapolicial de Juárez.

—Es un clásico para mantener el poder, eso de tener diferentes tipos de cuadrillas: las legales, las alegales y las ilegales, que se informan las unas a las otras y actúan en función de la necesidad de la represión —reflexionó Mario en voz alta.

—Eso es —respondió Alejandro—. Ahora mismo interesa que nosotros parezcamos los agresores, cuando la realidad es que estamos defendiendo el derecho a una educación libre y sin injerencias. Entonces usan a los Guerrilleros de Cristo Rey y a la policía para crear caos y justificar sus medidas represivas.

Alma apretó los labios, pensando en cómo su librería había sido un buen ejemplo de esas acciones parapoliciales.

—Yo lo que no entiendo es cómo el resto del mundo no hace nada. Mi país en el precipicio y aquí cada vez son más salvajes —dijo Luisa.

—Claro, es que quien manda es Norteamérica, y sus métodos jamás han estado a la altura de los derechos humanos. De hecho, han trabajado para que el resto de países occidentales hayan aceptado a Franco o a Pinochet como aliados perfectos al ser unos anticomunistas de manual —comenzó Mario con ironía—. Fuera de España, sus penas de muerte y su represión son vistos como un mal menor, algo necesario si quieren mantener a raya al comunismo.

Mario, por su trabajo, sus viajes y su forma de organizar la geoestrategia global en su cabeza, tenía una versión de la realidad que era imposible de encontrar en los medios patrios, salvo por contadas excepciones de periodistas que arriesgaban el pellejo para dar un poco de luz crítica, y que lo hacían en medios tan clandestinos e independientes que difícilmente llegaban al público.

—Hace un tiempo escribí un artículo sobre Henry Kissinger, secretario de Estado de Nixon y Ford, y cómo había actuado para normalizar la dictadura —continuó—. Kissinger es un defensor de la realpolitik, esa que inventó Rochau y de la que se ha apropiado el americano para vender que la política exterior siempre debe basarse en intereses estratégicos y no en principios éticos. Cuando le preguntan, dice que una España comunista es mucho peor que una dictadura fascista. Así que, desde esa lógica, saltarse los derechos humanos, celebrar ejecuciones y mantener la represión sobre los españoles le parecen males necesarios asumibles por el resto de potencias.

—Joder, es una visión terrible —dijo Alma.

—Lo es —admitió Mario—. Una visión que ha sido fundamental para blanquear la dictadura tras la Guerra Civil. Después de la caída de la Alemania nazi en 1945, Franco se acercó más a los aliados para ver si colaba como un régimen blando. Así que no tardó ni un minuto en no dejar huella ni documentos de los momentos más violentos y bárbaros de los nacionales. De hecho, los juicios de Núremberg fueron una clase magistral al franquismo sobre qué documentación había que borrar a toda costa. Me temo que, al menos nuestra generación, no conocerá la barbarie que tuvo lugar durante esos años.

—Vamos, que todos sabemos que los nazis quemaron libros, pero nadie piensa que el franquismo también lo hizo —afirmó Luisa.

—Pues es verdad que muy poca gente lo sabe —siguió Alma—. Desde los primeros días del golpe militar, eliminar los «textos perniciosos», como los llamaban, se convirtió en una prioridad para el bando nacional y sus seguidores.

—Yo sé que me repito, pero igualitito a lo que ahora están haciendo en Chile —afirmó Luisa.

—Desde Núremberg, Occidente trata siempre de ocultar la barbarie —insistió Mario—, pero siempre hay documentos que se le escapan, o mujeres y hombres que acaban convirtiéndose en símbolos de esa barbarie.

—Mi abuela Mila me hablaba de Rogelio Luque —recordó Alma—, un librero cordobés que fue asesinado por los libros que vendía... Y de Juana Capdevielle, una bibliotecaria que fue asesinada embarazada de su primer hijo.

—Y esos supongo que serán los conocidos —dijo Alejandro.

—En mi librería —continuó Alma—, tenía enmarcado el primer número del periódico *Arriba España* del 1 de agosto de 1936. Me lo dio mi abuela para que no olvidara que una librería no solo se dedica a vender libros. La portada tenía un titular encima de una foto con una pira de libros ardiendo que decía, me lo sé de memoria: «¡Camarada! Tienes obligación de perseguir al judaísmo, a la masonería, al marxismo y al separatismo. Destruye y quema sus periódicos, sus libros, sus revistas, sus propagandas. ¡Camarada! ¡Por Dios y por la patria!». Por eso mi abuela insistía en que los libros no son solo conocimiento, compañía y consuelo, que también, sino la representación de nosotros mismos, porque una persona es lo que lee y, sobre todo, lo que no lee.

Alejandro miró a Alma con la mirada gacha, asintiendo.

—Querido —insistió Alma, poniendo una mano sobre la pierna de Alejandro—, el significado último del ataque a una biblioteca o una librería es negar la diversidad y la libertad de pensamiento. Tiene la intención de acabar con el derecho fundamental de cualquier persona al conocimiento, la cultura y la esencia misma de la humanidad.

—Es increíble pensar en todo lo que ha pasado para que las cosas lleguen a este punto —dijo Alejandro—. La lucha es fundamental... Me siento muy orgulloso de lo que hacemos en mi grupo contra la dictadura.

—Sí, lo es —respondió Alma—. Y estas situaciones son la prueba de lo importante que es seguir protestando. No solo por nosotros, sino por la verdad y la justicia por la que tantos se han sacrificado. Y sobre todo por los que vienen detrás de nosotros, porque al fin puedan vivir en un mundo mejor.

9

Martes, 30 de septiembre

Desde la terraza de Nando, casi al final del paseo de Pintor Rosales, Mario parecía hipnotizado por los árboles que se mecían con la brisa de la tarde desde el parque del Templo de Debod hasta el final de la Casa de Campo. El paisaje difuminado por la neblina parecía un esfumado de tonos ocres en donde las farolas comenzaban a brillar como insectos refulgentes. Mario se había alejado del barullo de la tertulia que se celebraba en el salón de Nando, para asomarse al paisaje y relajarse de tanta conversación intensa con los invitados tan dispares de su amigo.

Mirar hacia la Casa de Campo le relajaba. Ese parque inmenso acogía a los madrileños que necesitaban alejarse de la polución y el ruido de los vehículos que atravesaban continuamente la ciudad de uno a otro lado cargando el aire de veneno. Cuando subió por primera vez a casa de Nando, hacía muchos años, enamorados y con un futuro que creían para siempre, este le contó que el día que abrieron al público la Casa de Campo, casi trescientas mil personas acudieron a una celebración que rápidamente se transformó en un despiporre. Hubo fogatas, destrozos de parterres y estatuas, se cortaron árboles centenarios y, como colofón por los chapuzones en el lago central del parque, los numerosos cortes de digestión hicieron que alguno acabase ahogado en el fondo. Aunque a

Mario le horrorizó la historia, Nando se partía de la risa al contar que ese cúmulo de barbaridades era lo que en España considerábamos un fiestón.

Pasados los años, la Casa de Campo había encontrado su sitio en la ciudad. Un remanso natural en medio de la vorágine de calles y edificios, al que Mario también había acudido mucho cuando visitaba Madrid de joven. Recordaba los festines carnales que se había pegado entre los matojos de los caminos. Aún hoy era uno de los mejores lugares de encuentro para el sexo fugaz. Al caer la tarde, con la luz dorada y el rumor de la ciudad desvaneciéndose, los árboles y recodos de la Casa de Campo eran el territorio clandestino ideal para encontrarse con hombres de distintas edades y procedencias, de paseantes de perros sin perro y deportistas que no hacen deporte, pero todos unidos por el anhelo compartido de follar un rato sin compromisos, de forma secreta y sin mucha explicación.

Una mirada era suficiente para identificarse; después, como siempre ha existido, los cuerpos se acercaban en un juego de miradas, entregándose al deleite de tantear el terreno, con precaución porque el riesgo siempre estaba presente, lo que para muchos era también parte de la excitación. Durante muchos siglos, el contacto entre personas del mismo sexo era una ruleta rusa entre el éxtasis y el descalabro. El desprecio hacia los maricas había sido una constante desde el desplome de la cultura griega. La sexualidad se había utilizado como arma para desprestigiar y aniquilar a los enemigos de cualquier bando. Si no que se lo dijeran a «Paca la Culona», «Paquita» o «Miss Islas Canarias», que eran los apodos con los que se conocía a Franco entre sus propias filas.

Afortunadamente, desde hacía unos años, algunas voces importantes de la izquierda, muy pocas, demasiado pocas, comenzaban a hablar sin pudor de los derechos de los homosexuales. Una postura valiente teniendo en cuenta el contexto del que partía la izquierda, donde los regímenes de la Unión

Soviética o Cuba exhibían un odio feroz hacia los homosexuales, exactamente igual al que mostraban los regímenes fascistas. Mario recordaba cómo a Jaime Gil de Biedma le habían prohibido militar en el Partido Socialista de Cataluña por su homosexualidad, de la misma forma que a Visconti o Pasolini los expulsaron sin discusión del partido comunista.

Cuando Mario era solo un niño, a finales de los años cuarenta, mientras jugaba en la playa con Alma en Cadaqués, escuchó al padre de esta alegrarse porque el Tribunal Supremo por fin hubiese sentado jurisprudencia al declarar que la homosexualidad era «un vicio social, una aberración sexual, una perversión psicológica y un déficit endocrino». Para ello habían usado los documentos y explicaciones del psicólogo Antonio Vallejo Nájera, conocido en Europa como el Mengele español por sus teorías sobre la «higiene racial», muy similares a las del verdadero médico nazi, Josef Mengele. También las del psiquiatra maño Pérez Argilés, quien aseguró que la homosexualidad era contagiosa y cuya teoría fue un valioso punto de apoyo para la creación de campos de internamiento para homosexuales. Y no podía faltar el famosísimo López Ibor, que encontró en las intervenciones cerebrales todo un maravilloso mundo de tortura para los pacientes que se sometían, por propia voluntad y la de su familia, a la cura que consistía en la extirpación de parte del cerebro. Así que cuando el padre de Alma hizo la afirmación clásica que todo hombre de bien debía hacer en público en algún momento: «Prefiero una hija puta que un hijo maricón» o bien su variante «Prefiero un hijo muerto a un hijo maricón», no estaba haciendo otra cosa que aseverar lo que decían los que realmente sabían del tema.

Y no fue la única vez, desde ese día en la playa de Cadaqués, que Mario y Alma volvería a escuchar más veces en boca de familiares en Francia y de conocidos en España la importancia de un hijo muerto antes que maricón. Así que, al mirar la Casa de Campo desde la casa de Nando, Mario sentía que ese parque era un lugar donde sus iguales sentían la libertad del deseo por un instante, con pánico, eso sí, pero sintiendo que el arbolado los protegía con su frondosidad.

Apoyado en la barandilla blanca de la terraza, trató de divisar El Pardo. Algo imposible si no hacía un día claro. Mario había estado muchas veces en la casa del dictador por trabajo. Un palacio de cuyo esplendor, símbolo de la grandeza pasada de los Austrias y Borbones, se había querido apropiar el régimen instalando la residencia habitual del Caudillo entre sus paredes. Carmen Polo había decidido personalizar su vivienda con mármoles rojos en los baños y cortinones de terciopelo elegidos por ella misma. De esta forma, el palacio marcaba el paso entre el Renacimiento tardío y el tardobarroco de Carlos III, hasta los entelados de poliéster y seda granate que envolvían las decenas de habitaciones, con antigüedades colocadas sin orden ni concierto que habían elegido el dictador y su familia. En ese palacio donde mandaba Franco, se celebraban cacerías, los Consejos de Ministros semanales, los gabinetes de crisis y también se recibía a los pocos jefes de Estado que se atrevían a ser vistos en compañía del dictador. Era cierto que casi toda Europa y América apuntalaba al Gobierno español, pero en la distancia y sin mojarse mucho.

De esta forma, desde el balcón de Nando, el sol se ponía lentamente en ese trozo verde de Madrid, convirtiéndolo en una escena donde se daban cita las cacerías reales de antaño, la dictadura con todo su horror y el ligoteo marica más libre y hermoso.

Mario encendió otro cigarrillo y aspiró con hastío el humo del Marlboro. La tos, repentina, ronca y áspera, le devolvió un sabor amargo al paladar, y con un gesto de asco apagó el pitillo en uno de los ceniceros de cristal que adornaban las mesas esparcidas por la terraza. De nuevo, decidió volver a dejar de fumar. A través de los reflejos del atardecer en los ventanales, vislumbraba el salón abarrotado de figuras de la cultura nacional: escritores, buscavidas, periodistas, actrices y modelos hermosas, algún político de poca monta y editores, muchos editores, que no paraban de hablar mientras se ponían ciegos a jamón y canapés que servía el *catering* de Mallorca. ¿Qué tenían que decir? Al parecer, muchas cosas.

Entre la maraña de rostros conocidos, Mario divisó a su amigo Terenci, cada vez más calvo, quien le saludó con un gesto de complicidad y le indicó que salía con él a la terraza. El egipcio de Barcelona besó a un grupo de actores y actrices que acababa de entrar con Juan Pardo, Teresa Rabal y el guionista Antonio Drove, y salió raudo con Mario.

—Necesito fumar —dijo Terenci dándole la mano—, y ninguno de esos tiene tabaco. ¿Me invitas?

—Te imaginaba en Barcelona, querido —respondió Mario mientras sacaba la cajetilla de su chaqueta.

—Madrid siempre posee un encanto especial al final del verano, ¿no crees? Algún día me gustaría vivir en esta ciudad —dijo Terenci, mientras encendía el cigarro.

—A mí Madrid me provoca una sensación de desasosiego que empeora con la edad —dijo Mario.

—Nen, primero que vives en París. ¡En París! Y desde esta terraza es normal que te desanimes. Mira allí, al final de todo este verde tenemos El Pardo, que siempre resulta deprimente.

—Pues parece que lo que hay en El Pardo es lo que queréis en este país.

—Ay, querido. Si por mí fuera, me quedaría a vivir en El Cairo, o en Roma o en tu ciudad si me invitas. Amo París. De joven viví allí, ¿lo sabías?

—Sí, me lo has contado. Aunque me dijiste que tendría que esperar a las memorias para conocer la verdad.

—Es cierto... —Terenci dio una calada al cigarro para cambiar de tema—. Ayer leí tu artículo sobre los chicos fusilados. Pobres.

—Gracias. Ha sido desalentador comprobar la cantidad de personas que justifican ese asesinato legal, incluidas muchas de las víboras que se encuentran en ese salón —lamentó Mario, con indignación.

—Las dictaduras son la mejor manera de entender lo gratuitamente sanguinaria que es la gente.

—Sanguinaria y estúpida. He tenido que salir a tomar aire después de escuchar a la tal Carmencita Sevilla alabando las «virtudes» de su Caudillo —dijo Mario agotado.

—Ay, querido. Es tremendo las que no alcanzan a verse desde fuera.

—Dice cosas tremendas, ¡y la gente la escucha! —agregó Mario.

—Quizá están obnubilados por el resplandor de su nueva peluca —respondió Terenci con una risa traviesa.

—¿Crees que algún día dejaréis de tropezar en este país una y otra vez con la misma piedra? —preguntó Mario con seriedad.

Terenci tomó una calada profunda antes de contestar.

—Bueno, querido, afortunadamente la historia tiene excepciones. ¿Conoces a Akenatón? Fue un soberano egipcio que vivió en el 1353 antes de Cristo y que se empeñó en cambiar de un día para otro la sociedad que le había tocado gobernar. Akenatón era faraón y, por lo tanto, un privilegiado, es verdad, pero eso le da más mérito al enfrentamiento que mantuvo con el poder religioso para cambiar todo a las bravas. Imagina un Egipto repleto de dioses y diosas de todo tipo y con un clero que controlaba los ritos y templos de cada uno de ellos. Entonces, Akenatón se ventila a todos esos dioses porque no valen, no son ciertos, pura superchería, y luego despide a todos los sacerdotes de un plumazo y establece en su lugar una nueva religión basada en el amor, con un único dios. ¿Te suena? Todo esto en una sociedad cerradísima que rinde culto al pasado y donde cualquier innovación, por pequeña que sea, llega a la gente de forma casi imperceptible, a lo largo de los siglos.

—Imagino que no terminó bien para el pobre Akenatón —intervino Mario.

—Me temo que fue derrocado y su sucesor, el archiconocido Tutankamón, devolvió el antiguo orden que se impuso de nuevo con demencia. A Akenatón lo renombraron en los jeroglíficos como el Gran Criminal, fue eliminado de los relieves y sus estatuas fueron derribadas. Pero ¿sabes una cosa? Que hoy le recordamos y ha sido inspiración para muchos otros, entre ellos el cristianismo. Existen sobre él óperas, canciones y novelas. Yo tengo una en la cabeza que me gustaría escribir. Akenatón, el Gran Criminal, ha sobrevivido al olvido porque tuvo la valentía de enfrentarse al poder él solito. Esos son los individuos capaces de cambiar la sociedad, Mario, los que desafían la mentalidad de grupo para propiciar los cambios. Aunque algo parezca un fracaso, no lo es necesariamente.

—Pero en las sociedades pequeñas, y si no eres un faraón, eso puede costar muchas vidas —reflexionó Mario.

—Es cierto, pero siempre hay uno, uno entre todos, que en su soledad se atreve a cambiar mentalidades. Los demás, como le sucedió a Akenatón, vendrán más tarde con sus cinceles y sus mazas. Pero seguramente ya será tarde, porque el cambio, querido, ya estará en la cabeza de la gente —concluyó Terenci con una última calada a su cigarrillo, que apagó en un cenicero. Después miró a Mario con un gesto más cálido—. Y dime, ¿cómo está Alma? La echamos de menos en Barcelona. Ya sabes que el barrio chino no es el mismo sin ella.

—Bueno, ya te contaré con más calma. Tiene líos familiares —mintió Mario. En realidad, Alma no tenía ningún ánimo de fiesta y se había quedado en casa.

—No me extraña. Menuda familia le ha tocado a la pobre, ¿eh? La madre, Olga se llama, ¿verdad?, siempre con sus rollos del Opus; y el padre, un militar que parece que no se ha enterado de que la guerra acabó hace cuarenta años. Entre esos dos, cualquiera diría que Alma vino de otro mundo.

Mario sonrió, y pensar en su amiga criada en aquella familia le provocó un sentimiento de ternura y admiración. Antes de que pudiera decir algo de Alma, Terenci continuó con un brillo pícaro en los ojos:

—Pero ahí está, ¿no? La revolución de Alma es la propia Alma. Reventando mentes cerradas con su vida y abriendo horizontes con su librería, mientras su madre no para con los avemarías y su padre pule medallitas de batalla. Eso sí que es una revolución. Dale un beso de mi parte.

Mario asintió.

—Yo la adoro.

—¿Y crees que volverá a Barcelona en algún momento? —preguntó Terenci, que cogió otro cigarrillo del paquete de Mario que estaba sobre la mesa—. O tal vez prefiera vivir en esta ciudad para siempre, disfrutando de la compañía de nuestras amigas las víboras de la capital.

Mario soltó una risa sincera, sabiendo que, aunque Terenci bromeaba, había demasiada verdad en sus palabras.

—Alma nunca encajó en ningún molde. Es impredecible —dijo Mario.

—Unas cuantas más como ella y a España no la reconoce ni su padre en veinte años.

—Ojala… En fin, querido, me voy dentro, que llevo aquí fuera mucho tiempo —dijo Mario.

—Te acompaño.

—Toma. Quédate el paquete de tabaco. —Mario le metió lo que quedaba de los Marlboro en el bolsillo de la chaqueta—. Creo que hoy voy a dejar de fumar definitivamente.

—Yo también. Aunque me lo guardo por si acaso cambio de opinión.

Ambos dejaron escapar una risa antes de volver a adentrarse en el salón, donde el humo del tabaco danzaba en remolinos de un lado a otro de la habitación. Terenci regresó con su «amigo» Enric, que estaba inmerso en una animada conversación con otro grupo de actores y actrices que tenían previsto grabar para *Estudio 1* en Televisión Española. Mientras, Mario no pudo evitar sentir admiración y cierta envidia hacia Terenci, a quien tan bien le parecía ir pese a la dictadura. Gozaba de prestigio y fortuna, y le invitaban a programas de radio y televisión con frecuencia. Es verdad que, en público, la única queja contra Franco que se le había escuchado como broma era la espera aburridísima que le imponía a los cines con la emisión del NO-DO antes de ver las películas de sus amadas estrellas de Hollywood. Reconocía que Terenci, con su vida libre y públicamente marica, era crucial para parte de una sociedad asfixiada por la represión. Para Mario, Terenci era una fisura del sistema, el momento pequeño pero decisivo que podía enseñar a toda una generación a mostrarse sin miedo para vivir su sexualidad con un poquito más de libertad. El Akenatón en el que muchos se podían reflejar.

Mario se acercó a las obras de arte que Nando tenía colgadas en el salón. Eran fruto del coleccionismo desaforado de su padre a lo largo de la vida. O al menos desde que tenía dinero. En las paredes estucadas en tono garbanzo, destacaba un bodegón de Juan Gris, primera época; un Miró sencillo en papel, enmarcado en nogal dorado; un desnudo de Koller-Pinell impresionante, y la joya de la colección: una obra de Dalí que ocupaba toda la pared lateral del salón, frente a la estantería de los incunables que Nando guardaba bajo llave. Mario aborrecía profundamente a Dalí, a quien consideraba un vendehúmos narcisista con un afán desmedido por el dinero. La obra allí colgada mostraba animales de piernas larguísimas que se acercaban a un personaje que se asemejaba peligrosamente a Hitler. Mario observó la pintura con desdén. Sin embargo, no podía negar la habilidad del catalán, ya universal, para trascender del arte y crear una marca como lo podía ser SEAT o

Coca-Cola. Al padre de Nando tampoco le gustaba Dalí, lo había dicho muchas veces, pero había invertido en él no por amor al arte, sino como forma de blindar su fortuna con bienes que se revalorizasen en los tiempos inciertos. Las pinceladas maestras de las obras de Gris, Miró o Koller-Pinell de ese salón se habían convertido en acciones cotizables que garantizaban, además de rentabilidad, prestigio social. Tal vez, pensó Mario, el verdadero arte de coleccionar radicaba en que los números se vieran cada vez más inflados.

En el salón de Nando, las conversaciones fluían entre carcajadas y corrillos. Mario reparó en Leandro Soruela, el editor de Libros Marianos, impecable con su abrigo de paño sobre un blazer de rayas en donde brillaba la insignia del yugo y las flechas en oro y brillantes. Bebía un cubalibre acompañado de Matilde de Orleans, estilizada y con un pelo cardado muy rubio que apenas ocultaba la calvicie causada por el alcohol. Leandro había empezado su carrera en el mundo del libro en el Servicio de Inspección, el órgano encargado de aplicar la ley de 1938 que regulaba la censura bajo la atenta supervisión del Servicio de Prensa y Propaganda vinculado al Ministerio del Interior. Todo este entramado de organismos había desaparecido con la creación del Ministerio de Información y Turismo, momento en el que Leandro decidió abrir su propia editorial.

Más allá, junto a la bandeja de canapés de Mallorca, un joven con acento andaluz y chaqueta de pana hacía comentarios sobre la cantidad de chicas «marimachos» y chicos «afeminados» que se encontraba en Madrid cuando viajaba desde su Málaga natal. A veces los señalaba con nombre y apellidos para ridiculizar esa «anormalidad» y hacer chanza de lo poco hombres que eran. Mario lo miró con sorpresa porque se le presuponía que era de los progresistas, pero ya se había encontrado a más de uno que decía ser de centro porque las derechas empezaban a estar mal vistas.

Cerca de allí, el periodista Cándido charlaba con su editor sobre el nuevo encargo que le habían pagado como escritor fantasma. Años atrás, se había hecho famoso en el mundo editorial por escribir un libro en nombre de fray Justo Pérez de Urbel, que además de ser el abad del Valle de los Caídos, el asesor religioso de la Sección Femenina y miembro del Consejo Superior de Investigaciones Científicas, era un mentirosillo que decía escribir libros que otros redactaban por él. De hecho, su libro más conocido, *Los mártires de la Iglesia (Testigos de su fe)*, que relataba la vida de veinte mártires asesinados por los rojos durante la Guerra Civil, había sido escrito por Cándido, que le aseguró un buen dinero. Desde luego que la mayoría de las biografías de esos mártires eran falsas, delirios sangrientos con mucho sufrimiento, que es lo que gustaba a la España beata, y lo convirtió en un éxito inmediato.

Viendo a toda esa gente tan dispar de aquel salón, y en algunos casos tan alejada del circulo habitual de Nando, Mario pensó en cómo su amigo estaba vendiendo su alma al diablo por encajar en una sociedad tirando a rancia. Mario sentía un cariño profundo por Nando, le adoraba desde aquellos primeros días en los que salieron juntos, hacía mil años, hasta que la vida nómada de Mario les obligó a enfrentarse a la realidad de una relación a distancia que tenía pinta de que no iba a funcionar. Después, Nando se había ido introduciendo en esa sociedad guapa, de famosillos, no necesariamente muy cultos pero con aparente interés por el arte contemporáneo, la literatura europea y norteamericana, la música de vanguardia y la ópera, sin que les gustase mucho nada de todo aquello. Lo importante era que quedaban *cool* ante sus conocidos. Todos practicaban esquí en Astún, Candanchú o Panticosa, además de equitación en el Hipódromo de la Zarzuela. Viajaban por Europa y Estados Unidos tratando de emular a sus iguales, pero sin acabar de conseguirlo por las décadas de retraso social y cultural insalvable.

Y en ese juego de la nueva alta sociedad cañí en el que Nando había decidido participar, Mario sabía que nunca iban a dejar de verle como quien realmente era: un librero homosexual. Desde luego que también comprometido con la cultura y, por lo tanto, con la libertad, pero eso era algo que solo veía otro tipo de personas como otros libreros o sus amigos. De hecho, Mario tenía claro que si alguien representaba las contradicciones de la sociedad contemporánea, era Nando, que había crecido durante la posguerra en una España autoritaria, pero muchas veces era incapaz de percibir las injusticias sociales, los abusos de poder y la falta de libertad que tanto afligían a la sociedad. Algo aún más increíble si se tenía en cuenta que leía la prensa internacional y viajaba con frecuencia, lo que le ofrecía una perspectiva clara de lo que era la libertad en otros países, y por lo tanto la realidad del suyo. Por eso, Mario pensaba en la importancia de la amistad entre Nando y Alma, que era quien le ponía los pies en el suelo y le hacía ver lo que, desde su privilegio, era invisible a sus ojos.

Por algún motivo que Mario desconocía, Nando necesitaba caer bien a todo el mundo. Algo que, además de imposible, era un aburrimiento. Y también deseaba, y en eso los dos estaban de acuerdo, aunque solo Nando se lo podía permitir, vivir muy bien: vestir marcas prestigiosas, comer en los mejores restaurantes y ser alguien reconocido socialmente, pero sin deslomarse en el trabajo. Lo típico. Y es verdad que lo estaba consiguiendo, había aprovechado al máximo el haber nacido en una familia burguesa. Bueno, de dinero más que burguesa, porque de rancio abolengo en realidad no era. La madre de Nando, humilde pero astuta, había bregado en los años más duros de la dictadura para hacerse un hueco con la edición y la venta de libros religiosos y, sobre todo, supo casarse con un constructor al que le prometió obediencia e hijos. Muchos años después, también Nando fue listo y supo dar un giro oportuno a esa librería en el momento justo, haciendo espacio a otros libros y editoriales nuevas, vanguardistas y cañeras, ya con la vista puesta en la sociedad que se avecinaba. Que en eso Nando siempre tuvo muy buen ojo. La cultura de Londres y del norte de Europa estaba, sin duda, conquistando la península: la televisión con sus nuevos programas de variedades repletos de bailarinas descocadas, la música enloquecida, los colores en la moda, las revistas enfocadas en la belleza, el cine cada vez con más tetas. Y todo repleto de personajes que, para seguir al pie del cañón del famoseo, se veían obligados a hacer concesiones al régimen mostrándose tradicionales, y por otro lado iban dándose una pátina de modernidad según se moría el Caudillo, para que no les faltase trabajo.

Un ejemplo claro de poner una vela a Dios y otra al diablo entre el famoseo eran las folclóricas que se encontraban en el salón de Nando, que hacían un corrillo para hablar sobre el proyecto de rodaje de una película que protagonizarían Bárbara Rey y alguna otra actriz de renombre que aún no habían encontrado, con el título de *Me siento extraña* y que prometía ser todo un escándalo. Mario se abrió paso entre aquellas mujeres hasta llegar a donde estaba Nando en la otra punta del salón. Conversaba con un hombre imponente, alto, fuerte, con cabello negro y rostro cuadrado afeitado con precisión. Estaban inclinados, muy juntos, como si hablasen de algo secreto bajo la luz de una lámpara de cristal de Murano naranja que embellecía aún más a aquel maromo. Bebían lo mismo, algo rojo con burbujas, y reían con complicidad. Cuando Mario se acercó a ellos, Nando le pasó el brazo por el hombro para ponerlo frente a su amigo.

—Mario, te presento a José Manuel, un amigo del colegio al que hacía mil años que no veía —anunció Nando.

—Un placer. Soy Mario.

—Eres el periodista, ¿verdad? —preguntó José Manuel con un tono directo.

—Sí, trabajo para agencias extranjeras. Ya veo que Nando te ha hablado de mí —dijo Mario, manteniendo la compostura ante la mirada de ese hombre que de repente había endurecido el gesto.

—¡Vaya, la prensa extranjera! No estaría mal que contaseis la verdad. Se os ve demasiado el plumero de los regímenes marxistas que financian vuestro periódico —espetó José Manuel por sorpresa.

—¿Perdona? ¿Marxista? Yo solo hago mi trabajo... Pero, Nando, ¿de dónde has sacado a este individuo? —replicó Mario con una sonrisa de indignación ladeando la cabeza hacia Nando.

—Simplemente veo que estáis atacando a mi país con mentiras. Lo que ha pasado en Lisboa con la embajada, o esas manifestaciones en París o Roma, son culpa vuestra, de las noticias que publicáis. El Caudillo toma decisiones por una España grande y libre, y eso no beneficia a países como el tuyo. Franco no hace otra cosa que dejarse la piel día y noche.

—Mira, querido —respondió Mario con enfado—, eso de que la lucecita del despacho de Franco no se apaga ni de madrugada porque vela por vuestra prosperidad no se lo cree nadie. Tu país va con piloto automático desde hace mucho tiempo. Lea usted más prensa internacional y lo mismo se sorprende.

—Eso es injuriar. Lo sabes, ¿verdad? Aquí es un delito —dijo José Manuel.

—Bueno, bueno... Injuriar, delito... Eso son palabras gruesas —interrumpió Nando, tratando de calmar los ánimos—. Esta conversación no tiene mucho sentido aquí y ahora, así que mejor lo dejamos... Ven, Mario, que te voy a presentar a Pipo. —Y se despidió de José Manuel llevándose a Mario de la cintura hacía la otra esquina del salón.

—Joder, Nando, mira que me has presentado a gente gilipollas en tu vida, pero lo de ese tío... ¿Qué clase de fiesta has montado?

—Chico, esto se me ha ido de las manos, sinceramente. Muchos están aquí por la dichosa manifestación de desagravio de mañana, y ya sabes cómo funcionan estos encuentros… Unos invitan a otros, los otros a los unos, y al final no sabes muy bien quién es quién.

Mientras se acercaban al tal Pipo que Nando quería presentarle, Mario observó detenidamente sus rasgos y bufó mirando a su amigo, que casi lo había arrastrado hasta él. Pipo era el típico señorito andaluz: alto, bronceado y con un estilo despreocupado pero elegante. Su cabello estaba peinado hacia atrás, pegado, con destellos de brillantina que se deslizaban hasta la nuca para realzar los típicos rizos jerezanos cola de rata. A su lado, una mujer con una permanente oscura, vestida con una falda de cuero rojo de Loewe y una camisa blanca de Christian Dior, lo acompañaba con un aura de sofisticación italiana.

—Pipo se hizo famoso con la construcción de las bases militares americanas —explicó Nando a medida que se aproximaban a esa pareja—. Aunque la subcontratación la acapararon Agroman o Guarte, las grandes, estas necesitaban tal cantidad de cemento y hierro que no les quedó más remedio que comprar el material a los más pequeños. Fue un negocio multimillonario, y Pipo, que es de los hombres más listos que conozco, consiguió averiguar las necesidades de las grandes con mucha antelación a base de regalos e invitar a comidas y putas a las personas indicadas. Se empeñó hasta las orejas y compró dos cementeras en Madrid y otras dos en Rota y Cádiz. En unos meses, las grandes le compraban toda su producción, y así es como hizo su fortuna. Ahora tiene tanta pasta que ha decidido ser coleccionista de arte. No tiene ni idea, pero le hace parecer interesante.

—¿Y ella?

—No creo que sea su mujer oficial. Debe de ser el furción que se ha buscado en Pigmalion para hoy.

Nando y Mario llegaron por fin a Pipo y su acompañante con una sonrisa repleta de dientes. Se saludaron con cierto aire impostado de distinción, tras un apretón de manos firme y una palmada en la espalda.

—Pipo, quiero presentarte a mi amigo Mario. Es periodista… Bueno, y fotógrafo. O mejor, fotoperiodista. Está en España como enviado especial para France-Presse —anunció Nando—. Pipo y compañía están en Madrid para asistir y apoyar mañana el discurso del Caudillo en la plaza de Oriente.

—Un placer, Mario. Siempre es interesante conocer a alguien del mundo de la comunicación —dijo Pipo con una sonrisa apenas perceptible.

—Igualmente. He oído hablar mucho de ti y tus hazañas empresariales —respondió Mario.

La mujer que acompañaba a Pipo se adelantó y extendió la mano hacia Mario y Nando.

—Encantada de conoceros. Soy Julieta, la esposa de Pipo. —Su voz era suave pero segura. Mario notó que, aunque bellísima, tenía un ojo más grande que otro, no mucho, casi imperceptible, pero lo suficiente para apreciar la esclerótica alrededor de todo el iris más abultada—. He escuchado que los dos sois aficionados al arte.

—Sí, algo así. Pero Nando es el verdadero experto. Él sí que sabe de arte —respondió Mario con modestia.

—Bueno, mi padre era el que tenía un sexto sentido para saber quién valía y quién no. Yo solo he seguido un poco sus pasos —añadió Nando, buscando restar importancia a su propio conocimiento.

—¿Habéis visto alguna exposición interesante últimamente? Nando dice que no hay casi nada que merezca la pena —preguntó Mario, tratando de mantener la conversación en un terreno ligero.

Pipo reflexionó un momento antes de responder, mientras Julieta le miraba y Nando se escabullía con un gesto de «ahora vengo» como si fuese a saludar a alguien.

—Pues pensé que íbamos a encontrar algún artista que mereciera la pena en Madrid, pero no. Creo que, en estos tiempos de cambios sociales, el arte también está experimentando una evolución que no acaba de encontrar su lugar. Hay una nueva generación de artistas emergentes que serán los que de verdad interesen al mercado.

—Es cierto —intervino Julieta, mientras Mario pensaba en qué hora se le había ocurrido preguntar—. En los últimos años hemos visto movimientos artísticos que cuestionan las normas tradicionales y buscan trascender las fronteras entre las distintas disciplinas. Eso es lo que más nos interesa a nosotros. Creo que es un momento emocionante para estar involucrado en el mundo del arte.

—Disculpad, Pipo, Julieta —escuchó Mario tras él mientras alguien le agarraba del brazo—. Me gustaría hablar con mi amigo Mario antes de marcharme.

—Claro, claro… Todo tuyo. Un placer conocerte, Mario.

Y al girarse, Mario vio a José Manuel, el hombre con el que acababa de discutir, con su aspecto hermoso pero antipático y fascista, que le apartaba de aquella conversación aburridísima sobre arte con delicadeza pero sujetándole por el brazo con una fuerza que no admitía negativa.

—Solo quería disculparme por la conversación de antes —murmuró José Manuel con la cabeza gacha.

—Pues ya está. Disculpado —respondió Mario con frialdad.

—Si eres tan amigo de Nando, no puedes ser tan estúpido como me ha parecido hace un rato —añadió José Manuel.

—¡Coño! Qué mala forma de disculparse —replicó Mario manteniendo su mirada fija en los ojos negros de aquel hombre.

Entonces ambos se observaron con más detenimiento, esta vez desde otro lugar que Mario enseguida reconoció. Eran las miradas fugaces de la Casa de Campo o de los baños de Atocha, cuando la pasión ataca sin piedad. Esa forma en la que se distinguen dos hombres que se reconocen cuando el deseo es el que manda.

—Estoy un poco nervioso por el evento de mañana —confesó José Manuel, desviando la tensión con una sinceridad inesperada.

—La manifestación de la plaza de Oriente…, claro. He entendido hace rato por qué toda esta gente, que nunca viene a casa de Nando, está hoy aquí —respondió Mario.

—Va a ser multitudinaria. Hasta Suárez ha pedido a sus seguidores que vayan a defender la dignidad de España —añadió José Manuel, con un deje de orgullo en su voz.

—Claro, claro, la dignidad… Mira, José Manuel, creo que tú y yo deberíamos irnos a dar una vuelta solos, ya me entiendes, para liberar toda esta tensión con la que hemos comenzado —propuso Mario, sin disimulo.

José Manuel le miró con los ojos muy abiertos para relajarse al instante.

—Sí, creo que estaría bien.

10

Miércoles, 1 de octubre

Desde primera hora, Mario había estado fotografiando el imparable avance del gentío en plena efervescencia patriótica, que se desbordaba por las calles adyacentes desde el Palacio Real hasta Ópera. Había un fervor excesivo entre los hombres y mujeres de todas las edades que ondeaban banderas y carteles de amor incondicional a Franco, al Movimiento y a España. Todos ellos con la sensación de que lo que estaba por suceder en esa plaza no sería otro evento de exaltación, sino un posible capítulo final en la historia que se llevaba escribiendo cuarenta años.

El rugido de una avioneta sobre las cabezas del gentío calló el alboroto en la plaza de Oriente de forma momentánea. Los niños la señalaban con entusiasmo al verla surcar el horizonte volando tan baja. Atada a la cola del aparato, una pancarta ondeaba con el mensaje «Por España, adelante». Algunas personas se preguntaban qué quería decir aquella frase que no acababan de entender en el contexto de la manifestación. Mario apuntó su cámara con el objetivo más largo, justo cuando la avioneta sobrevolaba el Palacio de Oriente. Le parecía fascinante cómo el Gobierno había echado el resto para celebrar esta demostración de poder que contrapesara la mala imagen tras los fusilamientos de Txiki, Otaegui, Baena, Bravo y Sanz que había ordenado. Un espectáculo político que muchos intuían que podría ser la última gran aparición del dictador, cada vez con más achaques irremediables. Parecía evidente que el tiempo no estaba de su lado.

Días antes, Mario había recibido una invitación para vivir aquel momento en el balcón de palacio desde el que se asomaría el Caudillo, en el espacio reservado para la prensa. Una deferencia rara pero que hablaba de la importancia de la ocasión. Sin embargo, la idea de ser usado para blanquear los crímenes de la dictadura le resultaba incómoda, así que otro compañero que colaboraba con el *Paris Match* estaría en el palacio. Mientras, él haría trabajo de campo, a pie de calle. Prefería sentir de cerca la multitud en las aceras, donde se veía la verdadera esencia de la manifestación, en los rostros de la gente y la actitud que mostraba la masa en comunión con su idea del mundo.

Por fortuna, Mario conocía bien a sus colegas españoles, desde los que formaban la prensa tradicional, la más dura, que durante años había alimentado el mito de Franco como el líder supremo, imperturbable e infalible y que aún tenía la sartén por el mango, hasta los que buscaban un cambio en la manera de informar y que defendían su independencia de las consignas del Estado desde publicaciones como *Cambio 16*, *La Vanguardia* o *Cuadernos para el Diálogo*, con los que alguna vez había colaborado bajo seudónimo con artículos que le encargaban sobre la liberación sexual, el comunismo o las guerras coloniales.

Pero la realidad es que, en general, cuando Mario leía la prensa, veía claro cómo esta colaboraba de forma activa con el régimen perfeccionando su imagen gloriosa, presentando al jefe supremo no solo como un gobernante, sino como una figura al borde de la divinidad, omnipresente en cada una de las esferas de la vida de los españoles. De hecho, Mario siempre decía que lo que había aprendido estudiando periodismo en la Sorbona como formas de manipulación mediática y propaganda era el trabajo diario que ejecutaban sus colegas en España con naturalidad, como si esa fuera la mejor manera de ejercer el periodismo bajo una dictadura.

Mario vio a alguno de esos compañeros de la prensa en la plaza de Oriente, viviendo el momento para luego narrarlo en sus medios, o grabando testimonios para la radio. Mientras, él capturaba con su cámara rostros que le llamaban la atención y enfocaba a los policías uniformados de gris, con sus gorras caladas y las porras listas en la cintura, intentando contener a los miles de personas que se arremolinaban en toda la plaza para ver al dictador desde la menor distancia posible. Entre la multitud había familias enteras lidiando por permanecer juntas en el maremágnum de la plaza, excombatientes con multitud de medallas brillantes, falangistas de camisa azul oscuro y jóvenes de Fuerza Nueva con sus jerséis de marca y los zapatos castellanos. Ondeaban cientos de banderas y pancartas con frases fervorosas, muchas dirigidas al príncipe Juan Carlos. Algunas personas mostraban fotos del matrimonio real entre el Borbón y Sofía, la princesa griega de sonrisa inquietante, en un claro mensaje que pretendía subrayar que el posible reinado seguiría siendo franquista, incluso después de la desaparición del dictador.

El aforo de la plaza estaba desbordado; un acontecimiento de esa misma mañana había enardecido aún más a los madrileños y los había empujado a salir a la calle. Al desagravio por las protestas internacionales contra el fusilamiento de hacía unos días, se le habían sumado los atentados sucedidos esa misma mañana en diferentes puntos de Madrid, con los que habían asesinado a cuatro miembros de la Policía Armada: Joaquín Alonso, Agustín Ginés, Antonio Fernández y Miguel Castilla. Para Mario, eso explicaba el extraordinario fervor desatado en la plaza, una mezcla de miedo y rabia que alimentaba la cólera de la celebración, y que parecía la respuesta a los últimos fusilamientos ordenados por el Gobierno.

De repente, apareció el coche del dictador en el extremo de la plaza de Oriente, lo que desencadenó una oleada de vítores atronadores. «Franco, Franco, Franco...» resonaba por toda la plaza como un mantra, un cántico repetido hasta el delirio, como si, al invocar el nombre del dictador, la multitud se sintiera tocada por el poder que le otorgaban. El anciano viajaba en un Mercedes 770 Pullman Limousine, negro y blindado, el modelo que usaban Himmler y los jerarcas de las SS que tanto habían fascinado al dictador. El vehículo avanzaba con lentitud mientras la masa humana, enloquecida por la cercanía del Caudillo, se apiñaba contra las vallas agitando pañuelos blancos y alzando el brazo con el saludo fascista.

Mario se movía con cierta soltura entre la gente, pese a llevar la mochila al hombro. Gastaba un carrete tras otro a gran velocidad, lo que lo obligaba a cambiarlos cada pocos minutos con la destreza de los muchos años de experiencia. A medida que el Mercedes negro se acercaba al Palacio Real donde Franco pronunciaría su discurso, Mario captaba la energía que emanaba de tanta gente enfadada con el mundo y tan predispuesta a pisar cabezas para que nada cambiara. La plaza era una aglomeración donde se escuchaba el *Cara al Sol* en bucle, se vitoreaba al Generalísimo, al Ejército, a la Guardia Civil y a la Policía Armada, mientras otros lanzaban deseos de muerte contra ETA, el comunismo, el FRAP, los masones, Francia, los judíos, Olof Palme y el cardenal Tarancón. Era un mar de gritos, aplausos, sollozos y rezos que aplastaba cualquier otro sonido bajo su peso. Las vallas de contención que marcaban el camino del coche del dictador estaban a punto de ceder por la multitud que se apiñaba contra ellas y extendía sus manos hacia el coche. Un grupo de policías y voluntarios trató de hacer una cadena humana con el fin de reforzar las que estaban a punto de ceder. Un alto cargo de la policía se planteó ordenar sacar las porras para mantener el orden.

De repente, el bullicio de la multitud pareció disminuir un instante. En uno de los laterales de la plaza de Oriente, un revuelo desvió la atención de Mario, que vio una enorme pancarta blanca desplegarse desde una azotea. Unas letras rojas formaban un mensaje explosivo: «FRANCO ASESINO». El impacto fue como una descarga eléctrica que recorrió a la multitud. Un murmullo de sorpresa y, sobre todo, de confusión se extendió rápidamente entre los presentes en ese lateral de la plaza. Un instante de estupefacción que apenas duró un segundo. Mario alzó la cámara y fotografió el momento en el que la pancarta, sacudida por el viento, comenzó a desprenderse por una de sus esquinas impidiendo ver el mensaje antes de que muchos pudieran leerlo, o incluso procesarlo entre aquellos que lo habían visto. Ahora solo parecía una enorme sábana colgada con unas letras ilegibles. Mario, con el pulso acelerado, utilizó el *zoom* de su cámara para enfocar la azotea desde la que había surgido la pancarta. Le pareció distinguir varias figuras con camisetas verdes —¿Eran tres…, cuatro?— que desaparecían rápidamente tras la puerta de un chiscón que daba acceso a la terraza.

La gente alrededor de Mario no estaba segura de si había visto lo que había visto. La incredulidad les hacía desechar aquella idea de disidencia en forma de pancarta. Unos segundos más tarde, la tela cayó por completo e hizo desaparecer cualquier rastro de lo que había sido una declaración de guerra contra el dictador.

Mientras Mario enfocaba con la cámara hacia la pancarta caída, ahora enganchada a uno de los balcones del edificio y donde solo se alcanzaban a leer las letras «FRANC…», sabía que el suceso que acababa de presenciar era crucial para contar la verdadera historia de lo que ocurría en España. La disidencia era cada vez más visible, y no solo la que optaba por el terrorismo con el que muy poca gente se sentía identificado. Volvió a apuntar con la cámara a la azotea, y justo cuando se disponía a fotografiarla, distinguió un grupo de policías que se acercaba al edificio. Entonces su atención se desvió al ver un movimiento frenético en la multitud. Un joven corría desesperado atravesando con una determinación suicida el gentío, que se abría a su paso como en un milagro bíblico. La camiseta verde de aquel joven lo delataba. Era uno de los que hacía un instante estaban en la azotea sujetando la pancarta. Sus movimientos eran rápidos pero erráticos, como los de un animal que busca escapar desesperadamente. Mario cambió el objetivo de su cámara para tratar de distinguir con el *zoom* al responsable de aquella huida. Entonces se dio cuenta de que conocía al joven que escapaba despavorido.

Era Alejandro.

Un sobresalto sacudió a Mario. Volvió a mirar por el *zoom* para asegurarse de que no estaba confundido. Pero no. Alejandro se abría paso a trompicones, con una elasticidad que parecía desafiar las leyes de la física. Sin pensarlo dos veces, Mario corrió hacia él tratando de no perderlo de vista.

La policía ya había llegado al edificio de la pancarta y no tardó en reaccionar. Varios agentes señalaron a Alejandro desde la altura de la azotea mientras transmitían su posición a través de los *walkie-talkies*. Entonces, desde distintos puntos de la plaza, los agentes comenzaron a abrirse paso entre la muchedumbre para atraparlo. Mario volvió a tomar impulso para llegar hasta él, que seguía corriendo en línea recta hacia Ópera, pero con la cámara colgada al cuello le costaba mantener el equilibrio. Empezó a gritar «Paso a la prensa, paso a la prensa», lo que le ayudó a moverse entre los resquicios. Entonces tropezó y cayó de rodillas entre la gente, que le ayudó a levantarse. Una vez de pie, trató de localizar a Alejandro, pero lo había perdido de vista. Aquel conglomerado humano se lo había tragado.

Volvió a tomar de nuevo su cámara y, con el *zoom*, trató de buscar a Alejandro donde lo había perdido de vista por última vez. Si había seguido corriendo en línea recta, no podía estar muy lejos. Después, confundido, dirigió la lente hacia el edificio de la pancarta, donde un agente con prismáticos señalaba en su dirección con vehemencia, gritando órdenes a los otros agentes que le rodeaban. Mario logró divisar de nuevo a Alejandro donde señalaba la policía, ocultándose bajo una pancarta que proclamaba «Fuerza Nueva al servicio de España». Agradeció mentalmente la información a aquel policía y cambió ligeramente de dirección para llegar a Alejandro. Salió disparado sujetando las cámaras contra su cuerpo. Estaba a unos metros de él, aunque en ese tumulto parecían kilómetros. Dio dos empujones a un grupo de ancianas que le llamaron desgraciado, luego un salto no muy grácil pero largo y, por fin, lo agarró de la camiseta.

El encuentro entre ambos fue eléctrico y violento. Alejandro se giró con el pavor en el rostro, pero cuando reconoció a Mario su gesto pasó de ese pavor a la alegría. Sus manos se aferraron a él con desesperación.

—Ayúdame, Mario.

—Toma. Ponte mi chaqueta y abróchatela hasta arriba, que te cubra la camiseta —le ordenó Mario, y Alejandro obedeció—. Ahora sígueme con calma. Sonríe, sube los brazos y grita «¡España, España!», pero no me pierdas de vista. Tenemos que salir de la plaza.

Sin perder un segundo, Mario tomó el rumbo hacia la calle Arenal, donde la multitud dificultaría la labor a la policía. Alejandro cogió una pancarta que se le había caído a alguien y la puso a la altura de su cara agitándola hasta que salieron de la plaza de Isabel II. Cuando llegaron a la altura de la cafetería Viena Capellanes, Mario le hizo un gesto para que entrara con una gran sonrisa. El café estaba repleto de gente zampando sándwiches de queso con anchoas y ensaladilla. Mario lo conocía bien porque no era muy caro y alguna vez había comprado dulces para llevar.

Una vez dentro, el gentío los envolvió como un manto protector. Mario guio a Alejandro hacia la zona del baño, que estaba milagrosamente vacío, y entraron a uno de los retretes cerrando la puerta tras ellos. Era como un pequeño santuario donde reinaba la paz y parecían a salvo, al menos de momento. Estuvieron un rato sin decirse nada, tratando de recuperar la calma.

—¿Estás bien?

Alejandro asintió con la cabeza. El temblor en sus manos delataba la tensión que sufría.

—Un poco asustado —respondió—. Creo que el que me señalaba desde la azotea era Juárez, el policía que nos detuvo a Alma y a mí la última vez.

Mario asintió y respiró hondo.

—Entonces no podemos quedarnos aquí mucho tiempo. Vamos a esperar a que Franco termine su maldito discurso y luego nos largamos entre la multitud. Me sigues y no haces ninguna tontería. ¿Entendido?

Alejandro asintió de nuevo. Tenía los ojos vidriosos y le resultaba difícil parar el temblor de las manos. La situación lo sobrepasaba. Mario le puso una mano en la nuca para que se calmara.

—Saldremos de esta. De momento nadie sabe quién eres.

—¿Has visto a mis amigos?

—No he visto a nadie. Solo a ti. Confío en que no hayan cogido a ninguno. Habéis hecho algo muy gordo… —Mario dejó la frase en el aire—. Ahora, un poco de paciencia.

Mario se sentó en el inodoro del baño del Viena Capellanes con un suspiro de congoja. Después se quitó las cámaras y los objetivos del cuello y los dispuso cuidadosamente sobre el lavabo. Revisó los cuerpos de las cámaras y los objetivos con precisión. Uno estaba perfecto, pero otro tenía una muesca en la lente, y sintió que la frustración le subía desde el estómago hasta la mandíbula. Frotó el cristal con la camisa rezando para que fuese un golpe sin importancia, pero al rozar la tela con el objetivo saltó un trocito de cristal. Alejandro le miró sin entender muy bien qué pasaba, pero decidió no preguntar. Mario guardó el objetivo dañado en la mochila con un gruñido y se quedó solo con su pequeña Leica automática, la fiel salvadora en los momentos de crisis. Abrió el bolsillo más grande de la mochila y contó los carretes que guardaba ahí para comprobar que no se hubiera perdido ninguno durante la carrera. Después sacó un fular azul de otro bolsillo de la mochila y se lo dio a Alejandro.

—Lávate la cara y péinate un poco. Y ponte este pañuelo al cuello como si fuera una corbata. Aún se ve la camiseta verde.

Alejandro obedeció mientras las sirenas de la policía se acercaban, quizá anunciando la detención de alguna persona. Mario, con la respiración entrecortada, puso la oreja en la puerta y trató de escuchar lo que sucedía en el exterior. Entonces, resonó una voz grave a través de la megafonía instalada en la plaza y las calles que la rodeaban: «Atención. Atención. Atención». Mario y Alejandro sintieron cómo se les aceleraba el corazón. Ambos imaginaron lo peor: que aquella llamada sería para pedir información sobre el joven que había huido y que se acercasen a la policía a informar.

«Españoles —repitió la megafonía—. Atención. Atención. Atención. Españoles, habla su excelencia el jefe del Estado».

Entonces respiraron con calma.

Tras una ovación breve que también se escuchó dentro del bar, el griterío que había llenado la plaza de Oriente se desvaneció como si una mano invisible hubiera arrancado las cuerdas vocales a la multitud. El anciano dictador, temblando frente a su balcón de palacio como un robot consumido y oxidado, vestía el uniforme de capitán general con unas gafas de sol

Carrera que ocultaban su rostro consumido. Después de mirar a su derecha y a su izquierda trató de ajustar la montura absurdamente grande sobre la nariz con una mano temblorosa. A su lado, Carmen Polo sonreía de forma exagerada, como si quisiera hacer competir a sus dientes equinos con las tres vueltas de perlas que le rodeaban el cuello enjuto. Junto a ella, los príncipes de España, Juan Carlos y Sofía, con el rostro serio y sin hacerse mucho caso el uno al otro, se colocaron un paso más atrás junto al Gobierno en pleno para completar la escena.

Mario se asomó por una rendija del cuarto de baño para comprobar el ambiente de la cafetería. El personal estaba pendiente de la imagen a todo color en la televisión que descansaba sobre una repisa al lado de la barra. Expectantes, con la respiración contenida, esperaban las palabras del dictador como las de un oráculo irrefutable. Y entonces, tras subirse al cajoncito para que se le viese más alto tras la barandilla del balcón real, la vocecita atiplada del jefe del Estado resonó a través de los altavoces. Era un murmullo apenas comprensible, pero la multitud intuía cada palabra con reverencia, como si aquello fuese por fin la clave para ese futuro que nadie acababa de dilucidar.

«Españoles, gracias por vuestra adhesión y por la serena y viril manifestación pública que me ofrecéis, en desagravio a las agresiones de que han sido objeto varias de nuestras representaciones y establecimientos españoles en Europa... —Una ovación lo interrumpió, pero Franco apenas respiró antes de continuar—: ... que nos demuestran una vez más lo que podemos esperar de determinados países corrompidos que aclaran perfectamente su política constante contra nuestros intereses».

Desde la rendija de la puerta del baño, Mario se dio cuenta de que la multitud se miró con un gesto de duda. La frase no se había entendido con claridad, pero daba igual. No tardó en estallar otra estruendosa ovación.

«No es lo más importante, aunque se presenta en su apariencia el asalto y destrozo de nuestra embajada en Portugal...
—Otra explosión de aplausos lo cortó, y Franco, cada vez más excitado por la respuesta de la masa, continuó—: ... realizada en un estado de anarquía y caos en que se debate la nación hermana, y que nadie más interesado que nosotros en que pueda ser restablecido en ella el orden y la autoridad».

«España, unida, jamás será vencida», comenzó a corear la multitud con una insistencia desesperada, como si esa letanía incesante pudiera espantar los espectros de cambio que parecían acechar al país.

«Todo obedece a una conspiración masónico-izquierdista en la clase política, en contubernio con la subversión comunista-terrorista en lo social, que si a nosotros nos honra, a ellos los envilece. Estas manifestaciones demuestran, por otra parte, que el pueblo español no es un pueblo muerto al que se puede engañar».

El delirio explotó en forma de gritos, aplausos y amenazas. «¡ETA al paredón!». Otros proclamaban «¡Viva Franco!» y «¡España unida jamás será vencida!», una y otra vez hasta quedarse sin aliento.

En el último estruendo de aplausos de la plaza y del bar, Mario se puso la mochila a la espalda, abrió la puerta del baño y marcando el camino a Alejandro salieron del Viena Capellanes, donde la gente miraba alborozada las imágenes del Caudillo diciendo adiós con la manita. Otros, más prácticos, aprovecharon el final del discurso para lanzarse a pedir sándwiches y hacer una comida rápida antes de volver de paseo a casa. Y entre ese alboroto, Mario y Alejandro pudieron salir sin que nadie se fijase en ellos.

La calle Arenal estaba cerrada al tráfico, y Mario y Alejandro no podían ir muy rápido debido al ritmo de la multitud. Aún había mucha gente que pensaba que llegaba a tiempo al discurso del dictador y dificultaba el avance al ir a contraco-

138

rriente. Otros habían salido a tiempo de la plaza y andaban hacia Sol con sus banderas de España y sus pancartas con frases como «Los niños con Franco», «Una, grande y libre» o «Juan Carlos, rey de España». Mario le hizo un gesto a Alejandro para que se desviase hacia la calle de las Hileras, en dirección a la plaza Mayor, para alejarse lo más posible del centro neurálgico de la manifestación y de la policía que vigilaba cada esquina.

De repente, un estruendo metálico, como un pequeño derrumbe, rasgó el aire en un trueno inesperado. Mario y Alejandro giraron la cabeza hacia el origen del golpe y vieron un coche de policía estampado contra un autobús de la EMT. La gente se acercaba corriendo para prestar ayuda, y el caos se extendía con gritos y lamentos para llenar de más confusión la situación ya de por sí enardecida. Ambos deshicieron sus pasos para asomarse con sigilo a contemplar la escena. Entonces, sintieron la adrenalina correr por sus venas al ver a Juan Juárez ante el accidente. De frente, con la cara desencajada y los puños apretados, junto a su Land Rover Santana con el morro empotrado en el autobús. El que se había estrellado y humeaba por uno de sus laterales era su coche patrulla. Juárez comenzó a golpear el metal de la puerta del coche con una violencia desmedida, deformando el águila de San Juan, emblema de la Policía Armada. Luego, sin previo aviso, se lanzó contra el conductor del autobús que se acercaba a él para preguntarle si se encontraba bien y le incrustó el puño en el vientre, con la fuerza enloquecida de una bestia. El rostro de Juárez estaba contraído por la rabia, con los músculos de la mandíbula tensos y los ojos con un odio que parecía querer consumir a cualquiera que se interpusiera en su camino.

Los transeúntes se apresuraron a alejarse de aquel hombre violento, con miedo de verse envueltos en la explosión de rabia del policía. Los que observaban desde la distancia empezaron a ser dispersados por el resto de compañeros de Juárez, que llegaron en trompa. El conductor de la EMT fue esposado y llevado a uno de los furgones.

En medio de aquel caos, Mario y Alejandro aprovecharon para escabullirse entre la gente, sin poder evitar echar un último vistazo hacia Juárez, que gritaba a quien se le acercase, policía o no, con una fiereza que le resultaba imposible controlar. Era hipnótico ver a ese depredador herido que, en su rabia, se volvía contra su propia manada.

—Creo que hoy Madrid es el peor lugar del mundo para esconderse —dijo Mario.

11

Miércoles, 1 de octubre

Las paredes del salón de Alma, forradas con una formica que imitaba el nogal, exhibían un póster de la primera Feria del Libro de Madrid en la que había participado y un retrato a carboncillo de Machado, en homenaje al centenario que se celebraba ese año. Una librería de obra cubría todo un testero, abarrotada de los libros que Alma más amaba junto a las últimas novedades que las editoriales le enviaban y que ella leía y clasificaba para quedárselos o regalarlos. Los libros no solo estaban en ese mueble, sino que desbordaban sobre las mesas, apilados sobre los radiadores, en montañas en el suelo e incluso invadiendo el escritorio donde Alma, a menudo, se desesperaba escribiendo textos para algunas revistas literarias con las que colaboraba.

Vestida con una camiseta desgastada de Lois y una falda de algodón que había comprado entre los puestos de ropa usada del Rastro, Alma estaba recostada en su sillón orejero de pana con una taza de café caliente entre las manos. Sorbía pequeños tragos para no quemarse mientras miraba la ventana del salón, donde las golondrinas habían construido un nido en una de las esquinas. Le encantaban esos pájaros libres y hermosos a los que dejaba pan en el alfeizar que nunca se comían.

Cansada del silencio, se acercó a la vieja radio de su abuela que descansaba junto a la ventana y la encendió. Manolo Escobar entonaba el «¡Que viva España!» en Radio Nacional. Las notas de la canción y las voces del programa se mezclaban con la reproducción y análisis del discurso, un tanto disparatado, que el Caudillo había soltado hacía apenas un rato en la plaza de Oriente.

Desde la ventana, además de las golondrinas, Alma veía el bullicio en el paseo de Reina Cristina y la avenida Ciudad de Barcelona abarrotadas de coches y, sobre todo, de gente que venía del centro, con pancartas que proclamaban lemas de apoyo al dictador y banderas españolas que ondeaban con orgullo. También se dio cuenta de que había más presencia policial de lo habitual en la calle. Agentes uniformados guardaban la entrada al paseo del Prado y a la calle Atocha con patrullas adicionales que iban de un lado a otro de la plaza de Carlos V.

La radio rompió la rutina, y Manolo Escobar cedió el paso a la voz del locutor, cuya entonación grave hizo que Alma se acercara al aparato para subir el volumen. La noticia del atentado del GRAPO, que se había cobrado la vida de cuatro policías en Madrid, la golpeó como un puñetazo. Aunque casi no daban información al respecto, el locutor avisó de que parecía el primer ataque de un nuevo grupo terrorista, aunque las fuentes policiales no lo tenían claro. Tanta violencia por todas partes la dejó sin aliento, pero la radio no se detenía ahí. Una y otra vez los locutores repetían los detalles del discurso de Franco que unían a los detalles del atentado, justificando cada palabra del dictador con los últimos acontecimientos. Alma cambió el dial hasta dar con la SER, más comedida y sin estridencias, donde, tras la desconexión de las noticias oficiales, también hablaban de que esta nueva violencia terrorista se sumaba a la desatada por ETA desde hacía años, creando la sensación de que cualquiera podía ser víctima.

Cuando estaban dando los nombres de los guardias asesinados en la radio, sonó el teléfono y corrió a descolgarlo. Al otro lado de la línea, la voz familiar de Nando le habló con preocupación:

—¡Alma! Soy Nando. Oye, ¿has visto a Mario? Quedé con él hace un rato en la plaza de Chueca, pero no aparece. Nos íbamos a ver *Los chicos de la banda* al teatro Marquina, y aquí estoy, con las entradas en la mano como un idiota.

—Caray, bien que avisáis… Yo también quería verla… Pero, vamos, Mario aún no ha pasado por aquí. Tenía trabajo con lo de la plaza de Oriente. Lo mismo sigue allí haciendo sus cosas de reportero. ¿Cuánto tiempo llevas esperándolo?

—Más de media hora. Mario es puntual, y con los atentados y lo de la plaza de Oriente me he preocupado un poco. Si te llama, dile que yo ya entro al teatro. Le voy a dejar la entrada en la taquilla a su nombre para que la recoja cuando llegue. No quiero perderme la función. Y oye, que nos las ha regalado un ligue que me eché la semana pasada, ya te contaré. No es que no contemos contigo. No te enfades.

—Ya lo sé. No me enfado… En cualquier caso, si aparece Mario o me llama, le digo que te busque directamente dentro del teatro. No te preocupes, seguro que aparece.

—Se habrá entretenido en alguna parte. Pierde la noción del tiempo cuando se pone a buscar una foto de portada.

En medio de la conversación, sonó el timbre de la puerta y la interrumpió.

—Cariño, te cuelgo, que llaman al timbre.

Con pasos rápidos y tropezando con la falda larga, Alma llegó a la entrada y abrió la puerta. Mario y Alejandro la miraron con alivio. La sorpresa se reflejó en el rostro de Alma al verlos juntos allí, en su casa.

—¿Alejandro? ¿Qué haceis aquí? —preguntó Alma, pasmada.

—Lo siento, pero necesitaba un lugar donde ocultar a Alejandro, al menos de momento —respondió Mario, con nerviosismo en su voz.

—Entrad rápido —dijo Alma, abriendo la puerta del todo mientras su mente trabajaba a toda velocidad para comprender la situación—. Acabo de colgar a Nando. Habías quedado con él para ir al teatro.

—Joder, Nando, es verdad...

Mario resopló y se dejó caer en el sofá de pana de Alma. El suave murmullo de los locutores de la SER se entrelazaba con el ruido de la calle, las sirenas de policía y algún grito desbocado de los asistentes de la plaza de Oriente, que empezaban a estar pasados de alcohol. Alejandro, con la mirada perdida en el vacío, parecía completamente desubicado.

—¿No me vais a decir qué ha pasado? —preguntó Alma con impaciencia.

—A ver, Alma... —empezó Mario—. No sé por dónde empezar, pero... Alejandro y sus amigos la han liado al sacar una pancarta durante el discurso de Franco. Una pancarta muy grande.

Alma entrecerró los ojos, sin acabar de entender lo que estaba escuchando.

—¿Una pancarta? —dijo con incredulidad—. No me jodas, Mario. ¿Y qué decía esa pancarta?

Alejandro, con la mirada baja y los hombros encorvados, murmuró:

—Franco asesino.

Alma se quedó procesando lo que acababa de oír y mirándolos fijamente. Luego se echó el pelo hacia atrás con la mano, y su expresión cambió bruscamente con un enfado incontrolable.

—¿Y me dices que esto ha sido en la plaza de Oriente y cuando el otro estaba en el balcón? Es broma, ¿verdad?

Alejandro levantó la mirada, intentando encontrar en los ojos de Alma alguna señal de comprensión, pero solo halló furia.

—¿Y saben que has sido tú? No lo saben, ¿verdad? Pero ¿en qué cabeza cabe, Dios mío? —continuó Alma.

—Fue una idea que surgió entre mi grupo de la universidad. Alicia pensó que mi terraza era un sitio increíble para tener visibilidad y yo también lo creí —dijo Alejandro tragando saliva—. Nos reunimos hace un par de noches para planificarlo todo meticulosamente. Queríamos que la gente supiera quién es Franco.

—Meticulosamente, dice... —Alma se cruzó de brazos—. Hay que joderse.

—Nadie ha podido vernos en la azotea del edificio donde hemos colgado la pancarta —siguió justificándose Alejandro—. Pensamos que, desde allí, nuestra protesta tendría una repercusión que llegaría a todo el mundo. Esta mañana, cuando la gente estaba en la plaza, Alicia, Julia y yo desplegamos la pancarta con rapidez y dejamos que el viento la desenrollara y la mostrara al mundo. Luego deberíamos haber salido disparados al bajo y quedarnos allí como si no supiéramos nada —concluyó Alejandro con un orgullo que se fue desvaneciendo a medida que lo iba contando en voz alta.

Alma lo miraba con incredulidad.

—Lo que yo no entiendo es cómo habéis subido a esa azotea de una manera tan sencilla, con toda la policía allí vigilando —dijo Alma, extrañada—. ¿Habéis dormido allí toda la noche? ¿Y qué es eso de quedaros luego en el bajo? ¿Por qué en el bajo?

Alejandro tragó saliva al sentir que la explicación que iba a dar no haría más que aumentar la furia de Alma.

—Es que yo vivo en ese bajo. Es mi casa. Mi padre es el portero de la finca. —respondió Alejandro con remordimiento mientras evitaba el contacto visual con Alma.

El silencio que siguió a esa confesión fue espeso. Alma lo rompió con un resoplido.

—¿Perdona? Tú no estás en tus cabales. ¡No sabes lo que has hecho! Has puesto a toda la comunidad de vecinos a los pies de los caballos... y no digamos a tu padre... e incluso a nosotros ahora... Joder.

—Y hay algo aún peor —dijo Alejandro—. El policía que ha tratado de echarnos el guante ha sido Juan Juárez.

—No me lo puedo creer… —dijo Alma—. Me estáis tomando el pelo. Es una broma.

Alejandro bajó la mirada. No había pensado detenidamente sus acciones hasta ese instante. Se quedó paralizado por su propia inconsciencia. Como si, de repente, todo el valor que había sentido al planear y ejecutar la acción se hubiese desmoronado para exponer su ingenuidad. En su cabeza se agolparon las imágenes de las detenciones brutales de Juan Juárez, recordándole la humillación por la que habían pasado él, sus amigos y Alma. Entonces el pulso se le aceleró y la respiración se le volvió entrecortada. Comprendió que estaba en peligro, que había cruzado una línea de la que no podía volver atrás. ¿Cómo había podido ser tan insensato?

—Lo siento… —se disculpó Alejandro con la voz apenas audible—. Lo siento de verdad. Debería haber pensado en las consecuencias. Fue un acto impulsivo. Un intento por hacer oír nuestra voz, a la que nadie hace ni puñetero caso. Solo era una pancarta.

Mario, que había permanecido en silencio hasta entonces, no pudo contenerse más.

—Alejandro —dijo con un tono suave, intentando consolarle y servir de contrapeso al enfado monumental de Alma—, vamos a tratar de solucionar este embrollo de la mejor manera. Lo hecho hecho está…

Pero antes de que Mario pudiera continuar, Alejandro explotó con una voz desesperada y, sobre todo, de reproche.

—¡Vosotros me animasteis a hacerlo! El otro día, en la terraza de Vallecas, con Luisa y vosotros dos, hablamos de la lucha, de lo importante que era resistir, de que no podíamos seguir callados… ¡Me disteis el valor para hacerlo!

—Espera, espera…—logró articular finalmente Alma—. ¿Estás diciendo que todo este tinglado fue por nosotros?

—Por vosotros y por todos —dijo Alejandro—. Me disteis el empujón que necesitaba. Creí que estaba haciendo lo correcto. Pero ahora no sé en qué estaba pensando.

Mario, que había intentado mantenerse sereno, apoyó los codos en las rodillas y se sujetó la cabeza por la frente como si no pudiese soportar el peso de la idea. Sabía que Alejandro tenía parte de razón. Recordaba cómo él mismo había insistido en la necesidad de actuar, de hacer algo significativo en la vida que marcase la diferencia, de no quedarse con los brazos cruzados. Ahora, frente a la expresión de sorpresa de Alma, se daba cuenta de que no calibró cómo Alejandro podría interpretar sus palabras sobre la importancia de resistir, de no quedarse callados ante la injusticia y como ese discurso se iba incendiando con cada nueva cerveza que se tomaban.

Alma se dejó caer en el sofá, también con la cabeza entre las manos, tratando de asimilar la culpa que tenía. Toda esa pasión con la que hablaba de su visión del mundo se había convertido en una trampa que había puesto en peligro a Alejandro, tan joven, a su padre, a los amigos y a ellos mismos.

—Lo siento —murmuró Alejandro de nuevo con la voz rota—. Fue un acto desesperado. Quería hacer algo…, algo que demostrara que no tenemos miedo, que alguien como yo puede luchar.

Alma levantó la vista y sus ojos se encontraron con los de Alejandro. Vio en ellos a un joven valiente pero asustado, con una carga demasiado pesada para alguien que acababa de empezar a moverse en el mundo de los adultos. Sintió cómo el enfado que la había consumido hacía un momento se desvanecía, reemplazado por una profunda preocupación.

—Alejandro —dijo finalmente Mario—, no queríamos…, no pretendíamos que… —Se quedó en silencio sin saber cómo continuar.

Alma intentó intervenir, pero las palabras se le quedaron atascadas en la garganta. Suspiró profundamente y puso una mano en el hombro de Alejandro.

—Creo que lo mejor será que te quedes aquí, Alejandro —dijo finalmente Alma—. Al menos por ahora. No sabemos qué está pasando ahí fuera, ni qué sabe o deja de saber Juárez. No vamos a arriesgarnos a que te encuentren.

Después, Alma se levantó del sofá. Necesitaba un momento para pensar, para ordenar sus pensamientos antes de que el caos de la situación la sobrepasara por completo.

—Voy a prepararte la habitación, Alejandro —anunció, intentando que su voz sonara acogedora entre tanta tensión. Luego miró a Mario—. Y tú, cariño, llama a Nando, no creo que tarde mucho más en regresar del teatro. Tendrás que irte a su casa unos días. Quedarnos los tres aquí sería un peligro.

Mario asintió, consciente de que Alma tenía razón. Si alguien los había visto juntos en la plaza, unía cabos y conectaba pistas, no era conveniente que viviesen juntos en casa de Alma, al menos hasta encontrar un lugar o una solución para Alejandro.

Mientras preparaba la cama con sábanas limpias, Alma hizo lo posible por racionalizar lo que acababa de pasar. El temblor que sentía en las manos la hizo desistir de colocar la funda a la almohada. Estaba asustada. Más allá de las paredes seguras de su casa, Madrid se acababa de convertir en una trampa. Tenía claro que Juan Juárez no era un policía cualquiera. Era una especie de perro de caza, de los que no suelta la presa hasta verla destrozada a sus pies, sin escapatoria. Y ahora, Alejandro y sus amigos habían puesto a ese policía salvaje en ridículo delante de toda su gente, de sus hombres, y estaría desatado y furioso, buscando a los autores de aquel ultraje con la furia del animal herido que era en este momento.

Alma respiró hondo un par de veces para tratar de calmarse. Estiró las sábanas blancas con olor a suavizante de flores.

148

Después fue a la ventana del cuarto para bajar la persiana y vio desde la altura de su quinto piso a toda la gente que seguía caminando hacia el barrio de Retiro o de Vallecas, decenas de coches adornados con la bandera de España que pitaban con alegría como si todo fuera normal, como si la vida no estuviera al borde del abismo.

Estaba claro que el país se encontraba en una encrucijada ahora que llegaba el desenlace del dictador. Alma lo había podido vivir de primera mano entre los clientes de su librería, que se habían atrevido a hablar con un poco más de libertad cada día que pasaba con Franco enfermo. Estaban los que anhelaban un cambio radical, una sociedad anarquista, o comunista, o marxista… Y otros que se aferraban con uñas y dientes a la continuidad del régimen. Pero también, en medio de esos extremos, hacía tiempo que Alma había detectado una tercera vía mansa que intentaba desmarcarse de ellos. Personas que hablaban de la necesidad de que las cosas cambiaran, pero que no se desmadraran y nos llevaran otra vez a 1936.

Unos sollozos sacaron a Alma de sus pensamientos y la hicieron volver al salón. Alejandro, apoyado en el hombro de Mario, que le sujetaba por la nuca, lloraba desconsoladamente. Alma se sentó a su lado en el sofá, buscando las palabras para tratar de tranquilizarlos. Pero no le salió ninguna frase de ánimo. Imposible. Madrid escondía un laberinto de chivatos, de policías camuflados y delatores que se extendían por la ciudad. Acarició la cabeza de Alejandro y se levantó para ir hacia la puerta de entrada. Pasó los cerrojos y echó un vistazo por la mirilla para comprobar que en el descansillo solo estaban las sombras de siempre.

12

Martes, 7 de octubre

Con el dedo apretando en el telefonillo de la casa de Alma, Nando esperaba a que le abrieran lo antes posible. Estaba sin aliento, con la camisa de Cortefiel pegada al cuerpo por el sudor y el corazón palpitándole a mil. Había llegado hasta allí en una carrera, desde la fuente del Ángel Caído, en el Retiro, esquivando transeúntes de paseo y rezando para que no le persiguieran los guardas del parque.

Cuando por fin estuvo delante de casa de Alma, donde dejaría que pasase el tiempo y se tranquilizasen las aguas, se relajó como si al fin hubiese alcanzado un refugio seguro tras el caos de esa tarde inesperada. Su visita al Retiro había comenzado como un paseo inocente y había terminado entre los setos de cancaneo bajo el atardecer precioso de cielo naranja y nubes violeta. Pero, como suele suceder con las aventuras que se improvisan, todo se revolvió en un instante.

En uno de los rincones discretos del parque, en un lateral de la estatua al demonio y entre los arbustos más alejados de los senderos, había dado con un muchacho que se manifestó ante él como una aparición milagrosa a unos pastorcillos. Era hermoso, con un atractivo crudo casi desafiante, moreno y con unos ojos verdes tan luminosos que parecían contener todos los árboles del Retiro. La barba le cubría el rostro y bajaba por su cuello hasta casi fundirse con el vello del pecho.

Llevaba una camisa ajustada de botones, medio abierta y que dejaba entrever una cadena con una cruz dorada. El toque final era una sonrisa de dientes blanquísimos, pero con una paleta rota que le daba ese encanto de chico malo que a Nando le parecía irresistible.

Todo sucedió rápido, casi sin palabras, con la complicidad de quienes han leído ya muchas veces esa historia de deseo ilegal. En cuestión de segundos estaban besándose en medio de un parterre de boj, escondidos de otras miradas y desabrochándose los pantalones sin mucha prisa. En el momento en que Nando sostuvo la polla de aquel chico entre sus labios, todo se aceleró para mal. Una espectadora imprevista surgió de la nada y los hizo separarse de golpe, con gritos de «depravados». Iba acompañada de dos guardas del parque, que, con unos bastones largos de madera acabados en una punta de metal, empezaron a golpear las ramas para llegar hasta ellos. Nando, con el reflejo de alguien que había escapado unas cuantas veces de situaciones parecidas, había salido disparado dejando al chico allí de pie, con los pantalones bajados mientras escuchaba golpes e improperios como «maricones», «bujarrones», «hijos de puta», «viciosos» y «desviados de mierda». Después, hizo una carrera frenética desde el Retiro hasta la cuesta de Moyano, y allí cruzó el paseo del Prado para llegar a casa de Alma como si le fuera la vida en ese trayecto.

El ruido del telefonillo descolgándose tranquilizó a Nando. Al otro lado escuchó la respiración de Alma, seguramente asustada por esta visita sorpresa.

—Soy yo. Ábreme, por favor.

—¿Nando?

El clic de la puerta le dio paso, y entró al edificio, asegurándose de que el portal quedaba bien cerrado para dejar atrás la tensión de la escapada. Subió los malditos cinco pisos de siempre hasta el rellano de Alma. ¿Cómo era posible que su amiga se decidiera por esa casa sin ascensor, frente a una autopista elevada de coches y casi sin mantenimiento? La escalera de madera tenía los peldaños desgastados de tanto subir y bajar los vecinos desde hacía casi un siglo.

Se paró en el segundo piso para tomar aire, quitarse el abrigo y airear así la camisa sudada. Entonces le volvió la imagen de aquel chico y su mirada cuando estaba arrodillado delante de él, a la altura de su bragueta. «¿Qué le habría pasado?». Los guardas del Retiro eran una especie de policía auxiliar que se había hecho fuerte a lo largo de los años. No solo vigilaban el orden y la seguridad del parque, también actuaban como una especie de guardianes de la moral, corrigiendo comportamientos que consideraban inapropiados. ¿Y qué comportamiento más inapropiado había que un hombre comiéndole la polla a otro en mitad de la ciudad? La expresión con la que se había quedado el chico al verle salir corriendo aún estaba grabada en la retina de Nando, y ahora no tenía forma de quitarse de la cabeza la culpa que le reptaba desde los pies como una alimaña.

«No es mi responsabilidad. Cada uno elige su camino. No había compromiso», pero las palabras que se repetía como excusas sonaban huecas. Había sido un asco de persona y ya no podía hacer nada.

Alma le esperaba en la puerta de su casa con una sonrisa de expectación. Estaba vestida con un chándal fucsia de algodón y el pelo recogido en un moño medio deshecho que le dejaba caer mechones por la frente. Besó a Nando nada más atravesar la puerta y cerrar tras él.

—Qué alegría verte. ¿Estás bien?

—Sí, sí. Pasaba por aquí y he decidido conocer a tu nuevo inquilino.

—Pues entra al salón.

Nando se dejó caer en el sillón viejísimo pero cómodo como pocos de Alma. Se repanchingó de forma relajada, aunque por dentro aún notaba la ansiedad de lo que acababa de vivir. La casa de Alma era una maravilla para Nando, con su mezcla disparatada de muebles y las estanterías, las mesas y el suelo repletos de libros sin orden ni concierto. Absolutamente todo lo contrario a su casa. ¿Por qué él no podía hacer lo mismo? ¿Por qué su casa siempre parecía un escaparate de Roche Bobois en el que era necesario mantener todo ordenado? ¿Por qué se había impuesto la esclavitud del orden y la belleza? Contra todo pronóstico, la casa de Alma tenía un efecto tranquilizador en él. Era como una especie de refugio nuclear pero acogedor, un escondite donde no había ninguna obligación hacia los objetos que contenía y por lo tanto podías despreocuparte de ellos.

Alma desapareció por un momento en el pasillo donde se cruzaban el baño, la cocina y una de las habitaciones, y luego llamó a Alejandro con voz calmada.

—Ya puedes salir. Es seguro.

Tras la puerta de la habitación, Nando vio salir a un chico de pelo claro, de unos veintipocos y una sonrisa cordial. Se miraron a los ojos de forma directa, sin apartar la vista. Nando notó cierta desconfianza hacia él en su forma de acercarse a saludarlo, pero enseguida se dio cuenta de que era, principalmente, timidez. De alguna manera, esa mirada le recordó al chico al que había abandonado a su suerte entre los arbustos del Retiro. ¿Estaría a salvo?

—Alejandro —dijo Alma—, te presento a Nando. Es el último de mis amigos en el grupo que te quedaba por conocer.

—Un placer. Alma me ha contado que también tienes una librería —saludó Alejandro con una sonrisa.

—Sí, la librería Verne, detrás de Gran Vía —respondió Nando—. Es un sitio pequeño, pero tiene encanto.

Alma los observó con curiosidad, calibrando la interacción entre ellos. Nando era un relaciones públicas nato, aunque un poco salvaje si encontraba la confianza adecuada, algo de lo que ya había avisado a Alejandro, así que no le preocupaba en exceso que pudiera hacer un chascarrillo feroz.

—¿Por qué no te quedas a cenar con nosotros, Nando? —propuso Alejandro animado—. Si a Alma le parece bien, claro, que es su casa. Hemos hecho croquetas de bacalao.

—¿Cómo que «hemos» hecho? —dijo Alma riendo.

—Es verdad, las ha hecho Alma mientras yo miraba.

—A mí me parece fenomenal —dijo Alma—. Tenemos croquetas como para mandar ayuda humanitaria a Etiopía.

—No me puede apetecer más —sonrió Nando.

—Pues vamos a poner la mesa.

—Este chico invitándome a croquetas ya me ha caído bien sea como sea —le dijo Nando en tono de broma a Alma, que fue a la cocina.

—Voy a por un vinito.

—Alejandro —llamó Nando—, creo que deberías contarme de primera mano cómo ha sido eso de la pancarta y del rescate de Mario en medio de la plaza de Oriente. Hay que tener unos huevazos como la cruz de Cuelgamuros.

Se sentaron a la mesa del comedor y Alma trajo la fuente de croquetas, tres platos y tres tenedores, unas patatas fritas y el vino blanco albariño.

—Esto es lo que yo llamo una mesa elegante —sonrió Nando con ironía.

—Ya estamos —dijo Alma.

—¿Y tú tienes novia? —preguntó Nando a Alejandro.

—No. Ahora no es el momento. ¿Y tú?

—Yo soy marica. Pero, vamos, si te refieres a si salgo con alguien, la respuesta es que no. Había un tiazo que me gustaba, un amigo del colegio al que llevaba mucho sin ver, pero ya sabes, yo no le gusto. Un clásico. Una especie de *Cumbres Borrascosas*, pero en vez de escrita por Emily Brontë, por alguien más chusco tipo Concha Espina. Es más, mira si es folletinesco el asunto, que ahora mi enamorado está liado con uno de mis amigos. Pero no me importa, ¿eh?, que por lo menos sea feliz él.

—Ah, ya...

—A mí no me preguntéis —dijo Alma—. Ya sabéis que yo no juego en vuestra liga de enamoramientos. Como dice la canción: «¿Por qué no te casas, niña?, disen por los callejones. Yo'stoy compuesta y sin novio porque tengo mis rasones».

Lo que Alma ocultaba detrás de las bromas era que, desde que vivía en Madrid, y tras unas pocas relaciones nada más llegar a la ciudad, había decidido mantenerse al margen de los hombres. Siendo Alma, había descubierto un desequilibrio que nunca había experimentado en Barcelona, donde las relaciones entre dos chicos eran más francas, directas y, sobre todo, igualitarias. Como Alma, esa equidad desaparecía, y sus relaciones se desarrollaban bajo una dinámica de poder asfixiante, marcada por una condescendencia y un control constantes que le resultaban insoportables.

Así que la idea de emparejarse se desvaneció en cuanto comprendió lo habituales que eran las conductas desiguales y abusivas en las relaciones heterosexuales. Desde entonces, su vida emocional quedó sublimada por la literatura, la historia y el arte. A menudo pensaba que se había convertido en una especie de monja laica.

—¡Madre mía, las croquetas! Voy a llorar —dijo Nando mordiendo la tercera en dos minutos.

—Pues te preparamos unas cuantas para que te lleves, que aquí Alejandro y yo no tenemos mucho que hacer y podemos cocinar más —dijo Alma.

—Croquetas y revisar los albaranes, las facturas y las cartas de la librería para cobrar el seguro, que menuda locura está siendo —dijo Alejandro.

—Menos mal que Dios aprieta, pero no ahoga. Alejandro es un genio de la organización y me está ayudando con el infierno de justificar las perdidas —dijo Alma agarrando la mano a Alejandro—. Si no es por él, yo creo que nunca cobraría el seguro. Le debo mi futuro.

13

Sábado, 11 de octubre

Con la caída de la noche, un manto de luces se encendió en la ciudad, parpadeando en la distancia desde la casa de Nando. El funicular se deslizaba con parsimonia sobre la Casa de Campo, con sus cabinas como pequeñas cajas de luz flotando en el aire. La habitación que hacía de despacho y de biblioteca de Nando era un espacio ordenado, con obras en sus paredes de Chillida y Sempere, repleto de libros alineados en estanterías de nogal que cubrían las paredes desde el suelo al techo. Cada libro tenía su lugar, ordenados por el apellido del autor salvo las ediciones de Dover, Belding y Alskog, que se repartían por las dos mesas que había junto a una cheslón verde, en pequeños montoncitos con los títulos a la vista: *Faith of Graffiti, California, Matisse*.

Siempre preso de los detalles, Nando había colocado en una de esas mesas bajas una botella de Cardhu que ya estaba a la mitad. Era el whisky de importación que se bebía en esa casa desde hacía mil años, cuando su padre agasajaba a inversionistas para que aportaran en sus construcciones. Mario y José Manuel sostenían sus copas de balón bebiendo el licor con dos piedras de hielo. Habían empezado a hablar de política, un tema que Nando siempre evitaba a toda costa, pero que José Manuel no podía reprimir poner sobre la mesa a la primera de cambio.

—... y por eso deberíamos haber invadido Portugal, que era la idea que se barajó desde la primera algarada en la embajada.

—Pues ya está, con la invasión de Portugal terminamos esta conversación de política, que siempre se acaba discutiendo y además es aburridísima. Se acabó —sentenció Nando al tiempo que lanzaba el *ABC* sobre la mesa con un golpe.

Mario y José Manuel se sorprendieron por la brusquedad del gesto. En los ojos de Mario había una chispa de decepción. José Manuel mantenía su clásica expresión de desdén, como si le diera lo mismo.

—Todo es política, Nando —dijo Mario con calma, aunque con una pizca de frustración—. Decidir mantenerse al margen de todo es igual de político que ver la realidad de lo que sucede a tu alrededor para tratar de cambiarlo.

—Pues yo estoy contigo —dijo José Manuel dirigiéndose a Nando—. No me extraña que no quieras saber nada de política. Estamos tan rodeados de buitres que se preparan para la insurrección aprovechando la enfermedad del Caudillo que, o sales a la calle dispuesto a cualquier cosa, o te quedas en casa sin más.

Mario no pudo contenerse.

—Por favor, no vuelvas con esos rollos, José Manuel.

—¿O sea que lo que sucede en España son rollos para ti? ¿Y tú eres el periodista que se interesa por los acontecimientos de nuestro país? —replicó José Manuel—. Aquí, durante años, mucha gente luchó por lo mismo que ahora podemos perder. Y toda esa lucha merece un respeto.

Mario lo miró con cansancio, pero decidió mantener la calma.

—Hablas de luchar como si hubieras vivido algo de eso. Yo no sé tus padres, pero ¿tú? Para nada. Hace más de cuarenta años que no hay guerra. En este, tu país, la gente ahora lucha por otras cosas más importantes, como salir adelante, llegar a fin de mes, no deslomarse en el trabajo… Vamos, un futuro mejor.

José Manuel se irguió en su asiento, como si las palabras de Mario lo hubieran tocado en lo más profundo.

—¡Es que esa lucha es parte de lo mismo! —exclamó—. Franco nos salvó de la ruina y la descomposición a la que nos llevaban los judíos, los masones, los comunistas, los rojos. ¿Qué será de España sin su liderazgo?

Mario frunció el ceño, intentando mantener la compostura.

—No se trata de menospreciar el orgullo nacional. No seré yo quien lo haga. En Francia, hemos aprendido de nuestras propias revoluciones y hemos trabajado para construir una sociedad más democrática. El orgullo de mi nación reside en trabajar por un país donde todos los ciudadanos tengamos voz y oportunidades de vida dignas.

—A ver, chicos, dejadlo ya. Esto parece un diálogo de José María Pemán, del *Diario íntimo de la tía Angélica*, o algo así —dijo Nando con tono ligero—. ¿Sabéis lo que os digo? Que si tú —señalando a José Manuel— quieres jugar a la guerra y darle cadenazos al primer desgraciado que veas vestido de jipi, mejor no vuelvas a esta casa. Y Mario, hermoso, que ya vale de dar lecciones de ciudadanía. Todos sabemos de dónde venimos y no necesitamos más monserga que la que nos da el Tarancón de los cojones. Refugiémonos en el espíritu del 12 de febrero de Arias, aunque fuese mentira, y seamos felices los unos y los otros.

Nando observó a Mario y José Manuel por un momento, y luego soltó una carcajada ligera.

—Anda, que yo no sé cómo podéis miraros a la cara con el poco *feeling* que tenéis —comentó Nando, con una sonrisa cómplice en los labios. ¿Y de qué habláis vosotros cuando os quedáis solos? ¿O es que no habláis?

El comentario, aunque dicho en ese tono de broma con el que Nando lanzaba sus verdades, tuvo el efecto de aliviar un poco la tensión. Después se levantó con energía y les dio un par de palmaditas en la espalda a cada uno para que se levantaran.

—Chicos, será mejor que sigáis vuestra noche en otro lugar —dijo Nando, señalando la puerta con un gesto exagerado—. He quedado con uno de los actores de la obra que fui a ver al Marquina, así que fuera los dos antes de que os pongáis a discutir otra vez.

—Gracias por el whisky, Nando. Nos vemos luego. Si no surge nada no llegaré tarde —dijo Mario mientras se dirigían hacia la puerta. José Manuel lo siguió de cerca, lanzándole una mirada que Mario no pudo descifrar del todo.

Al bajar en el ascensor de la casa de Nando, que olía igual que la mezcla de perfumes caros de la planta baja de Galerías Preciados, José Manuel y Nando intercambiaron una palmada en la espalda de despedida. Mario pensaba en algún lugar al que pudiesen ir para continuar la noche. La tensión entre él y José Manuel por las palabras gruesas que se habían dicho flotaba en el aire, y aunque ambos intentaban disimularlo, había una incomodidad extraña.

—Oye, ¿no te estabas quedando estos días en casa de una amiga? —preguntó José Manuel.

Mario se sorprendió porque juraría que nunca se lo había contado. Nando, que a veces era un bocazas, le debía de haber dicho que ahora se alojaba en su casa.

—La vida cambia, José Manuel. Uno nunca sabe dónde va a acabar —respondió, desviando la mirada hacia los botones del ascensor.

José Manuel asintió lentamente.

—Entonces vamos a mi casa. No vivo lejos.

Al llegar a la casa de José Manuel, situada en la intersección de la calle Fernando el Católico e Hilarión Eslava, Mario se sorprendió por la austeridad del apartamento. Sobre una mesa de comedor de roble oscuro, reposaba la foto enmarcada de un hombre joven, seguramente su padre, vestido con el uniforme de alférez estrechando la mano de un joven Caudillo. Los demás muebles, de estilo castellano y un poco desvencijados, se repartían sin mucho sentido por la casa. No había libros ni cuadros que adornaran las paredes, pero sí una radio y una televisión en blanco y negro frente a un sofá de cuero negro. Y coronando todos los muebles, tapetes de ganchillo blancos y de todos los tamaños. Lo único que rompía la monotonía de la casa era un calendario enorme colgado en la pared sobre el sofá, con la imagen de la Virgen del Cisne, una figura de rostro delicado y mirada dulce, coronada como reina y portando al Niño Jesús en su brazo izquierdo. A Mario le pareció lógica aquella imagen en un hombre tan tradicional como José Manuel.

Era llamativa la ausencia de cortinas, así como las persianas bajadas de todas las ventanas, que daban a la casa un aire claustrofóbico, de búnker, como si José Manuel estuviera protegiendo celosamente algún secreto. Nada más llegar a la casa, este se había ido a la cocina pidiéndole a Mario que se pusiese cómodo. El sonido de un armario y unas copas chocando le hizo entender que el anfitrión iba a hacer lo correcto.

—¿Tienes hambre? No tengo mucho que ofrecerte porque apenas estoy en casa, pero un poco de jamón serrano del bueno sí te puedo dar.

—No te preocupes. Yo estoy bien así.

José Manuel entró de nuevo al salón con una botella de rioja en una mano y dos copas ya servidas en la otra. Mario aceptó el vino de las manos enormes de su amante.

—Qué bueno —dijo José Manuel con el primer sorbo que inundó su paladar. Después dejó la copa reposar entre sus dedos, sintiendo cómo el silencio volvía a instalarse entre ellos de forma incómoda.

—Menudo día de trabajo llevo —habló entonces Mario—. Estuve cubriendo los actos en el Instituto de Cultura Hispánica y, para sorpresa de todos, ha aparecido Franco. En las distancias cortas se le ve realmente mal. Creo que no tardará mucho en retirarse de la vida pública.

José Manuel dio otro sorbo a su copa antes de responder.

—No te preocupes demasiado por el Caudillo. Es el cansancio, nada más. Ahora también los moros han decidido dar por culo.

Mario se extrañó ante lo que había dicho José Manuel y este lo notó.

—¡Que sí, hombre! Ya verás como se recupera pronto. La gente dramatiza el estado de la gente mayor. Pero es un hombre fuerte —añadió José Manuel.

—No, qué va, me he sorprendido por lo que has dicho de los moros. ¿Qué pasa con los moros?

José Manuel asintió, consciente de que lo mismo había dejado escapar más de lo que pretendía.

—No puedo entrar en detalles, pero te diré que estamos en un momento especialmente delicado —explicó—. La reciente decisión de la ONU sobre el Sáhara y las amenazas de Hassan II no son buenas noticias. Y lo peor es la postura de Estados Unidos del lado del rey marroquí. Es indignante.

Mario, asombrado por esta revelación, se había hecho el tonto. Conocía bien cada uno de los acontecimientos que habían marcado el Sáhara español. Casi dos años como corrector en *Le Monde* de las noticias internacionales le habían mantenido perfectamente al tanto de cómo la Asamblea General de Naciones Unidas instó a España a organizar un referéndum para permitir al pueblo saharaui votar su independencia y dejar que el Frente Polisario fuese su representante.

—Se está buscando la manera de comunicar este asunto a los medios sin generar alarmas innecesarias —dijo José Manuel—. Parece ser que Hassan II organiza una manifestación entre los suyos para hacerse con el territorio y pasarse la soberanía española por el arco de la Medina.

Mario frunció el ceño y miró a José Manuel con suspicacia.

—Una cosita. ¿En qué decías que trabajas exactamente? —preguntó Mario, intentando atar cabos.

José Manuel esbozó media sonrisa enigmática.

—Trabajo en el Ministerio de Gobernación —respondió—. Pero ya sabes cómo son estas cosas, mejor no indagar demasiado.

—Por supuesto, no me iré de la lengua. Sé lo que es ser discreto y además nunca revelo mis fuentes —aseguró Mario, al tiempo que tomaba una de las manos enormes y fuertes de José Manuel, tratando de darle confianza—. Conmigo estarás seguro.

Pero José Manuel no correspondió al gesto cariñoso y simplemente permaneció ahí, como si estuviera evaluando qué hacer. Finalmente, con un movimiento casi imperceptible, se soltó de Mario y se llevó la copa a los labios. Bebió despacio, manteniendo la mirada fija en un punto indefinido de la habitación casi vacía. Mario sintió como si hubiera tocado una puerta prohibida y escuchara a José Manuel echar todos los cerrojos al otro lado.

—Es complicado, ¿verdad? Vivir así —se atrevió a decir Mario—. Ocultando tantas cosas. Siendo alguien que en realidad no eres.

José Manuel soltó una carcajada forzada. Un leve apretón de su mandíbula que alertó a Mario de que quizá había ido demasiado lejos.

—Hay que joderse. No tienes ni idea —dijo José Manuel con un tono seco.

—Es verdad, José Manuel. No tengo ni idea. Solo quiero que sepas que mi boca está cerrada —dijo al fin, con voz firme intentando mostrar sinceridad.

—Te va la vida en ello.

—Lo sé.

José Manuel permaneció quieto unos segundos más. Luego se giró lentamente para mirar a Mario. Sus ojos, normalmente duros, mostraban un brillo más humano, aunque apenas perceptible.

—Ven, te voy a enseñar la habitación —dijo al fin agarrando a Mario de la cintura y acercándoselo a su cuerpo—. Pero ahora no quiero que tengas la boca cerrada. Eso cuando te marches.

14

Lunes, 13 de octubre

Mario jugueteaba con su pitillera, de la que hacía días que no cogía un cigarro, abriéndola y cerrándola mientras observaba a Nando, que no era capaz de mantenerse quieto y deambulaba por la casa de Alma curioseando entre las pilas desordenadas de libros que se repartían por todas las habitaciones. De vez en cuando, cogía uno, lo abría por el centro, lo hojeaba brevemente y luego lo cerraba con un golpe seco, resoplando y meneando la cabeza con desaprobación.

—Alma, querida, no entiendo cómo puedes tener este libro en casa. Menudo botarate es Umbral —comentó Nando con ironía.

—A mí me alucina Umbral —respondió Alejandro.

—Y a mí —agregó Alma desde el fondo del pasillo—. Lo que pasa es que estás enfadado porque no pudo celebrar la presentación de su anterior libro en tu librería, y eres un poco rencoroso.

En la cocina, Alma estaba concentrada en preparar un gazpacho. Pelaba los tomates y cortaba el pepino, el pimiento y el ajo en dados. El aroma de las hortalizas recién cortadas llenaba el aire, y sonrió al picar la última cebolla y trocearla en la tabla de madera con unos lagrimones que le resbalaban por las mejillas. Después lo juntó todo en un bol con agua, aceite de oliva virgen extra, vinagre y sal y lo pasó por la batidora a toda velocidad para que no quedase ni un grumo.

—¿Queréis que haga un poco de picadillo de huevo duro y jamoncito para el gazpacho? —preguntó Alma, buscando la aprobación de sus invitados.

—Por mí perfecto —contestó Nando.

—Pero no te líes en la cocina. Luisa no puede tardar ya mucho. ¿No habíamos quedado en que trajera unas raciones de calamares del Brillante para que no tuvieras que cocinar? —dijo Mario.

—Es que mira que sois cabezones. Ya he dicho que yo hacía unas tortillas de patatas o unos boquerones que tengo en la nevera, que no me cuesta nada —les recordó Alma con cariño.

Alma no sabía que, en realidad, la que se había ofrecido a cocinar era Luisa, pero todos preferían que no lo hiciera. Para no hacerle un feo, le habían dicho que mejor comprara algo y luego lo pagaban entre todos. Por mucho que Luisa se esmerara, sus platos solían ser un mejunje, o muy duro o muy blando, incomible sin voluntad de no desmerecerla. El que cocinaba bien era el marido de Luisa, Patricio, especialista en las empanadas y el charquicán chileno, un guiso de carne picada y verduras que a todos les encantaba.

Mario se dirigió al salón y subió el volumen de la radio. La voz de José Luis Perales con *Y te vas* inundó la habitación, y comenzó a tararearla. Entonces, dieron las ocho de la tarde y los pitidos horarios en la SER, dando paso a las noticias con la actividad del dictador y los ecos nacionales e internacionales del acto de desagravio en la plaza de Oriente. Cansado de la actualidad que no traía nada nuevo, Mario volvió a bajar el volumen y comentó para todos:

—En Francia están sorprendidos con la cerrazón de los españoles con su dictador. No entienden esa defensa a ultranza de todas sus acciones, por brutales que sean.

Alma levantó la vista de la tabla donde picaba trocitos de pan tostado para el gazpacho.

—¿Qué están diciendo exactamente? —preguntó.

—Hablan en general del aislamiento. Tengo un amigo en *Le Monde*, Chauffier, que ha escrito en su columna que la ley antiterrorista española no deja que alguien acusado de violento pueda defenderse de forma legal. En *Le Figaro*, que no es precisamente de izquierdas, describen al franquismo como un régimen en decadencia movido por la venganza. Vamos, que se está quedando solo.

—Lo de esos fusilados ha sido un error garrafal —dijo Nando.

—Y más ahora, que Estados Unidos está a partir un piñón con el dictador. Europa teme que el Gobierno se acerque aún más a los americanos en este momento en el que hay que renovar el convenio sobre sus bases militares de Andalucía, y los yanquis no dejan de ofrecer amor y protección incondicional.

—¿Y qué hay de malo? Para lo que ha ayudado el resto de Europa a España... —dijo Alejandro.

—Si, cuando muera Franco, España se alinea aún más con Estados Unidos —explicó Mario—, hay una alta probabilidad de que tu país se convierta en otro bastión del imperialismo americano. En este momento hay conversaciones entre los países europeos para unirse de alguna manera y no ser tragados por Rusia, por China o por los propios Estados Unidos, y mostrar a nivel internacional que podemos competir con el resto del mundo.

—Pero ¿qué significa eso para nosotros, para la gente común? —preguntó Alejandro de nuevo.

—Significa, estudiante de filosofía que no analiza su entorno, que los españoles podríais quedar atrapados en un sistema bajo supervisión americana que no busca vuestra libertad, sino un estado de vigilancia y control que le sirva a su obsesiva represión comunista. Si los americanos apoyasen la continuidad del régimen franquista, sea lo que sea que haya planeado para el futuro con Juan Carlos I, perderíais la oportunidad de construir una sociedad justa y libre en vuestro país.

—Desde luego, a los americanos es mejor tenerlos de amigos que de enemigos —dijo Alma—. Yo todavía tengo pesadillas con las imágenes de la guerra de Vietnam y las barbaridades que hicieron con los chorros de napalm que caían sobre la cabeza de pueblos enteros. Juré no volver a ver nada sobre esa maldita guerra.

—¿Y por eso no tienes televisión? —preguntó Alejandro.

—En parte, sí. Pero, sobre todo, prefiero dedicar mi tiempo y mi dinero a la música, la lectura o la reflexión. Ya me has visto estos días. No me atrae nada. Soy poco tecnológica.

Nando, que había estado escuchando, intervino con una sonrisa maliciosa.

—Pues, querida, te pierdes programas interesantísimos. Por ejemplo, el teatro que representan en *Estudio 1*, donde trabajan muchos de tus amigos. En unos días emiten la obra *Curva peligrosa*, con Jaime Blanch y Concha Cueto. A ti Priestley te gustaba, ¿no? Además nos viene al pelo esta obra, con eso que trata de cómo despertar la verdad en cada uno y exponerla a la luz.

—Mira, Nando, el teatro en el teatro… —contestó Alma—. Prefiero saber lo que sucede en el mundo con mis ensayos de Anagrama o Taurus, y los periódicos que cuentan la verdad, que es cierto que no son muchos, en lugar de estar bombardeada por la desinformación de la televisión y la radio nacional. Pero si es que ves uno de sus telediarios y no paran de hablar de lo maravillosamente bien que se encuentra nuestro gobernante supremo, cuando ya le hemos visto todos hecho un asco.

Nando cortó la conversación al encontrar otro libro de la estantería de Alma.

—¡Reinaldo Arenas! —Se quedó un momento con él en la mano, observándolo con sorpresa—. Yo tenía los que le editó Seix Barral en España, pero no sé a quién se los dejé. Mira que me gusta a mí lo bien que escribe este cubano.

—Pobre Reinaldo. Está perseguido por Fidel. Lo están machacando por significarse como marica. Lo que nos están haciendo allí es inhumano. Tanta revolución y tanto pueblo unido jamas será vencido para esto.

—Sobre eso discutí hace poco con Alicia —dijo Alejandro—. Ella está obsesionada con el Che Guevara. Dice que es el revolucionario perfecto, lo que deberíamos ser todos. Pero resulta que lees sus discursos y alucinas cuando pide en ellos erradicar a los homosexuales porque son una desviación burguesa o algo parecido. Hombres defectuosos para un nuevo mundo.

Mario soltó un bufido.

—Pero es que no es solo retórica, Alejandro. Se sabe que en Cuba el Che creó campos de trabajo para convertirnos en «hombres de verdad». Aún hoy no queda ni un homosexual que no haya pasado por la cárcel, porque son lo contrario al hombre nuevo que debe hacer la revolución.

Alma, que daba vueltas al gazpacho en el pasapuré, se detuvo y se dirigió a Alejandro.

—Pues ya puedes convencer a tu amiga Alicia de que es una barbaridad, que más vale que tenga un poco de pensamiento crítico —dijo con un tono cortante.

—No sé cómo Reinaldo Arenas puede seguir escribiendo con todo eso encima —dijo Nando dejando el libro de nuevo en la estantería—. Yo creo que me volvería loco.

—Tal vez lo hace para no volverse loco, precisamente —replicó Mario.

El sonido estridente del telefonillo interrumpió la conversación con su pitido. Alma, con un gesto torpe, estuvo a punto de derramar el gazpacho que acababa de tamizar. Mario, tras un breve intercambio de saludos por el telefonillo, anunció con alivio que era Luisa y abrió el portal.

El olor inconfundible de la fritura de los calamares y el de unas patatas bravas con bien de salsa picante llegó al rellano de Alma antes de que lo hiciera Luisa, que subía los escalones hasta la quinta planta con tranquilidad. Todos la saludaron con besos y abrazos mientras la ayudaban con las bolsas de plástico, donde también traía vino. Mientras ella recuperaba el resuello y se desprendía del abrigo y la bufanda, los demás notaron algo en su expresión que estaba fuera de lugar.

—¿Estás bien? Subir los cinco pisos es matador —comentó Alma.

—No es eso. Tenéis que escucharme —contestó Luisa, con la voz agitada—. Acabo de vivir una onda bien extraña.

—No ganamos para sobresaltos. ¿Qué ha pasado ahora? —dijo Alma, intentando mantener la calma.

—Pues que estaba abajo, esperando las raciones de calamares en El Brillante, y de repente ahí estaba Juan Juárez en una mesa, acompañado de un anciano y un niño de unos seis años.

La expresión de Alma cambió al instante y se separó de Luisa con terror.

—Pero ¿estás segura de que era él? Mira que con lo de la serie esa americana de *Starsky y Hutch* todos los polis se parecen —dijo Nando.

—No jodas, güeón. Era él, sin ninguna duda. No se ha percatado de que le miraba, claro. He tratado de no ser indiscreta. Pero ¡claro que era él! Estaba hablando con uno de los camareros, el alto que siempre lleva una insignia de la Falange en la solapa y es tan antipático.

—¿Y el anciano y el niño? —preguntó Mario.

—Creo que, por cómo los trataba, el viejo debe de ser su padre y el pequeño debe de ser su hijo —dijo Luisa.

—Luego resulta que los monstruos tienen familia —dijo Alma.

—Bueno, tranquilicémonos. Yo creo que encontrarlo ahí ha sido casualidad. ¿Cómo va a traerse a su familia para indagar sobre Alejandro? Madrid parece muy grande, pero es muy pequeño, y el bar, muy famoso —zanjó Nando, abriendo una botella de rioja para calmar los nervios colectivos.

—Pues eso es un problema, que sea tan pequeño y todos convivamos en un radio de tres kilómetros. Por probabilidad, tarde o temprano nos vamos a cruzar con ese energúmeno o con alguno de sus acólitos, y se va a liar —advirtió Mario, con un tono de preocupación.

—Madre mía, en qué lío os estoy metiendo... —farfulló Alejandro.

—¡Ya vale! Vamos a cenar, por favor —cortó Nando, visiblemente enfadado—. Estos hijos de puta de la policía nos van a condicionar la vida, pero no esta cena.

La mesa del comedor estaba vestida con los viejos platos de loza descascarillada que Alma había comprado en el rastro nada más mudarse a Madrid. El mantel bordado con flores azules era una joya que había heredado de su abuela Mila, que contrastaba con los vasos viejos y desiguales; muchos eran de los que regalaba la Nocilla y ya tenían los bordes blanquecinos por el uso. Cada vez que organizaba una cena, Alma se prometía que un día ahorraría para una vajilla especial que reflejara su amor por las cosas bonitas. Pero su economía siempre lo dejaba para después.

Luisa colocó las bandejas con los calamares y las patatas bravas junto al bol de gazpacho que Alma trajo de la cocina. Alejandro sirvió agua y cortó trozos de pan mientras Nando servía un poco de rioja a cada uno.

Alma ocupó su lugar habitual en el comedor, en uno de los extremos de la mesa y cerca de la cocina para levantarse cuando fuera necesario. Alejandro se sentó a su derecha, mientras Luisa, Nando y Mario se distribuían a lo largo de la mesa.

—A mí los nervios me dan hambre —dijo Mario picando un calamar con la mano y llevándoselo a la boca.

Alma le lanzó una mirada y una sonrisa nerviosas. Luego, con un gesto cómplice, le dijo a Nando, más por mantener las costumbres que por convicción:

—Por favor, Nando, no me digas nada de la vajilla y de los vasos.

Este la miró de reojo, con esa chispa inevitable de ironía que lo acompañaba siempre.

—Tranquila, querida, esta vez no diré nada. Bueno, solo una cosa —comentó en tono de confidencia—. De esta no pasa. Voy a hacer una colecta y te conseguimos una vajilla decente de Vista Alegre o de Bidasoa, que estos platos tuyos ya han cumplido su servicio.

Alma sonrió y sirvió el gazpacho con un cacillo de madera. Después pasó la bandeja con el pan tostado, el jamón y el huevo picado y todos comenzaron a comer. Alejandro rompió el silencio con un hilo de voz.

—Está muy bueno, Alma. Gracias —dijo, levantando su vaso de agua como si fuera un gesto simbólico más que un brindis.

El sonido de las cucharas en el gazpacho de Alma se fue desvaneciendo lentamente, mientras Mocedades cantaba *Secretaria* en la radio. Mario, con un gesto pícaro, abrió un currusco de pan, lo rellenó con calamares y lo sumergió en la salsa de las bravas. Nando apuró lo que le quedaba de rioja de un trago, mientras Alejandro, que solo había tomado un poco de gazpacho, estaba muy nervioso.

Fue Luisa quien retomó la conversación que a nadie le apetecía tener.

—Quizá lo mejor sea que Alejandro se entregue a la policía, pero no en Madrid, sino en una ciudad donde Juan Juárez no tenga poder —propuso—. Al fin y al cabo, esa pancartita de la azotea no es un atentado ni nada demasiado grave.

Alma negó con la cabeza.

—¿Y confiar en que la policía haga justicia? No podemos arriesgarnos así. Juan Juárez lograría hacerse con él. Lo suyo con la pancarta es algo personal, trasciende a si es grave o no. Fue humillado delante de los suyos y quiere resarcirse.

Mario, con los ojos fijos en el plato, propuso otra opción.

—Lo que sí creo es que, aunque no sea para que te entregues, hay que sacarte de Madrid, Alejandro —dijo Mario.

—¿Y si buscamos a alguien que pueda ayudarnos a encontrar una salida legal? —sugirió Alma.

—Podríamos contactar con algún abogado de confianza y ver qué opciones tenemos —dijo Luisa—. Yo conozco a unas chicas listísimas que ayudan mucho en Vallecas.

Nando hizo una mueca de desacuerdo.

—Pero eso llevará tiempo. ¿Y si la policía ya está cerca? Los asuntos judiciales con abogados no son rápidos —objetó, con la mirada fija en Alejandro.

—Entonces debemos actuar deprisa —insistió Alma.

—Yo me voy adonde me digáis. Vale —dijo Alejandro levantando la mirada de las manos, que se apretaban la una contra la otra, con los dedos entrelazados en un gesto de puro nervio—. Pero lo único que necesito saber antes es si mi padre está bien y si mis amigos están a salvo. No he podido contactar con ninguno de ellos. Alicia ha desaparecido de la casa que comparte con otros estudiantes y es el nexo de unión entre todos. Si ella cae, caemos los demás. Así que eso es lo más importante en este momento, saber que no está detenida. Lo que pase conmigo da igual.

—Sí, Alejandro, también es importante que tú estés a salvo y no te detengan —dijo Alma con tranquilidad—. Nosotros nos jugamos también mucho si dan contigo.

En ese momento, Nando se levantó de su silla y empezó a caminar de la ventana del salón a la mesa del comedor, como el oso enjaulado del zoo del Retiro. Su expresión se había endurecido, y levantó un dedo en alto, como pidiendo permiso antes de hablar.

—Vale. Llegados a este punto, tengo algo que contaros. Y creo que no os va a gustar. Sobre todo a ti, Mario.

Mario le miró con los ojos muy abiertos.

—Joder, Nando…

—Como sabéis —dijo Nando—, hace unos días que Mario está viéndose con un amigo que conoció en la fiesta de mi casa del otro día, José Manuel.

—¿Viéndose? —preguntó Alejandro, sin entender del todo.

—Que fornican, hijo mío… —respondió Luisa, inquieta.

—¿Y qué pasa con José Manuel? Porque me lo estoy imaginando —se impacientó Mario, presintiendo lo peor.

—Pues que hoy me he enterado de que trabaja en la Dirección General de Seguridad, en Sol.

—*Mon Dieu!* ¿Estás seguro? —La sospecha se le hizo innegable de repente. El hombre con el que había estado quedando estaba vinculado al enemigo, a aquellos que detenían y torturaban. Un escalofrío recorrió su espalda porque en el fondo lo sabía—. Joder, joder, joder… Si ya me estaba imaginando algo así. ¿Y esto no me lo podías haber dicho antes, Nando?

—Pues cuando me he enterado… —se defendió.

—Pero ¿no era tu amigo de la infancia? —preguntó Mario alterado.

—Siempre me ha dicho que trabaja en el Ministerio de Gobernación. Y, chico, pues ya está, pensé que era un funcionario, un auxiliar administrativo… No le di más vueltas. Es verdad que es un amigo del colegio y que apareció hace unos meses de nuevo por la librería. Yo qué sé. Pensé que era la vida, que te junta y te aleja, pero ahora no tengo muy claro que ese acercamiento de José Manuel haya sido una casualidad —respondió Nando, intentando justificar la situación.

—¿Y tú le has contado algo de Alma o de Alejandro? —preguntó Luisa.

—Nada, nada en absoluto. Follamos y poco más. Tampoco tiene mucha conversación el hombre —aseguró Mario.

—¡Calma, chicos! ¡Ya está! —intervino Alma con firmeza—. Ahora sí que tenemos todas las cartas sobre la mesa y sabemos quién es quién.

Un silencio tenso se apoderó de la habitación, solo interrumpido por el suave zumbido de la radio, que emitía una canción de Nino Bravo.

—Vamos a serenarnos y pensar con claridad. Voy a hacer café. ¿Quién quiere? —dijo Alma, dirigiéndose a la cocina y decidida a calmar los ánimos. Mientras preparaba el café, trató de alejar la imagen de Juárez tras ella apretando su cuerpo duro contra el suyo, refregándole la polla contra los muslos. Sacó del horno un bizcocho de yogur que había hecho por la mañana y que por poco se le cayó al suelo al ponerlo en una bandeja. Sentía los nervios incontrolables. Aunque un poco tostado en los laterales, el bizcocho desprendía aroma a vainilla y limón. Con el café listo, llevó la bandeja a la sala. Nando se adelantó para ayudarla, con una expresión que reflejaba remordimiento.

—El bizcocho me ha quedado regular... Parece que todo se me quema últimamente —dijo Alma.

Todos volvieron a la mesa, y Luisa cogió un trozo del bollo sin esperar a que Alma lo sirviese. Nando se acercó a Mario y le puso una mano en el hombro.

—Lo siento, Mario. No lo sabía —se disculpó Nando—. Me lo contó Paco la Leona, ayer en el Well. Que un día lo detuvieron por escándalo, con su peluca de Tina Turner y sus lentejuelas, y apareció José Manuel en Sol para interrogarlo. Se quedó de piedra la pobre. Con la de veces que le había visto azotando matojos en la Casa de Campo.

Mario asintió con un gesto cansado y le correspondió agarrándole la mano.

—No pasa nada. Ya sabes que ese tío y yo no tenemos mucho futuro...

—Bien, pues, llegados a este punto, hay que tomar decisiones —anunció Alma con su taza de café en una mano y un trozo de bizcocho en la otra—. Alejandro, creo que lo mejor es que sigas quedándote en mi casa mientras yo averiguo qué está pasando con tus amigos y con tu padre. Si es importante para que puedas marcharte de Madrid, trataremos de saber dónde están.

Alejandro asintió.

—Mario, Luisa y Nando, creo que no deberíamos volver a reunirnos en mi casa —continuó Alma—. De hecho, vernos hoy aquí ha sido una locura. Esta será nuestra última cena. No sabemos qué intenciones tiene José Manuel, y mucho menos Juárez. Nando y Luisa, es probable que a vosotros aún no os relacionen con Alejandro, y no podemos arriesgarnos a que alguien dé el aviso en Sol y os arruinen la vida también —declaró Alma, con determinación.

—¡Y que a nadie se le ocurra usar el teléfono para hablar de nada relacionado con Alejandro! —dijo Nando con firmeza—. Puede parecer paranoia, pero, si sospechan de alguno, lo primero que hacen siempre es pincharlo. Alma, no llames para contar nada. Estoy casi seguro de que el de mi librería y el de mi casa ya están intervenidos. Lo mismo por eso han mandado a José Manuel a que me vigile.

—De acuerdo, a partir de ahora nos reuniremos en tu librería, Nando. O en la de Luisa, si no os importa, claro —dijo Alma, dirigiéndose a su amiga.

Mario, aún dolido por la revelación sobre José Manuel, intervino con una advertencia.

—Vale... Y lo mejor será no intentar sacar información directamente de José Manuel. Es un tipo listo. Nando y yo le seguiremos el juego y estaremos atentos por si se le escapa algo de provecho que nos beneficie sin que se lo pidamos.

—Alma —llamó nervioso Alejandro—, ¿cómo piensas averiguar si mi padre está bien y si mis amigos están encerrados?

—Conozco a alguien en Sol —dijo Alma, con tono sereno pero decidido—. Se llama Alfonso Alfaro, es un alto cargo de la policía y amigo de mis padres. Creo que, si se lo pido, nos ayudará. Iré a verlo.

—¿Irás a verlo, adónde? —preguntó Mario, sorprendido.

—A su trabajo, en la Dirección General de Seguridad, en la Puerta del Sol —respondió Alma.

—¿En serio? ¡Es peligroso, Alma! Estás yendo directamente a la boca del lobo —exclamó Alejandro, alarmado.

—Lo sé —respondió ella.

15

Martes, 14 de octubre

Cuando Alejandro vio salir a Alma de su habitación, se quedó confundido por un instante. La persona que estaba ante él ajustándose la ropa frente al espejo de la entrada era Alma, sí, pero había algo desconcertante en esa apariencia masculina, como si estuviera enmascarada de alguien que no era. No necesitaron intercambiar muchas palabras. Un simple «Gracias» de él y un «Vendré disparada en cuanto averigüe algo» de ella. Luego Alma se marchó de casa intentando aparentar una firmeza que no sentía, con la confianza puesta en que la ropa y los gestos controlados la protegieran de lo que estaba a punto de enfrentar.

Se había vestido como hacía años que no lo hacía: un vaquero, una camisa azul, un jersey de pico negro y una gabardina heredada de Mario que no se ponía desde que vino de Barcelona. Su pelo, engominado y recogido en un moño bajo, estaba oculto bajo una gorra de pana que apenas dejaba entrever un flequillo peinado hacia un lado. Ni una pulsera, ni un collar, ni pendientes. Ni una gota de maquillaje, ni su perfume de Rochas, algo totalmente atípico en ella. En lugar de sus habituales tacones bajos, llevaba unos zapatos Castellanos de piel marrón que completaban el modelo «Pasar desapercibida». Al observar su reflejo antes de salir, apenas reconocía a la mujer que solía ser en Madrid, pero sí a la persona que había sido en Barcelona hacía años. Una imagen a la que le tenía un gran cariño por todo lo que había sido capaz de soportar sin sucumbir, aunque ahora la sentía lejana y muy ajena. Hacía tiempo que había aprendido a apreciar su pasado y abrazarlo desde el presente.

Desde Atocha a Sol en el metro había tardado quince minutos. Salió en la boca del metro frente a Doña Manolita, donde ya había una cola absurda en busca del Gordo de Navidad. El reloj de la plaza marcaba las once menos cuarto de la mañana, y el sol brillaba en lo alto e iluminaba los rostros de los transeúntes con una luz tamizada por las nubes de otoño. El tumulto de personas que llenaba la plaza era tan diverso como el propio Madrid: oficinistas de corbata y maletín, estudiantes atolondrados, turistas posando en la plaza y vecinos del barrio que esquivaban a todos con la familiaridad de quienes conocen cada esquina del centro. A Alma le llegó el aire impregnado del aroma dulce de los pasteles de La Mallorquina. Con el estómago cerrado por los nervios, se prometió un buen segundo desayuno si su visita a Alfonso Alfaro terminaba bien.

Desde el otro lado de la plaza, miró la puerta de entrada a la Dirección General de Seguridad. Salvo dos guardias civiles en la puerta, no parecía haber mucho movimiento. Después, escudriñó las calles circundantes para ver cuál sería la más segura para escapar en caso de que tuviera que salir corriendo si aparecía Juárez o trataban de volver a detenerla. ¿Dónde habría más gente que pudiera ofrecerle cobijo en caso de necesidad? Observó la calle Preciados, donde una marea de personas se movía de un lado a otro con bolsas de Galerías Preciados y El Corte Inglés. ¿Sería alguno de estos centros comerciales el mejor lugar para esconderse en caso de necesidad? No, en estas tiendas tan grandes donde era fácil robar, tenían personal de seguridad que siempre ayudaba a la policía si era necesario. Luego, su mirada se desvió hacia la tranquila calle Correo, donde seguían las obras de reconstrucción del edificio en el que había estado la cafetería Rolando antes de que ETA la volara por los aires hacía poco más de un año. Alma recordó el *shock* que le produjo saber que una persona a la que conocía, Eva Forest, editora, novelista y esposa del también escritor Alfonso Sastre, había sido detenida y acusada de facilitar ese atentado a ETA. ¿Cómo era posible? ¿Cómo una mente tan cercana a la literatura, con sensibilidad por lo humano, podía haber facilitado semejante salvajada? Luisa, con su habitual pragmatismo, le había repetido, como otras tantas veces, que era una ingenua. Le había dicho: «El ser humano siempre esconde un monstruo. Lo llevamos dentro, como una bestia que duerme a la espera de su momento», como lo había hecho en Eva y en tantas otras personas. El monstruo no tenía forma ni moral y solo necesitaba el ambiente adecuado para revelar sus garras. ¿Cómo esconderlo? No se podía. Solo quedaba contenerlo, educarlo en la compasión y en la bondad y tratar de que hiciera el menor daño posible al resto de personas.

Alma descartó la calle del Correo, con esas obras no sería la mejor para escapar. Quizá la Carrera de San Jerónimo o, mejor aún, la calle Mayor, que era ideal porque los coches de policía no podrían seguirla si atravesaba la plaza Mayor. Mientras sus ojos barrían las calles en busca de respuestas, la ansiedad se apoderaba de ella. ¿En qué momento había llegado a pensar que era posible escapar si aparecía Juan Juárez? ¿De verdad creía que podría burlar a las fuerzas de seguridad? Pero ¿realmente la iban a detener? ¡Si ella era la víctima! Y entonces, como un golpe repentino, el recuerdo de Juan Juárez en la celda del sótano de aquel edificio anegó su mente. Cómo la había manoseado, sus dedos en la boca, en su garganta apretando con fuerza. La humillación. Abatida. ¿Qué diría a Alfonso Alfaro cuando la viera allí? ¿La enviarían de nuevo a los calabozos del sótano? ¿Estaría por allí José Manuel para reconocerla y delatarla? No podía permitir que la parálisis la dominara. Se apoyó brevemente en la estatua del Oso y el Madroño buscando tranquilidad y claridad en su mente. Era la única manera de enfrentarse a este momento. Tenía que actuar; le había prometido a Alejandro que trataría de saber qué había sucedido con sus amigos y con su padre, y eso haría.

Cruzó los dos pasos de peatones que la separaban del edificio de la Dirección General de Seguridad, ajustándose la bandolera que llevaba colgada al hombro. Respiró por la nariz y cerró los ojos un instante, tratando de calmarse. «Tienes que hacerlo —se dijo a sí misma—. De lo contrario, esos hijos de puta habrán ganado». Pero una punzada en el estómago causada por los nervios la atravesó de forma absurda, y las muñecas le palpitaron como si aún llevara puestas las esposas que la habían inmovilizado en su detención en ese edificio.

Los rayos del sol daban de lleno en la fachada blanca, creando un juego de luces y sombras con las nubes, lo que añadía un aura de castillo del terror a la entrada principal.

Al llegar, bajo el reloj del edificio con el que los españoles comían las uvas sin pensar en los torturados que se encontraban allí dentro, Alma pensó que se iba a encontrar con un vestíbulo tranquilo y vacío, pero el bullicio la sorprendió. Era muy diferente a la entrada y salida de detenidos que se hacía por las puertas traseras de la calle San Ricardo o del Correo. En esta entrada, señorial y vigilada, decenas de policías, militares y civiles iban y venían apresuradamente de un lado a otro, algunos con documentos en la mano, otros en conversaciones discretas o enfadados con gesto adusto. A pesar del ajetreo, el lugar mantenía una limpieza impecable, como si la suciedad no tuviera cabida en aquel ambiente. Dos mujeres eran las responsables de que todo estuviera perfecto, una con una escobita que recogía colillas y papeles y otra que se esmeraba en los muebles y objetos de la recepción.

En cuanto Alma puso un pie en el umbral, dos policías de uniforme gris y gorra alta la interceptaron casi de inmediato. Uno de ellos, con ese aspecto de los que están de paso por la vida, con la cara roja por la bebida, las manos de uñas largas y el pelo grasiento, extendió el brazo hacia ella para detenerla con una autoridad que no admitía discusión.

—Documentación, por favor.

Alma, que ya estaba preparada para que sucediera esto, sacó su cartera de piel verde repleta de tarjetas de compañeros libreros y editores, con el DNI a la vista que le tendió al policía. Este lo observó con detenimiento, escudriñando cada detalle, como si intentara encontrar algo que justificara una mayor intervención. Mientras tanto, el otro guardia, más bajo pero corpulento y que olía a colonia de lavanda, se acercó por un lateral para mirarla con curiosidad, como si hubiese algo que no le cuadrase del todo.

—¿Qué le trae por aquí? —preguntó en un tono brusco.

—Tengo una cita… con el señor Alfonso Alfaro —respondió Alma, esforzándose por mantener la voz firme.

El guardia desarrapado levantó la vista del DNI y la miró fijamente a los ojos, escudriñando su rostro con una intensidad que en otra situación hubiese sido cómica.

—¿Alfonso Alfaro? —repitió, como si el nombre le resultara familiar pero necesitara confirmarlo. Se volvió hacia su compañero y murmuró algo en un tono demasiado bajo para que Alma lo escuchara con claridad, pero lo suficiente para que aumentara su ansiedad.

—¿Ha estado antes en este edificio? —preguntó el guardia corpulento, cruzando los brazos sobre el pecho.

—Hace tiempo —admitió Alma, dudando si aquello había sido una buena idea.

Los guardias intercambiaron una mirada rápida, un gesto casi imperceptible que Alma notó de inmediato. Su corazón comenzó a latir con fuerza de los nervios al imaginar que esa comunicación silenciosa era la forma que tenían de indicarse que estaban ante alguien que había que detener.

—¿Motivo de la visita? —insistió el policía que olía a lavanda con un tono más inquisitivo.

—Ya se lo he dicho. Hablar con el señor Alfaro —respondió Alma, intentando no sonar evasiva o que diese la impresión de que dudaba de lo que decía.

El guardia corpulento asintió lentamente, sopesando si ese pequeño interrogatorio era suficiente para dejar pasar a aquella persona, o si debía hacer algo más.

—Ya veo —murmuró, y se acercó a su compañero, que asintió encogiendo los hombros. Luego añadió—: Acompáñenos, por favor.

Alma tragó saliva mientras su mente trabajaba a toda velocidad para no entrar en pánico. Cualquier señal de nerviosismo podría ser interpretada como sospechosa. Mientras, los guardias la guiaban hacia un lado del vestíbulo, donde una pequeña mesa tras un biombo estaba preparada para registros más detallados.

El guardia de uñas amarillas tomó la bandolera de Alma y empezó a registrarla con movimientos deliberadamente lentos, removiendo los objetos como si fueran las papeletas para un sorteo. Mientras, el otro comenzó a cachearla de forma meticulosa. Los dedos del guardia rozaban su piel por encima de la ropa con la excusa de buscar algún objeto peligroso. Olió su aliento de cenicero cuando le colocó las manos en los hombros y fue bajándolas por los costados con parsimonia, para hacer luego lo mismo con el pecho y la espalda. Alma no pudo evitar recordar las manos de Juan Juárez debajo de su falda, tirándole de las bragas, y dio un respingo.

—¿Pasa algo? —preguntó el guardia corpulento, que había notado el ligero temblor de sus extremidades.

—No... Solo que... no es agradable, eso es todo —respondió Alma, haciendo un esfuerzo monumental por controlar su respiración, cada vez más errática. ¡Qué mala idea había sido esto de ir a la boca del lobo!

El guardia que inspeccionaba su bandolera sacó uno de los libros que llevaba dentro, un ensayo de Vizcaíno Casas para tratar de congraciarse con los guardias si sucedía lo que estaba sucediendo. Lo examinó durante unos segundos y luego lo dejó sobre la mesita con una expresión bovina. Después, encontró una bufanda morada, una mandarina y una libreta en blanco con una pluma Parker enganchada a un lateral.

—Todo parece en orden —dijo finalmente el guardia metiendo todo de nuevo en la bandolera, aunque su entonación era más bien la de alguien que no había encontrado lo que esperaba y no podía justificar retenerla.

Alma respiró más calmada y trató de que no se notase que quería escapar de allí, mientras el otro agente seguía verificando que no tenía nada escondido en el cuerpo, haciendo hincapié en sus pechos, que Alma sabía que eran el problema.

—Hago mucho deporte —se atrevió a decir.

—Ya veo, ya.

Así que cuando Alma estaba a punto de salir corriendo, el guardia dijo: «Adelante, puede pasar». En ese momento, sintió un alivio inconmensurable.

—Gracias —murmuró al tiempo que recuperaba su DNI y su bandolera, que agarró con los nudillos blancos por la tensión.

Al salir de detrás del biombo, oyó las risas de los dos guardias y un «bujarra» y un «maricón» que dijeron en voz alta para que Alma lo escuchara. Hizo oídos sordos como siempre, para no derrumbarse, y cruzó dentro del edificio para llegar a un pasillo con un directorio infinito e indescifrable que señalaba con una flecha el camino que debían llevar los «visitantes». Alma siguió la indicación y poco después llegó al vestíbulo.

La estancia, al igual que el acceso al edificio, estaba sumida en ese ruido atemporal y suave de las administraciones públicas. Oficinistas, policías y militares se cruzaban en dirección a unas escaleras laterales, el corazón del edificio, desde donde se repartía el mal por plantas. Desde los pasillos laterales, llegaba el sonido de las máquinas de escribir y de puertas que se abrían y cerraban, componiendo una melodía que rebotaba en las paredes. Junto a la escalera principal, vio un mostrador de recepción donde destacaba la señorita joven y bellísima que lo atendía. «Una mujer, menos mal», pensó Alma.

Trataba de mantenerse atenta a lo que la rodeaba mientras avanzaba por ese espacio abierto. Se imaginaba a Juan Juárez ante ella en cualquier momento, sorprendido primero y feliz después por tenerla ahí, en su territorio. Directa en sus fauces. Para quitarse ese pensamiento de la cabeza, Alma intentó recordar si había salido por ese vestíbulo tras su detención el día que ardió su librería. Juraría que no, que la habían dejado libre por un pasillo lateral más oscuro, que daba justo a la parte trasera del edificio, en la calle del Correo. Pero los recuerdos se mezclaban en su mente, desdibujados por el aturdimiento con el que salió aquel día infame. Eso sí, a quien recordaba perfectamente era a su querida y odiada madre, esperándola en la calle a los pies de una escalera, donde la tapó con un abrigo que traía en una bolsa de El Corte Inglés y la abrazó después como no recordaba que lo hubiera hecho en su vida.

El suelo pulido reflejaba las lámparas colgantes de hierro con luz blanquísima que rebotaba en las paredes de mármol y emitía destellos que la hacían sentir atrapada en una especie de cárcel galáctica. Allí, frente al mostrador de madera robusto y oscuro, se alzaba la bella recepcionista, como una pitia mitológica que atendía una llamada. La joven de aspecto radiante y sonrisa medida, que parecía obviar el caos a su alrededor, colgó la llamada manteniendo una compostura que a Alma le resultó casi mágica. La recibió con una mirada cortés, de ojos negros realzados por pestañas tupidas y que se posaron en ella con curiosidad. Alma envidió al instante esa belleza sencilla y casi oriental que ella jamás poseería.

—¿Qué desea? —preguntó la recepcionista con voz suave.

—Sí. Necesito ver a Alfonso Alfaro —dijo Alma con confianza.

La joven la miró dubitativa, como si la petición le hubiese llamado la atención.

—¿Tiene cita con él? —Alma sintió un escalofrío ante la pregunta. Sabía que tenía que volver a mentir.

—Sí, me está esperando.

La recepcionista, sin mostrar ninguna emoción en el rostro, tomó de nuevo el teléfono de baquelita negra, cuyos años de uso se reflejaban en su aspecto opaco y lleno de arañazos, y marcó un número. La espera que siguió fue un silencio tan espeso que Alma sintió que podía ahogarse en él. Después la mujer dijo «Sí» un par de veces y levantó la vista con una mirada diferente que ya no la hacía tan hermosa.

—¿Está segura de que tenía cita? —preguntó cortante, como si la formalidad inicial se hubiese desvanecido.

—Me está esperando.

La recepcionista la miró fijamente desde sus pestañas negrísimas e inclinó la cabeza.

—Pues ha debido de olvidar su cita. No se encuentra en estos momentos en el edificio. ¿Quiere que le deje un recado? —ofreció la joven.

El plan de Alma se desmoronaba ante sus ojos, pero no podía permitirse que el pánico la delatara.

—Muy amable. No se preocupe. Contactaré telefónicamente con él y volveré en otro momento.

La recepcionista asintió cortésmente y, en ese momento, Alma supo que tenía que salir de allí cuanto antes. Se dio la vuelta con una calma que no sentía y comenzó a caminar hacia la salida con paso lento, como si cargara las miradas de todos los presentes en ese edificio a sus espaldas. El intento de ver a

Alfonso Alfaro había sido un fracaso y no había conseguido la información sobre los compañeros de Alejandro que le había prometido. Sin embargo, no podía permitir que ese revés la detuviera. Dejó atrás el vestíbulo de suelo brillante, a los funcionarios y a los guardas de la puerta, que se volvieron hacia ella con sorna.

—Adiós, «caballero».

Al salir, el frío recibió a Alma con un leve olor a invierno, y el bullicio de los autobuses del transporte público y los coches seguía allí como si nada. Se ajustó la gabardina y cruzó de nuevo los pasos de peatones hasta la calle Mayor, resuelta a andar hasta casa del padre de Alejandro, donde trabajaba en la portería.

Decidió ir por la calle del Arenal porque tenía ansiedad, hambre y ganas de café, y allí estaba el pasadizo de San Ginés, el angosto callejón donde se encontraba la chocolatería. El olor a churros la envolvió y no pudo evitar entrar. «¡Joder, me lo merezco!». Se sentó en una mesa junto a la pared, donde pudiera descansar sin que nadie la viera de verdad. Pidió tres churros y, aunque el chocolate parecía la opción más lógica, optó por un café cortado doble. Después de lo que había vivido necesitaba cafeína para mantenerse alerta.

Un camarero joven y fuerte, vestido de forma impecable, le sirvió a toda velocidad con una mirada profunda.

—Su café, señorita.

Alma le miró sorprendida y le dio las gracias. Un instante antes, aquellos policías la habían insultado a sus espaldas, derrumbando el amor propio que tanto le había costado conquistar. Pero ahora, gracias a la sutil amabilidad de aquel camarero extraño, lo había vuelto a recuperar. Le gustaba ser admirada, desde luego, y que la llamaran señorita pese a tener una edad. Sentirse deseada. Pero si había sobrevivido y salido adelante era por no haber puesto a los hombres en el centro de su vida. Había decidido no ser protegida por nadie salvo por ella misma, lo que también la había llevado por un camino despoblado que sus amigos no siempre podían cubrir. Reconocerse como una anomalía la había llevado a la soledad. ¿Qué iban a querer de ella salvo satisfacer su fetiche?

Alma salió de la chocolatería San Ginés, se quitó la gorra negra y se soltó el pelo sobre los hombros. Al volver a la calle del Arenal, el sol de mediodía bañaba las fachadas, y las sombras de los edificios se extendían sobre las aceras. La gente caminaba a su alrededor, algunos con prisa y otros deteniéndose a mirar los escaparates donde aún se podía encontrar ropa de las rebajas de septiembre. Atravesó la plaza de Isabel II hasta la fachada del Teatro Real, donde se anunciaba un ciclo de conciertos de la Orquesta Nacional de España. Alma lo rodeó hasta la calle de Vergara, donde las aceras se volvían más amplias y el jaleo del centro se disipaba.

Al girar en la calle Lepanto, donde estaba la casa de Alejandro, todo parecía tranquilo. El número 6 se alzaba ante ella, cuatro plantas y una puerta de entrada pintada de negro con herrajes dorados que relucían como si los acabaran de pulir. Frente al edificio pero a una distancia prudencial, Alma se preguntó cómo podía acercarse para averiguar si el padre de Alejandro estaba en casa pero sin desvelar quién era ella. En el caso de que estuviera, ¿debía decirle que acogía a su hijo y que estaba a salvo? Quizá estaría más seguro cuanto menos supiera. En ese momento, el cartero de Correos llegó al portal y llamó al telefonillo de latón dorado. Al poco, salió un hombre menudo vestido con un traje gris perla brillante bastante feo, una camisa blanca y una corbata negra ancha. Entonces Alma se dio cuenta de que era el padre de Alejandro y estaba perfectamente. El cartero, con una sonrisa que denotaba que había confianza, le entregó un par de cartas y se marchó con paso ligero mientras el hombre se quedó leyendo los destinatarios. Al observarlo con detenimiento, Alma notó un parecido asombroso con Alejandro. El pelo castaño claro y despeinado, los gestos de su rostro al leer las cartas, incluso la postura de su cuerpo ligeramente ladeado, recordaba a la imagen del joven que escondía en su casa. Sin embargo, algo llamó especialmente la atención de Alma, algo de lo que Alejandro no le había comentado nada. Una peculiaridad en el brazo izquierdo del hombre. Era más corto de lo normal, y su mano minúscula estaba vuelta hacia adentro, lo que limitaba el movimiento de la muñeca que sujetaba las cartas contra su pecho. Alma se llenó de ternura al imaginar el sacrificio y la dedicación que aquel hombre habría invertido para criar a su hijo con esa dificultad. «Pobrecillo», pensó. Entonces la imagen de Luisa apareció en su cabeza, reprochándole esa misericordia cursi porque la lástima era limitante y deshumanizadora, y ella lo sabía bien. La pena colocaba al padre de Alejandro en una posición de debilidad cuando en realidad le estaba viendo trabajar de forma plena y profesional, con una autonomía que merecía respeto y no lástima.

Junto a este reproche hacia sí misma por ser condescendiente, sintió una sensación de alivio al pensar en la calma que inundaría a Alejandro al saber que su padre estaba bien. Ahora se sentiría libre para preocuparse de sí mismo y de esa situación a la que debían darle una solución.

Cuando el padre de Alejandro estaba a punto de entrar de nuevo en el portal con las cartas bajo el brazo, una figura captó la atención de Alma desde la distancia. Era una chica de pelo rubio muy corto que se acercaba decidida a él. Al principio su rostro le resultó familiar, pero en un instante, como un destello repentino, la memoria le trajo el recuerdo del furgón policial el día que se quemó su librería. ¡Era Alicia! La famosa Alicia que dirigía el cotarro en el grupo de la universidad y preparaba las algaradas de protesta. La sorpresa y el desconcierto se multiplicaron en Alma cuando vio a Alicia dirigirse hacia el padre de Alejandro gesticulando con excitación, casi con violencia. ¿Qué estaba pasando? La discusión estalló aún más fuerte entre ambos. Alma, intrigada y preocupada, se mantuvo a una distancia prudente, sin atreverse a intervenir. A medida que la discusión se intensificaba, Alicia estaba más y más enfadada. Al final se dio media vuelta y se alejó con pasos rápidos, perdiéndose de vista por la estrecha calle Lepanto, mientras que el padre de Alejandro entró en el edificio dando un portazo.

Alma se quedó inmóvil, tratando de comprender lo que acababa de presenciar. La conexión entre esa chica y aquel hombre no podía ser accidental.

16

Jueves, 16 de octubre

Alejandro, con movimientos cuidadosos, arropó a Alma, que dormitaba en el sofá. Un vecino del edificio escuchaba música en su tocadiscos, y la voz de los Carpenters con el *Close to You* llegaba hueca a través de las paredes. Alejandro necesitaba distraerse, por lo que se acercó a una caja de madera oscura con unos herrajes dorados que había visto encima del escritorio de Alma. Se asomó a ella con delicadeza, como si temiera despertar a Alma con sus movimientos, y descubrió en su interior decenas de fotografías. Las instantáneas mostraban momentos de la vida de Alma junto a amigos, familiares en Barcelona, con Mario en la playa y otros días felices en lugares y tiempos aún más lejanos con personas que seguramente ya no vivirían: tías con bebés regordetes en los brazos, mujeres de negro que flanqueaban a adolescentes con mirada ausente y paisajes del campo y la playa de lugares imposibles de averiguar.

Volvió a observar a Alma dormitar, con esa apariencia segura que parecía contener un ciclón en su interior. Había algo en su forma de estar en el mundo que admiraba, como si fuera el ejemplo de lo que él deseaba para el futuro: una persona inteligente y empática, alguien que mostraba sin pretenderlo que el progreso no eran solo ideales abstractos. Lo poco que había vislumbrado de Alma le resultaba más convincente y autentico que todas las teorías políticas que había estudiado y que solían naufragar al enfrentarse a la práctica. Era cierto que también percibía en ella un aire de distancia y sus propias prioridades. Había algo de egoísmo en su forma de ser, no en el sentido mezquino, sino en la manera en que se protegía, en cómo parecía elegir cuidadosamente sus batallas y sus aliados, en cómo había creado una burbuja en la que el mundo imperfecto la rozase lo menos posible.

Cuando estaba a punto de dejar las fotos en su sitio, Alma se despertó y lo observó con una sonrisa somnolienta pero tranquila.

—No era mi intención cotillear… —se disculpó Alejandro.

—Trae aquí la caja, anda. —A Alma no le importaba que explorara sus recuerdos; había algo reconfortante en que alguien se interesase por su vida.

Alejandro se acercó con la caja hasta el sofá y la dejó sobre las piernas de Alma, tapadas por la manta.

—Ese es mi primo Alonso —explicó ella mientras señalaba una foto en particular—. La foto está hecha en Cadaqués hace veinte años. Después murió. Tosferina. Le quería mucho.

Alejandro miró con atención la imagen de aquel niño en la playa, sonriendo con una pelota que sostenía en la mano y un perro que la miraba fijamente. Ese niño había pasado como una exhalación por la tierra, y el perro ni siquiera se había enterado de su existencia. Naces, te asomas a la vida y te mueres. Alma tomaba las fotografías de una en una, como si fueran de cristal de Swarovski y pudieran romperse con el menor movimiento. Era evidente que para Alma cada una de ellas tenía un valor incalculable, no solo como imágenes, sino como portadoras de todas esas vidas que ya no estaban y que demostraban que, para esa gente y quienes las habían querido, el pasado había sido real.

—¿Y esta eres tú? —preguntó Alejandro, alzando una foto de Alma muy joven, sonriendo, con el pelo cortísimo y ropa ancha, tan diferente a la mujer que tenía ahora enfrente. Dudó antes de continuar—. Estás muy diferente.

Alma se rio al verse en la foto.

—En aquel tiempo yo era muy alegre —respondió—. Mira, siempre risueña, jugando y tratando de encajar en el mundo que estaba descubriendo. Buscando mi lugar. Lo típico.

—Tienes el mismo gesto que ahora.

—No seas zalamero —rio Alma—. Después, cuando fui más consciente del mundo, vino el miedo. Principalmente al rechazo, a que no me quisieran y a ser algo grotesco. —Y con una risa floja dijo—: También te digo que mira que estaba fea. ¡Qué pintas! Mira, mira esta. Creo que esto es Cadaqués. Esta me la hizo Mario con la primera cámara que le regalaron.

—Yo te veo igual —dijo Alejandro.

—No sabría qué decirte… En aquel momento Alma existía, pero solo para mí… —continuó—. Esa aparente alegría que ves ahí era un escudo que me protegía de la crueldad de los demás, que fue mucha.

Alejandro tomó otra foto que Alma sostenía y por la que pasaba un dedo suavemente, como si pudiera reconfortar a la niña que había sido.

—La verdad es que ese esfuerzo por encajar me pasó factura, y lo peor es que no podía contárselo a nadie. Bueno, quizá a Mario. En esa época en la que la vida empieza a ir en serio fue cuando nos acercamos más el uno al otro. De hecho, si cierro los ojos y pienso en mi juventud, los únicos recuerdos que merecen la pena son los que tengo con él.

Alma hizo una pausa y se agarró el pelo en una coleta con una goma roja que llevaba en la muñeca.

—Mario tiene un don especial para hacer que las cosas parezcan fáciles. Nos recorríamos la playa de punta a punta y nos lo pasábamos genial. Además, es capaz de hablar con todo el mundo. Es la persona más sociable que conozco… A veces pienso que por eso recuerdo mi niñez sin mucho drama, porque gracias a él fue un poco feliz.

Alejandro acercó otra foto de Alma a sus ojos, tratando de desentrañar todo lo que el tiempo había cambiado en ella.

—Esa me la hicieron en el colegio. Ahí aún intentaba ser lo que querían que fuese —dijo ella, señalando a un adolescente de ojos oscuros que miraban a un lado—. ¿Ves? El traje negro, los mocasines.

Alejandro la miró de reojo, pero no dijo nada.

—No sé si esto te sonará a chino… Sería muy raro que te lo hubieses planteado alguna vez en tu vida porque eres un chico al que le gustan las chicas, pero… ¿te has parado a pensar alguna vez qué te hace ser quien eres? —continuó Alma—. Desde que naces ya tienen un plan para ti: azul o rosa, muñecas o coches. Y a mí me tocó todo lo que odiaba. Y claro, acabé creyéndome la mentira, poniéndome una máscara detrás de otra hasta que ya no tenía muy claro quién estaba debajo.

Alejandro dejó la foto sobre la mesa y cruzó los brazos. Ella lo miró de reojo.

—¿Sabes lo peor? Que si yo me rechazaba, ¿cómo no lo iba a hacer el resto del mundo? —Alma cambió el gesto—. ¿No te estoy contando demasiadas intimidades?

Alejandro, en silencio, apretó suavemente la mano de Alma al devolverle la foto.

—Me parece una vida increíble.

—No te creas. Al final terminé sola y asustada. Me daban miedo hasta quienes me podían comprender, la gente que era como yo. Creía que ser vista con una de esas monstruas significaba ser una de ellas —susurró Alma—. Y yo, en lo más profundo de mi ser, no quería ser como ellas. Bajar al lumpen para existir. Como si fuese una opción que se elige.

Alma hizo una respiración profunda y sintió que, al articular esas palabras en voz alta por primera vez, había mostrado una parte oculta llena de vergüenza de sí misma. Por primera vez en muchos años desde que era una mujer adulta, había tenido que explicar quién era a otra persona.

—Así que ya me ves. Decidí desaparecer para el mundo exterior. Solo leer, leer y leer.

Alma respiró hondo, como si las palabras que acababa de soltar le hubieran arrancado algo de dentro.

—¿Sabes? Creo que no puedes obligar a nadie a que te quiera, Alejandro. Hay cosas que no dependen de ti por mucho que lo intentes. Es duro, pero es lo que hay. ¿Qué otra opción tienes? Hay personas que no están preparadas para entender tu vida.

—Pero ahora estás aquí, Alma. Y por lo que he podido ver, rodeada de gente y con una vida envidiable… Al menos hasta que se quemó la librería.

—Eso es verdad. He llegado hasta aquí a pesar de todo. Soy una privilegiada. No es lo normal. Me lo ha permitido el hecho de que mi familia sea la que es y el dinero de mi abuela. Y yo sin darme cuenta hasta ahora.

Alma volvió a sonreír, esta vez de forma más genuina.

—Al menos quedarme sin nada me ha valido de algo. A ver, a ver. Déjame esa foto —dijo Alma quitándole a Alejandro la que sostenía—. ¡Este es Mario! Mira qué guapo en bañador, con su tripa y su pechazo de gorila. Pobre…, cómo le acomplejaba de joven ser tan peludo. No debe de haber muchas más fotos en las que salga. Como las hacía él, no aparece.

—Mario es guapo —comentó Alejandro con timidez.

—Y folla muchísimo… Yo alucino. —Alma soltó una carcajada que se desvaneció rápidamente cuando descubrió otra foto detrás de la de Mario—. Mira, este es mi padre.

En la imagen, aparecía un militar bajito, de mirada severa y hombros anchos. La forma de su cabeza abombada en la parte superior resultaba extraña, exagerada aún más por la calvicie y un rictus delimitado por dos arrugas profundas a los lados de la barbilla, como el muñeco de un ventrílocuo—. La persona que más daño me ha hecho jamás.

—Lo siento —dijo Alejandro, quitándole la foto con delicadeza y devolviéndola a la caja—. Quizá deberíamos dejarlo aquí. No quiero estropearte la noche.

Alma negó con la cabeza.

—No pasa nada. En otro tiempo te hubiera dicho que mi padre fue la persona que me llevó a ser quien soy ahora. Pero es mentira. Hubiera sido también una mujer maravillosa sin haber pasado por su desprecio y sus palizas. Me ha costado mucho desprenderme de la idea del dolor como proceso para ser mejor persona. También me ha servido para no enamorarme jamás de personas que me tratan mal, que han sido casi todas.

—Algo es algo… —dijo Alejandro.

—Mi padre no quiere entender que el mundo está lleno de gente muy diferente a él. Tiene poca cultura y no le interesa nada salvo las armas. Es el típico hijo de su tiempo, criado por el ejército y la Iglesia… Y luego, para colmo, llegó a ser un militar poderoso.

—Vivió la Guerra Civil, claro… —continuó Alejandro.

—¡Bueno! La guerra… Para él, la guerra es lo mejor que le ha pasado en la vida. Habla de aquellos años con un brillo en los ojos…, con ilusión, como si todo lo demás le supiera a nada. Se recrea en los combates, en la sangre, en el caos… No le importan los civiles que masacraban, solo esa adrenalina salvaje de destruirlo todo —respondió Alma.

—¿Y eso le hacía feliz? —preguntó Alejandro sorprendido.

—La guerra era su vida. Disfrutaba. Y según ha ido quedando en el pasado, la ha ido añorando con una nostalgia indescriptible, deseando sentir de nuevo esa excitación del poder, de la masacre… de la aniquilación del otro, que es lo que daba un sentido a su existencia —respondió Alma, dejando la caja con las fotos encima de las rodillas de Alejandro y levantándose del sofá para estirarse con disimulo—. Me está entrando hambre. Aunque tengamos el estómago cerrado, algo tendremos que cenar. ¿Quieres un poco de caldo? Es del que he hecho esta tarde. Aún debe de estar calentito. Y no le eché apio, que ya sé que no te gusta.

Alejandro asintió.

—Claro. Cocinas increíble con apio o sin apio. De verdad que no me importa si lo tiene.

Alma sonrió. Fue a la cocina, llenó dos tazas de caldo suave de verdura y cortó pequeños trozos de pan tostado y huevo duro para luego mezclarlos antes de meter una cuchara en cada una. Regresó al salón y le pasó a Alejandro su taza. Luego, con la misma meticulosidad, sacó otra foto de la caja. Esta vez, la imagen era de una mujer de belleza deslumbrante, similar a la propia Alma pero con rasgos más finos.

—Es mi abuela Mila de joven —dijo, admirando a esa mujer que había sido tan importante. En la foto, Mila aparecía ataviada con un vestido largo que rozaba el suelo con suavidad, con estampados geométricos que adornaban la tela. Su figura estaba realzada por la ropa, y su melena clara caía sobre los hombros y enmarcaba un rostro que aún conservaba la inocencia de la juventud.

—Una niña —afirmó Alejandro.

—Una niña que ya estaba embarazada —contó Alma—. De un bebé que no sobrevivió al parto. Nunca hemos sabido quién era el padre. Creo que ni mi madre lo sabe. Pero fuera quien fuera, mi abuela aseguraba que murió en la guerra.

Alejandro miró la foto con tristeza.

—Yo conocí muy poco a mi madre —confesó con la mirada perdida en las fotografías dispersas sobre la mesa.

Alma sintió un pellizco de tristeza.

—Lo siento mucho —comentó, acercándose para darle consuelo.

—Se llamaba Araceli. Murió cuando yo tenía nueve años. Cáncer, nos dijeron cuando ya había muerto —continuó Alejandro—. No pudo tratarse la enfermedad. Mi padre no tenía trabajo por entonces... y no sé mucho más de ella. Ha sido un tema tabú en casa.

Alma asintió.

—Joder... Debió de ser muy duro.

Alejandro no respondió de inmediato. Al pronunciar el nombre de su madre, volvió a tener nueve años y a estar delante del agujero en el suelo, con el ataúd de pino al fondo y el enterrador lanzando paladas de tierra sobre el cuerpo destinado a descomponerse. Era una imagen labrada con cincel en su memoria, que le perseguía todos los días, cuando en el momento más insospechado su cabeza le preguntaba «¿En qué estado estaría el cuerpo dentro del ataúd?», y enseguida se aparecía ante él Araceli con el rostro sin ojos, con el pelo lleno de larvas y la piel reseca pegada al hueso y desgarrada. Después siempre recordaba el momento en que su padre le dio a besar una foto de los tres juntos para dejarla caer sobre el féretro con unos puñados de tierra. Muchas veces Alejandro soñaba que estaba allí abajo, acurrucado sobre el esqueleto de su madre, recostado sobre la tapa del féretro. Pero no era una pesadilla, había algo que lo reconfortaba en esa imagen, el tenerla cerca aunque fuese un amasijo de restos. Pero no dijo nada de esto a Alma. Asintió, con la mirada perdida.

—Sí, fue duro, la verdad. A veces me pregunto cómo habría sido mi vida si mi madre estuviera aquí todavía.

Alma le pasó la mano por el hombro de forma cariñosa.

—Por cierto, Alma, muchas gracias por acercarte a ver a mi padre.

—No hay de qué. Es un alivio saber que está bien. Bueno, y que tu amiga la rubia macarra no está detenida. Está enfadada, mucho, pero libre.

—Alicia es muy impulsiva. Tiene un genio... Pero es valiente y tiene una cabeza muy espabilada.

—A mí me parece un poco agresiva. Pero, vamos, no dudo que sea listísima.

—Lo es, lo es… Es el coco de nuestro movimiento en la facultad de Filosofía. Somos el grupo de comunistas y anarquistas más numeroso de toda España.

—Vaya, qué bien y qué complicado debe de ser vivir como anarquista y comunista.

—No te creas, la teoría es muy fácil. Se trata de que la autoridad, la que sea y en cualquier aspecto, debe demostrar que es legítima —explicó Alejandro.

—Vaya… ¿Y quién decide lo que es legítimo? —preguntó Alma.

—La comunidad. Si todos estamos de acuerdo en seguir una norma porque nos beneficia, como detenernos en un *stop* cuando conducimos, entonces es legítima. Pero si no hay consenso, oprimen más que organizan.

Alma ladeó la cabeza, pensativa.

—Pues será difícil poner a la gente de acuerdo —insistió.

—Desde luego —admitió Alejandro—. Muchas veces ni siquiera podemos ver lo que es legítimo o no, aunque lo tengamos delante. Mira a tu abuela Mila. Para ella, vivir obedeciendo al marido y teniendo hijos no era opresión, era «la vida». Igual que los colores rosa y azul para niñas y niños. Nadie lo cuestiona hasta que alguien lo señala.

Alma frunció el ceño, asintiendo despacio.

—Ya te digo que mi abuela Mila era una adelantada —dijo Alma sonriendo.

—Bueno, es que esas personas que saben de forma innata que las cosas deben cambiar son las excepciones que hacen avanzar el mundo. Pero, por lo general, descubrir qué es opresión requiere un trabajo para las personas normales como yo. Y desde luego no todo el mundo está dispuesto a hacer esa labor de pensamiento crítico para cambiar. Incluso hay quienes lucharán activamente para que no pienses y que nada se mueva.

Alma levantó la mirada, asintiendo.

—Por eso la sociedad avanza de forma tan lenta —dijo Alejandro.

—Y por eso nosotros somos tan contestatarios.

Alejandro asintió despacio, con un brillo de orgullo en sus ojos.

—Yo lo soy. Pero últimamente las cosas se han complicado mucho con esto de protestar —bromeó Alejandro sobre su pancarta—. Mi padre siempre dice que la universidad es un nido de neorrojos y que está infestada de comunistas. No soporta a Alicia; está convencido de que ella es la que me ha metido en esto y será mi perdición. Dice que me he dejado llevar por la ideología de los cubanos y los chinos, que ella me la ha metido en la cabeza… No la soporta. Lo más seguro es que de ahí viniese la escena que presenciaste en el portal de mi casa.

—Supongo … —murmuró—. Tu padre lo que ve es que vas al teatro que dirige Alicia, que está muy bien, pero que luego os lleva a todos de manifestación y os lee a Marx y a Fidel. Y claro, piensa en la nuera que le va a tocar y no le apetece…

Alejandro suspiró, esbozando una sonrisa.

—Alicia y yo estamos juntos en la lucha, pero nada más. No es mi novia y no me gusta…, al menos no en la forma que se cree mi padre, que dice que estoy obsesionado con sus tetas. Sí, es atractiva y eso ayuda a nuestra causa. Es verdad que atrae a muchos chicos, pero nunca la tocaría ni la vería como mi pareja.

—Me dejas más tranquila.

—No seas borde. Alicia es una buena tía, de verdad. Ha sufrido mucho. Su padre fue un agricultor al que asesinaron cuando ella era muy pequeña. Lo mataron los regulares, los soldados de Marruecos, después de acusarle de colaborar con la guerrilla antifranquista. Le ataron a un caballo y lo arrastraron por la carretera de su pueblo, en la sierra malagueña, para que muriera sufriendo. Y como era un hombre fuerte y seguía con vida, cogieron sus armas y lo remataron con un tiro en la cabeza cuando se cansaron de la diversión. Lo peor es que el padre de Alicia no tenía nada que ver con la guerrilla. Nunca se había querido meter en politiqueos, decía. Pero al final dio lo mismo.

—Joder… —musitó Alma—. Qué hijos de puta.

—Algún día se sabrá lo que hacían los regulares en los pueblos.

—Pobre chica…

—Su madre se volvió a casar y tiene un hermanastro mayor, abogado, con el que se lleva muy mal. Dice que es como vosotros, un burgués. De hecho no se habla con su familia desde hace mucho.

—Menudo cacao debe de tener. Quiere ser la salvadora del pueblo, pero solo del que ella elija.

—El caso es que a mí me gusta Laura, una chica de mi facultad que pasa olímpicamente de mí —dijo Alejandro tratando de animar de nuevo la charla.

—Pero ¿esa tal Laura sabe que existes?

—No, qué va. No me atrevo a contarle quién soy. No me fío de nadie. La universidad está tomada por el Sindicato Español Universitario, que está conectado muy pero que muy directamente con la Falange y la policía secreta. Así que ser militante y ennoviarse no es una opción en este momento en el que…

Un golpe seco en algún lugar del edificio interrumpió la conversación. Ambos callaron y se miraron expectantes. De repente, ruido en el rellano, botas subiendo las escaleras a toda velocidad y gritos que ordenaban a los vecinos a no salir de sus casas.

Instintivamente, Alma metió las fotos en la caja y las guardó bajo la mesa empujando a Alejandro al baño.

—Vienen a por nosotros. Escóndete.

Alejandro le hizo caso de inmediato y trató de encontrar un lugar donde ocultarse en aquel baño tan pequeño.

Dos golpes en la puerta de entrada resonaron con fuerza e hicieron vibrar las paredes de la casa. Segundos después, un grito rompió el silencio: «¡Policía!». El rugido de esa palabra se extendió por los pasillos de todo el edificio como el eco de un eco.

—Ya voy, ya voy —intentó decir con voz firme Alma, mientras escondía los dos vasos de caldo debajo del sofá.

—¡Abran de una vez!

Era Juan Juárez. La voz resonó como un trueno al otro lado del umbral. Alma cerró los ojos con fuerza al reconocerla y trató de contener en el pecho el torrente de emociones que amenazaba con ahogarla. La ansiedad se apoderó de su cuerpo y la paralizó ante la puerta que no paraban de golpear con la mano abierta.

Con la mandíbula apretada, abrió con la cadena echada, comprobó en silencio que estaba bien sujeta y habló con la mayor calma que pudo reunir.

—¿Traen ustedes una orden del juez?

Juan Juárez no se molestó en contestar. En lugar de ello, dio una patada a la puerta con tanta fuerza que la cadena se partió en dos y se estrelló contra la pared con un estruendo que pareció sacudir el salón entero. Alma retrocedió, impactada por la brutalidad del policía. Juárez invadió la sala, engullendo la poca luz que entraba por las ventanas. El aire se cargó de una tensión insoportable. Alma sintió cómo le temblaban las piernas, pero se mantuvo firme, con su preocupación dividida entre la figura de Juárez y el baño, donde se escondía Alejandro.

—¡Dile a tu amiguito que salga de una vez! —dijo Juárez acercándose a Alma con un rugido.

—Estoy sola —respondió Alma, aunque sentía que le temblaba todo el cuerpo.

—No me mientas, maricón.

La figura del policía, fibrosa y oscura, parecía ocupar todo el espacio. Juárez no dudó en acercarse aún más a Alma, acorralándola contra la pared. Sus ojos claros la miraban con un deseo contenido bien escondido tras una capa de desprecio que le hacía ser aún más cruel con ella. Desde su escondite, Alejandro contenía la respiración tratando de que no llegase ni un ruido que lo delatase. Tenía los ojos fijos en la rendija de la puerta entreabierta del baño, esperando que sucediera lo peor. Observaba la sombra del policía delante de Alma en el salón, entretenido con ella como un depredador acechando a su presa. Entonces oyó un golpe contra una de las estanterías y el sonido de un cristal al romperse, luego un grito sofocado de Alma. El miedo se apoderó de él. Si Juárez lo descubría, no habría escapatoria posible. No solo para él, sino para Alma, Mario, Luisa, Nando… Todos estarían en peligro. Tragó saliva, rezando en silencio para que el destino no lo traicionara en ese momento.

Miró la ventana del baño como la única vía de escape, pero el simple pensamiento de colgarse del borde hacía que el pánico se apoderase de él. Lo había visto en el cine, pero siempre pensó que eso era imposible. Sin embargo, quedarse esperando a ser atrapado era una opción que lo aterrorizaba aún más. Entonces, lo sacudió un destello de coraje y, con un suspiro tembloroso, se acercó a la ventana y se aferró al alféizar, agarrando el marco de aluminio con los dedos sudorosos. Cerró los ojos un instante, invocando toda la fortaleza que le quedaba para que no le traicionara la falta de fuerzas. Había sido bueno en educación física y saltaba el plinto y subía la cuerda del gimnasio con destreza. Con un movimiento rápido, dejó que su cuerpo se deslizara hacia el patio interior al que daba la ventana del baño, suspendido en el aire como una marioneta sin hilos. Miró el cuadrado de cielo azul sobre su cabeza y vio la estela blanca de un avión. El viento azotó su rostro, su camisa ondeó en el aire dejando al descubierto su abdomen y, por un instante, sintió el vértigo de la altura amenazando con arrastrarlo hacia abajo. Se aferró con todas sus fuerzas al alféizar, apoyando los pies en la cañería del desagüe de la lluvia, bloqueando cualquier pensamiento que significase despazurrarse contra el suelo, no sin antes ir arrastrando una tras otra las cuerdas de la ropa de los vecinos.

Mientras tanto, Juárez entró en todas las habitaciones de la casa golpeando los muebles, tirando los libros al suelo, arrasando con sus pasos como tanques de guerra. Alma, que lo seguía de cerca, sentía la garganta seca, pero no estaba dispuesta a quedarse callada.

—¡No tienes derecho a estar aquí! —gritó, con una fuerza que no sabía que poseía, y lo agarró de la chaqueta. Era una última jugada, un intento desesperado por detenerlo.

Juárez se detuvo y se giró hacia ella con una mirada que la atravesó como un hacha que parte un tronco en dos de un solo golpe. Su rostro se contorsionó en una mueca de desprecio.

—A ti te haría falta una lección sobre derechos, hija de puta —espetó con un grito repleto de babas mientras se encaminaba hacia el baño.

Justo en ese momento, como si fuera una alucinación divina ante la mirada de unos pastorcillos atolondrados, apareció Mario en la puerta con sus cámaras colgadas al hombro. La determinación en sus gestos era tan firme que su corpulencia parecía aún más amenazadora. Sin dudarlo un segundo, levantó una de las cámaras de fotos, la más grande con el *flash* más potente, se plantó frente a Juárez para bloquear su avance y se puso a hacerle fotos. Una detrás de otra.

—¿Qué coño crees que estás haciendo? —Juárez fue hacia él con las manos en alto, tapándose la cara, mientras la cámara hacía brillar su *flash* en cada retrato que Mario tomaba de él y del resto de los policías que estaban en la entrada de la casa.

—Busco a un delincuente llamado Alejandro Sosa que mis fuentes dicen está escondido aquí —gruñó Juárez con un tono cargado de la autoridad de quien está acostumbrado a ser obedecido.

—Pues no está aquí. —Mario lo enfrentó sin parpadear—. Y sería una lástima que todas estas fotos llegasen a mis amigos periodistas de todo el mundo para que supieran cómo actúa la policía en España. No creo que este país esté en condiciones de soportar otro escándalo, ¿verdad? Bufff… Atacar a un periodista francés en su propia casa.

—Y con todos los vecinos de testigos… Mira sus cabecitas asomadas a las puertas —remarcó Alma, mientras Mario seguía haciendo fotos.

Juárez apretó los dientes y la mandíbula se le tensó con fuerza. Paró en seco su búsqueda y fue hacia la puerta.

—Esto no se acaba aquí, hijos de puta. Bujarrones —espetó entre dientes. —Lo vais a pagar. Claro que lo vais a pagar —dijo antes de soltar una risita desquiciada desde la salida. Luego se puso sus gafas y, sin decir ni una palabra más, giró sobre sus talones y se marchó de la casa seguido por el resto de los agentes.

En cuanto la puerta se cerró tras el policía, Alma corrió presa de un pánico que la hizo tropezarse con los libros tirados por el suelo camino del baño. Mario, aún intentando comprender la situación, la siguió y dejó apresuradamente su equipo de fotos sobre el sofá.

Al llegar y no ver a Alejandro por ningún sitio, Alma sintió una congoja que creció en su pecho para dejarla sin aire. Pero después oyó un ruido que venía del exterior y volvió a respirar. Alejandro colgaba de la ventana con los dedos aferrados al borde con desesperación. Sus pies se escurrían apoyados en una cañería que no parecía soportar su peso mucho más. El rostro del joven, enrojecido por el esfuerzo, mostraba dolor y miedo absoluto. Los músculos de sus brazos y manos estaban rígidos, casi al límite, y una mueca de sufrimiento en su rostro indicaba que se rendía.

—Ya estamos contigo. Aguanta, cariño —dijo Alma extendiendo las manos hacia él. Mario hizo lo mismo, y entre los dos tiraron con todas sus fuerzas. Alejandro, casi sin energía, se soltó del todo de donde estaba aferrado y quedó suspendido sobre el vacío del patio interior, sostenido únicamente por las manos de sus amigos. Con la respiración entrecortada y apoyando los pies contra la pared para hacer fuerza, lograron arrastrar a Alejandro hasta el borde de la ventana. Alma dio un grito del esfuerzo, pero enseguida lo reprimió con miedo. Debían evitar atraer la atención de los vecinos que seguían cuchicheando en el descansillo. Después, con un último tirón, hicieron entrar a Alejandro al baño, que cayó a plomo sobre el suelo junto a la lavadora. Estaba temblando por el esfuerzo y el miedo, y sobre el costado de su cadera, que habían arrastrado por el borde de la ventana para hacerle entrar, tenía unos arañazos que sangraban y escocían. Alma le abrazó con alegría, y Alejandro comenzó a llorar en silencio.

Mario, aún sin palabras, se quedó mirándolos, exhausto. La adrenalina seguía corriendo por su cuerpo, y el peligro que habían sorteado de chiripa le mantenía sin habla. Por un momento, los tres permanecieron en el suelo sin moverse, apoyando las cabezas los unos sobre los otros. Después Mario tosió y se sujetó las muñecas, que tenía doloridas.

—Creo que me he abierto la muñeca —dijo Mario.

—¿Y a ti cómo se te ocurrió venir aquí esta noche? —preguntó Alma.

—El otro día, con las prisas, me dejé los carretes de reserva aquí.

—No me digas que no has hecho ni una foto a esos cabrones.

—Ni una. Pero el *flash* impone mucho.

Ambos rieron, aunque sin fuerzas. Entonces Mario se fijó en la sangre que goteaba de la mano de Alejandro. Tomó su brazo con cuidado y, al ver los dedos más de cerca, se dio cuenta de que tres uñas estaban arrancadas de cuajo y la del pulgar se sostenía apenas de un colgajo de piel en el intento de no caer al vacío.

Con calma, Mario le ayudó a ponerse de pie y le puso la mano bajo el grifo para limpiar las heridas. El contacto del agua helada sobre la carne viva hizo que Alejandro soltara un respingo sacudido por el dolor. Pero Mario no se apartó y lo sostuvo con firmeza.

—Vaya historia que vas a contarles algún día a tus hijos —dijo Mario.

17

Sábado, 18 de octubre

La fachada de la librería de Alma estaba cubierta por enormes planchas de madera, para evitar que nadie se colase en los restos del local. En pocos días, grafitis con la palabra «Amnistía» y «Libertad» se habían adueñado de ellas, mezclándose con carteles del circo italiano con el rostro de tres payasos sonrientes en colores fluorescentes. Esas imágenes, que buscaban contagiar la alegría del espectáculo circense, contrastaban de manera perturbadora con la desolación de la librería en ruinas. Alma detestaba a los payasos, aunque le había fascinado *Zampo y yo*, aquella película con la que había deseado que su infancia fuese como la de Ana Belén, una niña guapa y melancólica que cantaba en la calle con una voz maravillosa que todo el mundo admiraba. Una niña con un pelazo al que cualquier diadema le sentaba bien. Pero no. Alma había sido Alma mucho después, también con pelazo, pero a base de plancha y mucho Relaxer para alisar sus rizos anchos y ásperos.

En el interior de la librería la luz se filtraba por las rendijas de las planchas de madera, que creaban patrones sobre el suelo calcinado. Solo un escaparate permanecía intacto, como un pórtico mágico hacia otro mundo, ajeno a la destrucción. Los estantes, antes llenos de libros, estaban calcinados, desmoronados como los restos antiguos de un barco encallado. Alma, casi por inercia, había pasado la mañana reuniendo algunos libros aún legibles tras el fuego y el agua de los bomberos. Los había colocado en cajas en un rincón, como si fueran tumbas improvisadas que luego cubría con plástico, aunque sabía que no servía de nada. Ningún milagro les devolvería ya el esplendor.

La librería de Alma pronto no sería más que un recuerdo para quienes la visitaron en algún momento. De nuevo, la realidad se imponía con toda su crudeza. Unos minutos antes, Adela, la casera del local, había pasado por allí para echar un último vistazo antes de tomar la decisión de deshacerse de él. No pudo ocultar su asombro ante lo mal que había quedado tras el incendio, y esto la afianzó en su idea de venderlo. Adela, clienta fiel además de su casera, había sido una escritora frustrada cuyos sueños literarios se apagaron a la sombra de un matrimonio gris. Su esposo nunca creyó en su talento, ni en ella en general, y se resignó a vivir olvidando su ambición por contar historias. Unos años después, al quedar felizmente viuda, heredó un par de casas y el local de Argumosa, propiedad de su difunto marido. Sin saber bien qué hacer con él, publicó un anuncio por palabras en el *ABC* con la idea de alquilarlo para sacar algún provecho, aunque aquel barrio humilde y sin futuro no prometía mucho. Alma, desesperada por encontrar un espacio asequible en una zona céntrica, respondió al anuncio. Desde su primer encuentro en ese mismo lugar, surgió una complicidad entre ambas, que dio lugar a los once años en los que Alma se convirtió en la librera de Argumosa.

Ahora, con la puerta recién cerrada tras la partida de Adela, las palabras seguían retumbando en su mente, que sentía el final con una claridad demoledora: el contrato había quedado anulado tras el incendio, vendería el local y la reconstrucción del edificio se prolongaría años. No había vuelta atrás. Aquella librería que había construido con su esfuerzo y sus ahorros, que había imaginado como un trabajo para toda la vida, se desvanecía como el humo del incendio que lo había consumido todo. Ahora sentía el vértigo de no saber qué vendría después de tantas desdichas: el desahucio del local, la denuncia por escándalo público que no sabía qué consecuencias tendría, el acoso de Juan Juárez que la obligaba a vivir a base de ansiolíticos para no sumirse en el pánico, el incierto futuro de Alejandro y el riesgo de tenerle en casa a la espera de saber qué hacer para que no le pasase nada.

Y como si no fuera suficiente, el maldito seguro de la librería, que se perfilaba como otro calvario de obstáculos burocráticos que prometía devorarle los pocos nervios que le quedaban. Con la mayoría de los albaranes y las facturas calcinadas en el incendio, y pese a la ayuda de Alejandro que le estaba asistiendo en recopilar todo el papeleo que se les ocurría, reclamar el reembolso a Hesperia, su aseguradora, estaba siendo una odisea de llamadas a editoriales y distribuidoras, rogando por cualquier documento que pudiera respaldar las compras de los ejemplares o la cesión en depósito de los casi doce mil libros que se habían consumido en las llamas. El seguro, que en teoría debería ser su salvación económica, se estaba convirtiendo en otra tortura. Los comerciales de Hesperia, que habían sido tan amables al firmar dicho seguro, con sus trajes impecables y sus palabras de tranquilidad, ahora se lavaban las manos con la misma indiferencia con la que la trataban. Un poquito peor cada vez que Alma los llamaba para preguntar o informarse de los trámites.

Así que a la avalancha de preocupaciones se sumaba otro motivo para la ansiedad. ¿De qué viviría mientras tanto? El dinero de la herencia de su abuela Mila no duraría mucho más. Había sido un pequeño colchón de seguridad durante años, pero también había mermado en cada mala racha de la librería: las vacaciones de verano, los finales de mes, la cuesta de enero, la de septiembre, la Semana Santa... En todas esas fechas, la venta de libros bajaba y se veía obligada a depender de los ahorros más de lo que había previsto. «¿Quién puede tener una vida digna vendiendo libros?», le decía su madre. Y digna era, pero precaria también. Así que la idea de buscar trabajo en Galerías Preciados, que siempre necesitaba personal, era algo que le había rondado la cabeza en los últimos días. Ya se la había planteado cuando llegó a Madrid. Sin embargo, el recuerdo de una conversación fugaz con Loli, una antigua vecina de Barcelona, la inquietaba. Loli, esteticista de formación, había comenzado muy feliz a trabajar en perfumería y belleza, lo suyo, lo que le gustaba. Recomendó durante seis meses cremas y lacas y rímel y perfumes. Y de un día para otro, la trasladaron a electrodomésticos y cayó en una depresión entre frigorías y hornos pirolíticos. Alma temía que le sucediera lo mismo: empezar en la sección de librería solo para ser relegada luego a menaje del hogar o ferretería, como una pieza intercambiable dentro del monstruo que era el gran almacén. A pesar de esas dudas, la necesidad de subsistir la impulsaba a pensar que quizá había llegado el momento de dejar de lado el miedo a la desidia laboral y aceptar la seguridad de un sueldo fijo.

Pero, en realidad, el seguro, la pobreza y la denuncia no era nada al lado de Juan Juárez, cuya sombra planeaba sobre ella como un planeta entero. Lo veía todo el rato en la oscuridad de su casa, en las esquinas de la calle, en cualquier ruido extraño tras ella. Nando, siempre en movimiento, estaba buscando un lugar seguro para Alejandro, lejos de Madrid. Le había hablado de Valentín, un librero al que los dos querían mucho y que vivía en Alcalá de Henares. Era un hombre amable y apasionado por los libros antiguos que hasta principios de los setenta había regentado una librería de segunda mano en Ríos Rosas. No disimulaba mucho la venta de libros prohibidos y siempre estaba metido en líos. Así que, tras uno más grave de lo normal en el que perdió un trozo de oreja y causado por la venta de una edición de bolsillo del *Manifiesto comunista* que un estudiante delató, había tomado la decisión de mudarse a Alcalá de Henares llevándose consigo su amor por la literatura y su espíritu contestatario. Desde entonces, había tratado de inculcar algo de rebelión, de forma más comedida, en los jóvenes que llegaban de toda España a estudiar en la ciudad universitaria. Alma y Nando mantenían el contacto con este hombre mayor, sabio y agotado por las persecuciones políticas, pero con una fuerza inaudita para seguir luchando por la difusión de las ideas más subversivas, aunque él no estuviese especialmente de acuerdo con ellas.

De todas formas, aunque la librería de Valentín fuese un refugio para Alejandro, las acusaciones que pendían sobre el joven no se desvanecerían fácilmente. Nando, el hombre con la agenda más valiosa de Madrid, también había contactado con Cristina Catalá, una joven abogada que, aunque especializada en derecho laboral, era conocida por su lucha por los derechos humanos, muy especialmente si tenía que ver con torturas y desapariciones parapoliciales. Cristina era una de esas abogadas capaces de desafiar el sistema desde dentro sin que se notase mucho. Sabía enfrentarse a un sistema judicial corrupto que además estaba respaldado por un Estado todopoderoso. Por eso la policía solía actuar antes que los jueces, con rapidez y brutalidad, en la oscuridad, para neutralizar cualquier intento de movimiento legal antes de que pudiera ganar fuerza o visibilidad.

Mientras Alma pensaba en la abogada para Alejandro, vio en el suelo y bajo una estantería desmoronada el discurso fúnebre de Pericles, considerado primer jurista de la historia. Se agachó a por el libro, y bajo ese volumen había otro, medio chamuscado pero que había sobrevivido. Era un ejemplar de tapas duras y colorido de Taurus, en el que se distinguía el título en dorado sobre un fondo verde: *La Odisea*. Alma lo levantó con cuidado y recordó una de sus frases, que tanto la habían ayudado en el pasado: «Sufre y resiste; el mal que hoy te aflige, mañana será solo un recuerdo». Homero le volvía a hablar a través de los siglos para no rendirse, para aguantar un poco más aunque fuera imposible ver el final. Alma se guardó emocionada el libro en el bolsillo de la falda.

Entonces, un golpe seco resonó en las planchas de madera que cubrían la fachada de la librería. Se quedó inmóvil tratando de no hacer ruido. Avanzó hasta uno de los escaparates para mirar entre las rendijas quién llamaba. La figura al otro lado era imposible de reconocer. Se acercó a la entrada tratando de hacer el menor ruido posible. Entonces, una voz grave pronunció su nombre:

—¿Alma?

Retiró la plancha de madera que servía de puerta y se encontró cara a cara con Alfonso Alfaro. Aquel policía amigo de sus padres era más alto y más ancho de lo que le recordaba en su despacho de Sol, al otro lado de la mesa donde había estado esposada. El estómago de Alma dio un vuelco. Pensó en que venían a detenerla, a interrogarla de nuevo. El pánico al dolor y al encierro la atravesó de lado a lado cuando Alfonso se abrió paso entre las tablas que hacían de puerta y se quitó las gafas oscuras, dejándolas colgar del bolsillo de su chaqueta. Sus ojos recorrieron el espacio y se detuvieron en las estanterías quemadas, los libros apilados en cajas, el hollín que lo cubría todo. Alma lo observaba en silencio. El hombre que tenía frente a ella representaba una conexión directa e inquietante con el sistema que había permitido que todo esto sucediera.

—Joder, Alma —murmuró, mirando a su alrededor. La expresión en su rostro era de compasión.

Alma, al ver que no la venían a detener, sintió una rabia súbita que le hirvió la sangre. Se cruzó de brazos y se plantó frente a Alfonso Alfaro con la cabeza alta.

—Ya... Es lo que los tuyos me han dejado.

Alfonso la miró de arriba abajo, con curiosidad, como el que ve a un animal exótico por primera vez.

—Tu madre me ha llamado. Me ha dicho que seguro que estarías aquí —añadió, como si eso justificara de alguna manera su presencia.

—¿Qué quieres?

Alfonso suspiró, frotándose el puente de la nariz en el que las gafas de baquelita negra le hacían marca.

—Lo de ir a buscarme a mi despacho en la Puerta del Sol fue una cagada —dijo con gravedad—. No sé en qué estabas pensando. Te has puesto en peligro.

—¿En peligro? —Alma esbozó una sonrisa sarcástica—. Yo estoy en peligro desde que nací. Ya lo sabes.

Alfonso la observó en silencio durante unos instantes, evaluando sus palabras antes de responder.

—Iré al grano. Juárez anda tras el joven que puso la pancarta en la plaza de Oriente, un tal Alejandro Sosa. No lo encuentra, y también está tras de ti y del periodista maricón, Mario nosequé. Lo mismo se presenta en tu casa en cualquier momento.

—Ese hijo de puta ya me visitó ayer por la noche —dijo Alma.

El impertérrito rostro de Alfaro cambió de forma perceptible; frunció las cejas y se llevó una mano a la sien.

—Juárez —repitió Alma, masticando el nombre como si se lo sacara del cuerpo—. ¿Qué le pasa a ese tipo? ¿Por qué está tan obsesionado? ¿Es solo por la pancarta? ¿O es que tiene algo personal contra nosotros?

Alfonso dejó caer los hombros, cansado. Se acercó a uno de los estantes quemados y pasó la mano por la madera carbonizada, como si quisiera sentir que aquella debacle era real.

—Uno de los «camaradas» de la universidad de tu amigo Alejandro cantó ayer. No le culpes; sabes bien lo que puede ser un interrogatorio de mi gente si no tienes a nadie que te proteja. Ahora Juárez sabe quién es Alejandro, cómo fue el plan y casi toda su miserable vida.

—Pero Juárez está a tu cargo. Puedes pararlo.

—No puedo. Hay muchas personas que lo protegen. Y ahora Juárez se ha vuelto loco. Fue una humillación que desplegaran esa pancarta precisamente ahí. En esa zona de la plaza de Oriente de la que él era el responsable. Y luego, el accidente con el autobús… Ha sido una vergüenza, y en el cuerpo no hacen más que recordárselo con chanzas y desprecios. Está abochornado y quiere desquitarse.

—Así que Juárez va a seguir hasta que acabe con todos. ¿Es eso? —preguntó Alma.

Alfonso la miró con seriedad y giro un poco la cabeza, afirmando sin afirmar.

—No sé dónde está Alejandro… —Alma se detuvo, buscando las palabras—. Pero necesito saber qué pasará si lo encuentran. No puedo simplemente esperar a que ese psicópata que trabaja para ti decida actuar.

Alfonso guardó silencio por un momento y después miró a Alma señalándola. Enfadado.

—Esto no es un juego ni una aventura universitaria. Juárez es capaz de hacer que desaparezca cualquier persona sin dejar rastro, y nadie movería un dedo por evitarlo. Ni para investigarlo. ¿Entiendes lo que te digo?

Alma asintió.

—Estoy aquí por cariño a tu madre —dijo, suavizando su tono—. Solo te digo que tú… Los demás no me importan, pero tú tienes que quedarte en casa, buscar un trabajo alejado de tanta gentuza y pasar desapercibido. Nada de mundo intelectual que hace posicionamientos políticos en público ni manifestaciones ni ninguna mierda de esas que le ha dado ahora por hacer a los estudiantes. Si sigues por ese camino, no solo te destruirás más a ti mismo, sino a todos los que te rodean.

—No me puedo creer que lo que está sucediendo con Juárez no tenga nada que ver contigo —afirmó Alma.

—Mi papel es sobrevivir en este juego, Alma —dijo con las manos abiertas—. Navego entre los dos mundos que se están abriendo bajo nuestros pies para que todo siga en orden. ¿Has leído *El gatopardo*, la novela de Lampedusa? Ahí dicen aquello de que «Hay que cambiarlo todo para que nada cambie». Pues eso estamos haciendo. Pero no soy un héroe, ni un mártir. Solo trato de hacer lo que creo correcto y, a veces, lo correcto no es lo que la gente espera. Mi lealtad es compleja, Alma, pero te prometo que no soy tu enemigo.

—Entonces, supongo que debería darte las gracias por avisarme —dijo finalmente Alma, con una tristeza que no pudo ocultar.

—Solo... cuídate. Y si decides seguir con tu vida, por muy en desacuerdo que yo esté, hazlo con los ojos abiertos. No te fíes de nadie, ni siquiera de mí.

Alfonso le dedicó una última mirada antes de salir de lo que quedaba de la librería.

18

Martes, 21 de octubre

Madrid, siempre alerta a los rumores, comenzó desde bien temprano a agitarse de una manera que solo ocurre cuando sucede algo importante. La noticia se había extendido como una invasión de langostas que se van comiendo cosechas enteras huerto a huerto: «Dicen que ya ha pasado, que Franco ha muerto». Lo normal era matar al dictador de vez en cuando, pero siempre desde los rincones minúsculos de los mentideros, más como un deseo que como una realidad. Pero esta vez las habladurías en las esquinas, los cafés y los mercados eran imparables. La radio pública francesa había anunciado la muerte del dictador con una certeza inexplicable, citando fuentes cercanas a El Pardo con la seguridad de quienes están ahí para verlo. Pero Mario, con la desconfianza propia de los que tienen unos años de experiencia, sabía que la realidad podía ser engañosa y que los que propagaban la noticia a menudo eran farsantes dispuestos a exagerar o mentir con tal de atraer la atención.

Empezó hacía unos meses, desde que el Caudillo estaba visiblemente enfermo, cuando ministros y altos funcionarios hacían declaraciones a la prensa para hablar de encuentros con Franco que en realidad nunca habían llegado a ocurrir. La cercanía al líder daba estatus y poder. Pero, como Mario bien sabía, la verdad era que la única persona que tenía acceso al dictador, además de su mujer y su hija, era el príncipe Juan Carlos. Nadie más.

Es el problema que tiene el oscurantismo. La salud del dictador, envuelta en misterio durante tanto tiempo, se convirtió aquella mañana de martes, gracias a la prensa francesa, en el centro de todas las especulaciones. Las agencias inglesas, alemanas e italianas no tardaron en amplificar el rumor, llenando la capital de nerviosismo. El destino de toda una nación parecía pender de un hilo, alimentado por los recuerdos recientes del dirigente: una figura temblorosa, con la voz rota y la mirada perdida en el abismo. La posible desaparición del líder removía las entrañas de una España siempre dividida.

«Fuentes médicas muy fiables, pero no oficiales —decía *The Times* por la tarde— afirman que el general, de ochenta y dos años, tuvo que interrumpir una reunión ordinaria. Otras fuentes aseguran que le practicaron una traqueotomía para facilitarle la respiración. Incluso se ha dicho que un equipo de cardiólogos lo visitó a principios de semana».

Pero al poco tiempo, con parte del país aguantando la respiración y otra parte metiendo el cava en la nevera, un portavoz del Gobierno desmintió esos informes:

«No le pasa nada. Todos esos rumores son falsos. Lo único que pasó es que el jefe de Estado estuvo resfriado un par de días».

La policía, el brazo duro del régimen, patrullaba las calles con una inquietud que no disimulaba. Alfonso Alfaro había dado órdenes a su equipo de mantener la calma y evitar disturbios, pero la verdad era que ni siquiera ellos sabían qué esperar. En las comisarías, los cuarteles y los ministerios las conversaciones estaban plagadas de especulaciones sobre un futuro que casi nadie veía muy claro. Los mandos altos e intermedios se reunían a puerta cerrada, discutiendo sobre un porvenir amenazador. Algunos de ellos, firmes en su lealtad al búnker, el grupo de políticos y adláteres franquistas, se oponían a cualquier tipo de cambio en el Movimiento Nacional. Juan Juárez era uno de sus defensores más acérrimos y estaba dispuesto a luchar por los ideales del franquismo en los que había sido formado. Otros, como Alfonso Alfaro, hacía tiempo que veían factible una transición ordenada bajo el mando del príncipe Juan Carlos, el elegido por el dictador, que podía propiciar un cambio controlado para preservar la estabilidad de la nación y evitar el caos.

La realidad era que desde la mañana se hablaba de una complicación cardiaca sufrida por el Caudillo en las primeras horas del miércoles. Un infarto fulminante que, sin embargo, los periódicos vespertinos contradecían al asegurar que Franco se encontraba «normal»; todo lo normal que podía estar un anciano a un suspiro del otro lado. Los titulares ofrecían calma a unos pocos, pero la inquietud no se disipaba en la mayoría. En las radios nacionales, los locutores apenas tocaban el tema y, cuando lo hacían, se limitaban a repetir la información oficial de normalidad.

Alma, Mario y Nando vivían en ese revoltijo de verdades a medias, con la sensación de que algo monumental estaba a punto de ocurrir. Por eso había sido tan importante que Alejandro se marchara esa misma noche de Madrid. Habían demorado demasiado tiempo su huida, pero el miedo a no encontrar un lugar adecuado, a meter en líos a más gente inocente y a lo que podría pasar si los pillaban, había paralizado la huida de Alejandro hasta el último momento.

La madrugada avanzaba sobre Madrid con una quietud de frío y silencio, apenas rota por el sonido de algún coche recorriendo el Scalextric de la plaza de Carlos V. Alma veía desde su ventana del salón la estación de Atocha. Las luces naranjas de las farolas entre el arbolado parpadeaban en la distancia, mientras algunos mendigos se movían bajo las sombras a la búsqueda de un refugio para pasar la noche gélida. La policía, que había patrullado toda la tarde sin descanso, estaba atenta por si ocurría un levantamiento del pueblo en algún rincón de la ciudad. Ahora parecía que estaban más calmados y los coches patrulla aparecían de vez en cuando por la calle, sin luces y sin sirenas, rondando.

Alma aguardaba nerviosa y triste a que Alejandro saliera de su habitación, donde se estaba cambiando para marcharse a su nuevo escondite fuera de Madrid.

En la radio encendida, las noticias de la Pirenaica hablaban de lo que pasaba al otro lado del estrecho de Gibraltar. Hassan II había convocado una manifestación llamada la Marcha Verde, que pretendía obtener ventaja sobre el Sáhara aprovechando la muerte de Franco. De esta forma, España se había visto obligada a dividir sus efectivos para hacer frente a los disturbios en el Sáhara. Sin poder negarse, Mario había salido disparado a Marruecos cuando France-Presse le pidió cubrir esas protestas que podían desencadenar un conflicto sin precedentes en Europa. Por ello le habían hecho llegar un billete de avión a Rabat, donde llevaba un par de días apostado ante las embajadas española y francesa y el palacio real de Dar al-Majzén, tratando de entender algo del secretismo con el que los gobiernos de Francia, Estados Unidos y España estaban tratando este tema.

A su vez, cuando Nando le contó a Mario que José Manuel también había sido enviado a Marruecos, supo que la situación allí se complicaba. Si algo había aprendido en sus años de trabajo era a leer entre líneas, y esta vez las piezas encajaban en lo que podía ser un conflicto de primera magnitud. La tensión era palpable, y el silencio estaba diciendo más que cualquier declaración política. Era verdad que José Manuel comentó con ironía que su trabajo allí sería ocuparse de las señoronas del barrio de Salamanca, que se habían quedado atrapadas en Casablanca después de someterse a las famosas cirugías plásticas del médico Rachid Miziam, hijo del sanguinario general de Franco y cada vez más famoso entre las clases altas para hacerse arreglillos con hilos de oro que tensaban la piel y quitaban décadas de arrugas. Pero Mario sabía que tras esa broma la situación era grave. España se enfrentaba a otro conflicto que podría cambiarlo todo, reflejando la debilidad y el desmoronamiento de una dictadura que no pintaba nada a nivel internacional.

—Esto es una locura, Mario —le confesó José Manuel un poco borracho hacía unos días, antes de saber que los dos acabarían en Marruecos—. Franco, el jefe de la Legión que pasaba a cuchillo aldeas moras enteras, se va a ir a la tumba sin saber lo que realmente está ocurriendo. Marruecos nos está haciendo un jaque mate, y todo lo que hemos hecho es dejar que ocurra. Somos una mierda.

Alma cerró la cortina del salón y se giró hacia Alejandro, a quien oyó salir de la habitación. Estaban iluminados por la tenue luz de una lámpara sobre el escritorio, donde reposaba la caja de las fotos. Alma se acercó hasta ella y rebuscó entre las imágenes hasta que dio con una en la que se la veía en su librería. Era una que le había hecho Mario hacía un par de años y en donde sonreía haciendo un gesto de victoria con dos dedos, detrás de una pila de libros que la ocultaba parcialmente. Alejandro se sentó en el sofá donde tantas horas habían pasado en los últimos días y la cogió.

—Quédatela. Como apenas se me distingue, me veo bien —dijo Alma sonriendo—. Ahora mi librería y mi vida están unidas a la tuya por la misma historia.

—Seguro que esto pasará pronto y nos podremos reír de toda esta locura tomando unas cervezas en la terraza de Vallecas.

Alma peinó con la mano el flequillo a Alejandro, siempre revuelto. Ese algo especial que siempre había visto en él seguía ahí, intacto pese a todo, con esa esperanza luminosa de quien tiene la vida por delante.

—Claro. Pero, mientras ese día llega, mejor ponerte a salvo del psicópata de Juárez y sus amigos.

Todo estaba listo. En unos minutos, Nando detendría su coche frente al portal con el motor en marcha y las luces apagadas para evitar llamar la atención. Alejandro saldría de la casa de Alma y entraría en el coche con tranquilidad, con una maleta, una gorra y una bufanda, como si se marchara de viaje en la madrugada, o fuese un viajero perdido de la estación de Atocha intentando pasar desapercibido por si algún vecino curioseaba desde la ventana. El escándalo provocado por la incursión de Juárez en casa de Alma había sacudido la tranquilidad del edificio, sembrando la desconfianza entre los vecinos y Alma. Muchos habían pedido medidas drásticas, llegando incluso a sugerir que el dueño del piso considerara la posibilidad de desahuciar a su inquilina. Algo que, si no llega a ser por el don de gentes de Alma al hablar con su casero, hubiese ocurrido sin duda. Así que ahora más que nunca, la seguridad de todos dependía de su capacidad para pasar desapercibidos y no llamar la atención de quienes los buscaban con tanta ansia.

—Es la hora, cielo —dijo Alma, tratando de mantener la firmeza en su voz.

—Gracias, Alma. Nunca podré agradecerte lo suficiente todo lo que has hecho por mí.

Ella negó con la cabeza quitando importancia, al tiempo que le colocaba una bufanda negra alrededor del cuello. Después tomó sus manos y lo miró con cariño.

—No tienes que agradecerme nada. Solo quiero que estés a salvo. La librería de Valentín es un buen lugar, y él es un buen hombre, de fiar. Además, le encanta el teatro, como a ti. Vais a poder hablar de obras, de actores, de escritores…, de todo lo que te gusta.

—Prométeme que hablaremos.

—No creo que podamos. Pero piensa que Alcalá de Henares está aquí al lado, y Valentín nos mantendrá al tanto a los unos de los otros.

Alejandro la miró con un brillo en sus ojos. Sus pupilas se movían de un lado a otro del rostro de Alma, como queriendo grabar cada detalle en la memoria. Luego, con un gesto de «se me olvidaba», sacó del bolsillo del abrigo las llaves de la casa de Alma para devolvérselas.

—Gracias por tu confianza. Eres maravillosa.

Alma sintió cómo se le quebraba la voz, pero sonrió luchando contra las lágrimas y empujó suavemente las llaves de vuelta hacia Alejandro.

—Quiero que te quedes con las llaves de casa. Cuando estés a salvo y libre, puedes venir cuando quieras. Estaré aquí, esperándote con más comida rica y muchos libros. Pase lo que pase, siempre habrá un lugar en mi casa para ti.

—Gracias, Alma —dijo Alejandro, volviendo a guardar las llaves en el bolsillo. Después se abrazaron con fuerza.

El pitido breve del telefonillo les indicó que la espera había terminado. Nando y Luisa acababan de llegar para salvar a Alejandro. Era la opción más segura. Que ellos supieran, ni Nando ni Luisa estaban en el punto de mira de la policía, lo que aumentaba las posibilidades de que el plan funcionara sin contratiempos.

Alejandro tomó su bolsa con un poco de ropa, unos libros y un neceser improvisado que le había preparado Alma y se dirigió hacia la puerta de la casa.

Se detuvo un momento antes de salir al rellano y pasó el dedo por uno de los golpes que Juárez había dado a la puerta el día que entró a buscarle. Después miró una vez más a Alma. Sus ojos claros reflejaban un cariño inexplicable.

—Hasta pronto, Alma. Cuídate —dijo con seguridad.

Y bajó por las escaleras desapareciendo rellano abajo y dejando tras de sí aquella promesa que Alma guardó en su corazón.

19

Lunes, 2 de noviembre

El ambiente refinado de la cafetería Embassy, lleno de señoras del barrio de Salamanca envueltas en abrigos de piel de animales exóticos y con los cuellos rodeados de perlas, muchas perlas, a las que les servían el té camareras con cofia, no era la idea que Alma tenía de una tarde divertida, pero a su madre le gustaba ese ambiente impostado. Los manteles de lino, planchados y almidonados, las bandejas de plata, las sillas de terciopelo azul celeste, el murmullo de las conversaciones apenas susurradas que se mezclaba con el aroma del té recién servido...

—¿Qué tal el viaje, mamá? —preguntó Alma mientras se sentaban en una mesita de la planta alta de la cafetería.

—Viajar con tu padre es cada vez más complicado. Estaba nerviosísimo por el aniversario de la Falange en el Palacio del Movimiento. Y luego, la reunión con don Juan Carlos —respondió Olga con un bufido exasperado.

—Es lo que pasa cuando uno quiere ser tan importante.

—No bromees con eso —replicó Olga—. Y habla bajo, por favor, que esta ciudad tiene oídos. Tu padre tiene que asegurarse de que su lealtad no sea cuestionada.

—¿De verdad cree que Juan Carlos va a mantener las cosas como están? —dijo Alma, bajando el tono de voz y recordando lo que Mario le había contado sobre las conversaciones en los círculos políticos.

—Eso de que Franco lo está dejando todo «atado y bien atado» está por verse. Hay un miedo al cambio que no te imaginas. Por eso tu padre cree que muchos están desesperados por mantenerlo vivo hasta el 26 de noviembre, cueste lo que cueste.

—Ya me parece difícil tenerlo vivo tanto… Y además es una crueldad, por mucho que se lo merezca —comentó Alma.

—Nadie se merece morir así.

—¿Y por qué hasta el 26?

—El 26 se supone que Rodríguez de Valcárcel cesa como presidente de las Cortes y del Consejo del Reino. No sé si le recuerdas, estuvo alguna vez en casa, en Barcelona, hace muchos años. Un tipo raro… —Olga hizo una pausa para recordar—. El caso es que tu padre dice que no está claro si tiene los votos para continuar, y que además Juan Carlos prefiere a su amigo Fernández Miranda en ese puesto. Así que si Franco muere antes, todo se les complica a los del búnker.

—Yo pensé que papá era de los del búnker.

—Era. Ya no. Menudos disgustos nos han costado.

—Vamos, que están desesperados por seguir en el poder y no perder el control.

—Y por eso tu padre ha tenido que venir a dejar clara su postura. Es una situación delicada y hay mucho en juego… —Olga bajó aún más la voz—. En realidad, Dios me perdone, lo ideal sería que Franco se muriese ya. Pobrecito, solo sufre.

—En realidad, se tendría que morir porque esta dictadura es anacrónica, ineficaz y bárbara —sentenció Alma también en voz baja imitando a su madre.

—No seas cruel con un pobre moribundo. Nuestro Caudillo está desahuciado y lo que tiene que hacer es que descansar junto al Señor de una vez. Y así también dejar vía libre a los que vienen y que no acabemos en otra guerra.

La conversación se cortó de golpe, dejando un vacío incómodo entre ambas. Alma, consciente de repente del silencio, observó las arrugas profundas que ya bordeaban los ojos oscuros de su madre. Se la notaba preocupada y con ansiedad, pero si Alma había aceptado asistir a esa merienda era para pedirle algo de dinero. Sintió una punzada de culpa, pero sabía que no podía posponerlo más. Si no cobraba el seguro, en un mes se le acababa lo que tenía.

—Mamá... —Dudó un segundo—. Necesito decirte algo. La librería ya no me da para vivir, y el dinero de la abuela se está acabando.

Olga levantó la vista, incrédula.

—Sabes que el dinero que tenemos lo controla tu padre. Me pones entre la espada y la pared. Vuelve a Barcelona y déjate ayudar. No te faltará de nada.

—No pienso volver —respondió Alma, arrepintiéndose un poco de haber quedado con su madre—. Sabes que mi padre y yo no somos compatibles.

—No seas exagerada —replicó Olga con un gesto de fastidio—. Es un hombre de otra época y tiene sus propias luchas. No entiende que tú...

—Me desprecia, mamá, y no pasa nada. Es así y lo tengo asumido. A mí él tampoco me importa —interrumpió Alma.

—¡Es tu padre! —espetó Olga, con dureza—. Un respeto.

—¿Respeto? Por mí se puede enterrar con su amado Caudillo.

—¡Para! No siempre puedes hacer y decir lo que te dé la gana —respondió Olga bajando el tono de voz que había empezado a subir—. La vida no funciona así.

—Ya, como la tuya, supongo —replicó Alma—. Vivir sometida a un tipo que te controla, que te trata como si fueras su propiedad.

—¡Basta! —susurró Olga con los ojos encendidos—. No me hables así. No sabes nada de lo que he tenido que pasar.

—Claro que lo sé. Lo he visto toda mi vida y por eso estoy aquí contigo, sin echarte en cara absolutamente nada. —Alma la miró sin ceder terreno.

—No digas eso —replicó Olga, agarrando la mano de Alma para evitar que la conversación se saliera de control en aquella cafetería repleta de gente que la reconocía—. Y por favor, delante de mí no hables así de tu padre.

—No te preocupes, mamá. Tienes razón. Ya me buscaré la vida con el dinero. Puedo trabajar en algún sitio. No es el fin del mundo.

—Me resulta difícil creer que puedas ser feliz aquí, de esta manera —respondió Olga con un suspiro.

—Sí lo soy, mamá. Cada vez más. A mi manera. —Alma mantuvo la mirada firme—. No necesito cambiar nada. No quiero ser normal. No me interesa ser normal.

La camarera apareció en el momento adecuado con una bandeja de pastas de mantequilla, doradas y con una esquina bañada en chocolate crujiente. Alma cogió una, y al primer mordisco la pasta se deshizo en su boca con un placer que la hizo suspirar.

—Cómetelas tú. Yo tengo el estómago delicado estos días —dijo Olga, apartando la bandeja con una ligera sonrisa.

Alma dio un sorbo a su café y se metió otra pasta entera en la boca. Tras unos segundos, preguntó:

—¿Qué planes tenéis para estos días?

—Nos volvemos a Barcelona mañana —respondió Olga—. Tu padre se empeñó en sacar los billetes de avión a primera hora. Esta noche tenemos una cena con Alfonso Alfaro, aunque no es seguro. Últimamente, está más raro que raro.

Alma sintió un pinchazo de alarma.

—Nos ha pedido que no le llamemos a la oficina, que todo sea a través de Maite, su mujer —dijo Olga, frunciendo el ceño—. Hasta parece evitar ciertos sitios que solía frecuentar. Es como si siempre estuviera esperando a que suceda algo. Yo no sé qué pasa con este hombre, con lo bonachón que ha sido siempre.

—Ten cuidado, mamá. Por muy amigo tuyo que diga que es.

Olga la miró sorprendida.

—¿Por qué dices eso? —preguntó, desconcertada—. Alfonso y su mujer son buenas personas.

—Solo te digo que pongas en cuarentena todo lo que te diga. No es alguien en quien confiar a ciegas.

Olga hizo un gesto con la mano, quitándole importancia.

—¿Ves? Madrid te sienta fatal. Cada vez estás más paranoica.

Alma dejó que el comentario se disipara en el aire, sin ganas de discutir. Olga también cambió de tema rápidamente. Hablar de Alfaro era mucho más problemático de lo que parecía.

—¿Y el seguro de la librería?

—Muy mal. No hacen más que ponerme trabas. Sigo enviando facturas y albaranes a los de Hesperia, esa compañía tan buena que me recomendaste, pero me dicen que no es suficiente o me dan la callada por respuesta. Es desesperante.

Olga la miró con un leve reproche, como si esperara que Alma, de alguna manera, pudiera haber evitado todo aquello, o no estuviese capacitada para solucionarlo. Era como si le dijese que era una inútil sin decirlo. Alma apretó los dientes, anticipando lo que venía.

—Pero no puede ser tan complicado negociar con el seguro. Y si encima estás mal de dinero, deberías esforzarte más en que te hicieran caso.

Alma respiró hondo, resistiendo la frustración que siempre le causaba esa forma de hablar de su madre. Olga tenía una costumbre irritante cuando hablaba con ella. Primero la hacía responsable de todo lo que sucedía a su alrededor, aunque no tuviese ningún poder sobre ello, y luego usaba en su contra algo que le hubiera contado. Esa táctica desquiciaba a Alma. Sentía que era como caminar en círculos, obligándola a defenderse todo el rato, a reconstruir el hilo de la conversación, a revisar cada argumento que su madre descontextualizaba y le arrojaba a la cara. A veces Alma se preguntaba si lo hacía para volverla loca o simplemente era para sentirse necesaria siendo ella, la madre todopoderosa, la que solucionaba los asuntos de su hija.

—Sí, mamá, estoy en ello. Hablo cada día con los del seguro para cobrarlo cuanto antes.

—¿Tan mal estás de dinero? —insistió Olga, como si no hubiese escuchado nada de lo anterior.

—Aún me queda algo de lo que me dejó la abuela —admitió Alma—. Puedo apañarme para vivir y comer de momento. No es mucho, pero puedo seguir adelante. Además, Nando y Luisa me han ofrecido trabajar en sus librerías.

Olga asintió lentamente.

—Si realmente lo necesitas, puedo intentar sacar algo del banco sin que se entere tu padre…

—No pasa nada, mamá. Quizá trabaje con Luisa en su librería de Vallecas una temporada.

—¿En Vallecas? No creo que ese barrio sea el más adecuado…

—Déjalo mamá.

Olga asintió y no insistió en el tema, así que cambió a una conversación inocua, mencionando de manera casual a las tías y primas que Alma tenía en Barcelona, con quienes no hablaba desde hacía años. Alma sabía que, en el fondo, esos lazos familiares nunca fueron muy fuertes. Siempre la habían considerado la rara, la que no encajaba en los moldes del resto de primos. Sin embargo, con el tiempo, su familia de sangre había ido diluyéndose en la distancia y la desidia para encontrar un refugio en otra familia más unida: Mario, el hermano que nunca tuvo; Nando y Luisa, su red de seguridad en los momentos complicados. Y ahora Alejandro, con su llegada inesperada, un rayo de luz que le había iluminado lugares que no se atrevía a mirar. Con ellos, Alma había construido un vínculo más fuerte que cualquier lazo de sangre.

Cuando se acabaron el té, el café y las pastas y no tuvieron más que decirse, Alma acompañó a su madre a coger un taxi en la puerta de Embassy, en la calle Ayala. El viento otoñal revolvía el cabello de Olga, que protestó atándose un pañuelo de flores de Hermès en la cabeza mientras se despedía de su hija con un beso fugaz. Alma observó cómo se alejaba en el Seat 1500 camino del Hotel Meliá Castilla, su refugio habitual en Madrid si venía de visita con su marido.

Alma permaneció un rato en el borde de la acera, ajustándose el abrigo de lana naranja mientras veía cómo el taxi se perdía entre el tráfico. Olga, siempre elegante, siempre fuerte, seguía tirando del carro que creía correcto, como lo había hecho durante toda su vida. Pero ahora había una fragilidad en ella que Alma no podía ignorar y que la hacía sentirse culpable cuando discutían, que era siempre. Una mezcla de ternura y desesperación la invadió al pensar en su madre. Olga se hacía mayor, y en cada visita a Madrid Alma notaba cómo perdía ese espíritu inquebrantable que siempre había sido su sello.

Miró el reloj, las seis y media, y recordó que había quedado con Luisa en su librería de Vallecas. Caminó con calma por la acera adoquinada de la avenida del Generalísimo hasta la parada del autobús frente a la estatua de Colón, que miraba el horizonte con la manita extendida desde el mamotreto de su pedestal neogótico. Comprobó que el 27 hacía parada en Colón y esperó unos minutos hasta que llegó repleto, como siempre, por la falta de unos servicios públicos decentes. El sol de la tarde iluminaba las fachadas señoriales del paseo de Recoletos y el paseo del Prado, reflejando el esplendor de un Madrid adinerado y fiel al régimen. A su alrededor, la gente que subía en estas primeras paradas vestía trajes sastre y abrigos de lana fina; los hombres lucían sombreros de fieltro, y las mujeres, chaquetas de piel que desprendían un ligero aroma a perfume caro de Chanel o Dior, una mezcla de esencias que podían provocarle jaqueca si no se alejaba de ellas a tiempo.

El autobús, un Pegaso destartalado, vibraba mientras atravesaba la Cibeles y seguía por el paseo del Prado repleto de castaños de Indias, cuyas hojas ambarinas tenían ocupados a los barrenderos. El murmullo de las conversaciones, mezclado con el sonido de los motores, hizo que Alma se sumiera en un estado de ensoñación. Llevaba días durmiendo mal, preocupada por Alejandro, por Mario, que seguía en Marruecos y lo mismo se había encontrado con José Manuel, y por su propio futuro incierto sin dinero, sin librería y sin tranquilidad por culpa de ese zumbado de Juan Juárez.

Cuando llegó a la parada frente al Hotel Palace, bajó para hacer transbordo en el 10, camino de Vallecas. Antes de subir, se detuvo un momento frente al quiosco de prensa, porque vio colgado en uno de los laterales un ejemplar de *Le Monde*. Lo tomó con cuidado y, al hojearlo, encontró un artículo de Mario sobre la Marcha Verde. Fue casi un milagro, porque la prensa internacional era difícil de conseguir. Siempre en buenos barrios y dentro de las tiendas de los hoteles, o en los quioscos de prensa frente a ellos, como era el caso. Alma pagó las quince pesetas que costaba y subió enseguida al autobús. Estaba casi vacío, así que se sentó en uno de los asientos delanteros, donde pudo leer con discreción la noticia escrita por su amigo.

Rabat, 30 de octubre de 1975

Marruecos moviliza a miles de ciudadanos en lo que se ha denominado la «Marcha Verde», una iniciativa que, según fuentes oficiales, busca reclamar pacíficamente el territorio del Sáhara Occidental administrado por España. En los últimos días, la actividad diplomática entre Madrid y París se ha intensificado, con indicios de que Estados Unidos también sigue de cerca la situación. España enfrenta una presión creciente en un momento marcado por la salud de Franco. Mientras tanto, en Rabat, la retórica oficial insiste en el carácter pacífico de la marcha, aunque en privado se especula sobre las posibles repercusiones de este movimiento en la estabilidad de la región.

M.D.

A medida que dejaban atrás el paseo del Prado y Atocha para llegar a Pacífico, el paisaje humano empezó a cambiar. Los oficinistas quedaron reemplazados por obreros con monos de trabajo, amas de casa cargadas con bolsas de la compra y jóvenes estudiantes con libros y carpetas. Alma observó a una anciana que subió con dificultad en la parada de Mariano de Cavia sin que nadie la ayudara, a un grupo de niños que jugaba colgándose de las argollas del autobús, y a unas mujeres que hablaban sobre el precio de la comida y las enfermedades que sufrían cada una de ellas: varices, tensión alta, pólipos y cáncer.

Cuando Alma llegó a puente de Vallecas, la opulencia de Madrid quedó definitivamente atrás. Las calles sucias reflejaban la desidia del Ayuntamiento hacia los barrios humildes. Los cables de luz atravesaban las calles sostenidos por postes improvisados y torcidos, mientras que las aceras tenían los adoquines levantados y el asfalto agrietado y lleno de baches. Nunca interesan los humildes. No protestan y son mansos. No se rebelan y, bien manipulados, son afines al gobernante de turno. Aquí, la vida se desarrollaba a otro ritmo más frenético, bajo las reglas de la subsistencia, sin mucho tiempo para la lucha social.

El autobús la dejó a las puertas de la librería Bombal de Luisa. Estaba cansada, con dolor de piernas y una incipiente jaqueca que amenazaba con amargarle la tarde. Buscó en su bolso una pastilla de naproxeno, su droga experimental favorita, y se la tragó a lo bestia, justo como le había advertido su doctor que no hiciera. Mientras recuperaba fuerzas, recordó que Alejandro solía ensayar sus obras de teatro con Alicia y el resto del grupo en la asociación de vecinos que estaba por esa zona. Cuando iba a ponerse de nuevo en marcha, un mendigo sin mandíbula la sorprendió al tirarle de la manga del abrigo y pedirle un duro con un gesto. Impresionada, le dio la moneda.

Alma entró finalmente en la librería Bombal, y la campanilla tintineó anunciando su llegada. Las estanterías cargadas de libros la saludaron con familiaridad, y sintió una punzada de melancolía incontrolable. Pensó en su librería y en todas las librerías del mundo. Allí, entre las palabras impresas y el olor a papel, encontraba un consuelo que el exterior le negaba. Su amada Librería Alma ahora no era más que un recuerdo triste que tardaría mucho en sanar. Se volvió a preguntar cómo su mundo había desaparecido en un abrir y cerrar de ojos, arrasado por las llamas que no solo habían consumido los libros, sino también su forma de vida, su esfuerzo y su futuro. Era el pensamiento recurrente que la machacaba a todas horas. Cada rincón de su librería tenía su historia y cada libro una memoria, y ahora estaban destruidos. Las conversaciones con los clientes, las recomendaciones literarias, las lecturas compartidas... Todo eso se había desvanecido entre llamas, y Alma no se lo creía.

La librería de Luisa era un lugar acogedor, con estanterías llenas de buenos títulos y cierta atmósfera de barullo. Aquí, cada libro seleccionado respondía a otra mente, a otro corazón, a otros lectores. Justo lo que hacía que cada librería fuese un microcosmos único, un reflejo del alma de su dueño. Por eso, Alma insistía a cada persona que visitaba su librería en que no dejase de ir a otras.

Luisa salió del almacén por la puerta de detrás del mostrador. No tenía buena cara.

—Ha aparecido muerto Pasolini en un descampado —dijo, como si al pronunciar la noticia en voz alta cobrara una dimensión más terrible.

El corazón de Alma se encogió al instante. Pasolini, el provocador, el poeta, el cineasta cuyas películas había visto a escondidas en Francia cuando la censura española las prohibía, y más tarde en Madrid, cuando la apertura permitió vislumbrar un poco más la cultura exterior, aunque sin pasarse. Su mente voló inmediatamente a Mario, quien adoraba a Pasolini, y luego a Terenci, que siempre decía que había tenido una relación breve, aunque muy intensa, con el cineasta.

—Joder, ¿y cómo ha sido? —preguntó Alma.

—Un amante despechado, dicen.

—Qué mal. En un descampado… Como un animal.

Luisa asintió al tiempo que la campanilla de la puerta volvió a sonar. Una mujer mayor, acompañada de un perro pequeño con ojos saltones y la lengua colgando, cortó la conversación al entrar en la librería y preguntar, sin decir hola, por libros de Caballero Bonald. Mientras Alma acariciaba al perro, que era lo simpático que no era su dueña, Luisa buscó en la estantería *Ágata ojo de gato*, lo último del escritor.

—Este es el que le escribe los libros a Cela, ¿verdad? —preguntó la mujer, sorprendiendo a Alma.

—Pues no lo sé, señora. ¿Se lo envuelvo para regalo?

—No, deje. Es para mí.

Alma suspiró tratando de sacudirse la tristeza. Fue a la estantería y se despidió del perrito que quería volver con ella. Buscó entre los libros y los colocó con los títulos hacia arriba de manera automática, como hacía en su propia librería, acariciando los lomos y deteniéndose ante cualquier título que llamara su atención.

—¿Has sabido algo de Alejandro? —preguntó Alma cuando la mujer y el perrito salieron finalmente de la librería.

—Sí —respondió Luisa con un tono más animado—. He hablado con Valentín. En Alcalá todo está tranquilo. Me ha dicho que Alejandro está bien, aunque nervioso. Tiene ganas de hacer algo para solucionar el embrollo, lo que sea, y no soporta estar escondido allí.

—Pobre… Entiendo su frustración. Yo no pego ojo pensando en que lo pueden encontrar… Ese hijo de puta de Juárez.

—Valentín está cuidando bien de él. Estoy segura de que pronto encontraremos una forma de que pueda volver a moverse con seguridad.

—Sí, lo sé —dijo Alma poco convencida—. Solo espero que todo esto termine pronto.

El teléfono sonó e interrumpió el pesado silencio que había caído en la librería. Luisa se levantó rápidamente y, desenredando el cable en espiral, descolgó el auricular.

—¿Diga? —dijo con voz calmada, aunque sus ojos buscaron los de Alma con una mezcla de curiosidad y preocupación—. Sí, un momento… ¡Mario! ¿Cómo estás?

Alma se enderezó al escuchar que Mario estaba al otro lado del teléfono. Observó a Luisa con atención, intentando captar cada palabra.

—Sí, estamos bien. Alma está aquí, conmigo —continuó Luisa, asintiendo mientras hablaba—. El «paquete» de Alcalá está en buen estado. ¿Y tú, cómo estás? ¿Cuándo regresas a Madrid?

Alma oyó el murmullo de la voz de Mario al otro lado de la línea, aunque no distinguió las palabras exactas.

—En un par de días, dice —repitió Luisa mientras miraba a Alma. Luego, la respuesta de Mario fue más larga, y Luisa asintió repetidamente.

—Marruecos es una locura —dijo finalmente Luisa, resumiendo lo que Mario le había contado—. Van a pedir a todos los españoles que salgan del territorio marroquí. La Marcha Verde está tomando un cariz agresivo, y aquí en España no se está contando de forma clara. A ver cómo termina todo esto. Su revista le ha pedido que regrese a España cuanto antes.

—Pregúntale si se ha encontrado con el «otro» en Marruecos —dijo Alma y repitió Luisa.

—Que no, que de José Manuel hace muchos días que no sabe nada.

—Dile que, cuando venga, vaya a casa directamente. Pregúntale si se llevó las llaves —dijo Alma, y repitió Luisa de nuevo.

—Que sí, que tiene llaves. Que gracias —contestó Luisa por boca de Mario.

—Mándale un beso y que tenga cuidado —se despidió Alma mientras se sentaba en una silla junto al mostrador.

Luisa colgó el teléfono y se quedó mirando el vacío un instante, luego se giró hacia Alma, que se balanceaba en la silla con inquietud mientras jugaba con un marcapáginas entre los dedos.

—¿Por qué me da la impresión de que tienes algo en la cabeza? ¿Es por Mario? Sabe defenderse bien —dijo Luisa mientras se acercaba a ella.

—Es Alejandro. No puedo dejar de pensar en él... —Alma suspiró.

Luisa cruzó los brazos, observándola con diversión.

—¿Te van a gustar ahora los jovencitos?

—¡No, por Dios! —Alma negó con un gesto rápido, casi ofendida—. Podría ser su madre. Es otra cosa, Luisa. Ese chico me ha dado alguna que otra clase de vida... ¡a mí!

—¿A qué te refieres? —preguntó Luisa, intrigada.

—En el tiempo que Alejandro ha estado conmigo, me ha hecho pensar que mi casa en Atocha, cercada por el Scalextric, era la metáfora perfecta de mi vida, rodeada de gente que se mueve de un lado a otro mientras yo me quedo mirando desde el quinto piso lo que sucede abajo. Desde que llegué a Madrid mi vida ha sido un trayecto cerrado, de casa a la librería y de la librería a casa, sin desviarme ni un centímetro.

—¿Y a ti no te parece activismo haber tenido una librería?
—Luisa arqueó una ceja—. Un negocio con el que apenas llegas a fin de mes, que te da para pocos lujos y encima fomenta que la gente piense. Alma, cada segundo de tu vida rebosa activismo.

—No, no es eso. —Alma negó con la cabeza—. Creo que nunca he hecho lo suficiente y lo que he hecho es porque podía hacerlo sin complicaciones. Siempre he evitado el riesgo.

—Chica, parece que Alejandro te ha calado más de lo que pensabas.

—Eso es lo que me asusta —admitió Alma—. Que ha agitado algo dentro de mí, algo que no sé si puedo afrontar.

—Bueno, amiga. Tal vez el universo te ha llevado a un lugar donde tienes que actuar de otra forma.

—El universo y la puta policía. Tampoco me queda otra. Sin librería, sin trabajo, sin dinero, perseguida…

—Pues ya tienes tus motivaciones, cariño. —Luisa le puso una mano en el hombro—. No tengas miedo. Todo irá bien. Recuerda que no estás sola.

20

Miércoles, 12 de noviembre

Alma estaba en casa con Mario, que había regresado de Marruecos hacía un par de días. La calma del salón era aún más acogedora por el suave rasgueo de la pluma de su amigo sobre la Moleskine, donde escribía una crónica a toda velocidad, porque se le hacía tarde para entregarla en la redacción. Alma, sentada en el sofá junto a la ventana, se sumergía en las páginas de *Entre visillos,* de Carmen Martín Gaite. De vez en cuando, levantaba la vista para observar a Mario, fascinada por la concentración con la que escribía. «Ojalá yo pudiese hacerlo con esa facilidad», pensó. Cuando le pedían alguna reseña para la revista literaria *La Nueva Estafeta,* Alma podía escribir y reescribir un texto tantas veces que al final acababa perdiendo todo el sentido. Le gustaba contar historias, pero cuando pensaba que luego la gente lo leería y la juzgaría, los dedos se le paralizaban tratando de hacer una genialidad. Mario le recomendaba que escribiera sin pensar demasiado, que esa era la mejor forma de encontrar la voz genuina, y luego ir puliendo cada frase para hacerlo más bello, o más directo, o más duro. Pero Alma se sentía una impostora, porque ella era librera y no crítica literaria.

—Si no te importa, voy a usar el teléfono para llamar a París y dar mi crónica —dijo Mario, sin apartar la vista de su libreta.

Alma cerró el libro, dobló con cuidado la esquina de la página para marcar dónde había dejado la lectura y miró la portada de *Entre visillos* con la imagen de una ventana por la que se intuía un atardecer.

—Claro, estás en tu casa. Pero no alargues mucho la conferencia, que ahora soy pobre como una rata.

Mario le sonrió agradecido y se acercó hasta el teléfono de baquelita rojo. Tiró del cable para que llegara hasta la mesa donde había estado trabajando y comenzó a marcar el número en el dial. Mientras esperaba que la conexión se estableciera, Alma volvió a su lectura, aunque esta vez su atención vagaba entre las palabras de Martín Gaite y la voz de Mario.

—*Bonjour, c'est Mario, d'Espagne. Je vais vous lire ma chronique. Vous me dites quand je peux commencer... Ah, parfait. Oui, tout va bien. Est-ce qu'on sait quelque chose de ce qui se passe au Maroc ? Mon dieu, quelle situation... Enfin, allons-y. Je commence, prêts ?*

Con el francés que le enseñaron en colegio de los Capuchinos, Alma trato de traducir mentalmente la crónica que Mario dictaba a uno de los redactores de su periódico en París: «En medio de un país tenso y expectante, la incertidumbre se cierne sobre la salud de Franco. A medida que avanzan los días, los rumores que circulan entre la población se hacen más inquietantes, señalando un claro deterioro en la condición física del líder que ha dominado la escena política española durante décadas. En este 12 de noviembre, los signos del debilitamiento de Franco son evidentes. Los partes médicos escasos y lacónicos del palacio de El Pardo apenas ofrecen consuelo a una nación que se enfrenta a un futuro incierto. Los medios de comunicación, tanto nacionales como internacionales, mantienen una cobertura constante sobre la salud del dictador. Los teletipos de las agencias extranjeras amplifican los informes sobre su estado, mientras que en España la prensa ofrece informaciones controladas para intentar mantener una imagen de estabilidad que contradice la realidad palpable. En las altas esferas del poder, la incertidumbre se convierte en nerviosismo. Los círculos políticos y militares, acostumbrados a orbitar en torno a la figura de Franco, se ven obligados a contemplar un escenario sin su presencia, un horizonte desconocido que plantea interrogantes sobre el futuro del país».

Tras despedirse de su interlocutor, Mario se sintió aliviado por dejar el trabajo hecho y se sentó con Alma en el sofá.

—Me parece que le estás chafando al Gobierno el esfuerzo por aparentar normalidad —comentó Alma.

—Pues verás cuando reciban las imágenes que les he mandado esta mañana. Ya no hay quien se crea que la salud de Franco es de hierro. Ni ese pensamiento mágico que habéis desarrollado en este país aguanta tanto paro cardiaco y tanto quirófano de madrugada.

—Mientras no vayan a por ti, vamos bien.

Mario guardó su cuaderno de notas en el bolsillo de la chaqueta y aprovechó para curiosear los libros que se acumulaban sin orden por la mesa. Las obras de Elena Quiroga, Dolores Medio, Luisa Forrellad, Luisa Carnés o Ana María Moix estaban apiladas en una torre en donde pequeñas tiras de papel marcaban algunas páginas.

—Lo malo es que —continuó Mario—, en los corrillos de la prensa internacional, se habla de que pocos toman en serio a Juan Carlos de Borbón como sucesor del Caudillo. Mi colega de Londres dice que el príncipe parece algo alelado y no muy buen gestor. Lo que me sorprende es que un inglés, con el MI6 informando a sus medios, no sepa del gabinete que tiene detrás el Borbón para que todo salga como desea.

—Si sabe rodearse de gente lista, es que no es tonto —aseguró Alma.

—Eso es verdad. Juan Carlos no es precisamente un lince, pero tiene a un equipo que mueve los hilos por él. No solo el famoso Torcuato Fernández-Miranda, que creo que es amigo de tu padre, o el consejo valioso de Manuel Fraga y Adolfo Suárez, la vieja y la nueva escuela mano a mano. También tiene a la CIA y Kissinger, o la familia real británica, la holandesa, a Rainiero…, que están ahí sin hacer mucho ruido, y que esperan estrechar el vínculo entre monarquías para reforzar esos lazos dinásticos que tan bien salen económicamente.

Alma levantó una ceja, incrédula pero también intrigada por esa constelación increíble de gente poderosa que parecía manejar los hilos. Se levantó del sofá y fue hacia la cocina donde preparó dos vinos blancos de Rueda.

—A mí también me dan un poco de miedo los que llevan cuarenta años rumiando venganza en la clandestinidad —dijo ofreciendo una de las copas a Mario—, y están convencidos de que, muerto Franco, se cambiaran las tornas porque ahora les toca a ellos. «Cuándo querrá el dios del cielo que la tortilla se vuelva, que los pobres coman pan y los ricos puta mierda», que dice Quilapayún.

—Qué cosas lees, hija. Pero, la verdad, a toda esa gente le costaría mucho asaltar el poder. Hasta donde yo sé, no tienen detrás ni al ejército ni a la policía. Las asociaciones policiales existen, sí, pero todos sabemos que son minoritarias. A mí me dan más miedo los que han prosperado a la sombra de Franco. Si a Naciones Unidas le diera por investigar crímenes de lesa humanidad, muchos de los que mandan en el Gobierno o en las empresas tendrían que salir corriendo al extranjero.

—Pero no va a pasar. El dictador lo ha dejado todo bien organizado.

—No te creas. Si don Juan Carlos asume el poder, con lo mal que le cae a Arias, podría cambiar de presidente del Gobierno y esto se vuelve otra vez una batalla campal. Eso sin contar a la familia de Franco, que está metiendo cizaña para quitarle la idea al moribundo. No soportan a Juan Carlos, y están haciendo lo imposible por quitárselo de encima. Por algo casaron a Carmencita Martínez-Bordiú con Alfonso de Borbón, que tiene sangre real francesa. Todo para que ella acabe de reina de España.

—Éramos pocos y parió la abuela —dijo Alma.

—Imagínate qué orgásmico fue para Carmen Polo casar a su nieta favorita con el nieto mayor de los últimos reyes de España. Nando, que sabe mucho de cotilleos, dice que la rapidez con la que transcurrió el noviazgo y la boda ha sido un intento de influir en Franco antes de que la palme. Con ello pretenden quitarle la idea de que Juan Carlos y Sofía sean los futuros reyes y poner en su lugar a Alfonso y Carmencita.

—¡Me parto! No me extrañaría. De todas formas esa chica no parece muy lista —dijo Alma.

—No te creas. Hay mucha gente que la prefiere. Ayer vi que en el muro de la calle San Millán han pintado «No a una reina extranjera si podemos tener una reina española». Dice Nando que la boda de la nietísima fue deliberadamente deslucida, relegada al UHF y con Rainiero y Grace como máximas autoridades internacionales.

—Pobre Grace, que cosas le toca hacer a esa mujer. Lo que echará de menos sus películas y su Hollywood.

—Por cierto, hablando de cine. He quedado con Nando en su librería para tomar algo y hacernos una peli. ¿Te vienes?

—¿Qué vais a ver?

—*El coloso en llamas*, en los cines Lope de Vega.

—Vista. Muy buena. Te acompaño a ver a Nando para que me cuente qué tal va Alejandro en Alcalá de Henares y me vuelvo a casa. ¿Vamos andando?

—*C'est le pied.*

Mario se puso su abrigo de pana marrón mientras Alma guardaba el libro de Martín Gaite en su bolso de lona azul. Se arregló para salir con una coleta alta, un pantalón vaquero y una sudadera rosa de Lacoste. Al salir al portal, se toparon con la vecina del sexto, una mujer que siempre había sido amable con ella hasta la redada de Juan Juárez en su casa. Ahora nadie

241

la saludaba en el edificio, la esquivaban en las escaleras y ni siquiera le sujetaban la puerta cuando la veían llegar al portal.

Salieron a la plaza de Carlos V y caminaron hacia el paseo del Prado. La tarde, clara y no muy fría, parecía pedir perdón por el invierno que se avecinaba. Cruzaron a la acera del Jardín Botánico, cerrado por reformas, y en unos minutos llegaron al Museo del Prado, en cuya fachada de granito varios artistas exhibían sus cuadros en puestos improvisados en busca de algún comprador. Alma adoraba ese museo, al igual que el arqueológico, porque eran lugares de paz donde nada cambiaba y los rituales de la visita eran casi místicos. Las salas permanecían iguales durante años, con las mismas piezas en el mismo lugar, y los que cambiaban eran los visitantes. Más sabios y viejos en cada visita hasta que un día ya no volvían. Alma, que se tenía por poco espiritual, sí sentía una conexión con las obras de arte y podía pasar, por ejemplo, una tarde entera en el Prado frente a la codicia de *Saturno devorando a sus hijos*, el amor verdadero de *Psique* o la dignidad de *El fusilamiento de Torrijos*.

Pero, por encima de todo, donde Alma se veía realmente en el Prado, donde sentía una paz real, era en la sala de Bonuccelli, frente a la escultura de su joven hermafrodito, un ser que encarnaba la dualidad de la existencia, hija de Hermes y Afrodita. La historia del joven que, al bañarse en un lago, fue abrazado con tal pasión por la ninfa Salmacis que sus cuerpos se fusionaron en uno solo. El rostro sereno de la escultura desafiaba las normas y expectativas sociales. La meticulosa anatomía y la perfección de cada detalle transmitían la complejidad y la belleza que reside en el ser humano, aunque mucha gente se empeñase en limitarlas. La figura desnuda, que estaba recostada sobre un colchón de mármol con un paño que cubría sus piernas, ejercía sobre Alma una atracción lisérgica. Una conexión visceral que iba más allá de la admiración artística. En muchas tardes de bajón anímico, en la penumbra silenciosa del museo y cuando todo parecía demasiado complicado, Alma se sentaba frente al hermafrodito como si aquella figura de bronce le hablara en un lenguaje de sosiego que solo ella podía entender. Incluso en casa, cuando quería tranquilizarse y evadirse de la angustia vital, imaginaba esa sala vacía en penumbra, con los crujidos del edificio antiguo resonando en la sala y aquel ser mitológico hermosísimo recostado con su gesto de serenidad perpetua susurrándole: «Esto también pasará».

Alma y Mario dejaron atrás el Prado y la fuente de Cibeles, donde la divinidad observaba el incesante tráfico con su rictus eterno. Los Seat 600 y los 1500 se mezclaban con taxis negros que se adelantaban a trompicones en la coreografía caótica y habitual del tráfico en Madrid. Al pasar frente al Círculo de Bellas Artes, vieron a decenas de estudiantes reunidos en grupos, con abrigos y bufandas de colores, ellas maquilladas con cierta estridencia y ellos con la melena, el bigote o la barba que veían lucir a los cantantes y actores de moda: ABBA, Nino Bravo, Queen, Bowie. Charlaban entre risotadas, cargando bajo sus brazos carpetas enormes con los bocetos y dibujos de sus clases. Al lado, un músico callejero tocaba *Imagine* de Lennon, que captaba la atención de algunos transeúntes que le soltaban un par de duros, mientras otros seguían su camino inmersos en sus pensamientos.

Después, cruzaron Alcalá, la Gran Vía y se adentraron en la calle del Barco para no ir por donde estaba el gentío cargado con bolsas de Galerías Preciados, El Corte Inglés y SEPU. Multitudes que a Alma cada vez la hastiaban más. Bulliciosas y maleducadas, como suele ser el ser humano cuando se diluye en la masa.

—Podíamos haber cogido el metro. Hay tanta gente… —dijo Alma, intentando no sonar demasiado irritada.

—Hay que andar, que nos estamos poniendo fondones —bromeó Mario.

—Habla por ti, que, como sigas desayunando porras y pinchos de tortilla, vas a atravesar Madrid rodando.

—Qué cabrona —rio Mario.

Mientras avanzaban por la calle del Barco, un murmullo creciente desde Gran Vía llamó la atención de Alma. Lo que en un principio parecía un griterío lejano, pronto se convirtió en un clamor de voces elevadas que pedían «Libertad, libertad, libertad». Alma sintió una angustia repentina que la sorprendió. Necesitaba salir de ese bullicio que se estaba formando tras ellos y que cada vez estaba más cerca.

—Yo sé cómo termina esto, Mario. Vámonos de aquí pitando —dijo Alma.

Pero no dio tiempo. De repente, los rodeó una algarada de estudiantes que ondeaban pancartas y coreaban consignas contra Franco. Al otro lado de la calle, otra pandilla de gente, esta vez de la Falange y con sus camisas azules y botas militares, replicaba con furia igualada «Fran-co, Fran-co, Fran-co». La rabia estaba a punto de explotar.

El primer proyectil planeó por el aire: un botellín de Mahou que se estrelló contra el pavimento, esparciendo esquirlas por todas partes. Como si fuera una señal acordada, ambos bandos comenzaron a lanzarse objetos, arrancados de la calle con furia improvisada. Piedras, ladrillos sueltos, más botellas e incluso algún zapato volaron para crear un arcoíris caótico y peligroso de proyectiles.

Alma sintió un nudo en el estómago mientras observaba el enfrentamiento. A su lado, Mario mantenía una expresión de alerta, evaluando la situación.

—¡Fascistas, fuera! —gritó un joven de pelo lacio y gafas de pasta negra, antes de ser empujado al suelo de un golpe.

—¡Rojos de mierda! —respondió otro, lanzando un puñetazo que conectó con un estómago desprevenido.

La violencia escalaba con rapidez. Mario y Alma se apartaron hacia un bar abierto, al resguardo, con el dueño descon-

244

certado por el enfrentamiento inesperado y sosteniendo una banqueta en lo alto como arma para tratar de que los manifestantes no entraran a destrozarle el local.

En medio de ese barullo violento, Alma reconoció una cara familiar. La cabeza casi rapada y erguida de Alicia, la amiga de Alejandro, sobresalía entre los estudiantes con la furia dibujada en el rostro, lanzando golpes a quien se pusiera por delante. Entonces, Alicia cambió su expresión al ver a Alma en la puerta de aquel bar, sorprendida de encontrarla allí en medio de esa locura. Fue un cruce de miradas instantáneo, curioso. Pero al instante las sirenas de la policía empezaron a sonar a lo lejos, un sonido que se acercaba con la rapidez de un trueno por la calle de la Puebla, y Alicia desapareció en el bullicio. El pánico se apoderó de la multitud. Los gritos se volvieron ahogados, más iracundos, y todos salieron disparados en diferentes direcciones. Alma agarró la mano de Mario y tiró de él.

—¡Vamos! —gritó en el estruendo.

Corrieron por la calle Ballesta y de ahí a la calle del Pez, esquivando a los manifestantes que huían con ellos y a los vecinos que se escondían en las tiendas, en los portales o tras los coches aparcados. Todavía volaban cascotes, piedras y cualquier objeto que estuviese en el suelo. Un hombre de negocios, con su maletín en alto, intentaba protegerse de los golpes mientras una anciana gritaba «sinvergüenzas» a los estudiantes desde su balcón.

Los coches de policía intentaron bloquear las salidas tras ellos. El corazón de Alma latía al borde del colapso; no podía pasar otra vez por una detención, no lo soportaría. Por eso se mantenía firme, concentrada en que Mario la siguiera. Con la adrenalina disparada tratando de alejar la idea de que Juan Juárez podría estar siguiéndola en uno de esos coches patrulla.

Cuando llegaron a San Bernardo, sus respiraciones entrecortadas por el esfuerzo y la tensión parecieron liberarse al ver la librería de Nando a unos metros. Mario empujó la puerta y ambos entraron precipitadamente. Los clientes que elegían sus lecturas los miraron con estupefacción y algo de susto. Una mujer de cardado azabache y sombra de ojos azul abandonó los libros con los que se dirigía a la caja sobre una mesa y salió corriendo de la librería. Nando, sorprendido por la entrada repentina de Mario y Alma, se acercó a ellos estupefacto.

—¿Qué ha pasado? —preguntó Nando confundido.

—Una revuelta en la calle —explicó Mario, todavía recuperando el aliento—. Estudiantes contra falangistas. La policía está por todas partes.

Alma puso los codos en una estantería, intentando calmar la respiración y sujetándose el pelo detrás de las orejas. Las imágenes del enfrentamiento seguían en su mente tan frescas que no podía quitarse de la cabeza lo que vivió el día que quemaron su librería. En aquel momento, Alicia también había estado en la algarada, y ahora no se podía quitar de la mente la cara de sorpresa que había visto en ella al verla allí.

Alicia, con su pelo corto y su mirada furiosa, había sido un enigma para Alma desde que se cruzó con ella en el furgón policial. Entre ellas había una energía extraña que las repelía, como lo hacen los mismos polos de un imán. Quizá era porque no eran tan diferentes. «Si Alejandro es amigo de ella, algo bueno debe de tener», pensó Alma, tratando de encontrar una conexión positiva. Pero lo cierto es que notaba cómo Alicia la observaba desde la altura moral indiscutible del mirlo blanco, desde donde se juzgan vidas y decisiones con esa mirada de quien se cree en posesión de la verdad, del acierto, de una superioridad que no se cuestiona a sí misma. Esa actitud le resultaba insoportable, aunque también la obligaba a mirarse en el espejo para comprobar cuánto de ese mismo juicio había en su propia forma de mirar a los demás.

Nando señaló al almacén de la librería para hablar allí de forma discreta. Los clientes los miraban de reojo mientras hacían que ojeaban el Premio Planeta recién entregado a Mercedes Salisachs.

—Tenemos que hablar —dijo Nando—. Ha pasado algo.

Alma y Mario intercambiaron una mirada de preocupación y siguieron a Nando hasta la mesa del almacén, donde se sentaron mientras él permanecía de pie, claramente inquieto.

—Cuenta, que me va a dar algo —dijo Alma.

—Joder... Me ha llamado José Manuel hace media hora o así. Que ya había llegado de Marruecos y que si nos podíamos ver. Le he dicho que tenía trabajo en la librería y, no me preguntes cómo, pero hemos tenido una discusión absurda. —Nando se pasó una mano por el flequillo—. Que yo estaba muy distante, que a ver si el gilipollas ese me estaba comiendo el coco. «El gilipollas» eres tú, Mario. Que a ver qué me has contado. Que no eres trigo limpio.

—Pues para estar harto de mí, bien que le gusta que le coma la polla... ¿Y qué le dijiste? —preguntó Mario.

—Le dije que no pasaba nada, que solo estaba enfadado por todo lo que ha pasado últimamente con tanto secretismo y que no entendía cómo quería ser mi amigo alguien que no tenía nada que ver conmigo. —Nando hizo una pausa, mirando a Alma y a Mario—. Y entonces José Manuel me soltó que en eso tenía razón. Que a él le pasaba lo mismo y que era una tontería insistir en verse.

Nando apartó una silla y se sentó.

—Después me dijo que me hacía un regalo de despedida. Por eso de que nos conocemos desde el colegio.

—¿Un regalo? —preguntó Alma.

—Sí, información confidencial. Que supiera que se había enterado por un conocido que trabaja en Sol que el padre de Alejandro había sido detenido.

Las palabras de Nando golpearon a Alma y Mario como un martillazo.

—¿El padre de Alejandro detenido? —dijo Alma con su voz temblando.

—Eso me ha dicho. Seguro que él mismo lo ha detenido. El muy hijo de puta —continuó Nando, con furia—. Que está preso por colaborar con unos terroristas que quisieron atentar contra Franco en la plaza de Oriente. La puta pancarta otra vez.

—Eso no es un regalo. Te lo ha contado porque quería que lo supiéramos —murmuró Mario, golpeando la mesa con el puño cerrado.

—Y entonces me dijo que tuviese cuidado, que uno nunca sabe dónde está el enemigo —continuó Nando—. Y yo le dije que efectivamente nunca se sabe quién es el enemigo, pero que ahora lo tenía más claro que nunca.

Alma sintió que una rabia incontrolable hervía en su interior. La imagen de Alejandro, nervioso y asustado, se superpuso con la de su padre, ahora detenido en Sol, dentro de uno de esos calabozos que ella conocía tan bien.

—Parece claro que lo que quieren es obligar a Alejandro a entregarse, ¿no? —dijo Mario—. Han detenido a su padre sabiendo que no soportará la culpa.

Nando asintió.

—Me temo que las cosas se van a complicar más de lo que imaginábamos. Tenemos que avisar a Cristina, la abogada, para que haga saber en Sol que sabemos que el hombre está detenido y así no puedan actuar de forma impune. Muchas veces no apuntan la entrada de los detenidos para poder cebarse con ellos sin testigos. Ella puede ayudar simplemente personándose como su defensa.

Alma asintió rápidamente.

—Sí, también tenemos que ir a Alcalá de Henares y avisar a Valentín para que no deje que Alejandro haga una locura si la noticia llega a sus oídos. Es posible que el padre de Alejandro sepa dónde está escondido. Quizá se lo haya contado el propio Alejandro por teléfono, o puede que lo sepa a través de Alicia. Y no sé cuánto aguantará ese pobre hombre en Sol si le presionan mucho en el interrogatorio.

Justo en ese momento, sonó el teléfono en la librería. Su timbre repicó en el aire y los tres se miraron. Nando fue el primero en reaccionar. Se levantó y cruzó rápidamente el espacio hasta su mesa, descolgando el auricular con una mano temblorosa.

—Librería Verne, ¿dígame?

El silencio en la línea duró solo un instante, pero a Alma le pareció una eternidad. Finalmente, una voz masculina y conocida resonó a través del teléfono.

—Nando, soy Valentín. Alejandro se ha marchado de mi librería. Me ha dicho que ya no podía seguir más tiempo escondido, que si se quedaba me ponía en peligro. Lo he intentado, te lo juro, pero no he podido retenerlo.

Nando apretó el auricular con más fuerza, lanzando una mirada urgente a Alma y Mario.

—Pero ¿no te ha dicho adónde iba?

—No lo sé. Ha hablado con una que creo que se llama Alicia, y esta le ha debido de contar algo de su padre que le ha puesto muy nervioso. También le ha dicho que van tras ella y su grupo, pero que se han escondido… No te puedo decir mucho más. Es lo poco que he podido entender. Estaba nerviosísimo.

Alma se acercó rápidamente y, con un gesto brusco, le arrebató el teléfono a Nando.

—Valentín, soy Alma. Por Dios, ¿te ha dicho adónde iba?

—No. Nada. Simplemente salió disparado después de darme las gracias y abrazarme. Hay que dar con él… Madre mía, lo van a machacar… Por favor, mantenedme al tanto de lo que pase.

Alma colgó y se volvió hacia Nando y Mario.

—Vamos a dividirnos. No hay tiempo que perder —dijo Alma—. Yo voy a mi casa, que Alejandro tiene llaves y lo mismo va allí antes de entregarse. Nando, tú quédate aquí por si Alejandro es listo y cree que es el lugar más seguro. Mario, mira a ver si localizas a José Manuel, quizá a ti te cuente algo más. En principio, contigo no ha roto relaciones, ¿verdad?

21

Jueves, 13 de noviembre

La puerta reventada mostraba la brutalidad con la que Juan Juárez había vuelto a irrumpir en casa de Alma. Las ventanas rotas dejaban entrar el frío, y las cortinas colgaban medio arrancadas, con los bordes requemados moviéndose apenas con la corriente helada de la noche. Los muebles estaban destrozados y los libros esparcidos por el suelo como si no valieran nada, pisoteados. Las fotos de su caja, sucias y desparramadas por toda la casa, los cuadros desmembrados, las camas deshechas, la vajilla rota y la radio de su abuela Mila, el antiguo aparato de madera de raíz, despanzurrado contra la pared, destrozado.

Alma contemplaba su casa, aquel hogar que de repente se había convertido en un campo de batalla.

La prueba de que todo, absolutamente todo, desde su librería a los recuerdos más sencillos, había sido aniquilado para dejarla sin nada, ni siquiera la memoria. Pero lo que más le dolía no era la pérdida material, sino la conciencia de que Alejandro había sido apresado allí, sin garantía de seguridad de ningún tipo.

Todo habría sido diferente si no hubiese dado ese paseo con Mario y se hubiese quedado en casa, pensaba Alma. Si hubiese llamado antes a Valentín. O si hubiese ido al lado de Alicia en la batalla campal de la calle del Barco, quizá esta le hubiese avisado de la detención del padre de Alejandro, o de que este ya sabía lo que había pasado. El peso de la culpa la tenía en estado de *shock*. Luisa había intentado consolarla asegurándole que ese paseo con Mario, por absurdo que pareciera, le había salvado la vida. De haber estado en su casa con Alejandro, los habrían capturado a ambos. Y en el fondo, eso es lo que hubiese deseado Alma: acabar con esta historia como fuera. Estaba agotada y destrozada por la impotencia que la hacía sentir que Alejandro estuviese desaparecido.

Alma se envolvió en el abrigo de lana naranja y fue a su habitación a recoger algo de ropa. Los esbirros de Juan Juárez le habían pintado las palabras «Travelo» y «Maricón» sobre el cabecero de la cama con spray rojo. No era una ofensa que le importara mucho. Esas palabras hacía tiempo que habían perdido el filo que muchas veces trataban de clavarle. Desde que era niña, incluso antes de entender lo que significaban las palabras «maricón», «travelo», «bujarra» o «engendro», ya se las decían en los pasillos del colegio y luego en casa, en boca de su padre. Verlas ahora, escritas en rojo sobre su cama, era como comprobar que ese desprecio atávico siempre encontraba el modo de volver a por ella, implacable hiciera lo que hiciera.

Salió de su cuarto y se acercó al de Alejandro, donde aún reposaba su mochila con sus cosas desparramadas por el suelo, con la tela rajada de lado a lado como una herida en la que habían hurgado en busca de vete a saber qué. No había tenido la fuerza para mover ningún objeto de esa habitación. No quería tocar nada. De hecho, había pedido a Mario y Luisa que tampoco lo hicieran.

Al llegar a su casa tras la llamada de Valentín y encontrarse con el caos, Alma había perdido el control. Hubo un momento de negrura total en su cabeza que no recordaba. Después logró localizar a Nando en su librería, a pesar del ataque de nervios que le sobrevino en medio de su hogar destruido. Tampoco recordaba los momentos posteriores, salvo la voz de

Luisa pidiéndole que se calmara, que ya estaban en camino. Los taxis que los trajeron debieron de volar con ellos a bordo, como si el tiempo se hubiera comprimido y se hubieran materializado a su lado en un abrir y cerrar de ojos, tan rápido que ni siquiera tuvo oportunidad de sentir la soledad que precedió a su llegada. Mario, completamente desbordado y con la voz llena de rabia, había roto a llorar como Alma jamás de los jamases le había visto. Luisa, en cambio, la había abrazado con fuerza, intentando sostenerla en medio de aquella locura, mientras Nando, más sereno, se había encargado de hablar con Cristina, la abogada.

Cristina les había advertido que no tocaran nada, que todo debía quedar como estaba porque era una prueba de lo que había sucedido. Y sobre todo insistió en que Alma debía buscar un lugar seguro cuanto antes. A Mario, al ser periodista internacional, no se atreverían a tocarlo y era mejor que siguiera en casa de Nando. Pero esa no era la peor noticia. Un rato después, Cristina les había asegurado que Alejandro, Alejandro Sosa, no figuraba en ningún registro de la policía como detenido. Y eso era lo preocupante.

En un rato vendría la gente del despacho de abogados de Cristina para tomar fotos y tratar de cerrar la casa arreglando la cerradura y el marco de la puerta que había saltado por los aires. Alma había pedido a sus amigos quedarse un rato sola, para esperar a que llegara la gente del despacho de Cristina y para recoger algunas cosas de primera necesidad. Se sentía aturdida, y la idea de irse en ese mismo momento para esconderse le resultaba insoportable. Necesitaba tiempo, un rato en casa aunque no supiera para qué. Alma les prometió a Mario y Luisa que después se marcharía a casa de Nando, donde pasaría la noche para descansar de aquella locura y decidir qué hacer.

Se acercó a los objetos de Alejandro esparcidos por el suelo de su habitación, como las piezas de un rompecabezas inconcluso: unos calcetines de deporte, tres calzoncillos blancos, una camiseta verde y otra blanca con el logotipo de Lee, un libro de Marx y una pluma Parker metalizada. Entre esos vestigios de su existencia, Alma distinguió unas pocas hojas chamuscadas de *Poeta en Nueva York*, el libro que Alejandro había rescatado de las cenizas de su librería el día que fue a disculparse, y que ella le había regalado. ¿Por qué estaban arrancadas del libro? En esas hojas, Alejandro había subrayado algunos versos, mientras del resto del libro no había rastro.

Se quedaron solos y solas,
soñando con los picos abiertos
de los pájaros agonizantes,
con el agudo quitasol que pincha
al sapo recién aplastado,
bajo un silencio con mil orejas
y diminutas bocas de agua,
en los desfiladeros que resisten
el ataque violento de la luna.

Alma sonrió al recordar cómo Alejandro había empezado a ver a Lorca de otra manera desde que le regaló el libro y habían hablado de él en sus tardes de sofá y café. Apretó el poema contra su pecho y luego lo guardó cuidadosamente en su caja de madera, que estaba tirada en el salón. Después recogió una a una las fotos del suelo, tratando de juntar los pedazos de aquellas que se habían ensañado en destruir. Las sostenía en sus manos y las acariciaba con un cuidado reverencial, como si el contacto pudiera acercarla un poco más a las personas retratadas. Cuando terminó, se quedó inmóvil por un momento, contemplando la caja como si en su interior se escondiera algún secreto capaz de darle respuestas, algo que pudiera ayudarla a entender todo lo que estaba sucediendo.

Pero el silencio de la habitación seguía siendo aplastante, y la caja cerrada no ofrecía más que imágenes de personas que ya no existían, incluida ella.

Llamaron a la puerta con los nudillos, y vio un grupo de chicas en la entrada que venían de parte de Cristina. Era muy tarde de madrugada, y Alma se sintió agradecida por la bondad de aquellas extrañas que venían a ayudarla. Se pusieron manos a la obra al instante para arreglar la puerta. Atornillaron maderas, cambiaron la cerradura haciendo el hueco con un escoplo y la alinearon con las bisagras para que no arrastrara al abrir y cerrar. Mientras, otras dos chicas, las más jóvenes, se pusieron a retratar la casa destrozada con unas cámaras de fotos pequeñas. Fotografiaron las habitaciones una por una, haciendo hincapié en los objetos rotos y en las pintadas de su dormitorio. Y al rato se marcharon sin más. Con un adiós tímido y un «si necesitas algo, llama a Cristina» que se esfumó cuando cerraron la puerta tras ellas.

El silencio volvió de nuevo a la casa.

Una sensación de miedo sofocante envolvió a Alma, como si Juárez o alguno de sus esbirros pudieran regresar en cualquier momento. El aire en la casa empezó a volverse denso, como si no pudiese pasar por su nariz. Alma sintió que algo invisible la aplastaba desde dentro, una acidez que se extendía por el pecho y la garganta, como si cada respiro se convirtiera en un acto forzado y casi imposible. Las paredes parecían acercarse, el suelo se volvía inestable y un vértigo comenzaba a crecer en su interior. Le temblaban las manos y, por más que las apretara contra su pecho, no lograba detenerlas. El silencio, ese maldito silencio, era ensordecedor. Alma intentó concentrarse en el blanco del techo, en la caja con las fotos o en algún recuerdo en la playa de Cadaqués, pero todo se volvía borroso, confuso, inabarcable. Los libros del suelo perdían su forma, como si el mundo a su alrededor comenzara a desintegrarse, mientras una ola de calor subía por su cuello y se apoderaba de su rostro, del cráneo entero, hasta convertirse en un fuego imposible de apagar.

Necesitaba salir. No solo de la casa, sino de sí misma, de todo. Dejar de sentir, dejar de existir por un momento, que la sensación de angustia se disipara de una vez. Alma se aferró al marco de la puerta, como si salir corriendo fuera lo único capaz de salvarla de esa opresión implacable. No había lugar al que ir. Ni siquiera a casa de Nando, ni al lado de Mario. Ni su casa, ni la calle, ni la vida. Nada ofrecía refugio. Todo dentro de ella pedía escapar, escapar de todo, incluso de la vida misma.

Con cuidado, cerró la puerta de su casa para salir de allí. Necesitaba aire frío, tomar más oxígeno. Bajó las escaleras de los cinco pisos que la separaban del portal y salió a la calle, dejándose llevar por sus propios pasos hasta estar más calmada. Entonces, con la cabeza más controlada, iría a casa de Nando.

El aire gélido de la madrugada le acarició el rostro con alivio y despertó un poco su mente nublada. Una ligera neblina envolvía la ciudad, y las luces de neón y de las farolas parecían más difusas, como si la realidad se estuviera desdibujando. Madrid, casi vacío a esas horas, se desplegaba ante ella como un escenario en el que solo unos pocos actores seguían en escena. Apenas había tráfico, y los pocos coches que pasaban lo hacían a gran velocidad, dejando atrás el eco del motor rebotando en los edificios. Los transeúntes eran escasos, sombras en busca de algún refugio o jóvenes que volvían de divertirse del Derby o del Pasapoga, discotecas que mantenían sus puertas abiertas hasta que el último de sus clientes se marchaba rendido.

Cruzó la Gran Vía, en dirección a la calle Desengaño, un nombre que pegaba con su estado de ánimo. A medida que avanzaba por ella, las luces se volvían más escasas y la niebla más densa, comiéndose los edificios y los portales en un manto de penumbra. A lo lejos, distinguió a tres mujeres hablando, moviéndose bajo los parches de luz de las farolas. Desafiaban el frío de la madrugada con ropas ligeras, intentando seducir a los que aún recorrían las calles solitarias camino de casa, o a quienes las buscaban con ganas de carne entre las manos.

Una de esas mujeres se le acercó preocupada. Era la más joven, de unos veinte años y ojos esmeralda, con el pelo largo y negro, vestida con un abrigo de piel sintética un tanto raído y que apenas la cubría del frío.

—¿Estás bien, guapa? —preguntó con un marcado acento gallego y la voz ronca, rasgada por el cansancio.

Alma asintió, esbozando una sonrisa forzada. Las otras dos mujeres la observaron de reojo con curiosidad antes de volver a lo suyo en el borde de la acera, ajustándose el escote y la peluca como si fuera parte de un ritual para mantenerse hermosas.

—Solo estoy dando un paseo —respondió Alma sin detenerse.

La mujer de ojos verdes la miró de arriba abajo, evaluándola con atención. Sorprendida, se acercó un poco más y extendió una mano de uñas largas y rosas como si quisiera tocarla, pero sin llegar a hacerlo.

—Hermana… Esa piel… El pelo —susurró, con una sonrisa pícara—. Tienes que decirme quién es tu médico. ¡Vaya belleza!

—Creo que te equivocas… No nos conocemos —respondió Alma, tensa.

—No te conozco, pero te reconozco. Se te nota en los ojos, en cómo caminas…, en esa mirada.

Alma sintió una vergüenza insoportable. Pero no quería ser desagradable con aquella mujer que le había preguntado cómo estaba con cierta ternura.

—Te estás equivocando, de verdad. No nos conocemos, por favor —replicó Alma.

La mujer soltó una risa suave, llena de compasión.

—Está bien. Te dejo. No quiero hacerte nada malo. Dios me libre.

—Perdona, no quería ser descortés, pero no tengo la cabeza... —dijo Alma tratando de salir del paso.

—Enseguida me he dado cuenta. Míranos —dijo, señalando a las otras mujeres que se movían en las sombras—. Somos expertas en estar jodidas, aunque muy diferentes a ti. Nosotras estamos en la calle, buscándonos la vida porque todo todo para nosotras es un problema.

—No tienes ni idea... —murmuró, aunque sus ojos empezaban a humedecerse.

La mujer levantó la cara de Alma con delicadeza con una de sus manos y la miró fijamente durante un largo instante. Luego, le retiró el pelo de la cara con una compasión que hacía mucho tiempo que ningún extraño le mostraba.

—Es verdad. Estás jodida, hermana. Hoy creo que nos ganas a todas aquí. Dime si puedo hacer algo por ti.

Alma, siempre fuerte, siempre divertida y siempre lista, sentía que no podía más, y una lagrima pesada le recorrió la cara.

—¡Ay, mi amor! No llores, que si no también me pongo a llorar yo. No puedo evitarlo.

—Perdona...

—La vida nos golpea a todas —siguió la mujer con sus ojos verdísimos un poco vidriosos—. No es una competición de sufrimiento, qué va. Pero, también te digo, algo puedes hacer siempre para seguir adelante. —La joven dio un paso atrás, observándola con ternura—. Míranos, nosotras también hacemos lo que podemos y ya está. No hay otra.

Alma bajó la mirada, incapaz de sostenerla.

—Tal vez... Digo yo, ¿eh?, y sin saber nada de ti..., que lo mismo solo necesitas dejar de escapar. Deja de huir de lo que te está alcanzando y enfréntate a lo que sea. No alargues la agonía.

De repente, un Mercedes negro y reluciente se detuvo frente a Alma en mitad de la calle. Las ventanillas bajaron lentamente, revelando a un conductor de mediana edad, calvo, con una sonrisa ladeada y unos ojos que la escrutaron con una mueca de deseo. En la parte trasera del coche había una sillita para bebés de color azul y una muñeca Nancy medio destrozada. Entonces el hombre las chistó apoyando un codo en la ventanilla.

—¿Cuánto por venirse conmigo las dos? —preguntó directamente a Alma con una voz tomada por el alcohol mientras se pasaba la mano por la calva repleta de manchas rojizas.

Alma se quedó paralizada frente a aquel hombre enjuto sin saber bien qué decir. El miedo la envolvió y dio un paso atrás sin pensarlo. La mujer junto a ella, sin embargo, no mostró sorpresa alguna y se adelantó para ponerse entre el coche y Alma.

—Hola, cariño. Hoy estoy yo sola. Mi amiga ya se iba, ¿verdad? —dijo la mujer empujando a Alma con suavidad para que se retirara de la escena—. Pero yo valgo por dos.

—Pero cobrarás como una, ¿verdad? —El hombre soltó una carcajada que a Alma le pareció nauseabunda.

La joven fue hacia la puerta del acompañante de aquel coche y antes de que entrará con el hombre asqueroso, la mujer bellísima de acento gallego y ojos verdes se dirigió a Alma con una sonrisa.

—Me llamo Esmeralda. Un placer, hermana. Si necesitas algo y crees que puedo ayudarte, ya sabes dónde encontrarme.

Alma levantó la mano para despedirse, agradecida y confundida. Después sintió la urgencia de escapar, de alejarse de aquella realidad que le resultaba aterradora. Con un último vistazo al Mercedes negro que se alejaba con Esmeralda en su interior, se giró y comenzó a caminar rápidamente hacia la casa de Nando, casi corriendo, dejando atrás los murmullos de aquellas chicas perdiéndose en la niebla como fantasmas.

22

Jueves, 17 de noviembre

En los cuatro días que Alejandro llevaba desaparecido, todos habían removido cielo y tierra para dar con él. Alma había intentado contactar con Alfonso Alfaro en su despacho y también a través de su madre, que le había dado el teléfono de casa del teniente. Allí, le había atendido el personal de servicio para indicarle que el «señor» no estaba en casa. También en su despacho le daban largas o comunicaba constantemente. Ninguna señal de que Alfonso estuviera vivo, aunque fuese para mandarla a la mierda.

Mario, en otro intento desesperado, había ido hasta la casa de José Manuel en la intersección de la calle Fernando el Católico con Hilarión Eslava, y había marcado al telefonillo a distintas horas. Incluso se había acercado de madrugada para llamar a la puerta con insistencia, pero tampoco le había respondido nadie. Como última opción y con la sospecha de que esa no era realmente su casa, había pasado una nota por debajo de la puerta para que se pusiera en contacto con él. Algo que no había sucedido.

Era como si todos los nexos que los unían a la cara más amable del enemigo hubieran desaparecido sin dejar rastro. La tierra se había tragado a Alfonso y a José Manuel…, pero sobre todo a Alejandro.

En un arrebato de desesperación, Alma había vuelto dos tardes a Sol, vestida con vaqueros, chaqueta y gorra para pasar desapercibida. Se apostó junto al quiosco de periódicos que quedaba frente a la entrada de la Dirección General de Seguridad y esperó a ver si pasaba Alfonso Alfaro. Su idea era pedirle, aunque fuese de rodillas, que le dijese dónde se encontraba Alejandro. Era imposible que él, jefe poderoso, no lo supiera. Pero no sirvió de nada, Alfaro nunca apareció por esa puerta. Quizá entraba en coche por el garaje que quedaba en el lateral, o estaba fuera de Madrid, o vete a saber. Solo acabó agotada de estar allí apostada horas, en medio de un montón de gente y con los nervios hechos trizas al ver cómo, los dos días y a las tres en punto de la tarde, el maldito Juan Juárez salía del edificio.

El primer día que el policía pasó junto a ella, Alma se había quedado muy quieta, petrificada y simulando coger uno de los periódicos del quiosco, pero con la mirada fija en Juárez mientras lo veía perderse entre la multitud. Andaba con calma, seguramente camino de algún lugar para comer. Alma se preguntó cómo podía ser la vida cotidiana de alguien tan deleznable. ¿Habría momentos de duda en su cabeza? ¿Se habría parado alguna vez frente al espejo a observarse y preguntarse por qué era un hijo de puta? ¿Los hijos de puta saben que son unos hijos de puta?

Alma se había planteado estas preguntas cuando Luisa contó que lo habían visto en la cafetería El Diamante de Atocha con su hijo y su padre. La imagen era banal pero poderosa, la de un hombre que compartía el día con su familia. ¿Sería posible que los malvados también tuviesen momentos de café y charla, de ternura o de complicidad? ¿O será que en el fondo saben lo que son y están interpretando un papel para mantener las apariencias?

Entonces se acordó de Hannah Arendt y de su libro *Eichmann en Jerusalén*. A Alma le costó muchísimo encontrar el libro. Por su temática era un título que, si bien no estaba prohibido, podía llegar a estarlo en cualquier momento. Cuando

Alma lo leyó por fin, se quedó impresionada. La autora respondía a sus preguntas con una definición que se le había quedado grabada: la banalidad del mal. Arendt, que asistió al juicio de Eichmann, el hombre detrás de la logística del sistema de trenes que llevaron a millones de personas a la muerte, no se encontró con el monstruo que esperaba. Ante ella solo había un alemán vulgar, un hombre, un burócrata que repetía que seguía órdenes y que solo era un eslabón en la cadena. Para Arendt, el punto clave de su maldad era precisamente ese, renunciar a pensar. Cumplir un deber sin hacerse preguntas y asumir en su mente que solo era un trabajo.

Y eso era lo que seguramente hacía Juárez a las tres de la tarde. Salir del trabajo para ir a comer, luego tomar un café, saludar a sus compañeros y hacer como que todo era normal.

Cuando Nando y Mario se habían enterado de que Alma había estado en Sol vigilando la puerta dos días y que se había cruzado con Juárez, que afortunadamente no la había reconocido, su enfado fue increíble. Nando le dejó de hablar una tarde, y a Mario se le saltaron las lágrimas. Pero luego comprendieron lo que trataba de hacer. Claro que lo comprendían.

Lo que no tenía claro Alma es si iban a entender lo que haría a continuación. Ni siquiera ella misma lo entendía. Seguramente fuese una locura que no podría explicar nunca a sus amigos.

Había vuelto a Sol justo cuando el reloj del edificio de la Dirección General de Seguridad daba las tres de la tarde.

Como las anteriores veces, Juárez salió y atravesó la plaza con tranquilidad hasta la calle Preciados. Se detuvo un momento con un vendedor de lotería. El hombre tenía varias ristras de cupones de Navidad agarrados con pinzas de la ropa de un chaleco y le sonrió con una boca de dientes amarillentos y desparejados. Después, Juárez siguió hasta la calle Tetuán y entró en Casa Labra. Alma le siguió. ¿Cómo iba a hacer? ¿Qué le diría? Había llegado hasta allí sin un plan, sin un esbozo de conversación prevista. Optó por quedarse en la puerta de El Corte Inglés, donde había multitudes que entraban y salían de la tienda con bolsas y podía pasar desapercibida.

La gente caminaba con prisa, se cruzaban entre ellos, golpeaban a Alma y le pedían disculpas ensimismados en sus preocupaciones. Frente a ella, arrodillado en la acera, un joven sujetaba un cartel roñoso con letras de molde que clamaban por una ayuda en nombre de Dios. Unos pasos más allá, una mujer con una cicatriz enrojecida en la cara, que le recorría desde la boca hasta detrás de la oreja, sostenía a una niña rubia y triste de la mano. Ambas se acercaban a los transeúntes y ponían una lata delante de ellos donde agitaban unas monedas, persona por persona. Alma las observó con el estómago encogido y se preguntó si la situación que ella vivía era realmente peor que la de esas personas. Era cierto que estaba aterrada, sí. Podía acabar destrozada en una celda, pero también le quedaban opciones. Podía tomar decisiones. ¿Qué expectativas tenían esas personas además de agitar una lata?

Juárez emergió del restaurante despidiéndose de los camareros. En su camisa blanca llevaba un par de manchas de tomate. Salió con un andar pesado, ya que al parecer debía de haber comido bien. Llevaba un purito en la mano y no tenía puestas sus gafas amarillas habituales, que colgaban en el bolsillo de la camisa. Se colocó su chaqueta gris y comenzó el trayecto inverso hacia Sol. La mujer que mendigaba con una niña de la mano se acercó a él haciendo resonar el bote con las monedas. Juárez sacó del bolsillo del pantalón un par de billetes que dejó en la lata con una sonrisa, agitando después el pelo de la niña con delicadeza y rozándole los mofletes.

Entonces, cuando el policía pasó junto a ella, Alma le llamó:

—¡Juárez!

Después contuvo la respiración al ver cómo se detenía de golpe, mirándola con una sorpresa inicial que dio paso a una expresión indescifrable de placer, triunfo y poder, con el purito suspendido en los labios al que agarró con los dedos, dio una calada y tiró al suelo. Alma sintió una corriente fría de terror. Ahora que lo tenía frente a frente, solo podía pensar en si se había equivocado.

Juárez dio un par de pasos en su dirección mientras Alma se obligó a mantener la mirada firme, sin dar ni un paso atrás.

—¡Mi amiga Alma! —dijo Juárez con ironía y mucha calma.

—Vengo a hacer un trato. Sé que tienes a Alejandro. Yo te doy lo que deseas y tú lo dejas libre.

—Está bien. Concedido.

Juárez agarró a Alma por el brazo sin una fuerza excesiva, pero sin dejar espacio a la duda de que ahora él tenía el control. Alma sintió cómo se le erizaba la piel, pero mantuvo la compostura mientras la guiaba, contra todo pronóstico, hacia el interior de El Corte Inglés. El policía saludó al guarda de la puerta por su nombre, Abelardo, que parecía conocerlo bien, y después llevó a Alma hasta la primera planta por las escaleras mecánicas.

Alma no entendía hacia dónde iba ni por qué estaban atravesando el centro comercial. Llegaron a la planta de ropa de mujeres, y Juárez siguió sujetándola del hombro con fuerza, disimulando con una sonrisa frente a las señoritas que atendían en cada sección: zapatería, lencería, *sport*. Entonces, en un movimiento inesperado, se desviaron entre dos lineales de ropa en oferta de Pertegaz y Pierre Cardin para encontrarse frente a los baños. Juárez abrió la puerta del servicio de hombres y empujó a Alma al interior.

Se quedó frente a ella sin decir una palabra, con la mirada enardecida por el deseo. Pasó uno de sus dedos de uñas largas por la cara de Alma y lo bajó hasta la barbilla. Ella se dejó hacer decidida a no dar muestras de debilidad. Sin previo aviso, Juárez colocó sus manos en los pechos que repasó con suavidad, le levantó la camisa y le lamió los pezones mientras le bajaba los vaqueros y las bragas. Con un gesto violento la giró apretándole la cara contra la pared. Alma escuchó la cremallera del pantalón del policía, y luego su polla erecta entrar en ella de un empujón. No pudo evitar dar un grito de dolor. Juárez le tapó la boca con tanta fuerza que Alma sintió que le faltaba el aire. Las gafas de cristal amarillo, colgadas en el bolsillo de la camisa del policía, se le clavaban en la espalda en cada empellón. Por fortuna no tardó mucho en acabar. Una docena de sacudidas dentro de ella y ya. Luego el policía se recostó sobre su espalda, apoyando su cara contra la nuca de Alma, a la que le llegó el aliento a puro y a bacalao con tomate que Juárez expelía en sus jadeos. Después salió de ella despacio, abriendo con su mano los glúteos de Alma, que estaba dolorida.

Al instante, oyó cómo se subía el pantalón, la bragueta y se abrochaba el cinturón. Se lavó las manos en el lavabo y luego las tuvo un rato debajo del secador de manos, cuyo aire caliente llegaba hasta Alma.

Después, Juárez salió del baño.

23

Jueves, 20 de noviembre

Mario había llamado de madrugada a cada uno de sus amigos para darles la noticia.

—Aún no es oficial, pero parece ser que esta vez sí: Franco ha muerto.

Mientras las palabras seguían flotando en el aire, Alma, Luisa y Nando esperaban en el salón de este último. Sentados, de pie e inquietos, con la radio encendida que apenas susurraba un murmullo de música clásica. Había sido a las ocho de la mañana, con todos frente a la radio de Nando, cuando el periodista Lalo Azcona, en el programa *España a las ocho* de Radio Nacional, dio paso al propio ministro de Información y Turismo, León Herrera, quien dio la noticia de la muerte de Franco. Fue breve, pero suficiente para que todos sintieran el estómago darles un vuelco:

> Día 20 de noviembre de 1975. Las casas Civil y Militar informan a las 5:25 horas que, según comunican los médicos de turno, su excelencia el Generalísimo acaba de fallecer por parada cardiaca, como final del curso de su *shock* tóxico por peritonitis.

Después, la radio aseguró que la noticia sería explicada en detalle a las diez de la mañana, en TVE por el presidente del

Gobierno. Así que la espera en casa de Nando estaba siendo tensa. Mario había prometido llegar para presenciar el mensaje oficial junto a ellos, compartiendo ese momento histórico que cambiaría el país para siempre. Pero se le estaba haciendo tarde y faltaban apenas unos minutos para que Arias Navarro se dirigiera a los españoles.

Y era una pena que se perdiese ese momento, porque Mario llevaba días apostado frente al hospital de La Paz, donde el dictador había agonizado sin esperanza. Allí había pasado las horas esperando la señal que confirmara que hasta aquí había llegado el excelentísimo señor. Su contacto, un enfermero de digestivo que había conocido en los baños del hospital, le había llamado cerca de las cinco de la mañana, para darle una primicia, la hora real en la que había muerto el dictador: las 3.20, y el motivo: por parada cardiaca como consecuencia de una peritonitis. Tuvo que poner la información en cuarentena hasta que hubiera algún comunicado oficial, pero no dejó de llamar a sus amigos para que la supieran.

En el reloj de pared dorado que Nando había heredado de su padre, marcaban las 9.50 de la mañana. Alma iba y venía desde la terraza al sofá frente a la televisión, con una taza de café en las manos que ya había rellenado varias veces. La ciudad aún parecía aletargada bajo una sábana de contaminación por las chimeneas de carbón que alimentaban las calefacciones de los edificios de Madrid. Sobre la mesa baja en la que estaban Luisa y Nando había varias tazas de café vacías y alguna copa de orujo a medio terminar. En otra mesa, chocolate caliente y churros que había traído Luisa de la churrería de la plaza de España, esperando a celebrar la noticia con Mario.

Sin embargo, aunque con algo parecido a la felicidad por la muerte del tirano, todos compartían la inquietud por la ausencia de Alejandro, que se agrandaba con la sensación de que dar con él era una batalla contra fuerzas demasiado grandes para ellos. La abogada, Cristina, era incapaz de averiguar a qué comisaría, cuartel o cárcel le habían trasladado y solo se encontraba con la respuesta de que no había ningún registro de detención contra alguien llamado Alejandro Sosa.

Alma no perdía la esperanza. Se había entregado como ofrenda para que Alejandro regresara a su lado y lo haría. Daba lo mismo el hueco opresivo en el pecho, la impotencia y la rabia que trataba de sepultar en su corazón junto a tantas otras cosas. La imagen del rostro de Alejandro estaba en su mente, su risa y sus gestos, y eso era lo que importaba, que esa vida continuase.

—No sé cómo sentirme —dijo Nando, sentado en el sofá con la mirada perdida en la ventana que daba a la Casa de Campo—. Es como si todo lo que hemos conocido estuviera a punto de cambiar, y no sabemos si para bien o para mal.

Alma, de pie junto a la mesa del comedor, asintió mientras colocaba las tazas y los platos para el chocolate espeso y los churros aún humeantes que acababa de traer Luisa.

—Hemos vivido tanto tiempo bajo esta sombra que imaginar un futuro sin un dictador es casi irreal —dijo Nando—. Joder, espero que no se vuelvan más locos en el ejército..., o en la policía...

Alma asintió, pero su mente no estaba en las Fuerzas Armadas. Alejandro ocupaba tanto su pensamiento que incluso le daba igual que Franco se hubiese muerto.

—No me creo que Cristina, con todo lo abogada buenísima que es, no pueda hacer nada más allá que poner una denuncia por desaparición ante las mismas personas que lo han hecho desaparecer —dijo Alma.

—Tengamos fe —dijo Luisa.

De repente, la televisión emitió un zumbido seguido por el logo de Televisión Española, lo que parecía anunciar que el mensaje oficial, el que confirmaba la realidad de la muerte de Franco, estaba a punto de suceder.

—Madre mía, Alejandro. ¿Dónde estás? —La voz de Alma se quebró, y Luisa la abrazó con fuerza. Nando, para intentar aliviar el ambiente, le llevó una taza de chocolate.

—Aparecerá —dijo con optimismo—. Ahora, brindemos por la esperanza de un futuro mejor. Por la muerte del dictador y la desaparición de todos los hijos de puta que le siguen. Y por Alejandro, dondequiera que esté, para que averigüemos el lugar en el que está retenido.

Alma y Luisa levantaron sus tazas y brindaron en silencio.

—Y por Mario —añadió Luisa—, que nos está trayendo toda la información de primera mano.

El brindis con chocolate fue interrumpido bruscamente por una voz solemne desde la televisión. Los tres amigos se sentaron ante la pantalla que mostraba a un presentador anunciando a Arias Navarro, presidente del Gobierno. Este apareció ante la cámara vestido de luto, con los ojos vidriosos y las manos temblorosas apoyadas en la mesa.

«—Españoles… —comenzó con una pausa infinita en la que todos sabían lo que venía después.

Era oficial. Franco había muerto.

Alma cerró los ojos, dejándose invadir por una oleada de emociones. La voz de Arias Navarro continuaba, pero sus palabras se difuminaban en una especie de eco de un eco. Nando y Luisa escuchaban en silencio, agarrados de las manos. Mientras tanto, en la intimidad de los hogares, unos lloraban de pena y rezaban rosarios y otros descorchaban botellas de cava para celebrar lo que llevaban años esperando.

—No se querrá morir también el hijoeputa que tenemos en mi país —murmuró Luisa.

—Es estupendo, pero la muerte de Franco en una puta cama nos ha privado de un poco de dignidad —dijo Alma con rabia.

—Desde luego —dijo Nando—. Lo que me asusta es lo que viene ahora. Todavía acabamos en otra guerra civil.

Mientras tanto, en la calle Ferraz, Mario se encontraba frustrado al darse cuenta de que no llegaría a tiempo para ver el anuncio oficial de la muerte de Franco en la televisión de Nando. Había sido incapaz de encontrar un taxi e iba andando hasta Pintor Rosales. La ciudad había parecido detenerse de repente. No había ni rastro de gente, ni coches en las calles, como si el anuncio de la muerte del dictador hubiera paralizado la capital. El susurro del aire y el canto de los pájaros se oían con una claridad inquietante. Desde la distancia, se percibía el zumbido de las hélices de un helicóptero cortando el cielo.

Mario se detuvo frente al bar Los Hermanos, que era el único lugar abierto en la calle Ferraz y que, afortunadamente, tenía televisión. Decidió entrar. Un camarero cuya camisa beige lucía condecoraciones de grasa acumulada con los años, pasaba un trapo sobre la barra mientras tenía los ojos pegados a la pantalla. En ella, el rostro serio y compungido del presidente del Gobierno, Arias Navarro, leía ante la cámara unos papeles con la vista clavada en ellos. Mario sacó su libreta con rapidez y sentándose en una banqueta frente a la barra, comenzó a anotar palabra por palabra el discurso que emanaba de la pantalla y que aseguraba ser el testamento vital de Franco:

«... Pido perdón a todos, como de todo corazón perdono a cuantos se declararon mis enemigos sin que yo los tuviera como tales».

—¡Hay que ser mierda para decir eso! —murmuró un anciano para sí mismo sentado a su lado. Sus ojos, achicados por las arrugas, estaban humedecidos por la satisfacción de ver muerto al muerto, pero se mantenía serio, tomando su café con leche a pequeños sorbos y sin mostrar demasiado entusiasmo en público.

El discurso continuaba:

«Por el amor que siento por nuestra patria, os pido que perseveréis en la unidad y en la paz, y que rodeéis al futuro rey de España, don Juan Carlos de Borbón, del mismo afecto y lealtad que a mí me habéis brindado…».

Una mujer de melena cobriza, sentada junto a Mario, comenzó a llorar en silencio, sollozando con discreción mientras abrazaba un pañuelo bordado que apretaba contra el pecho. Sus labios se movían en una oración apenas audible, rogando por el alma del dictador. A su lado, un repartidor con un delantal de arpillera cargando una carretilla llena de cajas de cervezas El Águila, escuchaba el discurso con indiferencia, encogiéndose de hombros antes de volver a concentrarse en su trabajo.

«… y abrazaros a todos para gritar juntos, por última vez, en los umbrales de mi muerte: ¡Arriba España! ¡Viva España!».

Entonces, el dueño del bar, un hombre robusto con un rostro marcado por el cansancio, le quitó el paño al camarero, se limpió las manos en su delantal y apagó la televisión de un solo movimiento.

—Señores, en señal de luto voy a cerrar el bar. Están ustedes invitados —anunció con un leve temblor en la voz que denotaba su nerviosismo—. No quiero líos.

Los clientes se miraron entre sí, algunos con sorpresa y otros en un gesto de desaprobación, pero comenzaron a levantarse y a dirigirse hacia la salida aceptando la decisión con un leve movimiento de cabeza. Mario guardó la libreta en el bolsillo de su abrigo y salió del bar, sintiendo el aire frío de la mañana golpear su rostro. Caminó rápidamente por la calle Ferraz, consciente de la urgencia de comunicar estas palabras a su periódico, así que se dirigió a una cabina telefónica frente al museo Cerralbo, donde hizo la llamada a la agencia para dictarles lo que había sucedido en las últimas horas.

El teléfono marcó dos veces antes de que la voz del editor, urgente como siempre, surgiera al otro lado.

—¿Qué tienes para nosotros?

Mario habló con precisión, relatando los detalles de la mañana que estaba pasando: los anuncios oficiales, el luto y las maniobras para contener la información hasta que fuera conveniente para el régimen. Describió la escenificación perfecta que se había mostrado en televisión, con un Arias Navarro compungido, y el silencio que dominaba las calles de Madrid.

—En cuanto tenga algo más, os llamo —dijo Mario antes de colgar.

Se quedó quieto un momento, sintiendo el frío colarse por las mangas de su abrigo. Luego retomó su camino, avanzando hacia Pintor Rosales. La sensación de que la ciudad entera esperaba un cataclismo se hacía cada vez más palpable. Las pocas personas que veía por la calle parecían moverse con rapidez, como una mujer mayor con el rostro crispado que empujaba un carrito de la compra lleno de latas y botellas de agua, como si se preparara para un largo encierro. Mario sacó su cámara y la fotografió, capturando esa imagen de inquietud. Hizo algunas fotos más de las calles casi desiertas antes de apresurarse para llegar a casa de Nando, donde justo en su esquina había un colmado donde una cola para entrar confirmaba cierto resquemor ante lo que vendría. La gente salía de allí cargada con latas de conservas y agua. De esta tienda debía de venir la mujer a la que había fotografiado hacia un rato.

Después llegó a casa de Nando. El portal se encontraba abierto, aunque no estaba el portero. Subió en el ascensor dorado y tocó el timbre con el corazón latiendo con fuerza, aún tenso por la expectación del día.

La puerta se abrió al instante, y Nando lo recibió con un fuerte abrazo y con una expresión de alivio.

—Estás helado —dijo, frotándole la espalda con energía antes de dejarlo pasar.

Mario entró al salón y, tras abrazar a Alma y Luisa, se dejó caer en uno de los sillones. El calor de la casa comenzó a recorrer su cuerpo, provocándole un leve escalofrío que lo hizo estremecerse.

—¿Sabemos algo de Alejandro? —preguntó Mario.

Alma negó con la cabeza y la boca apretada. Mario estiró la mano y tomó la de Alma, apretándola con firmeza y tratando de transmitirle algo de consuelo. Luego la abrazó. El silencio se instaló por un instante entre ellos, roto solo por el leve zumbido de la televisión que ya estaba sin sonido. Finalmente, Alma levantó la cabeza.

—¿Cómo ha sido?

—Menuda noche —comenzó Mario mientras se quitaba el abrigo—. Me he pasado la madrugada haciendo guardia en La Paz. Allí estábamos toda la prensa del mundo. Entonces, a la que salgo a tomar el aire a eso de las cuatro de la madrugada, veo llegar un vehículo grande con unas luces potentes. Era el del jefe de la Casa Civil del jefe del Estado.

—Pues si estaba a esas horas ahí ese jefazo… —murmuró Luisa.

—Eso pensé yo. Y unos veinte minutos después, llegó otro vehículo similar. Esta vez era el del teniente general jefe de la Casa Militar de Franco. Era la primera vez que esos vehículos regresaban al hospital de madrugada. Muy raro. Hablé con Mariano González, de Europa Press, y me confirmó que tanto ajetreo era por algo que había pasado.

—¿Y? —preguntó Alma.

—Pues que Europa Press fueron los primeros en confirmarlo. Mariano González es un periodista como pocos y tenía fuentes a las que yo no puedo llegar, familiares, médicos, militares…, así que confirmó la noticia poco antes de las cinco de la mañana. Yo llamé a mi contacto, un enfermero que conocí en el hospital, que también me lo confirmó. Entonces llamé a la agencia para dar la noticia, pero ya era tarde. Europa Press había lanzado el teletipo antes. «Franco ha muerto», repetido tres veces para que no quedasen dudas.

—A mí me ha llegado que en realidad murió ayer de madrugada —afirmó Nando.

—No me extrañaría. Hacer coincidir la muerte de Franco con la muerte de Primo de Rivera es una jugada que no deberían dejar escapar... No sabes lo que me ha fastidiado que me adelantaran los de Europa Press... Podría haber sido más rápido al menos con los míos, pero quise asegurarme y bueno... Perdí la ocasión.

—No te atormentes —dijo Nando, dándole una palmada en el hombro—. Eres un buen profesional, pero no tienes ni los mismos medios ni los contactos que Europa Press. Mi abuelo decía que «con buena picha bien se jode».

Luisa soltó una carcajada.

—¡Qué bruto! —dijo, intentando aligerar el ambiente.

—En fin, me voy a poner con la crónica general, que llego tarde. Luego intentaré dormir un poco. Estoy acabado —dijo Mario levantándose despacio, como si el agotamiento de la noche le hubiera calado hasta los huesos.

Alma cogió una taza de chocolate y se la ofreció, con una sonrisa apagada.

—Toma, esto te levantará el ánimo.

Mario aceptó la taza con gratitud, pero antes de que pudiera llevársela a los labios, sonó el teléfono. Seguro que era alguien que ya había preparado una fiesta *post mortem* y no quería dejar de ser el primero en anunciarla. Nando se levantó de inmediato y contestó. Tras un breve intercambio de palabras, se giró hacia Alma con el rostro torcido en un gesto de sorpresa.

—Es para ti.

El salón entero, la ciudad, el mundo pareció contener la respiración. Alma sintió cómo el peso de la llamada empezaba a arrastrarla, y sus piernas temblaron ligeramente. Se acercó al teléfono mientras sus amigos la observaban en silencio. Se apartó el pelo del rostro con una mano y se llevó el auricular a la oreja con la otra.

—¿Sí? —dijo con la voz trémula.

La voz al otro lado del teléfono era grave.

—Soy Alfonso Alfaro.

El corazón de Alma se detuvo por un instante.

—¿Qué ha pasado?

—Han encontrado a Alejandro.

—¿Dónde? ¿Está bien?

La pausa al otro lado se alargó demasiado.

—No, Alma. Han encontrado su cuerpo… en la Casa de Campo. Lo siento.

El silencio que siguió fue absoluto, como si aquel salón estuviera en mitad del ártico. Alma sintió que se rompía, una grieta que se extendía desde su cabeza a sus pies y amenazaba con partirla del todo.

—No puede ser… —susurró.

—Alma, escucha. En su bolsillo, Alejandro llevaba una foto tuya y un libro con una carta para ti. Es incomprensible tanta insensatez.

—Dios mío…

—Ahora Juárez dice que quiere dar contigo, que eres cómplice de Alejandro junto a esos estudiantes que pusieron la pancarta, que sois terroristas. Tienes que desaparecer, inmediatamente… Desaparece.

Alma dejó caer el auricular, y las piernas le cedieron al fin. Se desplomó en el suelo, como una manta mojada, mientras el teléfono emitía un pitido interminable. Alfonso Alfaro había colgado.

Todas las esperanzas que había albergado se esfumaban de golpe, reducidas únicamente a un cuerpo joven en un agujero de la Casa de Campo.

—Lo han matado, Mario… Lo han matado… —murmuró, con la voz apenas audible.

Mario, con el rostro desencajado, se arrodilló junto a ella.

—¿A quién, Alma? ¿A quién?

—A Alejandro. Lo han matado. —Las palabras salieron asfixiadas.

275

Luisa y Nando se precipitaron hacia Alma, abrazándola con fuerza mientras las lágrimas caían silenciosas por su rostro. Mario se quedó quieto, paralizado por la impotencia, incapaz de mover un solo músculo. La escena era irreal, como si el mundo entero hubiera dejado de girar en ese instante.

—No puede ser… —repetía Alma una y otra vez, abrazada a Luisa, tratando de aferrarse a cualquier resquicio de cordura. Su cabeza había colapsado. La esperanza se había convertido en escombros, como su librería, como su casa, como sus fotos y sus libros… Su mente se sumergía en una espiral de dolor en donde se arremolinaban las imágenes de Alejandro: detenido, maltratado, arrastrado sin piedad, golpeado entre los arbustos y luego asesinado a sangre fría. ¿Un tiro?, ¿un golpe seco?, ¿una paliza? La figura de Juan Juárez emergía como un espectro en sus pensamientos, una presencia que todos sabían responsable de aquel acto atroz.

—Ha sido ese policía, ¿verdad? —preguntó Mario, con la voz temblando de ira.

—¡Todos lo sabemos! ¡Joder! —gritó Luisa.

24

Viernes, 21 de noviembre

Madrid de luto por la muerte del dictador era un lugar extraño. El cielo había amanecido cubierto, como si la ciudad misma se uniese a los treinta días de duelo que el Gobierno había decretado. Las calles estaban envueltas en una quietud sombría donde todos los ciudadanos parecían aguantar la respiración para no hacerse notar. No había casi tráfico, los niños no habían ido al colegio y muy poca gente trabajaba. Alma caminaba por la Cuesta de Santo Domingo, entre las sombras de los edificios antiguos. Avanzaba despacio, por inercia. Su cuerpo era insensible a todo excepto a la pérdida. La muerte de Alejandro le había dejado la cabeza cerrada a cualquier sensación que no fuese el horror. Estaba sumida en un estado de aturdimiento, una tristeza tan profunda que la arrastraba como una riada, en la que no era capaz de encontrar una rama a la que agarrarse para sacar un poco la cabeza a flote.

Alma sabía que no debía estar en la calle a la vista de todos, como le había pedido Alfonso Alfaro, pero los pies la arrastraban hacia la casa del padre de Alejandro. Algo en su interior la impulsaba a hacerlo, un deseo inexplicable de saber si lo habían liberado tras el asesinato de su hijo ahora que no les resultaba útil. Si habían tenido al menos ese detalle. Alma, quizá también en un intento desesperado por mitigar ese dolor insoportable, había decidido ver al padre de Alejandro para sentir la presencia de su amigo junto a quien le había dado la vida, aunque fuera de una manera lejana, egoísta y desesperada. O quizá, de algún modo terrible, quería acercarse a un dolor más grande que el suyo, con la esperanza de que, al compararlos, el suyo menguara y su cuerpo soportase un poco mejor la pérdida.

El follón del centro, con sus coches atravesando el Madrid de los Austrias y los atascos por la doble fila, se había reducido al murmullo de la poca gente que caminaba en grupo. Los pocos que deambulaban lo hacían cabizbajos, con expresiones que oscilaban entre la tristeza fingida y la alegría contenida, como si todos temieran mostrar sus verdaderos sentimientos. La capital se encontraba en un estado de incertidumbre entre el final definitivo de una era y el inicio incierto de otra. Mientras avanzaba, la cabeza de Alma quería estallar. ¿Cuántas pastillas para la jaqueca había tomado? No debían de quedarle ya muchas. Menos mal que su médico se las daba a paladas, con un guiño, y podía intoxicarse hasta perder el sentido si lo deseaba. Tenía más en el almacén de la librería de Nando, que se había convertido en un refugio donde esconderse del peligro de Juan Juárez. Era el lugar más discreto que se les había ocurrido. Nando había insistido en que se quedará allí, y eso que, si la pillaban, el sufrimiento que podrían causarle a él y su librería Verne podía ser inmenso. Le había preparado un camastro en aquel almacén pequeño que servía de despacho, el que sus empleados nunca usaban porque había otro más grande en el sótano. Tenía la ventaja de tener acceso por el portal, por lo que no había que subir y bajar la persiana de la librería para entrar. Además, era un cuarto que siempre estaba repleto de cajas de libros invendibles y antiguos que no se necesitaban y que hacían las veces de muros para protegerla de cualquier amenaza externa. Luisa le había ofrecido su casa, pero Alma no quería poner en riesgo a su familia, especialmente a su hija Claudia.

Alma ni siquiera había llamado a su madre, pero pensaba en Barcelona como lugar para escapar. No se podría quedar en ese almacén toda la vida. También estaba la casa de la playa en Cadaqués, un posible escondite del que tenía las llaves y donde podría desaparecer durante un tiempo sin llamar la atención. Aunque el miedo a su padre la paralizaba. Si se llegaba a enterar de que estaba allí escondida, sería el primero en delatarla. Un padre también puede ser mala persona.

Alma avanzaba por las calles vacías del centro, con la mente atrapada en una maraña de pensamientos que la confundían. Las personas que se cruzaban en su camino parecían mirarla con sospecha. ¿Eran confidentes de Juárez? Se estaba volviendo loca. Era como si la ciudad entera estuviese conspirando en su contra. El peso de su diferencia se hacía insoportable. Sabía que Juárez y los suyos querían dar con ella no por lo que había hecho, sino porque su mera existencia era una provocación intolerable para los que no soportaban lo que representaba.

Al llegar a la calle Lepanto, donde vivía el padre de Alejandro, se detuvo un momento para observar la fachada del edificio. Recordó la última vez que había estado allí con la tarea de asegurarle a Alejandro que su padre estaba bien. Ahora, esa misma calle y esa misma casa parecían lugares diferentes, un escenario deformado por el dolor. Alma se acercó al portal y tocó el telefonillo de la portería. El ruido agudo del timbre sonó tras la puerta. Alma sintió cómo el corazón le latía con fuerza. No sabía si, en vez del padre de Alejandro, abriría la puerta un secuaz de Juárez que la esperaba para detenerla porque sabía que iba a ir allí. La situación la estaba trastornando a toda velocidad; cada momento que pasaba la sumía más en su propia ansiedad.

Finalmente, la puerta se entreabrió con un leve chirrido y una cabeza se asomó con timidez.

Era el padre de Alejandro. Alma lo miró a los ojos y vio un reflejo de su propio dolor, además de una especie de ira que no supo definir. Lo que estaba claro es que ambos habían quedado destrozados por la misma tragedia.

—Soy Alma, una amiga de su hijo Alejandro.

El hombre la miró sin sorpresa y asintió lentamente, haciendo un gesto con la mano para que entrara en el portal.

—Lo siento mucho. Estamos destrozados... —dijo Alma.

—Gracias, gracias... —respondió, sujetando la puerta. Atravesaron el portal de ese edificio señorial que daba a un pasillo perfectamente limpio con paredes de mármol, techos con molduras y puertas lacadas en rojo carruaje con herrajes de latón. Siguieron por el pasillo de la entrada hasta otra puerta, mucho más modesta y con un ventanuco que era desde donde el padre de Alejandro vigilaba el portal. El hombre empujó la puertecita y pidió a Alma que pasara. También era la entrada a la casa de Alejandro.

El pequeño recibidor estaba repleto de cajas de mudanza a medio llenar con loza, libros y ropa. El suelo de sintasol gris imitaba a madera y resbalaba ligeramente bajo sus pasos; las paredes estaban pintadas de un tono crema apagado que reflejaba la luz de un pequeño ventanuco que debía de dar a la carbonera. En el pasillo, una nevera emitía un zumbido constante. Un par de tubos enormes de calefacción corrían por el techo pintados del mismo tono que el resto de la casa. Todo sugería una vida modesta pero digna.

Se sentaron en dos sillas del salón que estaba junto a la entrada. La habitación se encontraba casi vacía por la mudanza, donde aún quedaban algunos marcos con fotos en una mesa. En una de ellas, Alma vio a Alejandro de pequeño, un niño delgado, de pelo claro y gafas grandes. En otra foto, Alejandro estaba en medio de un campo labrado, sentado sobre una bala de paja y sosteniendo un coche de juguete. Al lado, había otra de una mujer hermosa con un pañuelo en la cabeza y un vestido floreado, que llevaba en brazos a un Alejandro un poco más mayor con un parche correctivo en un ojo. La mujer estaba muy delgada, y los brazos que sostenían al niño apenas tenían carne. Pero lo que llamaba la atención de esa imagen era la mirada de amor con la que lo observaba.

—Perdone el desorden... —dijo el hombre, señalando las cajas—. Me han despedido y tengo que irme de esta casa.

—¿Tiene usted adónde ir?

—Sí, iré a Salamanca, con un hermano.

Después el silencio se extendió entre ellos, frío como una pesadilla que se niega a desvanecerse. En ese salón desconocido, Alma sintió que los objetos cotidianos que lo rodeaban contaban la historia de una vida que, aunque corta, había estado llena de posibilidades. Era fácil imaginar a Alejandro en ese mismo espacio, compartiendo risas con sus primeros amigos, sintiendo las primeras emociones por las chicas que le gustaban o por la elección de estudiar filosofía, impulsada por su deseo de entender el mundo.

—Lo siento tanto... —murmuró Alma.

El padre de Alejandro asintió despacio, con la mirada perdida en algún punto indeterminado del pasado. Alma no podía quitarse de la cabeza todo lo que Alejandro podría haber sido. Un hombre cuya vida habría brillado con intensidad, con el potencial de ser un amigo fiel, o un padre cariñoso, o un pensador comprometido con la libertad que tanto le faltaba a España, o vete a saber las posibilidades infinitas que ofrecía la vida a alguien tan joven.

Alma miró al padre de Alejandro, que sujetaba un pañuelo que se llevaba a la comisura de los labios de vez en cuando. Tenía moretones en la cara y se había vendado un tobillo de forma precaria, ¿qué más le podía decir? ¿Cómo encontrar las palabras adecuadas cuando el dolor que los consumía era tan distinto y, al mismo tiempo, tan abrumador? Sin embargo, el hombre no tardó en romper ese silencio aplastante. Su tristeza, lejos de disiparse, se transformó en una rabia contenida que se mostraba en cada línea de su cara con un daño tan intenso que parecía quemarle por dentro.

—Dice la policía que mi hijo se ha suicidado...

—¿Suicidado? Imposible. —Alma se quedó conmocionada al enterarse de que la policía había registrado la muerte de Alejandro como un suicidio, que habían cerrado el caso de la manera más burda y falaz posible. Y lo peor era la imposibilidad de luchar contra esa mentira.

—¡Ya lo sé! A mi hijo lo han matado. Lo han matado ellos. Pero la culpa la tienen esos malnacidos. Esos niñatos y la zorra que los manipula. Mi hijo rondaba esa asociación de estudiantes que le ha llevado a... Fueron ellos los que le obligaron a poner la pancarta. Esa Alicia... —pronunció el nombre como si fuera un veneno—. Esa Alicia es la causante de todo. Ha arruinado la vida de mi hijo... y la mía. Si la veo aparecer por aquí, no se lo que podría hacerle...

Alma decidió no contradecirle. No era el momento. Pero sabía que Alicia podría ser lo que fuera, pero no la culpable de la muerte de Alejandro. Él había sido un joven con sus ideales, y el hecho de que hubiera fascistas asesinos con un ideario sanguinario era lo que le había llevado a su trágico final. Desde luego no era el momento de ponerse a discutir este asunto, aunque la dejó descolocada que el foco de la culpa recayese en las víctimas y que los verdugos ni siquiera estuvieran en la mente de aquel hombre.

—Ojalá encuentren a esa malnacida y le den su merecido.

Entonces, al escuchar el deseo del padre de Alejandro, Alma se dio cuenta del peligro inminente que no solo corría ella, sino también el resto de amigos del grupo de Alejandro. Esta vez no hablábamos de una detención, hablábamos de algo peor. Lo más probable es que aún no supieran que su amigo había sido asesinado por Juárez y su gente y que, sin esa información, estarían organizando sus manifestaciones y algaradas sin saber el peligro real en el que se encontraban si daban con ellos.

—¿Usted sabe dónde está esa asociación? —preguntó Alma con cautela—. Ya sé que está enfadado, destrozado, pero esos chicos tienen que saber que están en peligro.

El padre de Alejandro negó con la cabeza y su expresión se endureció.

—Que los cojan, que los maten.

El hombre se llevó la mano a la cara y emitió un sollozo.

—Por favor, Alejandro querría ayudar a sus amigos. Imagínese cómo pueden acabar los padres de estos chicos si los capturan. No puede desearles lo que está pasando usted —dijo Alma tratando de razonar—. Sé que todo esto es muy difícil. Esa gente también va a por mí y le juro que no he hecho nada. Me han dejado sin trabajo, sin casa y... sin Alejandro. No podemos dejar que haya más víctimas.

Hubo un instante de silencio y los sollozos se mitigaron.

—No sé dónde está esa asociación —dijo por fin el hombre tratando de recomponerse—. Supongo que en la propia facultad de Filosofía donde estudia... estudiaba... mi hijo. Sé que se reunían en una de las aulas.

—Gracias —dijo Alma.

—Y siento decirlo, pero si la policía los pilla no lo lamentaré. —Hizo una pausa, mirando a Alma con ojos llenos de resentimiento—. Si encuentra a Alicia, dígale que ya lo ha conseguido.

Las palabras cayeron pesadas entre ellos. Alma sintió un desamparo infinito y se levantó para marcharse. No había logrado consolar al padre de Alejandro ni aliviar su sufrimiento. En su lugar, había encontrado a un hombre consumido por el dolor y la rabia, alguien que, además de perder a su hijo, ahora viviría con odio hacia el enemigo equivocado.

—Lo siento... —murmuró antes de levantarse y poner una mano en el hombro del padre de Alejandro.

Salió de la casa con una sensación de desesperanza. No tenía fuerzas para caminar, así que se dirigió hasta Ópera, donde una multitud de operarios del ayuntamiento acumulaban vallas y señales para el gran funeral del dictador que se avecinaba. Levantó la mano cuando vio un taxi libre que se acercaba desde la plaza de Isabel II y lo paró.

Nada más entrar al coche se dejó caer en el asiento trasero. Su cuerpo era una carga que apenas podía soportar. Dio la dirección de la librería de Nando, y el conductor asintió con educación. El taxista, un joven vestido de chaqueta y corbata que olía a colonia Nenuco, ajeno a su angustia, escuchaba Radio Nacional. El locutor hablaba sobre la capilla ardiente del dictador en el Palacio de Oriente, mientras entrevistaban a las personas que ya empezaban a hacer cola. La voz desgarrada de una mujer irrumpió en la transmisión: «¡Viva nuestro santo Caudillo de España! ¡Yo doy la vida por ti, que la mía no tiene importancia! ¡Viva, viva!». Alma pidió al taxista si podía apagar la radio y bajó la ventanilla para que el frío se estrellase contra su cara. «Estoy un poco mareada», le dijo al taxista, que aceleró la marcha.

Llegó al local de Nando, que tenía la persiana echada por el dichoso luto, y se dirigió hacia el portal del edificio que conducía directamente al almacén de la librería. Sacó las llaves y abrió con cuidado para no hacer ruido. El interior estaba en una penumbra suave, apenas rota por la lámpara que Alma había dejado encendida sobre el escritorio de Nando. Sus pasos hacían crujir el suelo de madera, amplificando la soledad que sentía. Mientras avanzaba por el almacén y sus ojos se adaptaban a la oscuridad, vio una sombra moverse tras una estantería. Un sobresalto recorrió su cuerpo y se quedó paralizada.

—Alma, aquí estás —dijo Mario apareciendo con una pequeña maleta en la mano tras una estantería—. ¿No habíamos quedado en que no te ibas a mover de aquí? No sabes qué susto me he dado al no verte.

—Mario, perdona… Susto el que me he llevado yo.

—Lo siento. Te traje algo de ropa de tu casa. Y más naproxeno.

—Creí que eras ese malnacido de Juan Juárez.

—Yo que lo eras tú. Vivo obsesionado con ese hijo de puta.

Después Mario puso en una mesa cercana una bolsa con comida.

—También te traje algo de comer de casa de Nando. Unos sándwiches de Rodilla, pechugas a la Villaroy y un poco de gazpacho. Si nos pillan, que sea con el estómago lleno.

Alma soltó una risa sin ganas y tomó uno de los sándwiches de ensaladilla al que dio un mordisco por inercia.

—Bien. Tienes que comer algo —insistió Mario.

—No te enfades, pero vengo de ver al padre de Alejandro.

Mario se quedó en silencio y miró al cielo con desesperación.

—Alma… —empezó, pero ella lo interrumpió.

—Ese hombre está consumido por el dolor, y sobre todo por la rabia. Esos malnacidos le han contado que su hijo se suicidó.

—Venía a decírtelo. Cristina nos ha traído el informe del forense y… No te voy a contar lo que dice… Un horror.

—Quiero saberlo. Necesito saberlo. —Alma puso las manos en el pecho de Mario.

—Un tiro. Que él mismo se pegó un tiro con un arma que no aparece.

En un intento desesperado por no perder el control, Alma asintió de forma repetida. Sus lágrimas cayeron por la impotencia de saber que la versión oficial nunca sería la verdad. Mario le apartó el pelo de la cara mientras la abrazaba con ternura.

—Estamos jodidos, amiga.

Alma permaneció un rato refugiada contra el cuerpo de Mario, acogida entre sus brazos, donde se sentía segura. Su olor a mandarina la reconfortaba. Desde que eran adolescentes, Mario no había usado más perfume que el de Dior. Ese aroma la llevaba de vuelta a aquellos días en los que todo parecía posible, a la despreocupación de la juventud. Era su propia magdalena de Proust, un enlace invisible hacia un tiempo más fácil.

—El padre de Alejandro también me contó que su hijo estaba metido en una asociación en la facultad de Filosofía dirigida por Alicia, la famosa Alicia. No sé si es una locura, no sabemos ni siquiera si están allí, pero deberíamos avisarla a ella y sus amigos. También están en peligro y no lo saben.

—Efectivamente es una locura, Alma. —Mario frunció el ceño—. Han cancelado las clases por el luto. Madrid está lleno de policías. Si haber ido a ver al padre de Alejandro ha sido peligroso, pasear por Madrid en busca de esa chica es descabellado.

—Tengo que ir a esa universidad, Mario. Si hay una mínima posibilidad de avisarles, no puedo quedarme aquí sin hacer nada. Es lo menos que le debo a Alejandro.

—Alma, no puedes ir. Es demasiado peligroso y ni siquiera sabemos quiénes son. Solo los conocemos de vista… Además, ¿sabes lo que se está diciendo a nivel internacional? Todo puede saltar por los aires en cualquier momento. Están hablando de una operación militar. Algo así como operación Lucero, por si el ejército tiene que intervenir para que el príncipe Juan Carlos jure como rey de España a la fuerza.

—¿Y qué? ¿Vamos a quedarnos escondidos mientras esos chicos pueden acabar como Alejandro?

—Tienes que quedarte, ¡joder!

Alma respiró hondo. Sabía que Mario tenía razón, pero la impotencia la ahogaba.

—Lo sé, Mario. Te entiendo, de verdad, pero no puedo quedarme de brazos cruzados. Alejandro fue asesinado por algo en lo que creía, y yo también creo en eso. Si no hago nada, ¿qué clase de persona soy?

Mario se pasó la mano por la frente, frustrado.

—Vale, Alma. Vale. Pero hay maneras de hacer esto sin ponerte en peligro directo. Déjame ir a mí a la universidad. Buscaré a los amigos de Alejandro y les advertiré.

—No te pondré en peligro, Mario —dijo Alma con voz temblorosa.

—Soy periodista. Puedo tener una excusa para merodear por allí. Si alguien me pregunta, diré que estoy cubriendo la situación, buscando testimonios. Tú no puedes hacer eso.

Alma bajó la mirada, reconociendo la lógica de sus palabras. Se sentía impotente, pequeña ante la magnitud de los eventos. Mario tomó su mano para calmarla.

—Los busco, los aviso y me marcho a trabajar, que mi agencia no deja de reclamarme información de todo lo que sucede.

—Gracias, Mario. Solo… ten cuidado.

—Lo prometo. Y tú también, Alma. Mantente a salvo. ¡Y come algo! No quiero verte desmayada cuando vuelva —dijo y, sin añadir más, se giró y salió por la puerta.

Alma se quedó sola en el almacén, rodeada por los libros antiguos en la penumbra. Echó la llave de la puerta y tomó la bolsa de comida que Mario le había traído. La sostuvo entre las manos, abrazándola como si en ese simple gesto se concentrara todo el amor y la preocupación que Alma sentía por su amigo.

25

Viernes, 21 de noviembre

Los crespones negros en las ventanas de Madrid y las banderas a media asta se alzaban en los edificios oficiales de un país en duelo. Y, aun así, las calles, que habían estado casi desiertas durante la mañana, comenzaban a mostrar signos de vida por la tarde. La muerte de Franco había paralizado a muchos, pero la necesidad de sobrevivir empujaba a mantequerías, freidurías, estancos y colmados a retomar sus negocios, mientras el resto de la ciudad no sabía muy bien cómo enfrentarse al luto. ¿Qué significaba exactamente? ¿Qué había que hacer? Los vendedores de periódicos se apostaban en las esquinas ofreciendo las tiradas matutinas y vespertinas con la misma imagen: el dictador en alguna foto épica, mirando al horizonte o ante una multitud. Otros apostaban por el retrato muy cercano, grande, que parecía una careta cuando la gente leía el periódico frente a su cara. Otros mostraban el ataúd con el dictador, con su cuerpo casi disecado y maquillado en un intento de conservar una apariencia digna que, a pesar de los esfuerzos del embalsamador, no podía ocultar las huellas del sufrimiento que había soportado ni el tiempo extra que realmente llevaba muerto.

El taxi con Mario llegó a la entrada de la Universidad Autónoma, donde había cierto movimiento de estudiantes. Había prometido a Alma buscar a Alicia y eso haría. Frente a la facultad de Derecho se congregaban bastantes jóvenes; algunos reían, mientras otros permanecían en silencio, observados por aquellos que lucían camisas azules y la insignia de la Falange. Aunque no había clases programadas, los alumnos más aplicados buscaban información sobre cuándo se retomarían, y otros simplemente se reunían para compartir la experiencia de ese día histórico con sus amigos.

En la radio del taxi, la voz del locutor seguía repitiendo detalles sobre la capilla ardiente del dictador, que se celebraría en la sala de columnas del Palacio de Oriente, abierta para que todos los españoles pudieran mostrar sus respetos. Mario escuchaba en silencio mientras las imágenes de esa plaza, el día que salvó a Alejandro de ser detenido, se agolpaban en su mente. En las últimas horas no había podido dejar de darle vueltas a ese momento que, con el tiempo, se había mostrado como el detonante de una cadena de tragedias. ¿Y si no le hubiese ayudado? No podía evitar preguntarse qué habría pasado si Alejandro hubiese sido arrestado aquel día por Juárez. Seguramente estaría encarcelado, sufriendo en alguna celda y machacado, pero vivo. ¿Y si se lo hubiese llevado a París de alguna manera? Pero no lo hizo. Y ahora, esas posibilidades se paseaban por su conciencia.

No hacía muchos meses, Mario había escrito para el periódico *L'Humanité* un artículo sobre cómo las aulas de las universidades españolas se habían convertido en bastiones de resistencia antifranquista, donde los estudiantes, muchos de ellos hijos de familias acomodadas, se revolvían contra la falta de libertad que veían que sí existía en otros países. Los pasillos de las facultades, como la de Filosofía y Letras a la que se dirigía en el taxi, habían sido testigos de debates y manifestaciones clandestinas donde se trabajaba para un futuro de libertad. Para Mario, fue sorprendente descubrir cómo la vida estudiantil en España se había transformado en un hervidero político y cultural en tan poco tiempo, pero de forma subrepticia, eso sí, oculta para el gran público y que aspiraba a cambiarlo todo. Las asambleas se celebraban en secreto, los panfletos circulaban de mano en mano y los nombres de líderes estudiantiles como Cisneros, Solana o Peces-Barba animaban a dinamitar una estructura educativa anquilosada y represiva.

La facultad de Filosofía y Letras de la Autónoma, como le había contado Alejandro, estaba siendo uno de esos epicentros de resistencia, donde incluso algunos profesores se jugaban el cuello impartiendo clases que eran llamados a la democracia. De esta forma, la dictadura, siempre atenta, asustada ante la rebelión, intentaba mantener el control de las facultades a través del Sindicato Español Universitario, una organización estudiantil oficialista en la que los más radicales estaban como pez en el agua. Era la respuesta violenta a los movimientos clandestinos como el Frente de Liberación Popular o el Partido Comunista de España y sus diferentes ramas, entre las que se encontraban el partido anarco-comunista en el que habían militado Alejandro y Alicia.

Estos jóvenes rebeldes, como Alejandro y sus amigos, hijos de familias que podrían haber vivido con comodidad, tomaron el camino de la lucha. En las largas horas de asambleas clandestinas y en las páginas subrayadas de libros prohibidos, encontraron la inspiración para imitar las revueltas internacionales y hacer suya la lucha obrera. Juntos, estudiantes y obreros, se convirtieron en la punta de lanza de la resistencia contra el régimen. Mario lo sabía bien. Había vivido en carne propia el Mayo de 1968 en su país, y aún llevaba en la frente una cicatriz que contaba la historia de aquellas batallas, que sin duda resonaban en los discursos y estrategias de las luchas que ahora veía en España.

El taxi de Mario se detuvo finalmente frente a la facultad de Filosofía y Letras, que estaba vacía, al contrario que la de Derecho. Mario pagó las cuatrocientas pesetas de tarifa y bajó del vehículo, pidiendo al conductor, un anciano casi sordo, que esperara un momento, que no iba a tardar en llegar. Al salir, el viento le despeinó con una brisa gélida que parecía cortar la piel. La puerta de la facultad estaba abierta, un símbolo de normalidad en un día que distaba mucho de ser normal. Aquel lugar, siempre animado, parecía ahora un sepulcro. Mario sabía que, aun así, debía comprobar si los amigos de Alejandro se encontraban dentro. Quizá el frío había hecho que la gente estuviese a resguardo en algún aula o pasillo.

La fachada de hormigón pintado de color pastel y un mosaico de ventanas de aluminio intentaban suavizar la fealdad del edificio. Los ventanales, protegidos por rejas, miraban hacia un patio de entrada que estaba desierto. Mario subió las escaleras de acceso, rodeado de barandillas de metal, hasta una pequeña explanada donde se encontraba la entrada acristalada al edificio. Pegados en esa pared, los pasquines a favor de la Falange y del Sindicato Español Universitario tapaban otros que clamaban por «Libertad, Amnistía y Democracia». Desperdigados por el suelo, había impresos clamando vivas al dictador muerto y otros tantos pidiendo el poder para los trabajadores.

Nada más abrir la puerta y llegar al vestíbulo de entrada, Mario comprobó que estaba vacío: nadie en los pasillos, ni en las aulas, ni en la cafetería que se intuía en el lateral. Parecía el decorado de una película apocalíptica. Avanzó con cautela y gritó «¿Hay alguien?» con una voz apagada. Sin respuesta, entró en alguna de las aulas que estaban abiertas buscando indicios ya no solo de Alicia y sus amigos, sino de alguien a quien preguntarle si los conocía. Describir a Alicia era fácil por su pelo corto y sus grandes pechos. Llegó a un tablón de anuncios cubierto de avisos de venta de libros de texto, clubs de lectura, clases de inglés y venta de apuntes. También había algunos panfletos que llamaban a la acción, a la resistencia. Y por encima de todos otro más grande, pintado en rojo y con el aguilucho en una esquina que proclamaba: «Fuera masones, homosexuales y judíos de España». Mario lo miró un instante, y la rabia le hizo arrancar ese cartel para hacerlo añicos. En el gesto de furia, se cortó con el papel el dedo índice, una raja fina y profunda que empezó a sangrar. Se llevó el dedo a la boca, intentando calmar el escozor. Justo en ese instante, un ruido tras él le hizo girarse con brusquedad.

Ahí estaba José Manuel, su José Manuel, su amante, mirándole en silencio. Iba acompañado de dos estudiantes con el uniforme de la Falange, probablemente del sindicato de estudiantes.

—¿Qué hace usted aquí? ¿Sabe que está cometiendo un delito por actos de desorden público? —preguntó José Manuel, con los ojos brillantes por el desprecio, como si no le conociera de nada.

Mario tragó saliva intentando mantener la calma, aunque sentía el corazón latir con fuerza entre las costillas. Miró a José Manuel detenidamente, al hombre con el que había intimado, tratando de dar con algo de la calidez que había conocido, pero solo encontró un gesto de desprecio, casi asco. José Manuel, con su traje gris cuidadosamente planchado y sus botas negras, presentaba una imagen impecable de autoridad, excepto por las axilas manchadas de sudor que Mario recordaba haber acariciado no hace mucho en la intimidad de su cama.

—La pregunta es: ¿qué haces tú aquí? —replicó Mario intentando mantener el control.

—Tú eres el maricón que me acosa…, porque sé que eres maricón. Pero no te preocupes, que te vamos a curar —dijo José Manuel.

Mario sintió que el suelo se desmoronaba bajo sus pies. El recuerdo de los dos follando, con el cuerpo enorme y pesado del policía sobre el suyo, con las caricias de sus manos enormes que le tiraban del pelo para que se la chupara, se estrellaron contra la realidad del José Manuel que tenía delante con su pistola al cinto.

—Si yo soy maricón, tú también debes de serlo —replicó Mario—. Lo sé bien después de todas las veces que te he follado.

El rostro de José Manuel se tornó rojo de vergüenza y luego de furia. Los dos chicos de la Falange que lo acompañaban, con el pelo engominado y la insignia en la solapa, intercambiaron una mirada rápida, sorprendidos por lo que acababan de oír. Pero ninguno de ellos hizo un movimiento.

—¡A quién sí que me he follado es a tu madre, hijo de puta! —gritó José Manuel con rabia mientras empuñaba su pistola decidido a terminar lo que había comenzado.

El clic del seguro al quitarse resonó en el pasillo vacío de la facultad, un sonido que hizo entender a Mario con una claridad devastadora que ese hombre que le había gustado no dudaría en usar la pistola si lo exponía un poco más ante los suyos. Esas tardes de sexo junto a él eran la prueba de la *perversión* del policía, y no dudaría en borrarlas de su historia a balazos. Así que Mario no esperó a ver qué iba a suceder después. Giró sobre los talones y corrió por el pasillo que tenía más cerca, sintiendo cómo la adrenalina le inundaba el cuerpo, empujándole con unas zancadas que jamás había dado tan rápidas.

¿Qué se piensa cuando uno corre por su vida? Nada, el terror lo empujaba hacia adelante, de pasillo en pasillo, con el corazón resonando en los oídos como un tambor de guerra mientras el aire le rasgaba los pulmones y el sudor helado le corría por la espalda. ¿Había llegado hasta aquí solo para morir a manos de un amante, ahora convertido en verdugo? No podía permitirse ni un momento de distracción. Llegó a un aula con dos puertas que daba al pasillo principal, donde estaba la salida. Oía los gritos de José Manuel: «¡Por ahí, por ahí!», con un estrépito que llenaba la facultad vacía. Mario pensó entonces en Alejandro, en su lucha por escapar, en la injusticia de su muerte. En Alma, en la tristeza infinita que la envolvía. No podía permitir que sus vidas, sus sacrificios, fueran en vano. Tenía que sobrevivir. Tenía que escapar.

El eco de los gritos de José Manuel y sus compañeros se desvanecía a lo lejos, pero no se atrevía a parar; no podía permitirse ni un segundo de respiro. La salida estaba a la vista. Las puertas abiertas. El aire frío del exterior. Pero de repente tropezó, sin saber exactamente con qué, y cayó al suelo. El impacto le hizo morderse el labio, y el sabor metálico de la sangre se mezcló con el sudor en su cara. Pero el dolor físico era apenas perceptible comparado con el tumulto emocional que lo consumía.

Cerró los ojos un instante tirado en el suelo y, en la oscuridad, las imágenes de las veces que se había acostado con José Manuel lo asaltaron con una crudeza insoportable. Sentía un asco y una vergüenza que lo arrasaba desde dentro. ¿Cómo había podido estar tan ciego? ¿Cómo se había dejado llevar por la belleza de un hombre que, en el fondo, siempre supo que era peligroso? Y el asco se volvió hacia sí mismo. Sentía que merecía que lo mataran por haber seguido su instinto más primitivo, por haber caído en la trampa de su deseo. No pudo evitar sentirse repugnante por ser él, por su necesidad de amor aunque viniera de hombres infames.

Se puso en pie como pudo. Aún había tiempo para escapar. Las voces estaban cerca, pero no tanto como para que lo atraparan. Podía esconderse. ¡Y fuera estaba el taxi que había pedido que le esperara! Podía subir a él y salir de allí para volver a casa de Nando, o de Alma, o a la suya, y atrincherarse o esconderse. Mejor, podía buscar a Alma para marchar con ella a París, huir y ser libres, felices e inconscientes. Para poder ser ellos mismos. Para poder existir. Pero de repente un ruido intenso explotó por encima de su cabeza. Una detonación ensordecedora, como si se abriera el cielo sobre él. Tardó unos segundos en entender qué era ese ruido, y después vino el dolor. Un escozor profundo en la espalda, en el hueso y la carne desgarrada, un dolor tan intenso que le hizo perder la vista. Mario se tambaleó y se llevó una mano al costado, que latía con un dolor indescriptible.

Intentó hablar, pero las palabras se le quedaron atrapadas en la garganta. El sabor metálico de la falta de aire llenó su boca, y los dedos encontraron una humedad pegajosa que no podía ser otra cosa que su propia sangre. Trató de enfocar la vista, de entender lo que estaba pasando, pero todo a su alrededor parecía un borrón confuso.

—Hay que joderse... —La voz de José Manuel le llegó como un eco distante.

Intentó levantarse, pero cayó de lado mientras el dolor se extendía por su cuerpo, una oleada de ahogo que lo dejó sin aliento. Miró hacia arriba, tratando de encontrar alguna cara, la que fuera. No quería estar solo en ese instante, pero lo único que vio fue la luz cegadora del sol filtrándose por las ventanas. El mundo giraba a su alrededor. El suelo parecía moverse bajo su cuerpo. Y la última sensación que le quedó antes de que todo desapareciera era su asco, su vergüenza y su dolor.

26

Viernes, 21 de noviembre

Las paredes del almacén de la librería de Nando parecían cerrarse sobre Alma para aplastarla en su angustia. Había perdido la noción del tiempo allí escondida, en las sombras, aunque hacía solo unas horas que Mario se había marchado en busca de Alicia y sus amigos. En un ataque de ansiedad, se había comido los sándwiches de Rodilla, el pollo y el gazpacho que le había traído Mario. Después había vomitado todo en el pequeño aseo de la librería. Agotada, intentó distraerse. Primero con una pequeña radio que Nando tenía en el almacén, y luego zambulléndose entre los libros apilados por todas partes. Siempre que estaba nerviosa recordaba que Zweig decía que «Desde que existen los libros, nadie está completamente solo» y era verdad. Durante un rato estuvo acompañada por Bernarda Alba, que también sabía lo que era el luto y estar encerrada. Hasta que tuvo que dejar a la viuda y sus hijas en mitad del drama porque su mente no dejaba de divagar. A cada instante, la incertidumbre la arrasaba, como una marea que subiese y bajase sin previo aviso, llevándose consigo cualquier intento de calma.

Al final Alma había optado por sentarse en el suelo, apoyada contra una estantería repleta de libros viejos de santos y papas, probablemente de la madre de Nando, junto a un ventanuco por el que se colaba el fresco de la tarde. Agotada, su mente la llevó a imaginar qué hubiese sido de ella en caso de optar por una vida fácil. Se veía a sí misma con un traje oscuro y una corbata azul, sentada detrás de un escritorio, respondiendo teléfonos y rellenando formularios. Un trabajo en la banca, en algún ministerio o como auxiliar en una oficina. Algo tangible. Un sueldo fijo, sin grandes preocupaciones, lidiando quizá con la antipatía de algún compañero o con un jefe tirano. Lo «normal». En esa fantasía, sus padres estarían orgullosos de ella por haber seguido los pasos de la gente de bien. No habría necesidad de esconderse en un almacén ni de temer por su vida perseguida por un policía fascista. Tendría una familia con una pareja risueña, algo regordeta, y vivirían en una casa en el Ensanche o cerca de la Diagonal. Los domingos irían a misa y pasarían las vacaciones de verano en Cadaqués con sus padres. En esa vida, no importaría si el mundo estaba regido por una dictadura, una monarquía o cualquier otro sistema político, porque, entrando en la norma, nada te persigue, nada te odia, nada te mata. Porque ser alguien corriente, pensaba, es lo mejor que te puede pasar en la vida.

Entonces, irrumpió en su cabeza un recuerdo que borró esos anhelos. Era Alejandro junto a ella, en el sofá de su casa hacía unos días. Él, con su mirada llena de curiosidad y un poco de admiración, tratando de comprender quién era Alma y por qué era así en un mundo que la rechazaba. Recordaba sus risas, la seguridad que compartían cuando todo peligraba, la calma y la aceptación que se daban mutuamente, y que parecía rodearlos como un escudo contra todo lo que estaba mal afuera. Alejandro, feliz y curioso, la había visto como era, la había entendido, la había respetado.

Y esa imagen, tan clara y poderosa, fue como un golpe de realidad.

Alma no elegía ser Alma. Lo era porque no podía ser otra cosa, porque esa ilusión de normalidad la llevaría a despanzurrarse por una ventana en cuestión de meses. Si tenía que vivir una vida corta pero auténtica, con todas sus luchas y dolores, lo prefería a pasar cien años oculta en alguien que no era. Joder, ahora lo había interiorizado. La plenitud no estaba en la duración, sino en la autenticidad. ¿Cómo era posible que no lo hubiera entendido? Su vida, con todas sus imperfecciones y peligros, era la única que tenía para ser, y debía aferrarse a ella con todas sus fuerzas. Sabía que enfrentaría más desprecio y odio, pero esa iba a ser su lucha, una lucha que la definiría. Era el precio de la libertad de ser genuinamente auténtica. Como Esmeralda, la mujer que conoció en la madrugada que se llevaron a Alejandro. Ofreciéndose en mitad de la calle en sacrificio a malnacidos para poder existir. No se había podido quitar de la cabeza sus palabras y, sobre todo, la ayuda que le había ofrecido sin conocerla.

Esmeralda, en mitad de la calle con toda su empatía e inteligencia, formaba parte de la historia que nunca se había contado. Era como si Alma descubriera en esa mujer de ojos verdes un pedazo de su propia historia, la confirmación de que las heridas se pueden llevar en alto, de que hay una dignidad profunda en la vulnerabilidad que compartían y de que había un lugar para ella en el mundo tal y como era, sin pedir permiso ni disculparse por ello, aunque ese mundo no tuviese todavía las palabras exactas para definirlas.

Y justo esa idea del mundo era también por la que había muerto Alejandro. Así que no podía quedarse allí, encerrada y esperando a que todo pasase. Ni podía traicionar la memoria de Alejandro ni la suya propia. Alma se levantó del suelo, se puso una gorra negra con la coleta por fuera, la gabardina que Mario le había regalado y su bolso rojo. Y con esa convicción salió de allí, decidida a buscar a los amigos de Alejandro, a advertirles, a protegerlos si era posible. Si Mario los estaba buscando en la universidad, ella iría a ver si estaban en el local de Vallecas donde ensayaban teatro. ¿Cómo no se le había ocurrido antes?

A veces, las ideas más obvias, esas que están justo delante de nosotros, se escapan en medio del caos, como los libros que no encuentras en la estantería y luego aparecen justo donde deben estar. Era como si la mente, abrumada por el miedo, se hubiese cerrado a las soluciones más simples, como si la angustia le nublara la razón. Ahora, en retrospectiva, le parecía increíble que no se les hubiese ocurrido antes ir a Vallecas.

Salió de la librería por el portal, con todo el cuidado del mundo y vigilando desde la penumbra de la portería por si alguien la esperaba. La calle San Bernardo estaba casi desierta, envuelta en un silencio inusual que se extendía como la niebla de la tarde. En algunos balcones, los vecinos habían colocado banderas españolas junto a alguna de la Falange, incluso en la esquina de la calle de la Luna, alguien había colgado una esvástica en la ventana. Era tan fácil disfrazar las ideas de salvación para llevar a una sociedad entera a la locura. Alma aceleró el paso hacia el metro de Noviciado. ¿La vigilaba alguien? ¿La seguían? Las aceras estaban casi vacías, solo un puñado de personas se movían con diligencia y no parecían hacerle caso. ¿Y si la observaban? Estaba sumida en la paranoia y lo sabía.

Un hombre anciano vestido de luto riguroso, con los hombros encogidos como si una lluvia invisible cayese sobre él, la miró fijamente. No muy lejos, una joven morena con labios pintados de un morado intenso, leía *La plaza del diamante* sentada en un banco. Parecía ajena a todo, inmersa en un mundo de palabras que la mantenía al margen de la realidad. Alma la envidió por un momento. ¿Cuánto tiempo había pasado desde que había podido leer con tranquilidad? Recordó con tristeza *El laberinto* de Mujica Lainez, que le había llegado desde Argentina poco antes de que su librería fuera consumida por el fuego. Una lectura inacabada convertida en cenizas, que también le habían arrebatado.

A lo lejos, Alma divisó la boca del metro de Noviciado y su estructura de hierro con el cartel de la estación la tranquilizó. Ya llegaba y no había pasado nada raro. Junto a las escaleras de entrada a la estación, un mendigo se apoyaba contra la pared y sostenía un cartel de cartón en el que pedía ayuda con letras torcidas y apenas legibles. Un tramo de escaleras más allá, otra mujer también mendigaba con un niño de unos tres años dormido a su lado. El pequeño, ajeno a todo, dormitaba sobre unos diarios arrugados de la tarde anterior, cuya portada anunciaba la muerte de Franco. Las hojas con la imagen del dictador en su féretro cubrían su cuerpecito esquelético, protegiéndolo de la corriente helada.

Alma pasó el torno de entrada y oyó desde la calle el ulular de los coches de policía que patrullaban la zona a toda velocidad. Mientras atravesaba los pasillos de la estación, el característico chirrido de las ruedas sobre los raíles anunció la llegada del tren. Este frenó con su estruendo habitual y, justo cuando sonaba el pitido de marcha, Alma logró entrar de un salto en el vagón. Había tenido suerte. No tendría que esperar.

Se quedó de pie, apoyada en un anuncio del Banco Bilbao que decía «Creemos en los derechos de la mujer», y ajustó su gorra para cubrirse mejor el rostro. Los pocos viajeros permanecían en silencio. A su lado, un adolescente sostenía con firmeza una pequeña bandera de España en la que había escrito «Una, grande y libre» con rotulador. Frente a Alma, una anciana cargaba con una bolsa desgastada de Saldos Arias de la que sobresalían dos barras de pan. El trayecto se le hizo interminable entre el viaje y el transbordo en Tribunal. Era como si el tren atravesara una especie de limbo donde el tiempo transcurría de forma extraña, con una cadencia distinta. Cuando el metro paró en Nueva Numancia, el aire frío de la estación la golpeó de lleno y la obligó a arrebujarse en su gabardina.

Pese al luto oficial, en Vallecas había más gente por la calle y casi todos los comercios estaban abiertos. Pasó frente a La Mejillonera del Norte, con sus camareros vestidos de blanco, de donde salía un olor especias y limón que le hizo pensar en Mario. ¿Estaría ya esperándola en el almacén de la librería de Nando? Quizá debería haberle dejado una nota antes de salir. «¡Joder! —se recriminó—. ¡Céntrate, Alma! En otro momento lo habrías hecho». Pensó en llamar por teléfono a la librería desde algún bar o una cabina para avisar a Mario, si es que estaba allí, de que ella tampoco tardaría en llegar. Se detuvo entonces frente a la cafetería Suni, donde la luz de los fluorescentes del interior contrastaba con el atardecer que ya dominaba las calles. Desde fuera, observó a una mujer de pelo cardado y dos hombres vestidos con un mono azul lleno de lamparones que tomaban su café en silencio mientras un camarero limpiaba la barra. ¿Y si llamaba a Mario desde allí? Alma pensó en entrar para hacerlo y, de paso, tomarse un café solo doble. Un respiro fugaz antes de continuar la búsqueda. Sin embargo, no le dio tiempo a decidirse, ya que tres jóvenes con camisas azul oscuro la apartaron de un manotazo para entrar al bar.

El corazón de Alma se aceleró de golpe, y retrocedió para quedarse en la puerta. De los tres, el líder, que iba delante, era un chico guapo de unos veinte años, alto y corpulento, con el cabello negro cortado al rape y que caminaba con paso firme hacia el mostrador. Sus ojos claros recorrieron el local evaluando a los presentes. Detrás de él, los otros dos jóvenes, no tan fuertes pero igualmente bravucones, se quedaron cerca de la entrada.

—¡Cierra el bar ahora mismo! —gritó el líder al camarero, un hombre de unos cuarenta años con la frente marcada por la psoriasis. El hombre resopló y pasó las manos por el delantal impoluto con resignación.

—¿Y quién me va a pagar el alquiler, tú? —respondió el camarero.

Los hombres del mono azul agacharon la cabeza, mirando de reojo la confrontación sin atreverse a intervenir.

—Estamos de luto. Treinta días —insistió el joven, alzando aún más la voz.

—¡Si no abro, no como! ¿Quiénes sois vosotros para quitarle la comida a mis hijos?

Antes de que el líder pudiera responder, una mujer mayor, de cabello canoso recogido en un moño alto y gafas de montura felina, se levantó desde una mesa cercana y se dirigió a ellos.

—¡Tú eres el hijo de la Angelita! —dijo para que la escuchara todo el bar—. ¿Cómo puede ser que vengas de una familia humilde y estés aquí amedrentando a este hombre, que ha trabajado toda su vida en el barrio?

El joven falangista palideció por un momento.

—Vete a casa y déjanos en paz. ¡Vergüenza debería darte dirigirte así a tu gente! —insistió la mujer, clavándole la mirada como si lo desnudara frente a todos.

El joven falangista, con el rostro enrojecido, dio media vuelta seguido de los otros dos energúmenos de su pandilla, que le reprochaban que no hicieran nada. «Pero ¿por qué no le damos una paliza a la vieja?», dijo uno de ellos antes de salir.

Alma sintió una amarga sensación de victoria, pero no podía quitarse de encima el odio súbito que esos exaltados le despertaron de repente. Mientras los veía bajar por la avenida de la Albufera, un pensamiento anegó su mente de la forma más oscura posible: imaginó el placer de tomar una barra de hierro para golpear a aquellos hombres una y otra vez. Escuchar el crujido de sus huesos al romperse, ver la sangre salpicar de esas cabezas sin futuro, aniquilar su violencia con otra aún más salvaje, más atroz, más gratuita. La imagen era tan vívida, tan satisfactoria en su brutalidad, que se asustó de sí misma. Alma, que había luchado toda su vida por la libertad, la justicia y la paz, se sentía de repente seducida por la idea de devolver golpe por golpe. Y la idea era tan gratificante, tan precisa, que por un instante entendió a quienes deseaban ceder a ese impulso como respuesta a tantos años de represión.

Llegó por fin a la asociación de vecinos, un edificio viejo de ladrillo con un tejado de madera y tejas que alguna vez había sido un almacén. La fachada, pintada de blanco, mostraba el desgaste de los años, con grietas y manchas que el tiempo había dejado en su superficie. Sobre la puerta de metal, un cartel modesto anunciaba «Asociación de Vecinos Nueva Numancia» y «Teatro del Barrio». Desde afuera, Alma oyó algunas voces que resonaban en el interior y, al acercarse más, se dio cuenta de que estaban ensayando una obra de teatro. Recordó las conversaciones con Alejandro sobre ese lugar, que él describía como un verdadero «palacio del pueblo», donde se discutía con pasión sobre cómo mejorar el barrio y la ciudad. Los vecinos soñaban con aceras limpias, árboles con alcorques, una recogida de basura eficiente y una iluminación adecuada en todas las calles. Pero pasaban los años y no se conseguía casi nada.

Alma se adentró en el local con cautela. Tras cruzar la puerta, se encontró en un pequeño vestíbulo que servía como antecámara antes de la sala principal. Se asomó entre las cortinas que la separaban de la zona de platea y de un pequeño escenario. El espacio era modesto, con una tarima hecha con andamios que servía de escena y unos focos que colgaban del techo con filtros de colores de celofán, que le daban un aire festivo.

En el escenario estaba Alicia, por fin. Recitaba con pasión un fragmento de una obra que Alma no reconoció de inmediato. Se quedó inmóvil, observando cómo aquella chica recitaba con una voz firme su escena:

—A mí me imponéis el miedo del silencio… porque os aterra la duda de que este vuestro no sea el mejor de los mundos…, sino el peor. El más sórdido.

Había algo puro y luminoso en la manera en que Alicia actuaba, y Alma sintió admiración y dolor al verla. Esa era la amiga de Alejandro cuando no lanzaba cócteles molotov; esa era la causa que las unía, la lucha que les daba sentido y que acababa de descubrir.

—Y me habéis encerrado en el acuario solo porque... No, no estoy de acuerdo con vuestra vida. No, no quiero ser una de vuestras mujeres confeccionadas y envueltas en celofán. No quiero ser una presencia tierna con risitas y sonrisas estúpidamente seductoras en vuestra mesa del sábado noche en un restaurante con menú variado y exótico y con fondo de música idiota por hilo musical. Y tener que esforzarme por estar en parte triste y pensativa y en parte loca e imprevisible y después tonta e infantil y luego maternal y puta y luego, al minuto, tener que reírme pudorosa en falsete tras de una de vuestras inevitables ordinarieces...

Alma sintió una conexión visceral con cada frase que salía de los labios de Alicia y que enseguida recordó que era uno de los *Ocho monólogos* de Dario Fo. La claridad y valentía con la que recitaba le hicieron entender la pasión que Alejandro sentía por esa joven. Alicia no solo recitaba, sino que transmitía una verdad universal, una lucha que concernía a todas las mujeres y que en ese escenario se hacían realidad. Si era capaz de traspasar esa fuerza a sus arengas universitarias, esa mujer tenía un poder increíble.

Sin dejar de escuchar a Alicia, Alma observó a las otras seis personas que estaban sentadas frente a ella en la platea, mirándola con una atención reverencial. Eran el resto de amigos con los que Alejandro solía reunirse y que reconoció vagamente por las historias que le había contado, aunque no recordaba sus nombres. Había un chico con el pelo largo y una barba incipiente. A su lado, una chica de aspecto frágil, con gafas y el pelo recogido en una trenza, que sí recordaba del día que la detuvieron en Sol. Otro joven más robusto, con una camiseta desgastada y vaqueros con rodilleras, cruzaba los brazos sobre el pecho, sus cejas fruncidas en una expresión de concentración. Una pareja sentada al fondo se miraba de vez en cuando, compartiendo esas miradas que solo tienen los enamorados.

Alma sintió una tristeza infinita al darse cuenta de que estaba rodeada por aquellos que habían compartido la vida y los sueños con Alejandro, y que seguramente desconocían la terrible noticia.

—Sí, hacéis gala de una gran seguridad, pero es tan solo el gran miedo lo que os vuelve tan crueles y dementes…

Entonces, Alicia paró de recitar y fijó los ojos en Alma. Un silencio se instaló en la sala mientras ambas mujeres se miraban, reconociéndose en medio de la penumbra. No había tensión, más bien curiosidad. Eran dos boxeadoras en sus esquinas, midiendo a su oponente antes de lanzarse al combate.

—Has tardado mucho en aparecer —dijo Alicia desde el escenario—. Acércate.

El resto del grupo también se giró para ver a quién hablaba. Alma dio unos pasos hasta ponerse debajo de uno de los focos. Los demás, que se levantaron de sus sillas de forma inesperada y con una sonrisa, la reconocieron al instante. La chica delgada, con gafas y una trenza, la abrazó con afecto.

—Alejandro nos habló mucho de ti —dijo sujetando a Alma por los hombros—. Gracias por cuidarlo.

Los otros miembros del grupo también la saludaron con cercanía, unos más que otros, es verdad, pero sintió su gratitud. Escuchar el nombre de Alejandro en boca de ellos fue como sentir su espíritu presente en aquel pequeño teatro de barrio. Lejos de sentirse triste, experimentó una inesperada calma. Ese lugar, con sus paredes desconchadas y su tejado de madera, adquiría un aura sagrada. Allí, la memoria de Alejandro no era dolorosa. Alicia, la única que no sonreía, bajó los escalones que las separaban. Se dieron la mano de manera cordial, pero había algo en la mirada con la que la recibió que perturbó a

Alma. Era una mirada que conocía demasiado bien, la misma que había visto en otros momentos de su vida, la mirada que solía preceder al rechazo.

Sin embargo, esta vez el rechazo no llegó. Al menos no de forma evidente. Alicia soltó su mano y actuó con normalidad, como si esa chispa de juicio nunca hubiera existido.

—¿Te ha seguido la policía? —preguntó Alicia.

—No lo creo. Tomé precauciones. Aunque si me hubiesen seguido, ya lo sabríamos. Llevo un rato tras esas cortinas.

Alicia asintió, evaluando la respuesta con una calma que parecía casi mística.

—¿Qué quieres de nosotros? —preguntó Alicia frunciendo el ceño.

—Vengo a advertiros.

—¿Advertirnos?

—No sé si sabéis que Alejandro ha sido...

—Sí, lo sabemos —cortó Alicia de forma seca.

—Bien. —Alma tragó saliva—. Hay un policía, Juan Juárez, que viene a por todos nosotros. Y tiene un grupo de hombres que lo ayudan.

—Así llevamos toda la vida con ese hijo de puta. Eso no es noticia.

—Alicia, joder, déjala seguir... —intervino el chico de la melena y la barba.

—Gracias... —dijo Alma, con la voz quebrada—. Creo que Juan Juárez es el que ha asesinado a Alejandro. No puedo asegurarlo, pero estoy casi segura. Supongo que sabéis que estuvo en mi casa cuando sucedió lo de la pancarta...

—Nos lo contó él mismo —dijo la chica de la trenza.

—Siento tanto lo que está pasando... —Alma suspiro al borde del llanto—. Es increíble cómo una chiquillada ha podido desencadenar este horror...

Alicia, que hasta ese momento había permanecido en silencio, estalló en cólera.

306

—¿Chiquillada? ¡Esa pancarta no fue una chiquillada! —Su voz resonó en el teatro—. No has entendido nada. Si fue una chiquillada, es porque fue demasiado poco. Porque no lanzamos unos putos cócteles molotov desde la terraza y quemamos vivos a todos esos hijos de puta que aplaudían al dictador.

—Alicia, por favor… —pidió la chica de la trenza.

—Nada de por favor. Los torturadores no van a terminar en la cárcel como merecen, sino en los puestos de dirección de las empresas que han explotado y explotarán al obrero. Y tú también lo sabes, Alma, aunque no lo quieras reconocer. Tu padre, el militar, no terminará pudriéndose en la cárcel. Acabará sus días en vuestra maldita casa de verano en Cadaqués, que ya podría venirse abajo con vosotros dentro. Nosotros solo somos mano de obra barata y tras esta dictadura vendrá otra igual o peor. Serán los mismos perros con diferentes collares.

Alma se quedó sin palabras, sacudida por las palabras de Alicia. Los demás amigos de Alejandro observaban la confrontación con seriedad. El desprecio, de nuevo, venía de los suyos.

—¿Estás diciendo que debemos ser tan crueles como ellos? —preguntó Alma, tratando de mantener la calma—. ¿Debemos convertirnos en lo que odiamos?

Alicia bajó la mirada por un momento, con rabia. Luego la levantó con una determinación feroz.

—Es cuestión de supervivencia. Si no luchamos con la misma fuerza, con la misma determinación, los vuestros ganarán. Y si ganan, nuestras vidas, nuestras luchas, todo lo que hemos hecho, no habrá servido de nada.

—Yo no soy de ellos. Te estás confundiendo, Alicia… —replicó Alma, con voz temblorosa—. Alejandro creía en un cambio desde la resistencia pacífica, desde el arte, la palabra, la manifestación.

—Alejandro está muerto —respondió Alicia—. Y te garantizo que su muerte va a servir para algo.

Alma reconocía que, en el fondo y aunque Alicia estuviera equivocada respecto a ella, podía tener razón. Pero también sabía que el camino de la violencia siempre era de ida y vuelta, con una escala cada vez mayor.

—En eso estoy de acuerdo contigo —dijo finalmente Alma—. No podemos dejar que la muerte de Alejandro sea en vano, pero tampoco podemos convertirnos en monstruos. Debemos encontrar un equilibrio, una manera de luchar sin perder nuestra humanidad.

Alicia permaneció callada sin apartar su mirada de ella.

—Solo digo —continuo Alma—, y es para lo que he venido, que os escondáis, por favor, que no os reunáis más de momento, que os marchéis de vuestra casa unos días si no lo habéis hecho ya. Al menos hasta ver qué sucede.

—Gracias, entonces. Nos damos por advertidos —respondió Alicia, señalándole la puerta de salida a Alma.

27

Sábado, 22 de noviembre

La radio sonaba en la construcción inmensa, casi cavernosa, en la que Mario estaba retenido. Las paredes de hormigón se extendían hasta un tejado de uralita sostenido por finos postes de hierro. La luz, que entraba por unas pequeñas ventanas altas, se filtraba a través del polvo suspendido en el aire. Un transistor pequeño emitía por Radio Nacional de España y desde el Congreso de los Diputados la proclamación de Juan Carlos, que pasaba de príncipe a rey.

Como rey de España, título que me confieren la tradición histórica, las Leyes Fundamentales del Reino y el mandato legítimo de los españoles, me honro en dirigiros el primer mensaje de la Corona, que brota de lo más profundo de mi corazón...

Mario abrió los ojos con dificultad. Se sentía anestesiado, con una desconcertante sensación de incorporeidad, como si ya estuviera muerto y su organismo se negara a aceptarlo. Estaba sentado en el suelo, apoyado contra una columna de hierro a la que estaba esposado. Giró la cabeza y vio un charco de sangre seca que parecía haber brotado de su costado, que aún goteaba. También había una jeringuilla con un líquido amarillento que no supo identificar y una lata de sardinas a medio terminar.

Aturdido, intentó mover las manos para llevárselas al costado, pero las esposas se lo impidieron. Con el movimiento, el dolor volvió a su cuerpo de una forma casi inhumana. Fue entonces cuando reparó en el sonido de la radio. La voz pastosa del nuevo rey lo situó en el tiempo: eran las doce del día 22 de noviembre. Había estado inconsciente casi quince horas. ¿Cómo era posible? Sin reparar en sus heridas, pensó en que debería estar en el hemiciclo cubriendo la noticia. De esta le despedían.

El nombre de Francisco Franco será ya un jalón del acontecer español y un hito al que será imposible dejar de referirse para entender la clave de nuestra vida política contemporánea...

Mario se centró en su estado de... ¿Detenido? ¿Secuestrado? Luego hizo un esfuerzo para no dejarse arrastrar por el pánico que comenzaba a crecer dentro de él. Sabía que la imaginación era la peor aliada del miedo, así que trató de olvidar todo lo leído y escrito hasta ahora de secuestros, de mafia y de grupos parapoliciales. Giró la cabeza para analizar los alrededores; primero para saber dónde estaba, y segundo para dar con algo que pudiera ayudarlo a escapar. Esa especie de almacén era húmedo, y el aire olía a estiércol. El viento a través de las chapas del tejado parecía el llanto de un bebé, y sintió escalofríos. Lo más seguro es que tuviera fiebre. Confuso, intentó enfocar la mirada en las ventanas, buscando alguna pista sobre su paradero, pero estaban demasiado altas para ver nada del exterior salvo que estaba entre árboles, quizá en el campo. En un lateral, vio una hilera de estanterías metálicas oxidadas llenas de herramientas de jardinería: palas, rastrillos, sierras..., objetos que podrían servirle si lograra alcanzarlos. A su derecha, un montón de sacos de tierra y fertilizantes apestosos que podrían ser una opción para intentar llegar a las ventanas y saltar, o para improvisar una barricada para que no entrasen a por él en ese cobertizo.

La preocupación por Alma, Nando y Luisa se instaló con fuerza en su mente. ¿Los habrían seguido? ¿Correrían algún peligro? Necesitaba encontrar una forma de advertirles, de protegerlos. Pero antes, debía liberarse de esas malditas esposas que lo mantenían atrapado como un animal.

A medida que se daba cuenta de dónde estaba, los recuerdos empezaron a formarse con más claridad. Recordó su carrera desesperada por los pasillos de la facultad de Filosofía, la persecución, la detonación, el dolor en el costado… Y luego el abismo del desmayo que lo había dejado a merced de sus captores. Pero sobre todo la imagen de José Manuel persiguiéndolo, con la cara desfigurada por la rabia. «Hijo de puta», pensó con amargura y luego lo dijo en voz alta. «¿Cómo he sido tan imbécil?». Con la perspectiva de lo que había sucedido, se desmoronó de nuevo. «Eso me pasa por maricón», se recriminó con un sollozo. «Me lo merezco, joder…».

Casi sin fuerzas, cayó de lado y sintió un latigazo de dolor en el costado que le hizo ver las estrellas. Giró el cuerpo lo suficiente como para cambiar su perspectiva del almacén. Vio el pequeño transistor metálico, golpeado y sucio con la emisión incesante del discurso del rey. Estaba situado sobre una mesita de madera, a unos metros de él y rodeada de colillas aplastadas que formaban un círculo de ceniza que indicaba que había estado vigilado. Junto a la radio, una silla de metal desvencijada completaba la escena. El silencio del almacén se rompía solo por la voz monótona del nuevo rey y las ráfagas de viento, pero Mario sabía que esa tranquilidad no duraría mucho. El guardián no podía andar muy lejos.

> Confío plenamente en las virtudes de la familia española, la primera educadora, y que siempre ha sido la célula firme y renovadora de la sociedad. Estoy también seguro de que nues-

tro futuro es prometedor, porque tengo pruebas de las cualidades de las nuevas generaciones...

Entonces, justo en ese momento, una puerta metálica pequeña se abrió con un crujido, y Mario levantó la cabeza, preparándose para lo peor.

En el umbral estaba José Manuel, con una expresión de desprecio, como si Mario, esposado al poste y desangrándose por un costado, fuera un completo desconocido.

—Querido, vaya sorpresa —dijo Mario con dificultad, mareado—. Más vale que no me dé el síndrome de Estocolmo contigo. No me gustaría encoñarme dos veces del mismo malnacido.

José Manuel mantuvo la mirada fría, imperturbable ante el comentario. Encendió un cigarro de Ducados y se dirigió a Mario con parsimonia, con una voz que carecía de emoción.

—En un rato te reunirás con tu amigo. El niñato de la pancarta.

—Joder, José Manuel. Es una mierda lo que estás haciendo. Soy Mario. ¿No me ves? Vale que no sea tu amigo, pero joder... Hemos follado, me has gustado...

—Ya sé que eres un maricón. —José Manuel hablaba de forma inconexa—. Y por eso vamos a... No tenéis solución... Como se merecen todos, todos los que son como tú. No tenéis sitio en la España que viene, joder.

—Pero si yo no soy español. Yo me marcho de este país y ya está.

—Da igual.

—Pero ¿qué dices? Pero si tú también... —Mario no podía con el dolor—. Estás tan ciego que nos ves caer a un maricón detrás de otro y piensas: bueno, a mí como no se me nota..., o mientras a mí no me toque... Pero ¿sabes? Al final te toca, claro que te toca. Caemos todos como moscas. Y tú no vas a ser menos. Quizá no ahora que te están utilizando...

José Manuel no respondió de inmediato, pero su rostro se endureció aún más. Dio un paso adelante, y Mario vio la tensión en sus ojos inyectados en sangre, con un brillo febril, las fosas nasales dilatadas y la mandíbula suelta. ¿Estaba drogado? Sus movimientos eran erráticos, con un temblor apenas perceptible en las manos que sostenían la pistola. Llevaba el uniforme gris desabrochado, dejando su pecho al aire. El sudor frío de su frente indicaba que sí, que algo se había metido. Parecía sumido en un estado de tensión extrema. Enajenado.

—Tendrías que haber visto cómo dejó Juárez la cara a vuestro amigo Alejandro. Llena de brechas y los ojos destrozados a culatazos —dijo José Manuel como si estuviera delante de la escena, señalando al suelo.

—José Manuel, en el fondo sabes que se ríen de ti, a tus espaldas, por ser maricón —prefirió decir Mario, consciente de que no tenía mucho que perder y era mejor tratar de llevar a José Manuel a su terreno. Pero el policía parecía no escucharlo. Seguía mirando hacia abajo para observar la escena que tenía en su cabeza, con Alejandro en el suelo, evocando el momento con los ojos abiertos como platos, exaltado.

—Después... Joder, Mario... No sabes qué momento... Juárez le pegó a ese niñato un tiro entre los dientes y su cabeza saltó por los aires... Jamás lo podré olvidar. Jamás... —dijo con los ojos en el vacío y una mueca de turbación. Después, José Manuel se acercó más a él, tanto que saboreó su aliento ácido.

—Podrás hacer lo que te han ordenado —continuó Mario, tratando de hacer oídos sordos a la narración del policía—. Pero no creas ni por un segundo que esto terminará bien para ti. Eres tan prisionero como yo, y cuando todo termine, solo serás un asesino. Un asesino y un maricón.

—¿De verdad crees que voy a tragarme tu mierda buenista? —espetó José Manuel, volviendo a la silla metálica donde había hecho guardia—. No hay nada que puedas decir, Mario.

Nada. ¿Sabes dónde aprendí eso de que no hay esperanza para el hombre, Mario? En Marruecos, durante la puta Marcha Verde. Vi cómo vivían, cómo luchaban entre ellos por sobras de comida. La naturaleza humana en toda su bajeza.

—Eso no es la humanidad, José Manuel... —murmuró Mario, jadeando—. Es la miseria.

—¡Es la realidad! —gritó José Manuel, inclinándose hacia él—. Si das libertad, Mario, ¿sabes qué ocurre? Se destruyen entre ellos. Se vuelven animales.

Mario se sintió mareado por el dolor. Cada inhalación era un tormento y sentía cómo la sangre empezaba a empapar la camisa de nuevo desde la herida del costado. Su tiempo se agotaba.

—Somos lo que somos, José Manuel. No hay maldad en ello. Podrías haberte aceptado, podrías haber vivido una vida diferente luchando por tus intereses y no los de ese Juárez, que es un psicópata... Podríamos haber cambiado todo esto. Aún podemos. No es tarde.

José Manuel dejó escapar una risa seca, que resonó en el almacén vacío, y tiró la colilla al suelo.

—¿Cambiar? —dijo con una burla en su voz—. Pero qué coño dices. Si esto de lo que trata es de todo lo contrario.

—No tienes por qué hacerlo —murmuró Mario luchando por mantenerse consciente—. Por favor, tápame... tápame la herida. Estoy sangrando mucho.

Pero José Manuel negó con la cabeza, con los ojos fijos en la cara de Mario tirado en el suelo, con la cabeza ladeada y la respiración pausada.

—No, Mario. No puedo ayudarte... ¡Joder! En el fondo es mucho mejor para mí que desaparezcas. Es demasiado tarde para los dos.

Mario oyó las botas de José Manuel contra el suelo del almacén mientras se alejaba. La voz del nuevo rey en la radio se fue perdiendo en un murmullo. Notó cómo la sangre le empapaba la ropa con una viscosidad que lo pegaba al suelo. Era una sensación que lo adormilaba lentamente, como si la vida se le escapara de forma plácida en cada latido del corazón.

—¡Marcharos, chicos! Yo me encargo. —La voz de José Manuel llegó apagada desde la distancia.

El sonido de la puerta oxidada abriéndose y cerrándose fue lo último que oyó claramente. La conciencia de Mario empezó a resquebrajarse en fragmentos oscuros y dispersos. Alma en su librería, la terraza de Nando, un abrazo de Luisa, un beso de su madre y José Manuel en la penumbra de una habitación. José Manuel, que tenía su vida en las manos y había elegido abandonarlo. No había redención ni justicia.

Respiraba cada vez más pausado, cada parpadeo más lento y su conciencia se desvanecía. Hacía frío y la oscuridad lo envolvía mientras todo dejaba de importar, de doler, de ser.

28

Sábado, 22 de noviembre

Cada quince minutos, un cañonazo rompía el silencio de Madrid. El estruendo, seco y lejano, cruzaba la ciudad como un latigazo como parte del ceremonial fúnebre, recordando a todos que la muerte del dictador era tangible. Las filas de gente que quería mostrar sus respetos al tirano serpenteaban interminables por el centro de la capital. Una procesión de cuerpos que avanzaban lentamente, en penitencia, hasta la capilla ardiente instalada en el Palacio Real. Había ancianos con sus sombreros raídos y con gabardinas mal ajustadas que olían a alcanfor. Mujeres de piel arrugada que en sus manos temblorosas ondeaban fotos de Franco, como si ese retrato fuera todo lo que les quedaba del país que habían conocido. Junto a ellos avanzaban hombres y mujeres más jóvenes que no habían conocido otra España que la del dictador, con los ojos brillantes de lágrimas que no se sabía si eran de tristeza o de agradecimiento. Algunas parejas llevaban a sus hijos pequeños, que sostenían un dibujito de colores en honor al muerto. Y entre todos ellos, como un río que se desbordase, había gente muy joven que no había vivido casi la dictadura, pero que sí que había crecido con las historias gloriosas que les habían narrado sus padres y sus abuelos, y que aspiraban a repetir.

En medio de ese mar de rostros, Alma avanzaba con la cabeza baja, cubriéndose con una gran bufanda marrón, pero sintiendo aun así cómo todas las miradas se clavaban en ella. Se sentía desorientada ante esa muestra de admiración. ¿Cómo podía haber tantas personas que veneraban a quien les había condenado a la falta de libertad? Eran muchos los que veían en Franco a un salvador que había traído estabilidad en tiempos difíciles, sin darse cuenta de que esos mismos tiempos difíciles los había desencadenado el mismo Caudillo. Y aunque el régimen se sostenía en la brutalidad, la tortura y la censura, creían que esto era necesario para mantener su orden.

De esta forma, Alma deseaba llegar al paseo del Pintor Rosales para estar con Nando. Pensaba en Mario y en su desaparición, con una ansiedad constante, y en que, si él no aparecía, la poca razón que le iba quedando acabaría en un abismo sin fondo del que ya no podría escapar. Pero no, tenía esperanza. Mario estaría en casa de Nando, agotado después de trabajar en la maldita capilla ardiente o en el Congreso con la proclamación de Juan Carlos. Aun así, no podía dejar de contrastarlo. Apretó el paso, y su aliento se condensó en pequeñas nubes de vaho que desaparecían tan rápido como surgían, mientras un escalofrío le subía por la tripa cada vez que un cañonazo resonaba en la distancia en señal de duelo.

Cuando llegó a casa de Nando, el portero que acababa de llegar a su puesto de trabajo ni siquiera levantó la cabeza; la conocía de sobra. Se detuvo frente al ascensor de puertas doradas y se miró en el reflejo por un instante. Su rostro pálido, los cachetes caídos, los labios secos y esos ojos con el rímel corrido y cargados de una ansiedad que no podía disimular.

Llamó a la puerta de Nando con insistencia, casi rezando para que abriera Mario, o para que Nando tuviera alguna noticia, cualquier cosa que aliviase esa presión en su pecho. Cuando la puerta se abrió, Nando la miró desde la penumbra con la cara descompuesta, el cabello revuelto y una expresión de cansancio que le había envejecido años en solo unas horas.

—¿Qué haces aquí, Alma? —preguntó en voz baja, como si hablar más alto pudiera alertar a los vecinos de esa visita peligrosa.

—¡Tienes el puto teléfono descolgado! —Alma lo empujó con sus palabras antes de entrar, mientras su respiración se aceleraba—. He llamado cien veces. Solo daba señal de ocupado.

Nando la miró con ojos desorbitados y se pasó la mano por la cara como si intentara despertarse de una pesadilla.

—Mierda... No me jodas... ¿Descolgado? Qué cagada...

—¿Sabes dónde está Mario? —preguntó Alma desesperada.

—¿Mario? Ni idea... ¿No está contigo? —La voz de Nando salió asustada, casi antes de que pudiera pensar.

—No ha vuelto desde ayer —contestó Alma—. Fue a buscar a Alicia y el resto de amigos de Alejandro a la universidad donde estudian, pero no ha regresado. Estoy aterrada. No sé qué hacer.

—¿Perdona? ¿A qué universidad...? ¿A buscar a esa Alicia? —preguntó Nando sorprendido.

—A ellos también los busca Juárez. ¿Qué querías, que dejase que les hiciese lo mismo que a Alejandro? —replicó Alma, alzando la voz con rabia.

—Claro que no, pero tampoco quiero que Mario se meta en un lío.

—Entonces, dejamos que Juárez liquide también a esos chicos, ¿verdad? ¡Joder, Nando, que no tienen ni veinte años!

Otro cañonazo volvió a resonar sobre el cielo de Madrid. Nando bajó la cabeza, sintiendo la culpa.

—Tienes razón... Perdona.

—No puedo perder a Mario también, Nando. No lo soportaría. —La voz de Alma estaba rota.

Nando, sin decir nada más, la abrazó brevemente, como si no supiera qué más hacer en medio de aquella angustia. Luego se dirigió al teléfono, lo colgó bien, asegurándose de que la línea quedara libre, y marcó con manos temblorosas el número de Luisa. Alma se quedó quieta, observando cómo Nando trataba de mantener la compostura.

—Luisa…, soy yo. Sí, perdona la hora. ¿Está Mario contigo?

Hizo una pausa y frunció el ceño mientras tamborileaba con dedos nerviosos sobre la mesa.

—No, no lo sabemos. Fue a la universidad y desde entonces no hemos sabido nada. Alma está aquí, en casa. Acaba de llegar… —Nando cerró los ojos por un momento, respirando hondo antes de continuar—. Lleva muchas horas sin dar señales de vida. Voy a salir a buscarlo por la Ciudad Universitaria. No podemos esperar más.

Hizo otra pausa, esta vez más larga, y su mandíbula se tensó. Alma, que observaba desde un rincón, notó cómo la desesperación se iba filtrando también en su amigo, a pesar de sus intentos por mantenerse firme.

—Vale —dijo finalmente Nando, con un tono más bajo—. Paso a buscarte con el coche en veinte minutos.

Al colgar, Nando se giró hacia Alma, cuyos ojos buscaban alguna respuesta que la pudiera sacar de esa pesadilla.

—Vamos. Te dejo en mi librería. Y no te muevas de allí esta vez, por si aparece Mario —dijo Nando, pero sin la certeza que solía acompañarle—. Vamos a encontrarle…

Alma asintió, pero algo dentro de ella gritaba que no era suficiente. Si Nando y Luisa iban a buscarlo a la universidad, ella tenía que hacer algo más. Tenía que intentarlo todo, aunque fuera una locura.

—Voy a intentar otra cosa —replicó Alma, con un filo de desesperación en la voz—. Déjame el teléfono… Voy a llamar a mi madre… y a Alfonso. Es la única opción que nos queda.

—¿Estás segura? Hasta ahora no ha servido de nada.

—¿Segura? No —respondió con amargura—, pero ¿qué más puedo hacer? Es lo único que me queda. Insistir.

Antes de que Nando pudiera decir algo más, Alma ya había cogido el teléfono como si fuera un salvavidas. Sus pupilas iban de la cara atenta de su amigo al dial del teléfono mientras marcaba el número de casa de sus padres en Barcelona. Era una locura y probablemente no conseguiría nada, pero no podía hacer más. Se llevó el auricular al oído y respiró hondo mientras el timbre sonaba al otro lado de la línea. Después de unos momentos que parecieron eternos, oyó una voz familiar y distante.

—¿Diga?

Alma sintió una punzada en el pecho. Era la voz de su padre. Hacía tantos años que no le oía que la sensación fue casi física, como un golpe. Tragó saliva y trató de mantener la calma.

—Papá, soy yo —dijo en un susurro.

Hubo un silencio helado, cargado de una incomodidad ancestral, y luego el clic de la línea al colgarse. Alma se quedó mirando el teléfono, paralizada por un momento, como si la realidad tardara en asentarse. Nando la observaba desde el otro lado de la habitación sin decir palabra.

Alma volvió a marcar el número, esta vez con coraje. Le temblaban las manos. La señal sonó una vez, dos veces, tres, cuatro, cinco, seis… Finalmente la voz de su madre irrumpió en el aire, cargada de tensión.

—¿Diga? —El tono de Olga revelaba que había habido una discusión.

—Mamá, soy yo. Necesito pedirte algo importante.

—¿Qué sucede? ¿Estás bien? —preguntó Olga, con angustia.

—Estoy bien, mamá, pero mi amigo Mario está desaparecido. Necesito un teléfono de Alfonso Alfaro en el que me atienda. La última vez que le llamé al número que me diste, lo cogió su secretaria, pero nunca me devolvió la llamada. Y en su casa me dicen que no está. Por favor, mamá, es muy importante.

Hubo un silencio tenso al otro lado de la línea. Alma podía imaginarse a su madre luchando con la preocupación, la confusión y tal vez con su propio miedo, mientras su padre posiblemente la observaba desde algún rincón a la espera de que acabase la llamada para continuar la discusión. Esta escalaría de violencia hasta hacer que su madre se encerrara en alguna habitación para evitar males mayores. Lo de siempre.

—Alma, ¿qué ha pasado? —insistió Olga, con un intento de calma en la voz—. ¿Por qué necesitas a Alfonso?

—Es una larga historia, mamá. Mi amigo Mario necesita ayuda, y solo Alfonso puede hacerlo. Por favor, solo dime dónde le puedo llamar o si puedes llamarlo tú para pedirle que me atienda. Lo que sea.

Olga suspiró, y Alma escuchó un murmullo de pasos al otro lado de la línea, como si su madre se alejara de su padre para hablar con mayor libertad.

—Está bien. Llámale a su línea directa del despacho. Es la que usa para los asuntos urgentes de los ministerios. Anota el número, pero no le digas jamás de los jamases que te lo he dado yo.

Alma tomó un bolígrafo y un trozo de papel y apuntó los siete números con rapidez, temiendo que algo interrumpiera la llamada.

—Gracias, mamá. Te quiero. —Se sorprendió al decir «Te quiero», algo que no venía de forma natural en su relación. Al pronunciar las palabras, sintió un alivio inesperado, como si un nudo atávico en su pecho se deshiciera un poco.

—Llámame en cuanto puedas para contarme qué pasa —dijo Olga antes de colgar.

Alma se giró hacia Nando, que había estado observando la escena en silencio, y le mostró el número escrito en el papel. Sabía que esa llamada era su última esperanza.

Marcó el número dos veces, ya que la primera se equivocó por los nervios. Después, la línea dio señal una vez, dos veces, tres veces… Y finalmente la voz de Alfonso contestó, brusca y cortante.

—¿Diga?

Alma tragó saliva y reunió todo su coraje.

—Señor Alfaro, soy Alma. Necesito hablar con usted.

La reacción de Alfonso fue inmediata.

—¿¡Quién es usted!? ¿Alma? ¡No la conozco! ¿Cómo tiene este número? —gritó, la confusión adueñándose de su tono.

Alma sintió que el suelo se abría bajo sus pies, pero se obligó a seguir adelante.

—Por favor, escúcheme. Mario, el periodista, ha desaparecido. Necesitamos su ayuda. Usted es el único que sabe qué se puede hacer y dónde podría estar.

Hubo un silencio momentáneo y tenso seguido por un resoplido de furia al otro lado de la línea.

—¡No sé de quién me habla! —exclamó Alfonso, antes de colgar abruptamente, dejando a Alma con el tono de desconexión.

El teléfono se deslizó de su mano y golpeó suavemente la mesa. Se quedó mirando el aparato, desolada. La única persona que podría haberlos ayudado les había cerrado la puerta en la cara. El papel con el número de Alfonso cayó sobre la mesa. Nando, que había estado observando la escena, cogió el auricular y lo sostuvo en la mano con una calma casi ritual.

—Alma, nadie nos va a solucionar esto. Me voy a buscar a Mario a la universidad. Te dejo y voy a por Luisa. Vamos.

El tono de desconexión del teléfono seguía resonando en la mente de Alma. La habitación parecía vaciarse de aire, de luz, de todo. Se desplomó en la silla, y las lágrimas, incontrolables desde hacía días, no pudieron salir. Estaba seca por una tristeza que la había vaciado. Cerró los ojos y sintió su cuerpo roto.

—No puedo más… —murmuró, las palabras apenas audibles, dirigidas más a sí misma que a Nando.

Sin embargo, algo dentro de ella se resistía a ceder. Una voz interior, tenue pero firme, comenzó a emerger desafiante. Alma levantó la cabeza con su rostro abotargado en el que las ojeras amoratadas y las arrugas parecían haberla colonizado.

—Estos hijos de puta no podrán con nosotros —dijo en un susurro Alma—. Vamos.

29

Domingo, 23 de noviembre

El almacén de la librería de Nando parecía expandirse y contraerse en cada exhalación de Alma. Una vez más, volvía a estar escondida entre esas paredes, sentada en el suelo recostada en la estantería y rodeada de libros. Los rostros de los autores en las contraportadas parecían mirarla fijamente, preguntándose qué hacía allí y en qué pensaba. Alma intentaba comprender por qué los amigos de Alejandro la habían rechazado en el teatro. Luego se corrigió y se dio cuenta de que en realidad no había sido así. La habían recibido con una calidez que se evaporó tan pronto como Alicia abrió la boca. «Pero ¿qué tiene esa chica contra mí? —se preguntó—. ¿Serían celos? ¡Qué tontería! Podría ser la madre de Alejandro, por el amor de Dios».

Hacía unas horas, había hablado desde una cabina con Luisa y Nando sobre la búsqueda infructuosa de Mario. Recorrieron incansablemente los edificios y jardines de cada facultad con el coche y no hallaron una sola pista. Luisa describió la escena con desaliento: habían preguntado a un estudiante perdido deambulando sin rumbo y a un jardinero que cortaba los setos del aparcamiento, ajeno al mundo. No habían dado con nadie más salvo con alguna patrulla de policía que, al ver a Luisa y Nando juntos, los confundía con una pareja en busca de un lugar íntimo.

No había ni rastro de Mario por ningún lado.

Antes de colgar, Luisa le aseguró que volverían por la mañana a continuar la búsqueda. Si no daban entonces con Mario, ella misma, que tenía los vínculos menos visibles con Alejandro y con Alma para la policía, sería la encargada de poner la denuncia por su desaparición. Pero aún tendrían que pasar las cuarenta y ocho horas que exigía la ley para presentarla. Alma dudó sobre si era viable pedir ayuda al verdugo, pero las opciones se estrechaban y tampoco se podía hacer mucho más.

Agotada, Alma se preparó un café solo sin azúcar en la pequeña cafetera eléctrica que Nando tenía en su escritorio. Aborrecía el gustillo de ese café aguado, con poco sabor y sin la densidad lógica capaz de levantar personas en coma, así que trató de pasarlo con unas galletas de mantequilla que Nando tenía en una caja metálica.

—¿Dónde estás, Mario? —murmuró, y un sollozo escapó de su pecho mientras se dejaba caer pesadamente en una silla. Encendió la radio que había en el almacén para buscar cualquier distracción, pero en el fondo albergaba una esperanza absurda: «¿Y si el locutor menciona a Mario?». No dejaba de ser un periodista internacional que había desaparecido de repente. Entonces Alma se aferró a esa idea, la desaparición sería un escándalo internacional que la policía querría evitar a toda costa... o no. Ya sabrían cómo hacer que su desaparición fuese tergiversada o ninguneada para hacer parecer culpable a Mario. Bastaban unas gotitas de sospecha sobre su sexualidad, una pizca sobre comunismo o masonería y ya estaba. Bien muerto el maricón.

Desde la radio, el locutor describía con tono solemne cada detalle de las últimas horas del adiós final del dictador. Ocho militares que representaban los distintos ejércitos vigilaban a Franco, en su féretro blanquísimo y colocado sobre un catafalco de terciopelo negro. Los asistentes, un mejunje humano de fanáticos y personas asustadas, se colocaban en posición de firmes e inclinaban la cabeza al llegar al cadáver. Unos lo hacían con energía militar; otros, con la languidez del desconsuelo o con jaculatorias murmuradas, o se santiguaban rápidamente antes de seguir adelante. La voz de una mujer en la radio, rota por el dolor, sollozaba: «Ay, lo que hemos perdido. Nuestro Caudillo. Con todo lo que has hecho por nosotros. Cuánto te queremos. Que Dios te bendiga… Ay, nuestro Caudillo». A su lado, un hombre intentaba consolarla: «No lo olvidaremos, no lo olvidaremos», mientras ambos avanzaban lentamente en la interminable cola para ver el cadáver, una fila que serpenteaba hasta las manzanas cercanas a la librería donde Alma se escondía de los mismos personajes que veneraban a un tirano que, desde hoy, se pudriría en el mausoleo titánico que se había construido en El Escorial, junto a los muertos que él mismo había propiciado.

Alma apagó la radio de golpe llena de enfado. Pensó en salir un momento al portal para tomar aire y se puso la gabardina. Se ahogaba en ese almacén repleto de cajas. «¿Y si me voy a casa? ¿Qué coño hago aquí?», se preguntó. Al fin y al cabo, ya no tenía mucho más que perder. Que la detuvieran, daba igual. Lo mismo la llevaban al mismo lugar donde estaba Mario. Pero no, si la detenían acabaría delatando a sus amigos. Sabían torturar para sacar información. Su mente giraba en círculos atrapada en un torbellino, con ideas que iban y venían atronando su cabeza, como un altavoz al que no le cabe más volumen y cruje roto en la distorsión.

Se apretó las solapas del abrigo contra el pecho antes de salir por la puerta del almacén que daba al portal. Se sentía agotada. Asomó la cabeza a la calle, buscando el calor en la taza de café malo que sostenía entre sus manos. Las campanadas de la iglesia cercana, la del Cristo de los Pájaros, resonaban en la quietud de la noche, marcando las seis y cuarto de la mañana. Aún quedaba un rato para el amanecer. Dio un sorbo al café y se detuvo de forma brusca. Un ruido inusual, una algarabía apenas disimulada, llamó su atención frente a la fachada de la librería. Voces tenues y el crujido de pies contra el pavimento. Alma salió a la calle y al instante se quedó sin aliento: la librería de Nando estaba vandalizada. Una enorme pintada de «Burgueses» y «No sois cultura» cubría la fachada con una pintura roja que goteaba hasta el suelo.

Fue entonces cuando los vio.

Alicia y algunos de los chicos del teatro estaban allí, todavía con los botes de pintura en las manos. Sus rostros estaban cubiertos, pero eran inconfundibles. Alma sintió una sacudida de incredulidad que rápidamente se transformó en furia.

—¿¡Qué coño hacéis!? —exclamó Alma con su voz resonando en la calle desierta.

Alicia levantó la mirada sorprendida, pero su expresión se endureció casi de inmediato. Los chicos del teatro se quedaron inmóviles al ver a Alma ante ellos.

—Pero ¿qué haces en esta librería? —balbuceó la chica de las trenzas.

—¿¡Qué hacéis vosotros aquí!?

—Nuestra lucha —dijo Alicia con seguridad.

—¿Lucha? —dijo Alma asombrada—. Yo solo veo unos niñatos destruyendo una librería con las mismas técnicas que los fascistas. ¿Tenéis idea de lo que significa atacar una librería? Nosotros, los libreros y las libreras del mundo, mantenemos viva la llama del pensamiento, de la reflexión, del cambio. ¿Qué coño es eso de burgués? Un burgués se quiere lucrar, hacer dinero. ¿Crees que con una librería alguien se ha hecho millonario alguna vez? ¿Sois subnormales?

Alicia apretó los labios, y Alma detectó una chispa de inseguridad en sus ojos. No era la primera vez que veía esa expresión de culpa y arrogancia que precede a una justificación.

—Vosotros sois parte del problema —replicó Alicia, su voz cargada de desprecio—. Los herederos de los fascistas, los progres de Chamberí y de colegio privado. Vuestras familias nacen ya con ese desprecio de clase. Habláis de salvar el país, de revoluciones, pero se os llena la boca de condescendencia y nunca actuáis.

—¿Salvar España? Pero ¿qué coño me estás diciendo? Yo lo que quiero es salvarnos a nosotros, a nosotros mismos, a los desdichados y perseguidos. A los disidentes, hija mía —respondió Alma, con su voz temblando de rabia contenida—. No tienes ni puta idea de dónde vengo, de lo que ocurre en mi vida, ni de quién soy.

Alicia negó con la cabeza; su expresión se llenó de desdén.

—Sois el ruido que distrae de la verdadera revolución —dijo Alicia—. Mientras sigáis pensando que podéis liderar la lucha, estaréis manteniendo el *statu quo*. Los verdaderos cambios vienen de abajo, de la gente que realmente sabe lo que es sufrir. Vosotros no sois más que burgueses disfrazados de revolucionarios.

Alma sintió una frustración incontrolable. Sabía que nada de lo que dijera cambiaría la opinión de Alicia.

—Entonces ¿qué se supone que debemos hacer? No puedo cambiar mi familia, ni Nando la suya, ni Mario. Pero ¡sí me puedo cambiar a mí misma! ¿Conoces nuestras vidas, nuestro sufrimiento? —Alma se vino abajo—. Joder, Alicia, todo esto me da igual, te lo juro… Mi amigo Mario ha desaparecido y temo que acabe como Alejandro. Por favor, te lo ruego… ¿Sabes dónde se lo han llevado?

Alicia la miró con sorpresa y luego con algo parecido a la compasión, quizá previendo otra nueva víctima. Negó con la cabeza.

La rabia y la confusión se mezclaban en Alma. Nada tenía sentido: la desaparición de Mario, la muerte de Alejandro, la pintura en la fachada, las palabras de Alicia… Todo era una pesadilla absurda que parecía no tener fin. Y entonces, cuando más absurdo era todo, las sirenas de la policía rompieron el silencio de la calle San Bernardo y se acercaron a ellos a toda velocidad desde ambos extremos de la calle.

Alma miró hacia los edificios y vio a los vecinos asomados en las ventanas con crespones negros. Habían alertado a la policía por las pintadas y por la discusión. Esos vecinos acababan de firmar la sentencia de todos ellos. Un Land Rover de policía se detuvo en la esquina, y varios agentes emergieron de su interior. La calle se llenó de nerviosismo, una tensión que hizo que los vecinos apagaran las luces y se ocultaran rápidamente tras cerrar las cortinas. Alma se quedó sorprendida, con el corazón paralizado en el pecho como un animal en mitad de la carretera que va a ser atropellado. Desde la distancia, Alma vio a un hombre que descendía del Land Rover y, al instante, la silueta fibrosa de Juárez se hizo inconfundible. El miedo se apoderó de ella al cruzarse sus miradas. Juárez estaba sorprendido. Haberlos descubierto allí, frente a la librería de Nando, a todos juntos había sido un memorable golpe de suerte, y se le notaba feliz.

—¡Vamos! —gritó Alicia, ordenando que se dispersaran. Alma apenas vio cómo los chicos se movieron rápidos deslizándose entre los portales y los coches.

Sin pensarlo dos veces, Alma también echó a correr sin detenerse a mirar atrás. No podía permitirse ni un segundo de vacilación. Su mente estaba enfocada en escapar. Tenía que dejar atrás a Juárez y a los agentes que se desplegaban como una red a su alrededor. El sonido de las sirenas y las voces pidiéndoles que se detuvieran se mezclaba en sus oídos, pero Alma bloqueó todo excepto el objetivo de alejarse lo máximo posible. La adrenalina bombeaba en sus venas y le daba una energía desesperada. Los edificios se difuminaban a su alrededor; las luces de las farolas y sus sombras parecían acecharla. Los gritos de Alicia y los pasos apresurados de los guardias resonaban en la distancia. Alma no se atrevió a ver si los habían atrapado. Lo único que importaba era poner la mayor distancia posible entre ella y Juárez. Las esquinas de la calle San Bernardo aparecían y desaparecían en un ciclón de pánico. Sus piernas se movían con una velocidad frenética, conscientes de que su vida pendía de cada zancada. Giró la cabeza brevemente, solo para comprobar que la silueta de Juan Juárez la seguía implacable y sonriente, con una tenacidad aterradora. Un cazador tras su presa.

Al doblar por Santo Domingo, se encontró frente a una de las colas interminables de seguidores del dictador que esperaban rendir sus respetos al cadáver. Sin otra opción, Alma se lanzó a través de la multitud, zigzagueando entre ellos mientras sentía el aliento de Juárez en la nuca. Los abrigos pesados y las banderas ondeando al viento glacial se convirtieron en obstáculos que Alma sorteaba como podía. Entonces una música inundó la calle. Era como si algún loco hubiese puesto banda sonora a su escapada. El *Stabat Mater* de Pergolesi salía desde unos altavoces instalados por las calles del centro, para ambientar en la tristeza la zona cercana al Palacio Real. «¿Hasta allí había llegado escapando de Juárez?», se sorprendió Alma.

Los gritos de sorpresa de la muchedumbre por la repentina aparición de aquella mujer corriendo entre ellos, se mezclaban con los gritos de miedo cuando Juárez los apartaba a golpes. Violento, arrastraba tras él a quienes se interponían en su camino y se abría paso sin piedad. Los chillidos llenaban el aire mientras Alma seguía adelante impulsada por el pánico, hasta que casi llegó al Palacio Real.

Las sirenas de la policía y un nuevo cañonazo desde la plaza de Oriente, en señal de duelo, resonaron con una fuerza ensordecedora. Al llegar a la verja del palacio, Alma se dio cuenta de que estaba atrapada entre el laberinto de vallas para contener a la multitud. En medio del gentío, algunas de las personas que hacían cola intentaron retenerla con manos gélidas, de uñas que se hincaban en la piel y llenas de ira, que se aferraban a su ropa y a sus manos, como salvajes en busca de carne, tratando de reducirla hasta que llegara la policía. Deses-

330

perada, dio un tirón para soltarse de todos y giró sobre los talones. Le arrancaron la gabardina, y perdió el equilibrio, lo que la obligó a sujetarse a la verja del Palacio Real. Entonces, al incorporarse, se encontró cara a cara con Juan Juárez.

Sonreía feliz. Sus ojos ardían con una excitación incontrolable. Levantó el arma con una lentitud aterradora, a escasos centímetros de su cara. Alma oyó el sonido de su pulso en la cabeza. Apenas tuvo tiempo de procesar el peligro antes de que un golpe seco en la nuca le nublara la vista. El mundo se desvaneció a su alrededor, en medio de los aplausos y los gritos de una multitud que jaleaba al policía y celebraba el triunfo de la autoridad.

30

Domingo, 23 de noviembre

La oscuridad envolvía a Alma. Tenía un dolor insoportable en la cabeza. El aire estaba impregnado de un olor agrio, una mezcla de gasolina, podredumbre y metal oxidado, como si la hubiesen tirado al lado de un animal muerto a medio descomponer. No podía levantarse. Pensó que la falta de equilibrio era debida al culatazo que le había dado Juárez en la nuca, pero no. Todo se movía de un lado a otro. A través de un débil resplandor que se filtraba por un ventanuco, se dio cuenta de que el zarandeo se debía a que estaba encerrada en un vehículo en marcha. Se incorporó con esfuerzo agarrándose a las paredes, luchando contra el dolor. Estaba en la parte trasera de una furgoneta, sobre un suelo de metal sucio. Entonces le vino un retortijón en el estómago y, antes de que pudiera detenerlo, vomitó una bilis ácida que le quemó la garganta.

—Joder, lo que faltaba —murmuró una voz a su lado.

Alma volteó la cabeza con dificultad y distinguió en las sombras a cinco de los amigos de Alejandro, también detenidos. Entre ellos Alicia, que la observaba sentada con una furia silenciosa que parecía perforar la oscuridad. Ambas se contemplaron durante unos segundos que se hicieron eternos. Finalmente, Alma susurró con la voz ronca:

—No soy tu enemiga, Alicia. No estamos en lados opuestos.

—Ya veremos —contestó.

A través del ventanuco que daba a la cabina del vehículo, Alma distinguió la silueta de Juan Juárez, conduciendo con un palillo en la boca y manteniendo la atención en la carretera. Junto a él había dos hombres más, con rostros sombríos y desconocidos para Alma, que murmuraban entre sí. Sus voces se perdían debido al ruido del motor y al traqueteo del vehículo. Alma volvió a sentarse mirando a sus acompañantes. Cada bache era un tormento. Su cabeza, entumecida por el dolor, la torturaba con cada sacudida. Con una mano temblorosa, sacó un blíster de naproxenos de su gabardina hecha jirones y se tomó dos pastillas de un trago a pesar del ardor que aún sentía en la garganta por la bilis. Ofreció el blíster a los demás, que negaron con la cabeza.

Alicia dijo algo a sus amigos que Alma no pudo descifrar. Algo sobre mantenerse serenos. Hizo de nuevo un esfuerzo por erguirse e intentó aparentar una fortaleza que en ese momento no sentía. Sus ojos recorrieron el espacio cerrado y buscaron una salida. Vio un tirador en la puerta de la furgoneta junto a ella y tiró de él, pero no sirvió de nada, pues la puerta se mantuvo cerrada.

Después, se dirigió a Alicia, con la voz rota por la desesperación y el miedo.

—¿Sabes adónde nos llevan?

Alicia vaciló por un instante antes de hablar.

—No, pero no pinta bien.

En la penumbra de la furgoneta, Alma empezó a recuperar poco a poco la consciencia de su entorno. A su lado, el estudiante robusto con pantalones de rodilleras y la chica de la trenza tenían la nariz rota y la sangre seca pegada a su rostro. La chica de la trenza, a pesar del dolor evidente, mantenía una sonrisa temblorosa en los labios cuando le preguntó suavemente:

—¿Estás bien, Alma? Soy Julia, nos detuvieron juntas la primera vez y luego nos conocimos en el teatro, en Vallecas.

Alma asintió débilmente con otra sonrisa fugaz.

—Lo de pintar la librería ha sido un error. Lo siento mucho —dijo Julia bajando la mirada.

—Te lo agradezco, Julia, pero creo que ese no es el peor de nuestros problemas ahora —contestó Alma.

El mareo aún persistía, pero la necesidad de comprender la gravedad de la situación la mantenía alerta. Fue al mirar a Alicia con detenimiento, cuando se dio cuenta de que el brazo izquierdo de la amiga de Alejandro colgaba con una torpeza antinatural. Trató de acercarse a ella para echarle un vistazo y, al intentar moverse, notó una punzada aguda en su muñeca izquierda. La puso a la luz del ventanuco y observó que tenía la piel amoratada e hinchada, como si la sangre atrapada bajo la superficie estuviera buscando una salida. Su muñeca, como la de Alicia, también estaba rota.

—Deja que mire el brazo —dijo Alma.

—No hace falta. No me toques.

—Tengo naproxeno. Es para el dolor.

—No quiero nada tuyo.

—Alicia, joder. ¿Cómo es posible que nos pongas a la misma altura que los fascistas?

—Sois peores. Ellos sé cómo actúan. Si me matan, bien. Lo acepto. Prefiero morir de pie a vivir de rodillas.

—Pero ¿qué dices? ¡Deja de repetir frases hechas! —escupió Alma con un susurro que cortaba como un cuchillo—. Eres una mujer inteligente, joder. Por muy revolucionaria que seas, ¿no eres capaz de ver al verdadero enemigo?

—Solo veo a una cobarde. Un mundo nuevo no se levantará sobre vuestros hombros. Se levantará sobre vuestros huesos.

La furgoneta continuó su trayecto, sacudiéndose con fuerza. Alicia se recostó contra la pared del furgón, con los ojos cerrados, como si ya no mereciera la pena decir nada más. Alma tomó aire tratando de centrarse y se asomó de nuevo a la cabina del conductor, esforzándose por ver algo más allá de los confines de su prisión. Vio a Juan Juárez de cerca, con su cabello ralo y engominado salpicado de caspa. Llevaba las gafas de cristales amarillos, que Alma observó que no estaban graduados y eran solo un adorno. Sus manos, de dedos finos y uñas largas, agarraban el volante con firmeza, y en la boca llevaba un palillo que pasaba de una comisura a la otra con la lengua. Alma sintió una repulsión incontrolable. ¿Qué tipo de hombre podía infligir tanto dolor? No es que intentara entender a Juárez, pero aquel tipo era el ejemplo de cómo un sistema podía moldear al individuo hasta convertirlo en un monstruo. Pero no, eso no podía ser todo. Debía de existir antes una pulsión en él, una crueldad innata que le llevase a practicar la tortura y el asesinato sin remordimientos. Y había encontrado la simbiosis perfecta con un sistema que lo había criado como un perro guardián, dispuesto a devorar a cualquiera que se desviara del camino marcado. En nombre de esa patria y de esa tradición, Juárez se había convertido en la represión misma, alguien para quien el dolor ajeno era solo un medio para un fin, una herramienta para mantener un orden que ahora estaba desmoronándose ante sus ojos. La dictadura lo había formado, pero ahora, con el líder muerto, ¿quién sería este hombre?

Alma desvió la mirada hacia el exterior e intentó comprender dónde se encontraban. Todo lo que alcanzaba a ver era un camino bordeado de setos y árboles con las hojas amarillas por el otoño, señal de que estaban en el campo, lejos de Madrid.

—¿Cuánto tiempo llevamos en la furgoneta? —preguntó Alma.

—Nos tuvieron encerrados en la furgoneta durante un par de horas —dijo Julia, la chica de las trenzas—. Creo que en un garaje. Hace como unos veinte minutos nos pusimos de nuevo en marcha.

En ese instante, la furgoneta frenó bruscamente. Los prisioneros se zarandearon y cayeron unos sobre otros. Alma se deslizó hasta la esquina donde había vomitado y notó cómo la tela de su gabardina se empapaba con la bilis. Al tratar de agarrarse, el dolor de la muñeca la hizo perder un instante la consciencia. Oyeron cómo uno de los acompañantes de Juárez salía de la furgoneta y abría unos portones metálicos. Volvió a entrar en el vehículo, que arrancó de nuevo y avanzó con lentitud para hacer unas maniobras de aparcamiento adelante y atrás, adelante y atrás, hasta detenerse en lo que, por la falta de luz, parecía un espacio cerrado. Juan Juárez y sus hombres salieron del furgón y hablaron con alguien cuya voz no entendieron con claridad. Después, Juárez golpeó con la palma de la mano el capó y gritó «Abajo, abajo».

El miedo creció entre todos, que se miraron con nerviosismo cuando la furgoneta se abrió. La luz irrumpió a través de la puerta y los cegó momentáneamente. Alma parpadeó y, cuando sus ojos se adaptaron a la claridad, lo primero que vio fue a Mario tirado en el suelo, atado a un poste e inmóvil, entre gasas ensangrentadas y un esparadrapo, evidencias de un intento torpe de curarlo. El *shock* la golpeó como un mazazo. Todo a su alrededor pareció desdibujarse y transformarse en una masa borrosa e irrelevante. El mundo se había encogido hasta dejar esa imagen fija e imposible de asimilar en su retina: Mario, su amigo, su hermano, reducido a un cuerpo tirado.

El resto se quedó mirando el almacén donde se encontraban. Un espacio enorme lleno de aperos de jardinería apilados desordenadamente. Azadas, rastrillos y palas junto a montones de tierra y abonos. Por el suelo tiradas había señales antiguas de indicación de caminos de la Casa de Campo, algunas manchadas de tierra y otras abolladas. El olor a humedad y tierra mojada impregnaba el aire, mezclado con el penetrante aroma de gasolina de las segadoras y sierras eléctricas. Unos ventanucos altos dejaban filtrar el aire y el sol, creando rayos de luz que iluminaban el polvo en suspensión.

Junto a la furgoneta y en formación militar, había cuatro chicos de unos veinte años, todos de apariencia muy similar. Iban impecablemente vestidos, con las insignias de la Falange bordadas en las chaquetas, pantalones largos grises y zapatos negros que algunos habían manchado de barro. Esos jóvenes elegantes ordenaron con una agresividad repentina bajar de la furgoneta a los otros jóvenes magullados. Alma, al pasar a su lado, percibió el fuerte olor a colonia Álvarez Gómez y a la gomina que mantenía sus cabellos peinados hacia atrás, emulando la imagen de Primo de Rivera.

—¡Abajo, cerdos! —gritó uno de esos veinteañeros mientras golpeaba la puerta abierta de la furgoneta.

—¡Guarra tu madre! —replicó Alicia. Juárez le dio una bofetada que resonó en el aire como un látigo. Sus acólitos rieron con ganas.

De los tres hombres de Juan Juárez que se encontraban en el almacén, Alma reconoció inmediatamente a José Manuel, el amigo de Nando con el que había compartido las últimas fiestas de Pintor Rosales. El que había sido el incomprensible ligue de Mario. Estaba nervioso, aunque intentaba mantener una fachada de dureza. Sus ojos inquietos lo traicionaban. En la mano sostenía un arma, y su uniforme gris, arrugado y sucio de barro y sangre, indicaba que llevaba mucho tiempo allí.

Los estudiantes que habían llegado con Alma observaban con pánico el almacén, conscientes de que, tras lo que le habían hecho a Mario, ellos podrían ser los siguientes. Sus miradas buscaban a Alicia, luego una salida y luego cualquier atisbo de esperanza. Julia, la chica de las trenzas con la sangre seca en el rostro, comenzó a sollozar.

Juan Juárez, imperturbable y con una satisfacción evidente en su mirada, se posicionó frente a ellos. Su figura, más pequeña de lo que Alma recordaba, irradiaba una violencia contenida que podía desatarse en cualquier momento. Caminó lentamente hacia Mario y, con una calma aterradora, le dio un golpe con el pie en el costado, como si quisiera comprobar si aún estaba consciente. Mario no reaccionó. Yacía inmóvil en el suelo, lo que aumentó la angustia de Alma. José Manuel, con la mandíbula oscilante, observaba a su jefe y al cuerpo de Mario, incapaz de controlar del todo sus movimientos.

Con naturalidad, sin pensarlo y con la mirada perdida sobre su amigo, Alma se separó del grupo y dio un paso adelante, luego otro y otro más. Le costaba andar, pero su resolución la mantenía en pie. Ninguno de los presentes hizo un movimiento para detenerla. Juárez y José Manuel la observaban con una mezcla de curiosidad y desprecio, como si estuvieran esperando ese momento en que la tragedia alcanzara su clímax. Con cada paso, se acercaba más a su amigo, a su hermano de elección, a la persona que la había querido sin condiciones desde que ambos tenían memoria.

«Mario —pensó Alma—. ¿Cómo hemos llegado a esto?». Recordó todas las veces que él había sido su roca, su confidente, el aliado que nunca había juzgado sus decisiones, que la había comprendido. Sus pensamientos se llenaron de ternura mientras se arrodillaba a su lado, cuidando de no moverlo demasiado. Le rozó el rostro ensangrentado y magullado con los dedos. «¿Cómo puedo vivir sin ti? No me hagas esto». Los recuerdos la invadieron: su sonrisa ancha cuando se encontraban, las conversaciones triviales que terminaban en reflexiones asombrosas, la forma en que Mario se quedaba callado antes de dar una opinión. Las llamadas cada domingo por la tarde, los paseos por Cadaqués, Barcelona o Madrid cuando de repente la cogía de la mano, o ese gesto tan suyo de detenerse de repente, fascinado por algún detalle que a los demás se les escapaba. Dos seres humanos que, contra todo pronóstico, se reconocieron en medio de un mundo que los rechazaba.

Nadie se atrevió a interrumpir la escena, atrapados entre la incredulidad y la sorpresa. Los rostros de los falangistas mostraban una vacilación inusual, como si por un instante dudaran de lo que los había llevado hasta allí. Incluso Juárez frunció el entrecejo, desconcertado. La situación, que un momento antes había sido clara y violenta, de repente parecía tambalearse, como si la presencia de aquella humanidad inesperada hubiera alterado la composición misma del mundo.

Alma se arrodilló junto a su amigo y pasó la mano por la herida del costado, cubierta por un vendaje endurecido por la sangre seca, mientras deseaba con todas sus fuerzas aliviar su dolor.

«Quédate conmigo, por favor. Somos más fuertes juntos, incluso cuando todo parece perdido».

Entonces, cuando nadie lo esperaba, con un movimiento rápido y aprovechando el momento de confusión con Alma junto a Mario, Alicia corrió hacia una de las estanterías repletas de herramientas oxidadas y agarró una hoz, que levantó frente a su cara con una furia que hizo retroceder a los veinteañeros falangistas. El susto se propagó como un reguero de pólvora, y el resto de los amigos de Alejandro también se armaron con la primera herramienta que encontraron.

—Dejad de hacer el imbécil —dijo Juárez, con una sonrisa en el rostro al tiempo que apuntaba con su pistola directamente a la cabeza de Alicia. José Manuel, tembloroso pero obediente, hizo lo mismo apuntando con su pistola al resto de los amigos de Alejandro.

—¿Estáis dispuestos a dar vuestra vida por estos dos engendros? —continuó Juárez, señalando con la barbilla a Alma y Mario.

—Estos dos tenemos más dignidad y valentía de la que tú podrás tener en toda tu vida —replicó Alma levantando su rostro.

El policía la miró con asco.

—¿No os ha contado qué son realmente? —dijo Juárez mirando a Alicia y sus amigos—. Estos dos maricones son aberraciones, una burla a la naturaleza. ¿De verdad vais a arriesgar vuestras vidas por ellos? Son perversiones que ya deberían haber sido erradicadas hace tiempo. Uno es un travesti que se hace pasar por intelectual y el otro un maricón que encima es francés. Lo tienen todo, estas dos ratas.

Alma dirigió su mirada hacia José Manuel. Cambió su tono y adoptó uno más conciliador, casi suplicante.

—José Manuel, esto puede parar. Mario aún respira, pero necesita ayuda inmediata. Su vida no tiene por qué acabar aquí.

José Manuel, nervioso, no le contestó. Sus ojos se movían inquietos, primero hacia Juan Juárez en busca de alguna señal o permiso, y luego hacia Alicia, cuyo rostro mostraba una evidente confusión.

—¿Es verdad lo que dice este malnacido? —preguntó Alicia sosteniendo la hoz ante su cara.

—¿Eso importa ahora? —respondió Alma con rabia.

—¿Que si es verdad, joder? —insistió Alicia.

—Lo que somos o dejamos de ser no lo define el odio de estos miserables. Ahora lo que importa es que Mario está herido y necesita ayuda.

Juárez rio con ganas.

—Nosotros podemos ser enemigos —dijo, dirigiéndose a Alicia—, pero al menos somos enemigos dignos. Dignos. Pensamiento contra pensamiento. Ideología contra ideología. No esta panda de degenerados viciosos que solo merecen el desprecio de todos.

Alicia miraba al policía atrapada por la duda y, por momentos, sus ojos volvían a Alma, que sostenía a su amigo en el suelo. Entonces, en un instante, un gesto de desprecio se formó en la cara de Alicia, como una avalancha implacable que borraba cualquier rastro de empatía que pudiera haber sentido momentos antes. Después, dejó caer la hoz en el suelo de arena con firmeza. Los demás estudiantes, viendo su decisión, siguieron su ejemplo y soltaron sus armas improvisadas, excepto Julia y el chico robusto, que mantenían sus azadas en alto, desconcertados.

José Manuel también bajó el arma. Había un cierto asombro en sus ojos ante la decisión de aquella chica de soltar el arma y despreciar a su semejante.

—Por favor, José Manuel —repitió Alma con su voz más suave cargada de urgencia—. Ayúdanos a salvar a Mario. Ha sido tu… amigo…

Pero José Manuel no dijo nada. Fue Juárez, con la pistola aún en la mano, quien dio un paso al frente y mandó callar a Alma. Sus ojos brillaban con una intensidad fanática.

—Escuchad bien todos vosotros, hijos de puta. Esta España que conocemos, la España gloriosa y eterna, no cambiará. Hemos trabajado demasiado, hemos sacrificado demasiado para permitir que unos traidores destruyan todo aquello por lo que hemos luchado. Por eso hemos tenido que purgar de nuestra patria a la escoria como vosotros. No sois los primeros ni seréis los últimos.

Juan Juárez miró a cada uno de los presentes.

—Estos cuarenta años de paz han sido la barrera que protege a España del comunismo, del marxismo y de todas esas ideologías que destruyen nuestra fe y cultura. He dedicado mi vida a mantener el orden y la pureza de nuestra nación, y nadie, ni vosotros ni ningún maricón, pondrá en entredicho lo logrado. El nuevo rey ha prometido continuidad, y yo, con esta juventud que me respalda, me encargaré de que cumpla su palabra.

Juan Juárez caminó lentamente hacia José Manuel y, señalando a Alma y Mario con voz helada, ordenó:

—Dispárales.

A José Manuel le empezó a temblar la mano que sostenía la pistola y no era capaz de elevarla hacia donde estaban Alma y Mario.

—Dispárales. Es una orden.

Los ojos de José Manuel se llenaron de terror, y sus labios apenas lograron formar palabras.

—Lo siento… Lo siento mucho… —dijo.

—¿Qué es lo que sientes? —Juan Juárez frunció el ceño. Su rostro se deformó en una expresión de incredulidad—. ¡¿Qué coño es lo que sientes?!

José Manuel no le contestó. Bajó el arma y la mirada al mismo tiempo, exhausto.

—¡Te estoy hablando, maricón! ¡Contesta! —le gritó Juárez con furia.

Y entonces, en el instante más inesperado, el aire del almacén quedó rasgado por un sonido que creció en intensidad: las sirenas de la policía y de las ambulancias llegaron a ellos cada vez más nítidas. Juárez se sobresaltó al escucharlas.

—¿Qué hacen estos aquí? — preguntó desconcertado.

Los veinteañeros falangistas intercambiaron miradas asustadas y, sin pensarlo dos veces, se lanzaron a la carrera y abandonaron el almacén en desbandada por la pequeña puerta lateral, dejando atrás a su líder.

—¿Has sido tú, José Manuel? —escupió Juárez con la voz cargada de rabia y entendiendo lo que había pasado—. ¿Qué has hecho?

Alma, arrodillada en el suelo junto a Mario, apenas podía sostenerse por el dolor de la muñeca rota. Pero un débil apretón en la mano que sujetaba la de su amigo la devolvió al presente. Mario, con un esfuerzo sobrehumano, murmuró su nombre. Y entonces, en mitad de todo aquel horror, sintió una alegría inesperada y contradictoria que le dio esperanza. Su amigo seguía ahí, luchando por permanecer.

El almacén parecía vibrar con las sirenas que ya estaban en la puerta, al otro lado de la pared, y entonces, como un trueno en mitad de una tormenta, el sonido de dos disparos cortó el aire.

El cuerpo de José Manuel cayó de rodillas mientras un torrente de sangre oscura brotaba de una herida cerca del pecho. Después se derrumbó con un golpe seco sobre los sacos de abono.

Juárez sostenía la pistola humeante ante su cara y tenía la mirada fija en el cuerpo al que acababa de disparar.

Alicia observaba la escena atónita, como si lo que estaba sucediendo frente a ella no fuera más que otra de sus representaciones de teatro. Después se giró hacia Alma con una mirada de repudio y, de manera precipitada, salió por la misma puerta lateral que los jóvenes falangistas. Sus amigos la siguieron a la misma velocidad, excepto Julia y el chico robusto, que soltaron las azadas y se acercaron con cautela a Alma y Mario.

—¡Quietos, joder! Os voy a pegar un tiro a todos —aulló Juárez confundido con tanta gente escapando en un visto y no visto.

El grito del policía aún resonaba cuando la puerta grande del almacén por donde había entrado la furgoneta se abrió de golpe. Alfonso Alfaro entró al frente de un grupo de agentes que levantaron las armas y los apuntaron a todos.

Tras ellos, Nando y Luisa irrumpieron en el lugar sin titubear, corriendo directamente hacia Alma y Mario.

—Por favor, dejadme ver al herido… Estoy estudiando medicina… —dijo Julia con una vocecilla tímida.

Alfonso la miró un instante y asintió. Julia corrió hacia Mario, al que tomó el pulso mientras buscaba signos de respiración. Insegura, desabrochó la camisa de Mario y revisó la lesión del costado con manos temblorosas. La herida, aunque de forma precaria, estaba taponada con gasas. Quizá esa cura realizada de forma tosca le había mantenido con vida. El otro estudiante, el grande y fornido, algo más decidido, corrió a examinar la herida de José Manuel, que no había perdido la consciencia y seguía apoyado en los sacos de abono.

343

Alma abrazaba a Mario con desesperación, protegiéndolo con su cuerpo como si quisiera apartar todo el mal de él.

—Mario, aguanta. Por favor —suplicó.

—¡Que venga la ambulancia, ya! —ordenó Alfonso Alfaro a uno de los policías, que salió disparado a cumplir la orden.

Juan Juárez, con la pistola con la que había disparado a José Manuel aún en la mano, miraba a su alrededor con ojos desorbitados, incapaz de procesar lo que estaba sucediendo. Alfonso se acercó a él.

—Esto se acabó, Juan —dijo Alfonso, con voz firme.

Juárez, completamente fuera de sí, levantó la pistola hacia Alfonso con una expresión de rabia.

—Juan, compañero. Déjalo —insistió Alfonso—. Este país está acabado si nos empeñamos en mantenerlo igual, y tú lo sabes tan bien como yo.

Juan Juárez, aferrando su arma con fuerza, escupió sus palabras.

—¡Cállate, traidor! Nos enseñaron a defender este régimen con nuestra vida. ¡Y yo voy a protegerlo cueste lo que cueste!

Alfonso no retrocedió, y tampoco apartó ni un instante su mirada de la de Juárez.

—¿A costa de qué, Juan? ¿De perder su legado? El mundo está cambiando, y nosotros debemos cambiar con él. Esos «subversivos» que tanto temes estarán en el futuro de España, y no podemos hacer nada por evitarlo. Ya ha sucedido en el resto de Europa y no ha pasado nada.

Juárez levantó el arma y apuntó directamente a la cabeza de Alfonso.

—¿Qué estás diciendo? Eres un maldito iluso, Alfonso —escupió con desprecio.

Pero este mantuvo la calma.

—Dios mío, Juárez. Sé inteligente por una puta vez en tu vida. En los nuevos tiempos, nosotros, las fuerzas del orden, los jueces y los empresarios seremos quienes diseñemos el cambio. ¿No te das cuenta?

Juárez parpadeó, desconcertado por la tranquilidad y las palabras de Alfonso.

—El régimen puede morir, Juárez. De hecho, ya está muerto. Pero las personas que lo hemos sostenido no desaparecemos. Seguimos aquí. —Hizo una pausa, observando el desconcierto en el rostro de Juárez.

—Pero no serás tú quien lo controle todo —balbuceó Juárez.

—Claro que seremos nosotros. El poder y el dinero no cambian de manos así como así.

Alfonso dio un paso hacia su compañero y le puso la mano en el hombro, apretándole con un gesto de complicidad. Juárez bajó el arma, esbozando una media sonrisa que fue respondida por otra de Alfonso.

—Muy bien, Juan. Muy bien…

Los policías a su alrededor, lejos de abalanzarse sobre Juárez para detenerlo, se acercaron despacio y con cierta camaradería. Uno de ellos le dio unas palmadas en la espalda y le susurró algo al oído, que Juárez respondió con una leve inclinación de cabeza. Entre palabras y gestos de ánimo, Juárez quedó rodeado con movimientos que parecían una coreografía ensayada, y en un instante, sin que nadie se diera cuenta, había desaparecido de la escena cobijado entre sus compañeros.

Mientras, ajenos a esto, Luisa y Nando ayudaban a Julia a presionar la herida con la camiseta que Nando se había quitado para usarla de vendaje.

—¿Cómo está? —preguntó Luisa.

—Está vivo, por ahora. Pero necesita atención médica inmediata.

El estudiante fuerte que había socorrido a José Manuel le sostenía la cabeza en alto y le apretaba la herida directamente con la mano.

—Este también necesita ayuda. La bala no ha tocado órganos vitales y ha salido por el costado, pero está perdiendo mucha sangre.

Desde el otro lado del almacén, Alfonso Alfaro se acercó a Alma, a Nando y a Luisa, que estaban en torno a Mario.

—Vamos a sacaros de aquí. Todos vais a estar bien. Ya están aquí las ambulancias. Pero una cosita, jovenes, no me volváis a llamar nunca más. Después de esto, ya he hecho suficiente por vosotros —dijo Alfonso.

—Está bien —dijo Alma con dignidad.

—Eso es. Bien. Ya no me debéis nada, Alma. Ni tú ni tus amigos. He hecho esto porque… —Vaciló, buscando las palabras adecuadas—. Porque es lo que necesitaba hacer. Pero hasta aquí llego yo. Lo que representáis… —Miró a Nando, a Luisa, a Mario, como si estuviera evaluando cada una de sus vidas en un segundo—… no me conviene.

Se dio la vuelta un momento, porque un agente se acercó a darle una bolsa transparente con el arma que Juárez había disparado. Estaba cerrada por un precinto con el sello del aguilucho coronado de la Policía Armada.

—En fin, que vamos a pasar página. ¿Entendéis?

Alfonso los miró por última vez y se dio la vuelta, sacando el arma de Juárez de la bolsa en la que se la habían entregado. La limpió concienzudamente con el borde de su chaqueta y luego la guardó de nuevo en su sitio colocando un precinto nuevo.

—Me temo que nos toca seguir luchando, queridos amigos —dijo Luisa—. Esto no ha terminado aún.

Y a Alma le pareció que una ligera sonrisa se dibujaba en el rostro de Mario.

París
Febrero de 1987

31

La librería de Alma estaba en el Barrio Latino, en la rue de la Bûcherie frente a la catedral de Notre-Dame, donde antiguamente tenían sus negocios escribas y fabricantes de pergaminos. Sus vecinos de Shakespeare & Company la habían ayudado a montar su librería, igual que Nando había hecho con ella y ella con Luisa en Madrid, muchos años atrás.

La madera oscura de la puerta de la librería crujió al abrirse, dejando escapar el aroma a libros que Alma tanto amaba. Esmeralda esperaba con un café recién hecho y un par de cruasanes que, sin excepción, le compraba todas las mañanas en la panadería que había debajo de la casa que compartían las dos en la rue de Dante, muy cerca de la de Mario. «No me he venido a vivir a Francia para privarme de estas delicias», decía Esmeralda, que, por fin en París, había encontrado un médico que le recetaba los estrógenos.

Aquel encuentro con Esmeralda en mitad de la madrugada de Madrid, el día que habían apresado a Alejandro, mostró a Alma un camino que no sabía que necesitaba recorrer. Unos días después, aquella conexión se transformó en algo más profundo, cuando Alma, con el corazón todavía sacudido por la situación de Mario en la UCI, se encontró con los ojos verdísimos de Esmeralda de forma fortuita a las puertas del juzgado. Cada una con su citación por escándalo público.

Esa misma mañana y tras su juicio, se tomaron un café juntas en la plaza de Castilla. Esmeralda la recibió con una sonrisa que desarmó cualquier prejuicio, y en el transcurso de unos pocos minutos de conversación, Alma sintió cómo se afianzaba la imagen de fortaleza que había construido en su mente sobre ella. Alma le contó su historia y el momento crucial en el que se acordó de su encuentro en la calle, en medio del caos, y cómo su cabeza la seleccionó como un ejemplo de resistencia cuando ya no podía más.

Delante de ese café, Esmeralda también le contó su vida, tan diferente y a la vez tan igual a la de la propia Alma. Esmeralda, como tantas otras que llegaban a la capital a buscarse la vida, era una de esas figuras invisibles que daban forma a la realidad cotidiana de Madrid. Hacían barrio y extendían su mano a quien la necesitara. En aquel primer café, Alma se sintió escuchada de igual a igual, comprendida de una manera que no había experimentado antes, y en cuestión de minutos, Esmeralda la incluyó en una red de apoyo que Alma ni siquiera sabía que existía. Un círculo donde las mujeres como ellas se cuidaban y protegían mutuamente.

El juicio de Alma por escándalo público quedó zanjado con una buena multa que su madre pagó con toda la discreción del mundo, sin muchos reproches y solo con la preocupación de quien teme por el estigma social de una manera desproporcionada. Pero Madrid se había vuelto un lugar demasiado pequeño y cargado de sombras para Alma. La idea de cruzarse con Juan Juárez fue la gota que colmó el vaso, y tomó una decisión drástica: cobrar por fin el seguro del incendio y empezar de nuevo en París.

«Mira que no soy fácil —le advirtió Esmeralda con una sonrisa torcida cuando Alma le propuso que vivieran esa nueva aventura juntas, lejos de Madrid—. Ser puta no me ha convertido en mejor persona. ¡Y me ha quitado mucha paciencia!». Pero a Alma eso le importaba poco. Había encontrado en Esmeralda una compañera en su lucha por seguir adelante en un mundo que las había marcado. Dos meses después, ya estaban instaladas en París, compartiendo un pequeño apartamento en el barrio de Montmartre, con la promesa de un futuro distinto, ojalá mejor.

«Nosotras, al contrario que los intelectuales, nos vamos de España cuando la dictadura ha terminado —bromeaba Esmeralda cuando hablaba con Nando—. Pero es que resulta que ni los intelectuales que ya estaban ni los que vinieron del exilio nos quieren». Era la manera divertida que había encontrado Esmeralda para no ahondar demasiado en la herida.

Alma entró en su librería, se sacudió la lluvia de los zapatos en el felpudo y dio vuelta al cartel de «Abierto». Luego recogió algunos libros amontonados sobre las estanterías y los llevó al mostrador. Siempre había clientes que dejaban los libros en cualquier lugar, algo que Alma detestaba, como esas personas que piensan que, en vez de una librería pequeña, están en un hipermercado y pueden coger las cosas de una punta y dejarlas en la otra. Tras la cortina que daba al almacén, junto al mostrador, distinguió a Esmeralda escuchando la radio y tarareando *Papa Don't Preach* de Madonna mientras organizaba cajas de un lado a otro.

—Ya estoy aquí —dijo Alma.

—¡Hola! Acaba de llegar el nuevo de Terenci: *No digas que fue un sueño* —respondió Esmeralda desde detrás de las cajas.

—Por fin, joder. Ya era hora —dijo Alma con una sonrisa.

—Mira que eres malhablada. Cada vez se te pega más lo lumpen parisino —bromeó Esmeralda, asomando la cabeza para ver a Alma—. Qué monísima vas hoy con esa falda.

—Gracias, regalo de Mario. Por cierto, ya tengo los billetes para Madrid. Nando nos ha invitado a una mesa redonda sobre personas... ¿Cómo nos quieren llamar? ¿GLB? ¿LGB?

—¿Y la T y la I, que son las que nos afectan, qué? Habrá que ir a protestar.

—Ya sabes que nuestra vida es una reivindicación continua.

—Se celebra en Chueca, que es donde está la asociación que lo organiza.

—¡No me digas! Lo que he trabajado yo en esas calles… Ganaba un buen dinerito.

—¡Menudo barrio han elegido! Si es peligrosísimo.

—Claro, lleno de putas, drogadictos y maricones… Joder, Alma…, que lo digas tú.

—Perdón, perdón, es verdad…

En ese momento, la campanilla de la puerta sonó e interrumpió la charla.

—*Bonjour, mademoiselle Alma* —dijo el cartero, un hombre mayor con una expresión afable bajo su gorra azul oscuro—. Un paquete y una postal para usted.

Alma los tomó con una sonrisa agradecida. La postal era de Luisa, enviada desde Chile, donde había ido a ver a su padre, que estaba muy enfermo. En ella aparecían unas dunas pedregosas que se perdían en un atardecer violeta con un sol redondo y naranja al fondo. El padre de Luisa, «el doño», como ella le llamaba, se había ido a vivir cerca de Atacama, donde era famoso el cielo estrellado que ofrecían las noches limpias del desierto. Luisa, como siempre, terminaba sus postales con un «Querida amiga, te echo de menos. ¿Cuándo nos vemos? Te quiero». Alma colocó la postal en la estantería, donde había un cartel que ella misma había pintado con letras rojas: «Librería Española Almaralda».

Después tomó el paquete y lo miró con curiosidad. Su nombre estaba escrito a máquina en una tarjeta pegada con celo y venía de Madrid. El remitente era lo más sorprendente: José Manuel.

Hacía muchos años que no sabía nada de él. Concretamente, desde que le visitó en el hospital para agradecerle que hiciera esa llamada a Nando para advertirle de lo que estaba sucediendo en el almacén donde los retenía Juárez. ¿Con qué fin lo hizo José Manuel? ¿Para hacerles sufrir más? ¿Para que advirtiese a alguien y que parase a Juárez? Por suerte, Nando tenía el teléfono de Alfonso Alfaro tras la llamada que Alma le hizo desde su casa. El papel donde Alma había apuntado los números que le había dado su madre se había quedado sobre la mesa. Y, esta vez, el gran jefe Alfonso Alfaro sí cogió el teléfono. ¿Por qué habló con Nando y no con Alma? Tampoco lo sabrían nunca. Quizá cuestión de clases, de contactos en común... Hacía ya tanto tiempo.

Alma colocó el paquete que le había enviado José Manuel sobre el mostrador y, con manos temblorosas, deshizo el envoltorio de papel de periódico. Dentro, encontró una foto hecha por Mario hacía muchos años y en la que ella misma sonreía directamente a la cámara, con melena negra y haciendo un gesto de victoria con dos dedos en su librería de Lavapiés. Junto a la foto también le había enviado un libro de Federico García Lorca que reconoció al instante. Tenía los bordes quemados y le faltaban algunas hojas. Las mismas hojas que Alma guardaba en casa, en su caja de fotos. Al abrir el libro, encontró una carta cuidadosamente doblada. Reconoció la letra de Alejandro al instante.

El corazón de Alma se encogió y le temblaron las manos. Aquel era el libro que ella le había regalado el día que se conocieron en su librería quemada de Madrid.

Cerró los ojos conteniendo la emoción mientras desdoblaba la carta. Las palabras de Alejandro le llegaron desde el pasado como un susurro, atravesando los años:

Querida Alma:

Si estás leyendo esto, significa que yo ya no estoy.
Pero mi esperanza es que el futuro aún brille para vosotras y consigas seguir con tu pasión por los libros allá donde vayas.

La literatura, como me has enseñado, es la lámpara que ilumina incluso los rincones más oscuros de la existencia.

Que nadie, jamás, pueda decir que pasamos por la vida de puntillas. Nos comprometimos y luchamos.

Me gustaría poder ver el mundo que vais a crear. En él, seguro que todos tenemos cabida y podemos florecer, libres y sin miedo. Pero me temo que yo no lo voy a ver, así que vívelo por mí. Más adelante, cuando nos volvamos a encontrar en otro plano, me lo cuentas tomando un café.

Tu amigo que te quiere.

Alejandro apareció real en su mente, sentado junto a ella en el sofá de su casa de Madrid, dormido, escuchando la radio, viendo fotos, cenando gazpacho… Siempre con su sonrisa.

Alma se llevó la carta al pecho y la abrazó con amor. Entonces, algo llamó su atención en el periódico con el que José Manuel había envuelto el libro de Alejandro. Estiró con sus manos el papel sobre el mostrador hasta ver la noticia entera. Las palabras «Juan Juárez» destacaban en el titular de *El País*.

JUAN JUÁREZ INGRESA EN LA JEFATURA SUPERIOR DE POLICÍA DE MADRID Y RECIBE LA PLACA POR LA DEDICACIÓN AL SERVICIO

Entonces, la lluvia comenzó a repicar de nuevo en el escaparate de la librería de Alma.

Esmeralda, aún en el almacén, seguía cantando a Madonna mientras colocaba los libros de Terenci en la estantería.

Agradecimientos

Gracias a los lectores y las lectoras que creen que las librerías siguen siendo esenciales en la sociedad.

A las personas LGTBIQ+ que abrieron camino para hacer posible que hoy existan otros mundos donde cabemos todas.

A los libreros y libreras que seguimos resistiendo en la tormenta.

A Goyo Villasevil, mi maravilloso socio de vida y de trabajo, que me dio tiempo para escribir y leyó cada frase de esta novela tantas veces como fue necesario para ajustar los personajes y la trama.

A mi madre, que desde pequeño me enseñó el mundo literario que me ha permitido escribir estas páginas. A mi hermana María, mi memoria de juventud y quien reviste de ilusión los momentos importantes. Y a mi padre, que me regaló mi primer libro de poesía y prendió la llama.

A Terenci Moix, que me descubrió que otro mundo era posible cuando más lo necesitaba.

A Julio Peñas, que compartió conmigo su experiencia como librero al final de la dictadura y me ayudó a dar vida a esta historia.

A mi editor, Alberto Marcos, que no solo ha sabido ver el potencial de esta historia, sino que, junto a Gonzalo Albert, me ha dado su confianza para que esta novela llegue a manos de los lectores y las lectoras.

A Alana S. Portero, Elvira Sastre, Javier Ortega, Sabina Urraca, Jeosm, Carlos de la Puente, Nando López y Elena Medel, que me dieron aliento y seguridad.

A quienes mostraron su entusiasmo al conocer que este libro se hacía realidad.

Gracias por formar parte de mi historia.

«Para viajar lejos no hay mejor nave que un libro».
EMILY DICKINSON

Gracias por tu lectura de este libro.

En **penguinlibros.club** encontrarás las mejores recomendaciones de lectura.

Únete a nuestra comunidad y viaja con nosotros.

penguinlibros.club